2004-05 Sofia Kearney Orri   6º primaria.

EL SEÑOR DE LOS LADRONES

EL SEÑOR DE LOS LADRONES

Traducción de Roberto Falcó
Ilustraciones de la autora

DESTINO

La Isla del Tiempo
Directora de la colección: Patrizia Campana

Producción editorial: Mario García Nuevo
Realización de cubierta: Mariona Rubio

EDICIONES DESTINO, 2002
destinojoven@edestino.es

Título original: *Herr der Diebe*
Texto e ilustraciones de Cornelia Funke

© Cecilie Dressler Verlag, Hamburgo 1999
© de la traducción, Roberto Falcó
© Ediciones Destino, S. A., 2002
Diagonal 662, 08034 Barcelona
Primera edición: octubre 2002
Segunda edición: noviembre 2002
Tercera edición: enero 2003
Cuarta edición: abril 2003
Quinta edición: julio 2003
ISBN: 84-233-3437-6
Depósito legal: M. 30.304-2003
Impreso por Artes Gráficas Huertas, S.A.
Camino Viejo Getafe, 60. 28946 Fuenlabrada (Madrid)
Impreso en España - Printed in Spain

Para Rolf...
y Bob Hoskins,
que es igualito a Víctor.

Los mayores no recuerdan lo que era ser niño.
Por mucho que digan lo contrario.
Ya no lo recuerdan, creedme.
Lo han olvidado todo.
Lo grande que les parecía el mundo entonces.
Lo difícil que podía resultar subirse a una silla.
¿Qué sentían, al tener que mirar siempre hacia arriba?
Lo han olvidado.
Ya no lo saben.
Tú también lo olvidarás.
A veces, los mayores hablan de lo bonito que era ser niño.
Incluso sueñan con volver a su infancia.
¿Pero con qué soñaban cuando eran niños?
¿Lo sabes?
Yo creo que soñaban con llegar a ser adultos por fin.

LOS NUEVOS CLIENTES
DE VÍCTOR

El otoño había llegado a la ciudad de la luna cuando Víctor oyó hablar por primera vez de Próspero y Bo. El sol se reflejaba en los canales y bañaba los viejos muros de color oro, pero soplaba un viento gélido del mar, como si quisiera anunciar a la gente que estaba a punto de llegar el invierno. El aire de los callejones empezaba a saber a nieve y el sol otoñal calentaba sólo los ángeles y dragones de alas de piedra que había en los tejados de las casas.

El piso en el que vivía y trabajaba Víctor se encontraba cerca de un canal, tanto que el agua batía contra las paredes del edificio. A veces, Víctor soñaba que la casa se hundía bajo las olas junto con toda la ciudad; que el mar se llevaba por delante el dique que unía Venecia con tierra firme, como si fuera un cofre lleno de oro que pendía de un hilo; que lo arrasaba todo: las casas, puentes, iglesias y palacios que los hombres habían construido con tanto descaro cerca del agua.

Sin embargo la ciudad se mantenía en su sitio, sobre sus piernas de madera. Víctor se acercó a la ventana y miró a través del cristal lleno de polvo. Ningún otro lugar del mundo podía presumir de su belleza con tanta desvergüenza como la ciudad de la luna. La luz del sol iluminaba los chapiteles y los arcos, las cúpulas y los campanarios a cada cual más espléndido. Víctor se alejó de la ventana silbando y se puso ante el espejo. «Hace el tiempo ideal para probar el bigote nuevo», pensó, mientras el sol le calentaba la nuca. Se había comprado esa joya el día antes: un inmenso mostacho, tan oscuro y tupido que habría sido la misma envidia de una morsa. Se lo pegó con gran cuidado bajo la nariz, se puso de puntillas para parecer un poco más grande, se miró a la izquierda, luego a la derecha... Estaba tan ensimismado viéndose en el espejo que no oyó los pasos que subían por la escalera hasta que se detuvieron delante de su puerta. Un cliente. Vaya. ¿Tenía que ir a molestarlo alguien precisamente en ese momento?

Se sentó tras el escritorio con un suspiro. Detrás de la puerta se oía susurrar a alguien. «Seguramente están admirando mi letrero», pensó él. Era negro, brillaba y tenía su nombre escrito con letras doradas: «Víctor Getz, Detective. Pesquisas de todo tipo». Estaba escrito en tres idiomas distintos ya que a menudo iban a verlo clientes de otros países. Por la mañana había pulido el picaporte que había junto al cartel, una cabeza de león con un aro de latón en la boca.

«¿A qué esperan los de ahí afuera?», pensó y se puso a tamborilear con los dedos en el respaldo de la silla.

—*Avanti!* —gritó impaciente.

Se abrió la puerta y entraron un hombre y una mujer en la oficina, que era a la vez su cuarto de estar. Parecían muy desconfiados ya que miraron de arriba abajo los cactus, la colección de bigotes y barbas, el perchero con las gorras, los sombreros y las pelucas, el enorme mapa de la ciudad que había colgado en la pared y, sobre la mesa, los leones alados que hacían de pisapapeles.

—¿Habla inglés? —preguntó la mujer, a pesar de que su italiano no sonaba mal.

—¡Por supuesto! —respondió Víctor, e hizo un gesto para que se sentaran en las sillas que había delante de la mesa—. Es mi lengua materna. ¿Qué puedo hacer por ustedes?

La pareja se sentó a pesar de sus dudas. El hombre cruzó los brazos con cara de malhumor y la mujer se quedó mirando el bigote de morsa que llevaba puesto Víctor.

—Ah, esto. ¡Sólo es un accesorio de camuflaje nuevo! —aclaró, y se lo quitó—. En mi trabajo es algo indispensable. ¿Qué puedo hacer por ustedes? ¿Han perdido, les han robado o se les ha extraviado algo?

La mujer empezó a revolver su bolso sin decir nada. Tenía el pelo de color rubio ceniza, la nariz puntiaguda y una boca que, por el aspecto que tenía, parecía que no usaba muy a menudo para reír. El hombre era un gigante, como mínimo le sacaba dos cabezas a él. Tenía la marca del sol en la nariz y unos ojos pequeños y sin color. «Seguro que es un aburrido», pensó Víctor, y memorizó la cara de ambos. De los números de teléfono no se acordaba nunca, pero una cara no la olvidaba jamás.

—Hemos perdido algo —dijo la mujer, que dejó una foto sobre el escritorio. Hablaba mejor inglés que italiano.

Dos chicos miraban a Víctor: uno rubio y bajito, con una gran sonrisa en la cara, y el otro mayor, serio y con el pelo oscuro. El más grande rodeaba al pequeño con un brazo sobre el hombro como si quisiera protegerlo... de todos los males del mundo.

—¿Niños? —El detective levantó la cabeza sorprendido—.

11

He tenido que buscar maletas, maridos, perros, iguanas, pero ustedes son los primeros que vienen a verme porque sus hijos se han perdido, señor y señora... —Miró a ambos a la espera de la respuesta.

—Hartlieb —respondió la mujer—. Esther y Max Hartlieb.

—Y no son nuestros hijos —declaró el hombre.

La mujer de la nariz puntiaguda lo fulminó con la mirada.

—Próspero y Bonifacio son los hijos de mi hermana, que murió hace un tiempo —aclaró ella—. Los educó por sí sola. Próspero ya tiene doce años y Bo cinco.

—Próspero y Bonifacio —murmuró Víctor—. Qué nombres tan raros. ¿Próspero no significa «el feliz»?

Esther Hartlieb frunció el ceño enfadada.

—¿Ah, sí? Yo creo que son nombres singulares, por decirlo de una manera educada. Mi hermana tenía predilección por todo lo singular. Cuando murió de forma repentina hace tres meses, mi marido y yo solicitamos de inmediato la custodia de Bo porque no tenemos hijos. Por desgracia, nos era imposible quedarnos también con Próspero. Cualquier persona sensata lo entendería, pero él se lo tomó fatal y empezó a comportarse como un loco. ¡Creía que queríamos robarle a su hermano pequeño! Y no lo entiendo, porque podría haber venido a visitarlo una vez al mes. —Se puso aún más pálida de lo que estaba.

—Hace más de ocho semanas que desaparecieron de la casa de su abuelo en Hamburgo —prosiguió Max Hartlieb—, donde estaban viviendo de manera temporal. Próspero puede convencer a Bo de cualquier tontería y todo indica que lo ha arrastrado hasta aquí, a Venecia.

Víctor enarcó las cejas. Le costaba creer esa historia.

—¿De Hamburgo a Venecia? Es mucha distancia para dos niños. ¿Han hablado ya con la policía de aquí?

—Por supuesto —Esther Hartlieb resopló furiosa—. No se mostraron muy dispuestos a colaborar y, claro, no han averiguado nada. Creo yo que no puede ser tan difícil encontrar a dos niños que están más solos que la una...

—Desgraciadamente, debo regresar a casa de inmediato por motivos de trabajo —interrumpió el marido—. Por eso queremos que usted, señor Getz, siga adelante con la búsqueda de los chicos. El portero de nuestro hotel nos ha recomendado sus servicios.

—Muy amable por su parte —gruñó Víctor, que se puso a jugar con el mostacho falso. Tal y como estaba puesto junto al teléfono, esa cosa parecía un ratón muerto—. Pero díganme cómo pueden estar tan seguros de que los niños han venido hasta Venecia. No creo que lo hayan hecho para montar en góndola...

—La culpa es de su madre. —Esther Hartlieb se mordió los labios y se puso a mirar a través de la ventana del despacho, que estaba llena de polvo. Fuera, en la barandilla del balcón, había una paloma con las plumas alborotadas por el viento—. Mi hermana no hacía otra cosa que hablarles sobre esta ciudad. Les contaba que había ángeles y dragones en los tejados, leones con alas, una iglesia de oro y que, al parecer, bajo el agua vivían tritones, unos hombres que de noche subían por las escaleras de los canales para dar un paseo por tierra firme. —Negó con la cabeza. Estaba cada vez más irritada—. Era capaz de contar cosas como ésta de tal manera que incluso yo la habría creído. ¡Venecia, Venecia, Venecia! Bo no paraba de pintar leones con alas y se podría decir que Próspero ha mamado

13

todas estas historias desde que nació. ¡Seguramente ha pensado que él y su hermano llegarían al país de las maravillas si venían aquí! Dios mío. —Arrugó la nariz y miró con desprecio las casas viejas, que tenían unas fachadas que se caían a trozos.

El marido se arregló el nudo de la corbata.

—Nos ha costado mucho dinero seguirles la pista hasta aquí, señor Getz —dijo él—. Y están los dos en la ciudad, se lo aseguro. En algún lugar...

—... en medio de este caos —Esther Hartlieb acabó la frase.

—Bueno, como mínimo, aquí no hay coches que los puedan atropellar —murmuró Víctor, que se volvió hacia el mapa de la ciudad y examinó la zona de los callejones y los canales. Luego se dio la vuelta de nuevo y, absorto en sus pensamientos, empezó a rascar la mesa con el abrecartas hasta que el marido carraspeó.

—Y bien, señor Getz, ¿acepta el trabajo?

Víctor observó de nuevo la foto, aquellas dos caras tan diferentes, el rostro serio del mayor y la sonrisa despreocupada del pequeño... y asintió con la cabeza.

—Sí, lo acepto —respondió—. Encontraré a los dos chicos. Sin embargo, creo que son demasiado jóvenes para que hayan conseguido llegar hasta aquí por sí solos. ¿Ustedes se escaparon alguna vez cuando eran niños?

—¡No, cielo santo! —Esther Hartlieb lo miró estupefacta. Su marido hizo un gesto burlón y negó con la cabeza.

—Yo sí. —Víctor dejó la foto bajo el pisapapeles del león con alas—. Pero solo. Por desgracia no tenía hermanos. Ni mayores ni pequeños. Déjenme su dirección y número de teléfono y hablemos de mis honorarios.

Mientras los Hartlieb bajaban por la estrecha escalera del edificio, Víctor salió al balcón. Una ráfaga de viento frío lo azotó en la cara. Sabía a sal porque el mar estaba muy cerca. Apoyado en la barandilla oxidada, observó al matrimonio mientras caminaban por el puente que cruzaba el canal dos casas más allá. Era un puente bonito, pero no se dieron cuenta de ello. Con cara de malhumor, se apresuraron a llegar al otro lado sin tan siquiera mirar al perro con el pelo alborotado que les ladró desde una barca que pasaba cerca de ellos. Naturalmente tampoco escupieron por encima de la barandilla como hacía él siempre.

—¡¿En fin, quién dice que nos tienen que gustar nuestros clientes?! —refunfuñó y se agachó para mirar a sus dos tortugas, que sacaban el cuello de la caja de cartón—. Siempre es mejor tener unos padres como éstos que no tener a nadie. ¿No? ¿Qué creéis? ¿Las tortugas tienen padres?

Enfrascado en sus pensamientos, Víctor miró hacia el canal, a las casas que había a lo largo de él, cuyos pies de piedra bañaba día y noche el agua. Hacía más de quince años que vivía en Venecia, pero aún no conocía todos los rincones secretos de la ciudad. Nadie los conocía. No resultaría fácil dar con los dos niños si ellos no querían que los encontraran. Había tantas calles, escondrijos, callejones con nombres que nadie recordaba. Algunos incluso no lo habían tenido nunca. Pequeñas iglesias, casas vacías. Era como una invitación para jugar al escondite.

«A mí siempre me ha gustado jugar al escondite —pensó Víctor— y hasta ahora los he encontrado a todos.» Durante ocho semanas se las habían apañado solos. Ay, por Dios. Cuando él se escapó, sólo soportó la libertad durante una tarde. En cuanto empezó a caer la noche, se arrepintió y volvió a casa con el corazón desbocado.

Las tortugas tiraban de la hoja de lechuga que él les ofrecía.

—Creo que esta noche os meteré dentro —dijo Víctor—. Este viento huele a invierno.

Lando y Paula lo miraron con sus ojos sin pestañas. A veces las confundía, pero parecía que no les importaba demasiado. Se las encontró en el mercado del pescado, mientras andaba en busca de una gata persa. Víctor pescó a la distinguida minina de un barril lleno de sardinas apestosas y cuando por fin había conseguido meterla en una caja de cartón para que no le arañara, vio a las dos tortugas que andaban sin inmutarse por entre los pies de la gente. Al cogerlas por primera vez se escondieron asustadas en el caparazón.

«¿Por dónde empiezo la búsqueda de los dos niños? —pensó—. ¿Por los hogares infantiles de acogida? ¿Por los hospitales? Son sitios muy tristes. Además, no creo que sea necesario que vaya por ahí, porque seguro que ya lo han hecho los Hartlieb.» Se inclinó un poco más sobre la barandilla del balcón y escupió abajo, al oscuro canal.

Bo y Próspero. «Bonitos nombres —pensó él—, aunque sean muy singulares.»

TRES NIÑOS

Los Hartlieb tenían razón. Próspero y Bo habían conseguido llegar a Venecia. Habían viajado durante noche y día, sentados en trenes que no paraban de traquetear y se habían escondido de los revisores y viejas cotillas. Se encerraron en retretes apestosos y durmieron en cualquier rincón oscuro, apretados uno contra otro, pasaron hambre, frío y cansancio. Pero al final lo habían conseguido y seguían juntos.

Cuando su tía Esther se sentó en la silla que había delante de la mesa de Víctor, ambos estaban apoyados en el portal de una casa, a pocos pasos del puente de Rialto. El viento frío les helaba las orejas y les susurraba que ya se habían acabado los días de calor. Pero en una cosa se había equivocado Esther. Próspero y Bo no estaban solos: junto a ellos había una niña. Era delgada y tenía el pelo castaño, recogido en una trenza larga y fina que le llegaba hasta la cintura. Parecía un aguijón y de ahí precisamente había sacado su nombre: Avispa. No quería que la llamaran de otra forma.

Con la frente fruncida examinaba un papel arrugado, mientras la gente pasaba a toda prisa junto a ellos con las bolsas de la compra llenas a la espalda.

—Creo que lo tenemos todo —dijo ella con su voz suave, que tanto le gustó a Próspero al oírla por primera vez, cuando él no entendía ni una sola palabra de aquella lengua extranjera que ella hablaba con tanta rapidez y facilidad—. Sólo faltan las pilas para Mosca. ¿Dónde podríamos conseguirlas?

Próspero se quitó un mechón de su pelo oscuro de la frente.

—Allí atrás, en el callejón lateral, he visto una tienda de electrodomésticos —dijo. Le subió el cuello de la chaqueta a su hermano, ya que vio cómo hundía la cabeza entre los hombros a causa del frío. Entonces se mezclaron los tres entre la gente que pasaba junto a ellos. Había mercado en Rialto y en las estrechas calles había aún más personas que en los otros días. Viejos y jóvenes, hombres, mujeres y niños se abrían paso entre los puestos, se empujaban los unos a los otros cargados con bolsas. Había mujeres mayores que no habían salido en su vida de la ciudad y turistas que tan sólo habían venido a pasar unos días. Olía a pescado, a las flores de otoño y a setas secas.

—¿Avispa? —Bo la cogió de la mano y le regaló su mejor sonrisa—. ¿Me compras uno de esos pastelitos?

Avispa le acarició con cariño uno de los mofletes, pero negó con la cabeza.

—¡No! —exclamó tajantemente y tiró de él para que siguiera andando.

La tienda de electrodomésticos que Próspero había descubierto era diminuta. En el escaparate había cafeteras, tostadoras y algún juguete. Bo se quedó fascinado delante de ellos.

—¡Pero tengo hambre! —se quejó y apretó ambas manos contra el cristal.

—Siempre tienes hambre —le dijo Próspero, que abrió la

puerta y se quedó con él junto a la entrada mientras Avispa se acercaba al mostrador.

—*Scusi* —le dijo la niña a la vieja mujer que estaba de espaldas, quitando el polvo a unas radios—. Necesito dos pilas para una radio pequeña.

La mujer se las puso en un paquetito y le dejó un puñado de caramelos sobre el mostrador.

—Qué niño tan precioso —dijo mientras le guiñaba un ojo a Bo—. Rubio como un ángel. ¿Es tu hermano?

—No. —Avispa negó con la cabeza—. Son mis primos. Tan sólo están de visita.

Próspero empujó a su hermano por la espalda, pero el pequeño se escurrió por debajo de su brazo y cogió los caramelos del mostrador.

—*Grazie!* —dijo, sonrió a la mujer y volvió junto a Próspero.

—*Un vero angelo!* —dijo la vendedora, mientras dejaba el dinero de Avispa en la caja—. Pero su madre tendría que coserle los pantalones y abrigarlo más. Está a punto de llegar el invierno. ¿No habéis oído el viento en las chimeneas?

—Ya se lo diremos —respondió Avispa y metió las pilas en su bolsa de la compra, que estaba llena a rebosar—. Que pase un buen día, *signora*.

—*Angelo!* —Próspero movió la cabeza con un gesto burlón cuando ya se encontraban de nuevo entre la multitud—. ¿Por qué le llama tanto la atención a todo el mundo tu pelo rubio y tu cara redonda, Bo?

Pero su hermano pequeño tan sólo le sacó la lengua, se metió un caramelo en la boca y se echó a saltar tan rápido que tuvieron gran dificultad para seguirlo. Se movía velozmente, como un pez en aquel mar de piernas y barrigas.

—¡Bo, no corras tanto! —le gritó Próspero todo enfadado, pero Avispa se puso a reír.

—¡Déjalo! —dijo ella—. No lo hemos perdido. ¿Ves? Está ahí.

Bo les hizo una mueca mientras intentaba saltar con una pierna por encima de una naranja que corría por el suelo, pero acabó aterrizando en medio de un grupo de turistas japoneses. Se levantó asustado y se puso a reír cuando dos mujeres sacaron sus cámaras de fotos. Antes de que hubieran tenido tiempo de apretar el botón, Próspero ya se había llevado a su hermano cogido del cuello.

—¿Cuántas veces tengo que decirte que no debes dejar que te saquen una fotografía? —exclamó.

—Sí, sí. —Bo se soltó de las garras de su hermano y saltó por encima de la colilla de un cigarro—. Eran chinos. La tía Esther no mirará fotos de chinos, ¿no? Además, hace tiempo que tiene otro niño. Tú mismo lo has dicho.

Próspero asintió con la cabeza.

—Sí, sí, tienes razón —murmuró. Pero volvió la cabeza como si tuviera el presentimiento de que su tía andaba escondida entre la multitud y estuviera esperando a llevarse de nuevo a Bo.

Avispa se dio cuenta de lo que hacía Próspero.

—Sigues pensando en vuestra tía, ¿no? —dijo en voz baja, a pesar de que Bo se encontraba demasiado lejos como para oírlos—. Olvídala, seguro que ya no os busca y aunque lo estuviera haciendo, no vendría aquí.

Próspero se encogió de hombros y miró con desconfianza a un par de mujeres que pasaban en aquel momento junto a ellos.

—Seguramente no —susurró.

—Seguro que no —insistió Avispa—. Deja de preocuparte de una vez por todas.

Próspero asintió con la cabeza. Sin embargo, sabía que no lo podía evitar. Bo dormía tranquilamente como un lirón, pero Próspero soñaba casi todas las noches con Esther. Con su tía gruñona e histérica que siempre llevaba el pelo lleno de laca.

—¡Eh, Pro! —Bo volvía a estar de repente delante de ellos y le enseñó un billetero a su hermano—. Mira qué he encontrado.

Sorprendido, lo llevó a un callejón oscuro para apartarse de la multitud. Se pusieron detrás de un montón de cajas de verduras vacías, entre las que picoteaban las palomas.

—¿De dónde lo has sacado?

Bo era muy tozudo, sacó el labio inferior y apoyó la cabeza contra el brazo de Avispa.

—¡Lo he encontrado! Ya te lo he dicho. Se le ha caído del bolsillo de los pantalones a un hombre calvo que no se ha dado cuenta y yo simplemente lo he encontrado.

Próspero suspiró.

Desde que tenían que arreglárselas ellos solos había tenido que aprender a robar, primero comida y luego también dinero. Odiaba tener que hacerlo. Tenía siempre tanto miedo que le temblaban los dedos. Sin embargo, parecía que su hermano se divertía con ello, se lo tomaba como si fuese un juego emocionante. Pero Próspero se lo había prohibido y le metía una buena bronca siempre que lo pillaba. No quería que Esther pudiera decir que él, Próspero, había convertido a su hermano pequeño en un ladrón.

—Venga, Pro, no te pongas así —dijo Avispa, que abrazó al pequeño—. Dice que no lo ha robado y vete a saber dónde estará el dueño ahora. Como mínimo mira cuánto dinero tiene.

Tras dudar unos instantes Próspero abrió el billetero. La

gran cantidad de turistas que visitaban la ciudad de la luna para contemplar sus palacios e iglesias perdían continuamente algo. La mayoría de las veces no eran más que abanicos de plástico o máscaras de carnaval baratas, de aquellas que se podían comprar en todas las esquinas. Pero de vez en cuando también encontraban la correa de una cámara de fotos, un fajo de billetes que se le caía a alguien de la chaqueta o un billetero lleno como aquél. Rebuscó en los compartimientos con gran impaciencia, pero entre los recibos, facturas de restaurantes y billetes de *vaporetto* tan sólo se escondía un euro.

—Bueno, mala suerte. —Avispa no pudo disimular su desilusión cuando Próspero echó el billetero vacío a una papelera—. Nuestra caja está casi vacía, pero ojalá el Señor de los Ladrones pueda volver a llenarla esta tarde.

—¡Claro que puede hacerlo! —Bo miró a Avispa como si hubiera negado que la tierra es redonda—. ¡Y algún día yo le ayudaré! ¡Algún día yo también seré un gran ladrón! ¡Escipión me enseñará!

—¡Por encima de mi cadáver! —gruñó Próspero, y empujó a su hermano de mala manera para que saliera del callejón.

—¡Venga, déjalo hablar! —le susurró Avispa mientras Bo andaba unos pasos por delante de ellos enfadado—. ¿O es que tienes miedo de verdad de que Escipión pudiera llevárselo?

Próspero negó con la cabeza, pero su cara delataba lo preocupado que estaba. Era tan difícil cuidar de Bo. Desde que habían huido de la casa de su abuelo, se preguntaba como mínimo tres veces al día si había sido lo correcto llevarse a su hermano pequeño consigo. ¡La forma en que se acurrucaba junto a él todas las noches de lo cansado que estaba! Durante el trayecto hasta la estación de ferrocarriles no le soltó la mano ni un instante. Viajar a Venecia les había resultado más fácil de lo esperado. Pero en cuanto llegaron a la ciudad ya era otoño y el aire no era cálido ni suave como él se había imaginado. Un viento húmedo los azotó en la cara en cuanto bajaron por los escalones de la estación, uno junto al otro, ligeros de ropa, con tan sólo una mochila y una bolsa pequeña. El dinero que llevaba Próspero se acabó rápido y, al cabo de la segunda noche de dormir en un callejón húmedo, Bo empezó a toser tanto que su hermano lo cogió de la mano y salieron en busca de la policía. «*Scusi* —quería decir con el poco italiano que sabía por aquel entonces—, nos hemos escapado de casa, pero mi hermano está enfermo. ¿Podría llamar a mi tía para que venga a buscarlo?»

Estaba tan desesperado... Pero entonces apareció Avispa.

Se los llevó al escondite que tenía con Riccio y Mosca, donde les dieron ropa seca y algo caliente para comer. Le explicó a Próspero que no tendría que preocuparse más por la comida o por robar, porque Escipión, el Señor de los Ladrones, se ocuparía por ellos tal y como había hecho con Avispa y sus amigos Riccio y Mosca.

—Los otros deben de estar esperándonos.

La voz de Avispa sacó a Próspero de sus pensamientos tan bruscamente que por un momento no supo dónde estaba. Entre las casas olía a café, a galletas dulces y a cagadas de ratón. En su casa de Alemania todo olía distinto.

—Sí, y aún tenemos que limpiar —dijo Bo—. A Escipión no le gusta que esté todo tan sucio.

—¡Mira quién habla! —le espetó Próspero—. ¿A quién se le cayó ayer en el escondite el cubo que tenía agua del canal?

—Y les deja queso a los ratones a escondidas. —Avispa se rió cuando Bo le dio un codazo—. Lo que más odia el Señor de los

Ladrones son las cagadas de ratón. Por desgracia, hay muchos en el escondite que nos ha encontrado y también resulta difícil de calentar. Quizá sería más práctico un escondite menos grande, pero Escipión no quiere ni oír hablar de eso.

—Escondite de las estrellas —corrigió Bo, y dejó a los dos mayores atrás cuando dobló por un callejón que no estaba lleno de gente—. Escipión dice que se llama «escondite de las estrellas».

Avispa frunció el ceño.

—Ten cuidado, parece que Bo ya no hace caso de lo que tú dices, sino sólo a Escipión —le susurró a Próspero.

—¿Y qué? ¿Qué quieres que haga? —le preguntó él.

Bo sabía que gracias a Escipión ya no tenían que dormir en la calle, ahora que la niebla cubría los canales de noche y llenaba las calles de humedad y las teñía de color gris. Con sus robos, Escipión les había llenado el monedero con el que hoy habían pagado la pasta y las verduras que habían comprado. También le había conseguido los zapatos que le calentaban sus pies fríos, a pesar de que le iban un poco grandes. Escipión se ocupaba de que pudiesen comer sin tener que robar y también gracias a él tenían de nuevo un hogar sin Esther. Pero Escipión era un ladrón.

Los callejones por los que estaban andando eran cada vez más estrechos. Entre los edificios reinaba un silencio absoluto y al cabo de poco ya habían llegado al centro oculto de la ciudad, en el que raras veces se encontraba uno con desconocidos. Los gatos huían rápidamente en cuanto oían los gritos de los niños. Las palomas arrullaban desde los tejados y bajo cientos de puentes corría el agua, que batía contra las barcas y los postes de madera, y enseñaba a las casas su vieja cara en su espejo negro. Más adentro, en el laberinto de callejones, los niños corrían por entre los edificios, que estaban tan cerca unos de otros que parecía que se inclinaban sobre los chavales como si fueran seres de piedra que tenían envidia de sus pies.

La casa donde se encontraba su escondite se alzaba entre las otras como un niño entre adultos: era bajita, no tenía ningún tipo de adornos y las ventanas que daban a la calle estaban tapiadas. En las paredes colgaban carteles de películas y una persiana metálica y oxidada cerraba la puerta de entrada. Encima de ella había un rótulo luminoso. STELLA. Ya no daba luz. Era el nombre del antiguo cine, que parecía que ya no encajaba en la antigua ciudad. Pero ahora ellos se alojaban ahí y se conformaban con aquello.

Avispa miró a izquierda y derecha, Próspero se aseguró de que no los estuviera mirando nadie desde ninguna ventana y desaparecieron, uno detrás del otro, por un pasaje que había entre los edificios, a unos pasos de la entrada principal del cine.

Ya estaban de vuelta en casa.

EL ESCONDITE
DE LAS ESTRELLAS

Una rata de agua huyó rápidamente asustada cuando los niños entraron a tientas en el estrecho callejón. El camino llevaba a un canal, como muchos de los callejones y pasajes de la ciudad, pero Avispa, Próspero y Bo se detuvieron al llegar a una puerta metálica que se encontraba en el lado derecho de la pared sin ventanas. Alguien había escrito con mala letra «*vietato l'ingresso*», «prohibida la entrada». En el pasado fue una de las salidas de emergencia del cine, pero ahora tras la puerta había un escondite que sólo conocían seis niños.

Próspero tiró dos veces con fuerza de la cuerda que colgaba junto a la puerta, esperó un momento y volvió a tirar de nuevo. Ésa era su señal, pero siempre tardaban un poco en abrir. Bo no paraba de dar saltitos de lo impaciente que estaba cuando oyeron que corrían el cerrojo. Pero la puerta sólo se abrió un poco.

—¿Contraseña? —preguntó una voz desconfiada.

—¡Venga, Riccio, ya sabes que nunca nos acordamos de ella! —exclamó Próspero todo enfadado.

Y Avispa se acercó a la puerta y murmuró:

—¿Ves las bolsas que tengo en las manos, pelo pincho? Las he arrastrado desde el mercado de Rialto hasta aquí. Tengo los brazos casi tan largos como un mono, ¡así que abre la puerta de una vez!

—Vale, vale. ¡Pero cuidado, Bo se ha chivado a Escipión de mí, como la última vez! —Riccio abrió la puerta con cara de preocupación. Era delgado y una cabeza más bajo que Próspero, a pesar de no ser mucho más joven. Como mínimo eso decía él. Tenía el pelo castaño y siempre lo llevaba de punta. Llamaba tanto la atención que de ahí cogieron su mote: Riccio, el erizo.

—¡Ninguno de nosotros es capaz de recordar las contraseñas de Escipión! —exclamó Avispa al entrar—. La señal de la campana llega de sobra.

—Escipión opina de manera diferente. —Riccio volvió a correr el cerrojo con sumo cuidado.

—Entonces debería pensar en contraseñas que fueran más fáciles de recordar. ¿Te acuerdas de la última?

Riccio se rascó la frente.

—Espera... *Katago dideldum est*. O algo así.

Bo se rió y Avispa torció los ojos.

—Ya hemos empezado a limpiar —dijo Riccio, mientras iluminaba el oscuro pasillo con la linterna—. Pero aún no hemos hecho demasiado. Mosca no hace otra cosa que intentar arreglar su radio. Y hasta hace una hora estábamos en el Palazzo Pisani. No tengo ni idea de por qué Escipión ha escogido el palacio para su próximo golpe. Casi todas las noches organizan algo en ese lugar, fiestas, recepciones, creo que todas las familias más ricas de la ciudad se reúnen ahí habitualmente. ¿Cómo quiere entrar sin que nadie se entere?

Próspero se encogió de hombros. Hasta el momento, el Señor

de los Ladrones no los había enviado ni a él ni a Bo a explorar el terreno, aunque su hermano no había parado de suplicárselo. La mayoría de las veces a Riccio y Mosca les tocaba vigilar el palacio al que Escipión quería realizar una visita nocturna. Los llamaba sus ojos, mientras Avispa era responsable de que el dinero de la venta de sus botines no se gastara rápidamente. Hasta el momento, Próspero y Bo, al ser los pupilos recién llegados del Señor de los Ladrones, como mucho se habían dedicado a acompañar a los demás cuando había que vender el botín o comprar algo, como había ocurrido hoy. A Próspero ya le iba bien así, pero Bo prefería acompañar a Escipión cuando entraba en las casas de la ciudad para robar las cosas maravillosas que el Señor de los Ladrones traía de sus correrías.

—Escipión puede entrar en todos lados —dijo Bo, mientras daba saltos junto a Riccio. Dos saltos con el pie izquierdo y dos con el derecho. Casi siempre que se movía lo hacía a saltitos o corriendo—. Ha robado algo del Palacio Ducal sin que nadie lo pille. Porque él es el Señor de los Ladrones.

—Sí, el robo del Palacio Ducal. ¡Cómo íbamos a olvidarlo! —Avispa lanzó una mirada en tono burlón a Próspero—. ¡Ya debéis de haber oído esa historia cien veces como mínimo!

Próspero sonrió.

—Yo podría escucharla mil veces —dijo Riccio y corrió una cortina oscura que olía a moho. La sala del cine, que se encontraba al otro lado, no era demasiado antigua pero estaba en tan mal estado como algunos de los edificios de la ciudad que ya tenían cuatrocientos años. Ahí, donde tiempo atrás habían colgado lámparas de cristal, sólo sobresalían unos cables llenos de polvo de la pared. Los niños habían puesto un par de luces de unas obras que iluminaban un poco la sala, pero a pesar de la poca luz se podía ver que en muchos lugares del techo el yeso se caía a trozos. Las hileras de asientos habían sido desmontadas y arrancadas. Sólo quedaban las tres primeras y en cada una faltaba alguna butaca. Los ratones habían construido sus madrigueras en los suaves cojines rojos y las polillas estaban devorando la cortina bordada con estrellas, tras la que se escondía la pantalla. El hilo dorado sobre la tela de color azul mate brillaba con tanta intensidad que, una vez al día como mínimo, Bo pasaba la mano por encima de las estrellas bordadas.

Delante de la cortina, había un niño sentado en el suelo que estaba desatornillando una radio antigua. Estaba tan concentrado en su trabajo que no se dio cuenta de que Bo se había acercado a él y, cuando le saltó en la espalda, se dio la vuelta todo asustado.

—¡Maldita sea, Bo! —gritó—. Casi me clavo el destornillador en la mano.

Pero el hermano de Próspero se fue riendo. Hábil como una ardilla se subió por las butacas.

—¡Espera a que te atrape, pequeña rata de agua! —gritó Mosca mientras intentaba cortarle el paso—. ¡Esta vez te voy a hacer cosquillas hasta que revientes!

—¡Pro, ayúdame! —gritó Bo. Pero Próspero se quedó riendo donde estaba sin mover ni un dedo mientras Mosca llevaba a su hermano bajo el brazo como si fuera un paquete. Mosca era el mayor y más fuerte de todos ellos y por mucho que Bo pataleara o le pegara no le soltó. Al final fue junto a los otros.

—¿Vosotros qué opináis: le hago cosquillas o dejo que se muera de hambre bajo el brazo sin soltarlo? —preguntó.

—¡Suéltame, cara de carbón! —gritó Bo. Mosca tenía la piel

tan oscura que Riccio siempre decía que sólo tenía que ocultarse entre las sombras para que no lo encontrara nadie.

—Bueno, por esta vez te perdono, enano —dijo Mosca mientras Bo no paraba de moverse para poder librarse—. ¿Habéis traído la pintura para mi barca?

—No. La compraremos cuando Escipión traiga otro botín —respondió Avispa, y dejó las bolsas en una butaca—. De momento es demasiado cara.

—¡Pero aún tenemos suficiente dinero en la caja de emergencia! —Mosca dejó a Bo de pie y se cruzó de brazos, todo enfadado—. ¿Qué quieres hacer con todo ese dinero?

—¿Cuántas veces tendré que explicároslo? Ese dinero es para cuando pasemos una mala época —dijo y se acercó a Bo—. ¿Crees que podrás traer las provisiones que hay en la nevera?

Bo asintió con la cabeza y salió disparado tan rápido que casi se cayó de morros. Arrastró una bolsa detrás de otra hasta la puerta doble por la que en el pasado entraba la gente que iba a ver una película. En el vestíbulo se encontraba la nevera para el hielo y las bebidas. Hacía tiempo que ya no funcionaba, pero aún la usaban para guardar provisiones.

Mientras Bo sacaba las pesadas bolsas, Mosca se volvió a arrodillar ante su radio todo desilusionado.

—¡Demasiado caras! —exclamó—. Como tenga que esperar mucho más para conseguir las pinturas mi barca se pudrirá. Pero a vosotros no os importa porque sois unos marineros de agua dulce que tenéis miedo al mar. Para los libros de Avispa siempre hay dinero.

Avispa no respondió. Empezó a recoger en silencio los papeles y otras cosas que había tiradas en el suelo, mientras Próspero barría las cacas de ratón. Era cierto que Avispa tenía muchos libros y que de vez en cuando se compraba alguno, pero la mayoría eran libros de bolsillo baratos que habían tirado los turistas. Avispa los sacaba de los cubos de basura y las papeleras, los encontraba bajo los asientos de los *vaporetti* o en la estación de trenes. Apenas podía ver su colchón del montón de libros que tenía encima.

Todos tenían su cama en la parte trasera del cine, uno junto al otro, ya que de noche, cuando apagaban la luz y se consumía la última vela, se sentían perdidos y pequeños como un escarabajo en aquella sala inmensa, sin ventanas y tan oscura. Para combatir esa sensación sólo ayudaba el calor de los demás.

El colchón de Riccio estaba cubierto de tebeos desgastados y en el saco de dormir había tantos muñecos de peluche que a veces le costaba mucho meterse dentro. La cama de Mosca se podía reconocer fácilmente por la caja de herramientas y las cañas de pescar entre las que dormía. Además, debajo de la almohada tenía su gran tesoro, su amuleto de la suerte: un caballito de mar de cobre exactamente igual a los que adornaban la mayoría de góndolas de la ciudad. Mosca juraba que no lo había robado de una góndola, sino que lo había pescado en el canal que había detrás del cine. «Los amuletos que se roban —decía— sólo traen mala suerte. Todo el mundo lo sabe.»

Bo y Próspero compartían un colchón. Dormían muy apretados el uno junto al otro. Al lado de la cabecera de la cama había, puestos con sumo cuidado y en fila, la colección de abanicos de plástico de Bo: en total eran seis y estaban todos en buen estado. Su preferido era el que había encontrado Próspero el día que llegaron a la estación de trenes.

El Señor de los Ladrones no dormía nunca con sus protegidos en el escondite de las estrellas. Ninguno de ellos sabía dónde pasaba la noche Escipión, que nunca hablaba de ello. De vez en cuando hacía alusiones misteriosas a una iglesia abandonada, pero cuando Riccio lo siguió una vez, Escipión lo pilló y se enfadó tanto que desde entonces nadie se había atrevido a seguirlo cuando se iba. Ya se habían acostumbrado a ello: su jefe venía y se iba cuando quería. A veces lo veían tres días seguidos y luego estaban casi una semana sin saber nada de él.

Hoy tocaba visita. Lo había prometido. Y cuando Escipión avisaba de que iba, cumplía con su palabra. Pero no sabían en qué momento podría aparecer. Cuando Bo casi se había quedado dormido sobre la falda de su hermano y las manecillas del despertador de Riccio marcaban las once, se metieron todos debajo de sus mantas y Avispa empezó a leer en voz alta. Lo hacía para que se durmieran todos y para que no pasaran miedo en los sueños que los esperaban en la oscuridad. Pero esa noche Avispa leyó para mantenerse despierta hasta que llegara Escipión. Buscó la historia más fascinante entre sus montañas de libros mientras los otros encendían las velas que había entre cama y cama dentro de botellas vacías y en ceniceros. Riccio puso cinco velas nuevas, largas y delgadas, de cera blanca en el único candelabro que poseían.

—¿Riccio? —pregunto Avispa mientras estaban todos acostados en sus camas, esperando a que comenzara la historia—. ¿De dónde has sacado las velas?

Riccio escondió la cara avergonzado entre sus peluches.

—De la iglesia de la Salute —susurró—. Allí hay cien, o mil, como mínimo. Seguro que no importa que de vez en cuando coja un par de ellas. ¿Vamos a gastar nuestro preciado dinero en esto? Palabra de honor... —le sonrió a Avispa—. Además, le lanzo un beso a la Virgen María siempre por cada vela que cojo.

32

Avispa se tapó la cara con las manos y suspiró.

—¡Va, venga, empieza a leer! —dijo Mosca con impaciencia—. Ningún *carabiniere* arrestará a Riccio por robar un par de velas, ¿no?

—¡Quizá sí! —murmuró Bo y se arrimó a Próspero bostezando, que se estaba esforzando en remendar los agujeros de los pantalones de su hermano—. El ángel de la guarda de Riccio no lo protegerá de eso. De robar velas de la iglesia, me refiero. NO, no debe hacerlo.

—Pero ¿qué dices? Vaya tontería. ¡El ángel de la guarda! —Riccio hizo una mueca de desprecio, pero por el tono de su voz aún parecía algo preocupado.

Avispa leyó durante casi una hora, mientras afuera la noche se hacía cada vez más negra y toda la gente que había llenado de ruido la ciudad durante el día descansaba en sus camas. Pero en algún momento se le cayó el libro de las manos y se le cerraron los ojos. Así que todos dormían profundamente cuando llegó Escipión.

EL SEÑOR DE LOS LADRONES

Próspero no sabía qué lo había despertado, si los murmullos de Riccio mientras dormía o los pasos silenciosos de Escipión. Cuando se despertó, salió la pequeña forma de la oscuridad como si hubiese salido de una pesadilla. La barbilla y la boca brillaban bajo la máscara oscura que escondía los ojos de Escipión. La nariz larga y aguileña le daba el aspecto de un pájaro fantasmal. Los médicos de Venecia habían llevado máscaras similares más de trescientos años atrás, cuando la peste arrasó la ciudad. Pájaros de la muerte. El Señor de los Ladrones se quitó aquella cosa lúgubre de la cara.

—Hola, Pro —dijo, e iluminó con su linterna la cara de los otros niños que dormían—. Siento que se haya hecho tan tarde.

Próspero apartó con cuidado el brazo que su hermano le había puesto en el pecho y se puso en pie.

—Algún día matarás a alguien de un susto con esa máscara —dijo en voz baja—. ¿Cómo has entrado aquí? Esta vez hemos cerrado con cerrojo.

Escipión se encogió de hombros y se acarició con sus delga-

34

dos dedos el pelo, que era de color negro como el carbón. Lo tenía tan largo que acostumbraba llevarlo recogido en una trenza.

—Ya lo sabes: donde quiero entrar, entro.

Escipión, el Señor de los Ladrones.

Era un poco mayor que Próspero, aunque le gustaba jugar a ser adulto, y Mosca le sacaba una cabeza a pesar de las botas con tacón que se ponía. Le iban muy grandes, pero siempre las llevaba limpias y brillantes, unas botas de cuero negras, como el extraño chaquetón que no se quitaba jamás. Los faldones le llegaban hasta la rodilla.

—¡Despierta a los demás! —ordenó Escipión en el tono condescendiente que tanto odiaba Avispa. Próspero no le hizo caso.

—¡A mí ya me habéis despertado! —gruñó Mosca, que bostezó y se levantó entre sus cañas de pescar—. ¿Es que no duermes nunca, Señor de los Ladrones?

Escipión no respondió. Caminaba de un lado a otro de la sala de cine como un pavo real, mientras Mosca y Próspero despertaban a los demás.

—Veo que habéis limpiado esto un poco —exclamó—. Bien. La última vez parecía una pocilga.

—¡Hola, Escipión! —Bo salió a gatas de su saco tan deprisa que casi tropezó con sus propias manos y fue corriendo descalzo hasta Escipión. Bo era el único que podía llamar al Señor de los Ladrones así sin que lo fulminara con la mirada.

—¿Qué has robado esta vez? —le preguntó emocionado. Le saltó encima como si fuera un cachorro. Con una sonrisa, el Señor de los Ladrones dejó en el suelo la bolsa negra que llevaba al hombro.

35

—¿Lo habíamos investigado todo bien? —preguntó Riccio y salió arrastrándose de entre sus peluches—. Venga, dínoslo.

—¡Algún día le besará hasta las botas! —murmuró Avispa tan bajito, que sólo la oyó Próspero—. Pero yo, por mi parte, estaría más contenta si a nuestro gran amigo no le diera por presentarse en mitad de la noche tan a menudo. —Le lanzó una mirada a Escipión con cara de pocos amigos, mientras se ponía las botas en aquellas piernas tan delgadas que tenía.

—¡Tuve que cambiar de planes en el último momento! —dijo Escipión, en cuanto todos se pusieron alrededor de él, y le lanzó un periódico doblado a Riccio—. Lee en voz alta. Página cuatro. Arriba.

Riccio se arrodilló en el suelo y empezó a pasar las grandes páginas del diario. Mosca y Próspero se inclinaron sobre su hombro, pero Avispa se quedó un poco apartada y se puso a jugar con su trenza.

—«Espectacular robo en el Palazzo Contarini» —leyó entrecortadamente Riccio—. «Robadas varias joyas y objetos de arte muy valiosos. No hay pistas de los autores» —levantó la cabeza sorprendido.

—¿Contarini? Pero si hemos vigilado el Palazzo Pisani.

Escipión se encogió de hombros.

—He cambiado de opinión. El Palazzo Pisani lo haremos luego. No se va a escapar, ¿verdad? En el Palazzo Contarini... —empezó a dar vueltas a la bolsa que había traído delante de Riccio— hay algo que me interesa.

Miró con detenimiento las caras de curiosidad que pusieron todos y luego se sentó con las piernas cruzadas delante de la cortina con estrellas y sacó lo que había dentro de la bolsa.

—Ya he vendido las joyas —explicó mientras los otros se

acercaron atentos—. Me quedaban un par de deudas por saldar y necesitaba herramientas nuevas, pero esto es para vosotros.

Sobre el suelo limpio y frío brillaban unas cucharas de plata, un medallón, una lupa cuyo mango era una serpiente descamada de plata y unas pinzas de oro cubiertas de pequeñas piedrecillas, con unas asas en forma de rosa.

Bo se inclinó con los ojos abiertos como platos sobre la bolsa de Escipión. Con mucho cuidado, como si se le fueran a romper aquellas cosas tan caras entre los dedos, cogió uno de los objetos resplandecientes, lo palpó con ambas manos y lo dejó con el resto.

—Es todo auténtico, ¿no? —preguntó y observó a Escipión, que asintió con la cabeza, estiró un brazo, contento consigo mismo y con el mundo, y se tendió en el suelo de lado.

—Bueno, ¿qué decís? ¿Soy el Señor de los Ladrones?

Riccio asintió con la cabeza obedientemente y ni siquiera Avispa podía disimular lo impresionada que estaba.

—Alguna vez te pillarán —murmuró Mosca, mientras observaba la lupa.

—¡Qué va! —Escipión se tendió boca arriba y miró al techo—. Aunque tengo que admitir que esta vez ha faltado muy poco. El sistema de alarma no era tan antiguo como esperaba y la señora de la casa se ha despertado cuando ya había cogido el medallón de la mesita de noche. Pero cuando la mujer se levantó de la cama yo ya estaba en el tejado de la casa de los vecinos —le guiñó un ojo a Bo, que se puso de rodillas con cara de fascinación.

—¿De qué nos sirve esto aquí? —preguntó Avispa mientras cogía las pinzas—. ¿Es para quitarse los pelos de la nariz?

—¡Por Dios, no! —Escipión se levantó y le quitó las pinzas de las manos—. Son para servir el azúcar.

—¡¿Cómo puedes saber tantas cosas?! —Riccio miró fijamente a Escipión con una mezcla de admiración y envidia—. Tú te criaste en un orfanato, como yo, pero las monjas nunca nos hablaron de pinzas para el azúcar ni nada parecido.

—Es que hace tiempo que huí del orfanato —respondió Escipión, y se quitó el polvo del chaquetón negro—. Además, no hago como tú, que te pasas todo el día leyendo tebeos...

Riccio agachó la cabeza avergonzado.

—¡Yo no leo sólo tebeos! —dijo Avispa y le puso el brazo a Riccio sobre los hombros—. ¡Y tampoco había oído hablar nunca de unas pinzas para el azúcar, pero aunque supiera que existen no sería tan tonta como para presumir de eso!

Escipión carraspeó y evitó su mirada. Entonces murmuró:

—No era mi intención, Riccio. Tampoco es tan importante saber qué son las pinzas para el azúcar. Pero os digo que esta cosa tan pequeña tiene mucho valor. Por eso esta vez tenéis que conseguir que Barbarossa os pague más de lo habitual, ¿entendido?

—¿Y cómo? —Mosca intercambió una mirada desconcertada con los otros—. La última vez ya lo intentamos, pero ese barrigudo es demasiado listo para nosotros.

Todos miraron con cara triste a Escipión. Desde que era su jefe y los mantenía, él se había ocupado de robar y ellos de convertir sus botines en dinero. Es cierto que Escipión les había dicho a quién tenían que ir a ver, pero era trabajo suyo regatear. La única persona de la ciudad que hacía negocios con una banda de niños era Ernesto Barbarossa, un hombre gordo que tenía la barba roja, y que en su tienda de antigüedades vendía cursiladas a los turistas y objetos de mucho valor y poco llamativos, que la mayoría de las veces eran robados.

—¡No sabemos hacerlo! —exclamó Mosca—. Negociar, regatear y todo eso. Yo creo que el barbirrojo se aprovecha de ello descaradamente.

Escipión frunció la frente y se puso a pensar mientras jugaba con el cordón de su bolsa vacía.

—Pro sabe regatear bien —dijo Bo de repente—. Muy bien, de hecho. Antes, cuando vendíamos en el mercadillo, ponía una cara tan seria que...

—¡Calla, Bo! —Próspero interrumpió a su hermano pequeño. Se le habían puesto las orejas rojas como un pimiento de la vergüenza—. Vender juguetes antiguos no tiene nada que ver con... —Se puso nervioso y le quitó a Bo el medallón que tenía en las manos.

—¿Por qué no tiene nada que ver? —Escipión lo miraba fijamente como si pudiese leerle en la cara si Bo tenía razón o no.

—Estaría muy contento de que te hicieras cargo de ello, Pro —dijo Mosca.

—Sí —Avispa se encogió de hombros—. Me da un no sé qué cada vez que el barbirrojo me mira con esos ojos de cerdo que tiene. Siempre pienso que se ríe de nosotros a escondidas o que puede llamar a la policía o que nos la puede jugar de otra forma. En cuanto entro en su tienda, sólo pienso en salir de ahí lo antes posible.

Próspero se rascó la oreja. Aún se sentía avergonzado.

—Bueno, vale, si es lo que queréis —murmuró—. Se me da muy bien regatear, pero este Barbarossa es un hueso duro de roer. Acompañé a Mosca la última vez que fue a venderle algo...

—Inténtalo. —Sin decir una palabra más, Escipión se levantó de un salto y se colgó de nuevo la bolsa vacía al hombro—. Debo irme. Tengo otra cita esta noche, pero volveré mañana. En cualquier momento —se puso la máscara sobre los ojos—, hacia el final de la tarde. Quiero saber lo que os ha pagado el barbirrojo por todas estas cosas. Si os ofrece menos de... —miró pensativo el botín— ...si os ofrece menos de cien euros, volved a casa con todo y no le vendáis nada.

—¿Cien euros? —Riccio se quedó boquiabierto de la sorpresa.

—Aún valen mucho más —murmuró Próspero.

Escipión se volvió.

—Probablemente —dijo por encima del hombro. Daba miedo con aquella nariz larga de pájaro. Parecía un desconocido. Las luces de obras proyectaban su enorme sombra contra la pared del cine—. Hasta mañana —se despidió. Se volvió de nuevo antes de desaparecer por entre la cortina que olía a moho—. ¿Necesitamos una contraseña nueva?

—¡No! —dijeron todos a la vez y riendo.

—Vale. Ah, sí, Bo... —Escipión se dio la vuelta de nuevo—. Detrás de la cortina hay una caja de cartón. Dentro hay dos gatitos para ti. Alguien quería ahogarlos en el canal. Cuida de ellos, ¿vale? Buenas noches a todos.

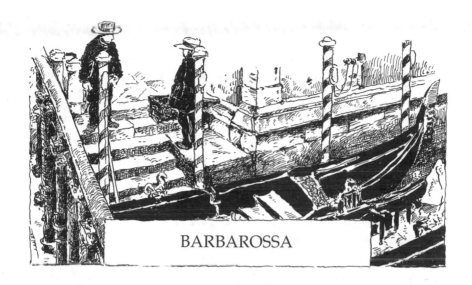

BARBAROSSA

La tienda en la que habían cambiado más de un botín del Señor de los Ladrones por dinero en efectivo se encontraba en un callejón cerca de la basílica de San Marcos, justo al lado de una *pasticceria* que exponía todo tipo de deliciosos dulces tras sus escaparates.

—¡Ven de una vez! —le dijo Próspero a Riccio, que estaba con la nariz pegada al cristal. Al final le hizo caso a regañadientes y se fue medio hipnotizado por el olor a almendras.

En la tienda de Barbarossa no olía ni la mitad de bien. Por fuera no se diferenciaba casi en nada del resto de tiendas de antigüedades que había en la ciudad de la luna. En el escaparate estaba escrito «*Ernesto Barbarossa, Ricordi di Venezia*» con una letra muy recargada. Al otro lado del cristal, sobre unas fundas de terciopelo raído, había jarrones y unos candeleros grandes rodeados de góndolas e insectos de cristal. Había también objetos de porcelana fina junto a montones de libros en un lado y fotografías con marcos de plata apoyadas contra máscaras de

41

papel. En la tienda de Barbarossa uno podía encontrar todo aquello que deseara y si había algo que el barbirrojo no tenía en las estanterías, se encargaba de conseguirlo, aunque fuera con métodos deshonestos.

Cuando Próspero abrió la puerta de la tienda, una docena de campanas de cristal sonó sobre su cabeza. Había unos cuantos turistas entre las estanterías llenas de cosas. Cuchicheaban entre ellos, tan bajito que parecía que estuvieran en una iglesia. Quizá se debía a las arañas que colgaban del techo oscuro de la tienda y cuyas flores de cristal tintineaban, o a todas las velas que había en los pesados candelabros, a pesar de que fuera brillaba el sol. Próspero y Riccio se abrieron paso entre los desconocidos sin levantar la vista del suelo. Uno de los clientes tenía entre las manos una pequeña estatua que Mosca le había vendido al barbirrojo hacía dos semanas. Mientras Próspero miraba la etiqueta del precio, que estaba atada al pedestal, casi tiró la figura de yeso que había en mitad de la tienda.

—¿Sabes cuánto nos pagó Barbarossa por la estatua? —le preguntó a Riccio.

—No. Ya sabes que tengo muy mala memoria para los números.

—Ahora en la etiqueta hay un par de ceros más —susurró Próspero—. Ha hecho un buen negocio el barbirrojo, ¿no crees?

Se acercó hasta el mostrador e hizo sonar el timbre que había junto a la caja, mientras Riccio le hacía muecas a una mujer enmascarada que les sonreía desde un cuadro. Hacía lo mismo siempre que iba a aquella tienda, ya que en la máscara negra de la mujer había un agujero a través del cual Barbarossa espiaba a sus clientes para ver si le estaban robando.

42

Al cabo de dos segundos, se corrió la cortina de cuentas y apareció Ernesto Barbarossa en persona. Era tan gordo que Próspero se preguntaba cómo era capaz de moverse por aquella tienda llena a rebosar de objetos.

—¡Espero que esta vez me hayáis traído algo mejor! —les susurró, aunque los dos niños se habían dado cuenta de que el hombre miraba con gran codicia la bolsa que Próspero sujetaba contra su pecho, como si fuera un gato que observaba a un ratón gordo.

—¡Creo que estará contento! —respondió Próspero. Riccio no decía nada, sino que miraba fijamente la barba rojiza de aquel hombre como si esperara que en cualquier instante pudiera salirle algo de ahí.

—¿Por qué me miras así la barba, enano? —gruñó el barbirrojo.

—Eh, yo, yo... —Riccio se puso a tartamudear—, sólo me preguntaba si era natural. Me refiero al color.

—¡Claro que sí! ¿Acaso afirmas que me la tiño? —replicó Barbarossa—. Se os ocurre cada idea más ridícula... —Se tocó la barba con sus dedos gordos y llenos de anillos y señaló con la cabeza a los turistas que seguían cuchicheando entre las estanterías—. Los voy a despachar en un momento —murmuró—. Mientras tanto, entrad en mi oficina, pero que no se os ocurra tocar nada, ¿entendido?

Próspero y Riccio asintieron con la cabeza y desaparecieron detrás de la cortina de cuentas.

La oficina de Barbarossa tenía un aspecto completamente distinto al de la tienda. No había arañas de cristal, ni velas encendidas, ni escarabajos de cristal. La luz de aquella habitación sin ventanas provenía de un tubo de fluorescente y aparte del

43

escritorio y un sillón de cuero sólo había dos sillas, unas estanterías que llegaban hasta el techo llenas de cajas etiquetadas con una letra muy minuciosa y un póster del museo de la Academia, colgado detrás del sillón, en la pared blanca.

Debajo de la mirilla de Barbarossa había un banco tapizado. Riccio se subió a él para mirar en la tienda.

—¡Tienes que ver esto, Pro! —susurró—. El barbirrojo se mueve entre los turistas como un gato gordo. Me parece que no sale nadie de esta tienda sin haber comprado algo.

—Sí, y seguro que les cobra mucho.

Próspero dejó la bolsa que contenía el botín de Escipión sobre una silla y miró a su alrededor.

—Seguro que se la tiñe —dijo Riccio en voz baja, sin quitar el ojo de la mirilla—. Me he apostado tres tebeos con Avispa a que lo hace. —Barbarossa era tan calvo como una bola de billar, pero tenía una barba densa y rizada. Y roja como la piel de un zorro—. Creo que detrás de esa puerta hay un baño. ¿Por qué no miras si esconde ahí algún tinte?

—Si es absolutamente necesario… —Próspero se acercó a la pequeña puerta, de la que colgaba un cuadro de la Virgen María que sonreía, y giró el pomo.

—¡Tío, aquí hay casi tanto mármol como en el Palacio Ducal! —le oyó decir Riccio—. Es el lavabo más lujoso que he visto nunca.

Riccio volvió a mirar por el agujero.

—¡Sal de ahí, Próspero! —le dijo en voz baja—. El barbirrojo ha acompañado a los últimos turistas a la puerta y está cerrando.

Pero Próspero no salió.

—¡Se la tiñe, Riccio! —exclamó—. Tiene el bote junto al *af-*

44

tershave. ¡Puaj, qué peste hace! ¿Quieres que tiña un trozo de papel de váter para tener una prueba?

—¡No! ¡Quiero que salgas de ahí ahora mismo! —Riccio saltó del banco—. Rápido, maldita sea, que vuelve.

Cuando la cortina de cuentas tintineó, Próspero y Riccio estaban sentados en las sillas plegables que había delante del escritorio de Ernesto Barbarossa, con cara de no haber roto un plato en su vida.

—Hoy os descontaré el dinero de un escarabajo de cristal —dijo el barbirrojo, mientras se dejaba caer en su enorme sillón—. Tu hermano pequeño —lanzó una mirada acusadora a Próspero— rompió uno la última vez que estuvo aquí.

—No es cierto —protestó Próspero.

—Sí que lo es —contestó Barbarossa sin mirarlo mientras cogía unas gafas del cajón de su escritorio—. ¿Qué me ofrecéis hoy? Espero que no sean sólo mica amarilla y cucharas de plata de escaso valor.

Con cara inexpresiva, Próspero vació su bolsa sobre la mesa. Barbarossa se inclinó hacia delante, cogió las pinzas para el azúcar, el medallón y la lupa con sus fuertes dedos, les dio varias vueltas y los miró desde todos los ángulos posibles mientras los chicos lo observaban a él. El hombre no pestañeaba, dejaba una cosa a un lado, la volvía a coger, la apartaba, la examinaba de nuevo, hasta que Próspero y Riccio, hartos ya de esperar, empezaron a hacer ruido con los pies. Al final el anticuario se reclinó en su sillón, suspiró, dejó las gafas sobre la mesa y empezó a tocarse la barba, como si estuviera acariciando la piel de un animal.

—¿Oferta o demanda? —preguntó.

Próspero y Riccio intercambiaron una rápida mirada.

45

—Oferta —respondió el primero e intentó disimular, como si esta vez supiera el valor que tenía el botín de Escipión.

—Oferta —repitió Barbarossa, que juntó las puntas de los dedos y cerró los ojos durante un instante—. Bueno, tengo que admitir que me habéis traído dos piezas muy buenas, por eso os ofrezco —abrió los ojos de nuevo— cincuenta euros. Y porque sois vosotros.

Riccio contuvo la respiración a causa de la sorpresa. Vio delante de sí todos los pasteles que podría comprar con cincuenta euros. Montañas de pasteles. Pero Próspero negó con la cabeza.

—No —dijo y miró al barbirrojo a los ojos—. Doscientos cincuenta, si no, no hay trato.

Durante unos segundos Barbarossa fue incapaz de disimular su sorpresa, pero recuperó la compostura rápidamente y se dibujó en su cara redonda una expresión de sincera indignación.

—¿Te has vuelto loco, jovencito? —exclamó—. Os hago una oferta generosa, es más, una oferta generosísima ¿y encima me vienes con esta exigencia descabellada? ¡Ya le puedes decir al Señor de los Ladrones que no me vuelva a enviar a unos jóvenes tan estúpidos como vosotros si quiere seguir haciendo negocios con Barbarossa!

Riccio hundió la cabeza entre los hombros y lanzó una mirada de preocupación a Próspero. A pesar de que se había quedado sin palabras, abrió la bolsa y metió dentro los objetos del botín, uno detrás de otro.

Barbarossa lo observó sin mover ni un dedo, pero cuando Próspero estaba a punto de coger las pinzas para el azúcar, levantó la mano tan súbitamente que le dio un buen susto.

—¡Basta ya de juegos! —gruñó el hombre—. Eres un chico muy listo. Demasiado para mi gusto, pero el Señor de los Ladrones y yo hemos hecho buenos negocios hasta ahora y por eso os pagaré doscientos euros, aunque la mayoría de cosas que me habéis traído no son más que chatarra. Pero las pinzas me gustan. Dile a tu jefe que me traiga objetos como éstos más a menudo y que entonces seguiremos manteniendo nuestra relación, a pesar de que sus recaderos sean tan desvergonzados como tú. —Miró a Próspero de arriba abajo, con una mezcla de miedo y respeto—. Y otra cosa más —carraspeó un poco—. Pregúntale al Señor de los Ladrones si aceptaría un encargo...

—¿Un encargo? —ambos chicos se miraron.

—Un cliente mío muy importante —Barbarossa puso un par de hojas de papel sobre el escritorio— está buscando a un hombre con mucho talento que pueda, digamos, conseguirle una cosa que mi cliente desea poseer a toda costa. Por lo que sé, el objeto se encuentra aquí, en Venecia. Seguro que se trata de algo chupado para alguien que se hace llamar... —Barbarossa se rió en tono burlón— el Señor de los Ladrones. ¿No?

Próspero no contestó. El barbirrojo no había visto nunca a Escipión y seguramente pensaba que se trataba de un adulto. No tenía ni la más mínima idea de que el Señor de los Ladrones tenía la misma edad que sus recaderos.

Pero, al parecer, eso no suponía ningún problema para Riccio.

—Claro que se lo preguntaremos —dijo él.

—Excelente. —Barbarossa se reclinó de nuevo en el sillón con una sonrisa de felicidad. Tenía las pinzas para el azúcar en la mano. Acarició con sus dedos gordos el borde arqueado—. Si quiere aceptar el trabajo, que os envíe a uno de vosotros con la respuesta. Entonces organizaré un encuentro con mi cliente. La recompensa... —Barbarossa bajó el tono de voz— será muy generosa, tal y como me ha asegurado mi cliente.

—Tal y como ha dicho Riccio, se lo diremos —repitió Próspero—. Pero ahora nos gustaría que nos diese nuestro dinero.

Barbarossa soltó una carcajada tan fuerte que Riccio se asustó.

—¡Sí, sí, ahora te doy el dinero! —dijo con la respiración entrecortada—. No te preocupes, pero antes salid de mi despacho. No pienso abrir la caja fuerte mientras unos ladronzuelos como vosotros me estén mirando.

—¿Tú que opinas? ¿Crees que Escipión aceptará el encargo? —le susurró Riccio a Próspero al oído, mientras estaban apoyados en el mostrador y esperaban a que saliera Barbarossa.

—Creo que lo mejor es que no se lo contemos —respondió Próspero, mirando el cuadro de la mujer enmascarada.

—¿Por qué no?

Próspero se encogió de hombros.

—No lo sé. Tengo un presentimiento. No confío en el barbirrojo.

Justo en ese instante apareció Barbarossa por la cortina.

—Aquí tenéis —dijo y les dio un gran fajo de billetes—. Pero id con cuidado y que no os lo roben de camino a casa. Ya sabéis que todos esos turistas que hay ahí fuera atraen a los ladrones como moscas con sus cámaras de fotos y sus monederos llenos de dinero.

Los dos chicos no hicieron caso de su sonrisa burlona. Próspero cogió el fajo de dinero y lo miró sin estar muy convencido.

—No es necesario que lo cuentes —le dijo Barbarossa como si le hubiera leído el pensamiento—. Está todo, tan sólo he descontado el dinero del escarabajo de cristal que rompió tu hermano pequeño. Fírmame este recibo. Supongo que sabrás escribir, ¿no?

Próspero lo miró enfadado y garabateó su nombre en el lugar donde le señaló el barbirrojo. Cuando iba a escribir su apellido, se detuvo un instante y puso uno falso.

—Próspero —gruñó el hombre—. Tú no eres de Venecia, ¿verdad?

—No —respondió el chico, que se puso la bolsa vacía sobre el hombro y se dirigió hacia la puerta de la tienda—. Vamos, Riccio.

—¡Dadme una respuesta sobre el encargo cuanto antes! —gritó Barbarossa.

—Eso haremos —respondió Próspero, aunque ya había decidido que no le diría ni una palabra a Escipión del tema. Entonces cerró la puerta tras de sí.

UNA FATAL COINCIDENCIA

En cuanto salieron de la tienda, Riccio arrastró a Próspero, sin que éste pudiera ni protestar, hasta el escaparate de la *pasticceria* que había mirado con tanto deseo antes de visitar al barbirrojo. Y mientras el dependiente esperaba a que le dijeran lo que querían, convenció a Próspero de que cambiara uno o dos billetes del fajo que les había dado Barbarossa para comprar una caja de pasteles para todos, para celebrar el día, por así decir.

Próspero miró asombrado con qué cuidado empaquetaban los pasteleros de Venecia sus pasteles. No se limitaban a meterlos dentro de una bolsa de cualquier manera, sino que los metían dentro de una caja fantástica que ataban con una cinta.

Parecía que a Riccio no le importaba tanto esfuerzo. En cuanto salieron al callejón, sacó su navaja todo impaciente y cortó la cinta.

—¿Qué haces? —le preguntó Próspero, y le quitó la caja—. Pensaba que se los llevábamos a los otros.

—Tranquilo, que les dejaremos suficiente. —Riccio miró ansioso por debajo de la tapa—. Además, nos hemos ganado una recompensa. *Madonna*, hasta ahora ninguno de nosotros había podido sacarle a Barbarossa ni un euro más de lo que quería pagar y tú has conseguido que nos dé cuatro veces más. Hasta yo puedo calcularlo. Escipión no volverá a mandar a otra persona a cambiar su botín.

—Seguro que las cosas que le hemos dado valían mucho más. —Próspero cogió un pastelito que tenía tanto azúcar en polvo que le cayó por toda la chaqueta. A Riccio le quedó la nariz manchada de chocolate—. En cualquier caso podemos usar bien el dinero —añadió Próspero—. Volvemos a tener la caja llena y aún queda un poco para cosas que necesitamos sin falta ahora que está a punto de llegar el invierno. Bo y Avispa no tienen abrigo y tus zapatos parece que los hubieras pescado en un canal.

Riccio se lamió el chocolate que tenía en la nariz y miró sus zapatos desgastados.

—Aún están bien —exclamó—. Pero quizá podríamos comprar una televisión pequeñita. Seguro que Mosca podría conectarla a la electricidad de alguna manera.

—Estás loco.

Próspero se detuvo delante de una tienda en la que vendían periódicos, postales y juguetes. Cuando alguien piensa huir no coge nunca juguetes. Bo no tenía ni un muñeco de peluche, aparte del león viejo que le había dejado Riccio.

—¿Por qué no le regalas el indio a Bo? —Riccio pegó su barbilla pegajosa al hombro de Próspero—. Le irían bien con los vaqueros de corcho que le ha hecho Avispa.

Próspero frunció las cejas y palpó el fajo de dinero que llevaba en el bolsillo de la chaqueta.

—No —dijo, le dio la caja de pastelitos a Riccio y siguió andando—. Necesitamos el dinero para otras cosas.

51

Riccio suspiró y echó a andar detrás de él.

—¿Sabes qué? —dijo—. Si Escipión no acepta el encargo del que nos ha hablado Barbarossa… —bajó la voz— lo haré yo. Ya has oído lo que ha dicho el gordo sobre la recompensa. Además, tampoco soy un mal ladrón, aunque últimamente no he practicado mucho. Lo compartiría con vosotros, claro; a Bo le compraría los indios, a Avispa libros nuevos, a Mosca la maldita pintura para su barca que hace tanto tiempo que lleva pidiendo, para mí una televisión pequeña y a ti… —Miró a Próspero de reojo con curiosidad—. ¿Tú qué quieres?

—Yo no necesito nada. —Se encogió de hombros y miró alrededor con cara de pocos amigos, como si una ráfaga del viento gélido que soplaba en aquel momento se le hubiera colado por la nuca—. Ya basta de hablar de robos. ¿O es que no te acuerdas de que la última vez casi te pillan?

—Sí, sí —murmuró Riccio, mientras miraba a una mujer que llevaba unos pendientes de perlas inmensos. Quería olvidar todo lo que le había ocurrido.

—¡No le cuentes nada a Escipión del encargo! —dijo Próspero—. ¿Vale?

Riccio se quedó quieto.

—Qué tontería. ¡No entiendo lo que te ocurre! ¡Claro que se lo voy a contar! ¿Cómo quieres que sea algo más peligroso que su robo del Palacio Ducal? —Una pareja que se iba haciendo mimos se sorprendió al oírlos y se volvió hacia ellos, por lo que Riccio bajó el tono de voz—. ¡O el del Palazzo Contarini!

Próspero negó con la cabeza y siguió andando. Ni él mismo sabía por qué no le gustaba la oferta de Barbarossa. Quizá tenía miedo de que Escipión se hubiese vuelto un poco irresponsable. Mientras seguía sumido en sus pensamientos se apartó a un lado para esquivar a dos mujeres que discutían a gritos en mitad del callejón, pero chocó con un hombre que salía de un bar con un trozo de pizza en la mano. Era robusto y bajito y tenía un bigote como el de una morsa, del que le colgaba un trozo de queso. Se volvió indignado y miró a Próspero como si fuese un fantasma.

—*Scusi* —murmuró Próspero que siguió andando tan deprisa entre medio de la multitud que en un instante ya lo había perdido de vista.

—Eh, ¿a qué vienen tantas prisas? —Riccio lo cogió de la chaqueta, mientras en la otra mano llevaba la caja de pasteles casi vacía.

Próspero volvió la cabeza.

—Me ha mirado de una forma muy rara. —Miró preocupado a toda la gente que pasaba a su alrededor. Pero el hombre del bigote de morsa había desaparecido.

—¿Que te ha mirado? —Riccio se encogió de hombros—. ¿Y? ¿Lo conocías de algo?

Próspero negó con la cabeza y volvió a mirar a su alrededor.

Había un par de estudiantes, un hombre mayor, tres mujeres que llevaban los cestos de la compra llenos, un grupo de monjas...

Cogió a Riccio del brazo y empezó a tirar de él.

—¿Qué pasa? —Estuvo a punto de perder la caja de pasteles del susto.

—Ese tipo nos sigue.

Próspero echó a correr rápido, más rápido, sin quitar la mano del bolsillo donde llevaba el dinero de Barbarossa para que no se le cayera.

—¿De qué hablas? —le gritó Riccio.

—¡De que nos persigue! —Próspero seguía corriendo entre la gente—. Ha intentado esconderse, pero lo he visto.

Riccio volvió la cabeza hacia el supuesto perseguidor, pero todo lo que vio fueron caras aburridas que miraban los escaparates y niños que se empujaban unos a otros entre risas.

—¡Pro, eso es una tontería! —Alcanzó a Próspero y le cortó el paso—. Tranquilízate, ¿vale? Ves fantasmas.

Pero Próspero no respondió.

—¡Ven! —dijo, y metió a Riccio en un callejón que era tan pequeño que Barbarossa no habría podido pasar por él. El viento soplaba de cara, como si viviera en sitios tan estrechos. Riccio sabía adónde llevaba esa callejuela tan poco tentadora: a un patio escondido y de ahí a un laberinto de callejuelas en el que hasta un veneciano podría perderse. No era un mal camino para perder de vista a alguien que los perseguía. Pero Próspero había vuelto a detenerse, se pegó contra la pared y observó a la gente que circulaba por allí, delante de ellos.

—¿Qué pretendes? —Riccio se apoyó junto a él y se tapó los dedos con las mangas del jersey porque se estaba congelando.

—Quiero enseñarte quién es cuando pase por aquí.

—¿Y luego?

—Si nos descubre, echamos a correr.

—¡Un plan fantástico! —murmuró Riccio, que estaba tan nervioso que metió la lengua en el agujero que tenía entre los dientes. El diente que le faltaba lo había perdido en una persecución.

—Vamos, es mejor que desaparezcamos —le susurró al oído a Próspero—. Los otros nos están esperando. —Pero su amigo ni se movió.

Los niños pasaron por delante de su escondite y después las

monjas, vestidas con su hábito negro. Luego apareció un hombre: era bajito y robusto, tenía los pies grandes y llevaba un bigote de morsa. Miró a su alrededor en busca de alguien, se puso de puntillas, alargó el cuello y soltó una maldición.

Los dos chicos no se atrevían casi ni a respirar. Al final, el desconocido se fue.

Riccio se movió el primero.

—¡Conozco a ese tipo! —exclamó—. ¡Es mejor que nos vayamos antes de que vuelva!

Con el corazón desbocado, Próspero siguió a su amigo y escuchó los pasos, que los podían delatar. Echaron a correr por el callejón estrecho, cruzaron una plaza rodeada de casas, un puente y volvieron a meterse por una callejuela. Próspero ya no sabía dónde estaban, pero Riccio corría delante de él como si pudiera orientarse en aquel laberinto de calles y puentes con los ojos vendados. De repente llegaron a un lugar donde brillaba la luz del sol y delante de ellos encontraron el Canal Grande. En la orilla se amontonaba la gente y el agua resplandeciente estaba llena de barcas.

Riccio arrastró a Próspero hasta una parada de *vaporetti*, donde se escondieron entre las personas que esperaban el siguiente barco. Los *vaporetti* eran los autobuses acuáticos de Venecia y llevaban a los ciudadanos al trabajo y a los turistas de un museo a otro cuando estaban demasiado cansados para ir a pie.

Próspero examinaba a todo aquel que se acercaba a ellos, pero su perseguidor no apareció. Cuando al final atracó un *vaporetto*, los dos chicos se dejaron arrastrar a bordo por la gente y, mientras todo el mundo corría para hacerse con alguno de los pocos asientos libres que quedaban en la cubierta del barco, Próspero y Riccio se apoyaron en la borda sin apartar la vista de la orilla del canal.

—No tenemos billete —dijo Próspero preocupado, en cuanto se puso en marcha el barco, que iba lleno a rebosar.

—Da igual —respondió Riccio—. Nos bajamos en la siguiente parada. Pero mira quién hay ahí. —Miró al muelle que estaban dejando atrás—. ¿Lo ves?

Ah, sí, Próspero lo veía perfectamente. Ahí estaba, el hombre del bigote de morsa, que aguzaba los ojos y miraba en dirección del barco que acababa de partir. Riccio lo saludó para burlarse de él.

—¿Qué haces? —Asustado, Próspero le hizo bajar el brazo.

—¿Qué pasa? ¿Crees que vendrá nadando hasta nosotros? ¿O que podrá llegar hasta aquí con las piernas tan cortas que tiene? No, querido amigo. Esto es lo bueno que tiene esta ciudad. Cuando alguien te sigue, lo único que tienes que hacer es llegar al otro lado del canal y ya le has dado esquinazo a tu perseguidor. Aunque claro, tienes que vigilar que no haya un puente por ahí cerca, pero en el Canal Grande sólo hay dos, ya tendrías que saberlo.

Próspero no respondió. Hacía un rato que habían perdido al hombre de vista, pero él seguía mirando la orilla todo preocupado, como si el desconocido pudiera aparecer en cualquier momento entre las elegantes columnas de los palacios, en el balcón de un hotel o en uno de los otros barcos con los que se cruzaban.

—¡Venga, deja de mirar, lo hemos perdido! —Riccio cogió a Próspero del hombro hasta que se volvió hacia él—. Ya me había escapado de ese tipo una vez. ¡Maldita sea! —Empezó a mirar a su alrededor confuso—. Me parece que con tanto ajetreo he perdido la caja de los pasteles.

—¿Conoces a ese hombre? —Próspero miró a su amigo con incredulidad.

Riccio se apoyó en la barandilla.

—Sí. Es un detective. Acostumbra trabajar para los turistas, les busca los bolsos y los monederos cuando los pierden. Una vez casi me pilla por una de esas cosas. —Riccio se rascó la oreja y se rió—. No es muy rápido, que digamos, pero esta vez no entiendo qué buscaba... —Miró a Próspero con gran curiosidad—. Ya sabes que cumplo con nuestra regla: el pasado de cada uno, es asunto suyo. Pero... parece que te buscaba a ti. ¿Conoces a alguien que podría pagar a un detective para que te buscara?

Próspero miró a la otra orilla. El *vaporetto* redujo la marcha para detenerse en la siguiente parada.

—Quizá sí —respondió sin mirar a Riccio. Un enjambre de gaviotas volaba en círculos sobre las aguas oscuras mientras el barco se acercaba al embarcadero.

—Bajemos aquí —dijo Riccio. Saltaron a tierra uno detrás de otro a la vez que subían a bordo los nuevos pasajeros.

—Los otros pensarán que hemos huido con el botín de Escipión —exclamó. Volvieron de nuevo la espalda al Canal Grande—. Por culpa de nuestro viaje en barco se ha alargado el camino de vuelta al escondite. —Echó una mirada de curiosidad a Próspero—. ¿Te apetece contarme quién te ha echado encima a ese detective? ¿Qué has hecho? ¿Has robado algo a alguien que quiere recuperar lo que es suyo?

—No digas tonterías. Ya sabes que yo no robo. Si puedo evitarlo. —Próspero metió la mano en la chaqueta y la sacó tranquilo. El dinero de Barbarossa seguía en su sitio.

—Es cierto. —Riccio frunció el ceño y bajó el tono de voz—. ¿Es que... os busca un secuestrador de niños o algo así?

Próspero lo miró asustado.

—¡No! Tampoco es eso. —Miró una cara de piedra que lo observaba desde un arco—. Creo que nos busca mi tía. Esther, la hermana de nuestra madre. Le sobra el dinero. No tiene hijos y cuando se murió nuestra madre quiso quedarse con Bo y enviarme a mí a un internado. Por eso huimos. ¿Qué iba a hacer, si no? Es mi hermano. —Próspero se detuvo—. ¿Crees que Esther le habría preguntado si quería que fuese su nueva madre? ¡No la soporta! Dice que huele como la pintura tóxica. Y que... —se puso a reír— parece una de las muñecas de porcelana que colecciona. —Próspero se agachó y cogió un abanico de plástico que había delante del portal de una casa. Tenía el mango roto, pero estaba seguro de que a Bo no le importaría—. Mi hermano piensa que puedo protegerlo de todo —dijo, y se guardó el abanico en el bolsillo vacío—. Pero si Avispa no nos hubiese encontrado...

—Venga, no te preocupes más de ese cotilla. —Riccio tiró de él para que siguiera andando—. No te encontrará otra vez. Es muy fácil, a Bo le teñimos el pelo de negro y a ti te pintamos la cara para que parezcas el hermano gemelo de Mosca.

Próspero soltó una carcajada. Riccio siempre sabía hacerlo reír, incluso cuando no estaba de muy buen humor.

—¿Tú quieres ser adulto? —le preguntó mientras cruzaban un puente cuyo reflejo borroso se podía ver en el agua.

Riccio negó con la cabeza y se quedó un poco desconcertado.

—No, ¿por qué lo preguntas? Es muy práctico ser pequeño. No llamas tanto la atención y te quedas lleno antes. ¿Sabes lo que dice siempre Escipión? —Saltó del puente—. Que los niños son orugas y los mayores mariposas y que ninguna mariposa se acuerda de lo que sentía cuando era una oruga.

—Seguro que no —murmuró Próspero—. No le digas nada a Bo de lo del detective, ¿vale?

Riccio asintió con la cabeza.

MALA SUERTE PARA VÍCTOR

Cuando Víctor se dio cuenta de que Próspero se había escapado, se enfadó tanto que le dio una patada al poste de madera que tenía al lado, que sobresalía de las aguas sucias del canal. Luego volvió a su casa cojeando.

Durante la mitad del camino no paró de maldecirse gritando tanto que la gente se volvía al oírlo. Pero él no se dio cuenta de lo furioso que estaba.

—Como un principiante —exclamó—. Se han librado de mí como si fuera un principiante. ¿Quién era el otro? Era demasiado grande para ser el hermano pequeño. Maldita sea. Maldita sea. Maldita sea. Me encuentro cara a cara con él y dejo que se escape. ¡Seré estúpido! —Le dio una patada a una caja de cigarros vacía con su pie cojo y puso una mueca de dolor—. Es culpa mía —gruñó—. Claro, culpa mía. Un detective tan bueno como yo no busca a niños. Aunque tampoco habría podido comprar la comida para las tortugas sin este maldito trabajo.

El pie le dolía aún más cuando abrió la puerta de su casa.

—Bueno, como mínimo ahora ya sé que están en la ciudad

60

—exclamó mientras subía cojeando por las escaleras—. Y allí donde esté el mayor, también estará el pequeño. Eso está claro.

Al llegar a su piso se quitó el zapato del pie que le dolía y fue andando hasta el balcón para dar de comer a las tortugas. Su oficina aún olía a la laca de Esther Hartlieb. Qué asco, ya no soportaba más aquel olor. Y tampoco era capaz de quitarse de la cabeza a los niños. No tendría que haber colgado en la pared la foto. Los veía todo el día. ¿Dónde dormirían por la noche? Por la tarde empezaba a hacer un frío horrible en cuanto el sol desaparecía detrás de las casas. Y en el último invierno había llovido tanto que la ciudad se había inundado una docena de veces. Pero bueno, tenía tantos rincones como una madriguera y seguro que un par de niños podían encontrar siempre algún lugar seco dentro de una casa vacía o en una de las innumerables iglesias.

—Los encontraré —gruñó Víctor—. Sería ridículo si no lo consiguiera.

Cuando las tortugas acabaron de comer, se llenó su estómago hambriento con montañas de espaguetis y salchichas fritas. Luego se puso una pomada en el pie, se sentó al escritorio y rellenó un poco de papeleo que se le había acumulado. Al fin y al cabo, tenía otros encargos aparte de la búsqueda de estos niños.

«Creo que en los próximos días debería sentarme más a menudo en la Plaza de San Marcos —pensó Víctor—. Pedir un café y dar de comer a las palomas hasta que aparezcan por algún lado. Como dice el proverbio: "Toda la gente de Venecia pasa como mínimo una vez al día por la Plaza de San Marcos". ¿Por qué no iba a valer también para unos niños que han huido de casa?»

LA RESPUESTA DE ESCIPIÓN

Cuando Próspero y Riccio regresaron por fin al escondite de las estrellas, salió a su encuentro Bo todo impaciente, por lo que no les contaron a los otros nada sobre el hombre que los había seguido. De todos modos se olvidaron de su retraso cuando Próspero mostró el dinero que había conseguido sacarle al barbirrojo. Los chicos se sentaron a su alrededor incapaces de pronunciar ni una palabra a causa de la sorpresa, mientras Riccio les narraba con todo detalle la sangre fría con la que Próspero se había enfrentado a Barbarossa.

—Y además —añadió para finalizar—, el barrigón se tiñe la barba, o sea que me debes tres tebeos nuevos, Avispa. ¿O ya te has olvidado de nuestra apuesta?

Al cabo de dos horas del regreso de Próspero y Riccio sonó el timbre de la salida de emergencia y el Señor de los Ladrones se encontraba ante la puerta, tal y como había prometido. Y, para variar, lo había hecho antes de que hubiera salido la luna sobre los tejados de la ciudad. Como siempre, Mosca abrió la puerta sin preguntar la contraseña, con lo que se ganó una buena bronca, pero en cuanto Bo fue corriendo hasta él con el fajo de billetes de Barbarossa, el mismo Escipión se calló. Cogió el dinero con cara de incredulidad y lo contó billete a billete.

—Bueno, Escipión, ¿qué dices? Parece como si hubieras visto un fantasma —se burló Mosca—. ¿Puedes decirle a Avispa que ya puede comprar la pintura para mi barca?

—¿Tu barca? Sí, sí, claro. —Escipión asintió con la cabeza como si todavía estuviese medio ausente y se acercó a Próspero y Riccio—. ¿Le ha gustado algo en especial a Barbarossa?

—Sí, las pinzas para el azúcar le han encantado —respondió Riccio—. Y ha dicho que deberías llevarle más a menudo piezas tan refinadas.

Escipión frunció el ceño.

—Las pinzas para el azúcar —murmuró—. Sí, eran muy valiosas. —Negó con la cabeza como si quisiera quitarse de la cabeza algo que lo preocupaba—. Riccio —dijo—. Compra olivas y embutido picante. Hay que celebrarlo. No tengo mucho tiempo, pero sí para esto.

Riccio se metió dos billetes del dinero de Barbarossa en el bolsillo del pantalón y salió disparado. Cuando volvió, con una bolsa de plástico llena de olivas, pan, chorizo y una bolsa de *mandorlati*, unos bombones envueltos en papel de colores que tanto gustaban a Escipión, los otros ya habían puesto una manta y cojines en el suelo ante la cortina. Bo y Avispa habían juntado todas las velas que poseían y sus llamas titilantes llenaron el cine de sombras que se movían.

—¡Por un par de meses sin preocupaciones! —dijo Avispa cuando todos estaban sentados en círculo, y sirvió mosto en las copas de vino de cristal rojo que Escipión había traído de su último golpe. Luego levantó la copa y brindó por Próspero—.

Y por ti, por haber conseguido sacarle tanto dinero al barbirrojo, a pesar de que es más agarrado que una lapa.

Riccio y Mosca levantaron también sus copas. Próspero no sabía dónde mirar, pero Bo se acercó muy orgulloso a su hermano mayor y le puso uno de los gatitos que le había regalado Escipión sobre las rodillas.

—¡Sí, por ti, Pro! —dijo Escipión, y brindó el último por Próspero—. A partir de ahora, te nombro vendedor de botines. No obstante... —pasó el dedo por encima del fajo de billetes— me pregunto si después de haber obtenido un botín tan espléndido no sería aconsejable descansar durante un tiempo. —Calló un instante y luego continuó—: Un ladrón no debe ser nunca codicioso, porque, si no, al final lo acaban atrapando.

—¡Oh, pero ahora no! —Riccio hizo como si no se hubiese dado cuenta de la mirada de advertencia que le lanzó Próspero—. Barbarossa nos ha contado una cosa muy interesante hoy.

—¿De qué se trata? —Escipión se echó una oliva a la boca y escupió el hueso en la mano.

—Un cliente suyo está buscando a un ladrón. Ha dicho que la recompensa será muy buena y que te preguntemos si te interesa.

Escipión miró sorprendido a Riccio. Sin decir nada.

—Suena bien, ¿no? —dijo mientras se zampaba una loncha de chorizo. Picaba tanto que le hizo saltar las lágrimas. Avispa le pasó su copa rápidamente.

Escipión aún no había dicho nada. Se pasó la mano por su pelo liso, se tocó la goma con la que ataba la cola y carraspeó.

—Interesante —dijo—. Un encargo para un ladrón. ¿Por qué no? ¿Y qué hay que robar?

—Ni idea. —Riccio se limpió los dedos sucios de grasa en el pantalón—. Barbarossa tampoco sabe demasiado sobre el tema. Pero parece que cree que el Señor de los Ladrones es la persona más adecuada para este trabajo. —Sonrió—. Ese barrigón se imagina que eres un hombre mayor, con una media sobre la cabeza y que se mueve como un gato entre las columnas del Palacio Ducal.

Todos miraban a Escipión, que estaba sentado y jugaba con su máscara. Mientras pensaba acariciaba la nariz larga y torcida. Podían oír cómo crepitaban las velas de lo callados que estaban.

—Es muy interesante —murmuró—. Sí, ¿por qué no?

Próspero lo miró disgustado. Seguía teniendo la sensación de que les iba a ocurrir algo, problemas, peligro...

Fue como si Escipión le hubiese adivinado el pensamiento.

—¿Tú qué opinas, Pro? —le preguntó.

—Nada —respondió—. Porque no confío en Barbarossa.

Aunque bien podría haber dicho: porque no opinaba nada de robar. Al fin y al cabo él vivía de que Escipión fuera todo un maestro en ello. Escipión asintió con la cabeza.

Pero justo en ese instante Bo se echó sobre la espalda de su hermano mayor.

—Venga   dijo, y se arrodilló junto a Escipión. Le brillaban los ojos de la emoción—. Eso está chupado para ti. ¿Verdad, Escipión? ¿Verdad?

El Señor de los Ladrones se echó a reír. Le cogió a Bo el gatito que tenía entre los brazos, se lo puso en el regazo y le acarició sus diminutas orejas.

—¡Y yo te ayudaré! —Bo se acercó aún más a Escipión—. ¿Sí? Vendré contigo.

—¡Bo! ¡No digas tonterías! —le gritó Próspero—. Tú no vas a ir a ningún lado, ¿de acuerdo? Y menos aún para hacer algo que podría ser peligroso.

—¡Sí que iré! —Bo le hizo una mueca a su hermano y se cruzó de brazos.

Escipión aún no había dicho nada.

Mosca alisaba con los dedos los papeles de colores de los bombones en los que habían estado envueltos los *mandorlati* y Riccio se pasaba la lengua por el agujero que tenía entre los dientes sin quitarle la vista de encima a Escipión.

—Yo estoy de acuerdo con Próspero —dijo Avispa en mitad del silencio—. No hay motivos para arriesgarse de nuevo. Por ahora ya tenemos bastante dinero.

Escipión contemplaba su máscara y metió un dedo por los agujeros vacíos de los ojos.

—Aceptaré el encargo —dijo—. Riccio, ve a ver a Barbarossa mañana y dale mi respuesta.

Riccio asintió con la cabeza. Su cara delgada resplandecía de alegría.

—¿Esta vez nos llevarás contigo? —preguntó—. Por favor, a mí también me gustaría ver por dentro una casa tan lujosa.

—Es verdad. Yo también quiero. —Llevado por la ensoñación, Mosca miró la cortina que resplandecía con la luz de las velas, como si estuviera cosida con hilos de oro—. Me he imaginado muchas veces cómo debe de ser por dentro. He oído que hasta los suelos están hechos de oro y que en los picaportes hay diamantes de verdad.

—¡Pues ve a la Scuola di San Rocco si quieres ver cosas así! —les dijo Avispa a los demás enfadada—. El propio Escipión lo ha dicho. Debería parar una temporada. Seguro que aún están buscando al ladrón que entró en el Palazzo Contarini. ¡Sería una insensatez, una estupidez intentar llevar a cabo otro robo! —Se volvió hacia Escipión—. Si Barbarossa supiese que el Señor de los Ladrones no tiene ni barba y que sólo le llega a la altura de los hombros a pesar de llevar tacones, no lo habría preguntado nunca...

—¿Ah, sí? —Escipión se levantó como si pudiese demostrarle a Avispa lo contrario—. ¿Sabías que Alejandro Magno era más bajito que yo? ¡Tenían que ponerle una mesa delante del trono persa para que pudiera sentarse en él! No pienso cambiar de opinión. Dile a Barbarossa que el Señor de los Ladrones acepta el encargo. Ahora tengo que irme, pero volveré por la mañana. —Intentó volverse pero Avispa se lo impidió.

—¡Escipión! —dijo en voz baja—. Escúchame. Quizá seas mejor ladrón que todos los ladrones adultos de la ciudad, pero cuando Barbarossa te vea con tus tacones y tus poses de adulto le entrará la risa.

Los otros miraban a Escipión sin decir ni pío. Hasta aquel momento ninguno de ellos se había atrevido a hablarle en aquel tono. Escipión se quedó quieto donde estaba y miró a Avispa fijamente. De repente estalló en una carcajada.

—¡El barbirrojo no me verá nunca! —dijo y se puso la máscara sobre los ojos—. Y si alguna vez tiene la osadía de reírse de mí le escupiré en su cara gorda y me reiré aún más alto que él, porque no es nada más que un hombre codicioso, gordo y viejo mientras que yo soy el Señor de los Ladrones. —Con un movimiento rápido le dio la espalda a Avispa y echó a andar—. ¡Se hace tarde! —gritó por encima del hombro.

Luego se lo tragaron las sombras que las velas de la sala no habían podido espantar.

PRÓSPERO SE PREOCUPA

En mitad de la noche, mientras los otros hacía rato que dormían, se levantó Próspero. Le tapó los pies a su hermano con la manta que se había quitado de encima de tanto moverse, cogió la linterna que tenía debajo de la almohada, se vistió y pasó junto a los demás de puntillas. Riccio era incapaz de dormir sin moverse continuamente, Mosca agarraba a su caballito de mar y en la almohada de Avispa, con la cabeza apoyada sobre su pelo castaño, dormía uno de los gatitos de Bo.

Cuando Próspero abrió la puerta de la salida de emergencia, se estremeció de lo frío que era el aire aquella noche. No había una sola nube en el cielo y en el canal que había detrás del cine se reflejaba la luna.

Las casas de la orilla de enfrente estaban a oscuras. Sólo había una luz encendida en una de las ventanas. «Todavía queda alguien que no puede dormir», pensó Próspero. Un par de escalones anchos y desgastados llevaban al agua. Parecía que la escalera conducía hasta el fondo del canal, que se adentraba en las profundidades y llegaba hasta otro mundo. Una vez, cuando estaba sentado con Bo y Mosca al borde de un canal, su hermano pequeño dijo que las escaleras habían sido construidas por tritones y sirenas. Entonces Mosca le preguntó cómo podían subir por aquellos escalones tan resbaladizos con sus colas de pescado. Próspero se echó a reír mientras lo recordaba. Se puso en el primer escalón y miró al agua iluminada por la luz de la luna. Las viejas casas también se reflejaban distorsionadas. Como lo llevaban haciendo desde antes de que naciera Próspero, desde antes de que hubieran nacido sus padres y sus abuelos. Cuando paseaba por la ciudad le gustaba palpar con los dedos los ladrillos de las casas. Las piedras de Venecia tenían un tacto distinto, todo era diferente. ¿Diferente de qué? Diferente de antes.

Próspero intentó no pensar en ello, a pesar de que no echaba de menos su casa. Hacía tiempo que ya no le ocurría. Ni tan siquiera de noche. Aquella ciudad era ahora su casa. Como un animal grande y manso, la ciudad de la luna los había acogido, los había escondido en sus callejones sinuosos, los había hechizado con sus olores y ruidos desconocidos. Incluso les había preparado un grupo de amigos. Próspero deseaba no marcharse nunca de ahí. Nunca jamás. Se había acostumbrado a oír el murmullo del agua contra la madera y la piedra. ¿Pero qué ocurriría si tenían que volver a casa? Por culpa del hombre del mostacho de morsa.

Riccio y él aún no les habían contado nada a los otros sobre su perseguidor. No obstante estaban todos en peligro, ya que si el detective conseguía encontrarlo a él y a Próspero, también descubriría el escondite de las estrellas. Y a los demás: a Mosca, que no quería regresar con su familia porque no lo echaban de menos; a Riccio, que tendría que volver al orfanato; a Avispa, que no les había contado nada de su casa porque se ponía demasiado triste... Y a Escipión. Próspero temblaba de frío y se tapó las rodillas con los brazos. ¿Qué ocurriría si el detective que los buscaba a Bo y a él también descubría al Señor de los Ladrones? Sería una forma horrible de agradecerle a Escipión que se hubiese ocupado de ellos.

En los escalones húmedos había un billete de *vaporetto* roto. Próspero lo lanzó al canal y miró cómo se lo llevaba la corriente.

«No sirve de nada, tengo que hablarles del detective», pensó. Pero ¿cómo se las arreglaría para decírselo sin que se enterara Bo? Su hermano se sentía muy seguro y lo había creído cuando le había dicho que Esther nunca los buscaría en Venecia.

En la casa de enfrente se movió una sombra detrás de la ventana iluminada. Entonces se apagó la luz. Próspero se puso de pie. Los escalones de piedra estaban fríos y húmedos y se estaba helando. «Ahora, mientras Bo duerme —pensó—. Ahora les hablaré a los otros sobre el hombre del mostacho de morsa. Quizas así Escipión se quitará de la cabeza la idea de aceptar el encargo de Barbarossa.» Pero quizás —a Próspero no le gustó pensar en ello—, quizás Escipión los echaría a Bo y a él. ¿Y qué harían entonces?

Próspero regresó al cine abandonado con el corazón en un puño.

—¡Despierta, Avispa! —Próspero la sacudió levemente por el hombro, pero ella se asustó tanto que el gatito rodó como una pelota por la almohada.

—¿Qué pasa? —murmuró ella y se frotó los ojos para desperezarse.

—Nada. Tengo que contaros una cosa.

—¿En mitad de la noche?

—Sí. —Próspero se levantó para despertar a Mosca, pero Avispa lo detuvo—. Espera, antes de despertar a los otros cuéntame a mí lo que ocurre.

Próspero miró a Mosca, que se tapaba siempre tanto para dormir que sólo se le veía su pelo pincho.

—De acuerdo, Riccio ya lo sabe.

Se sentaron uno junto al otro en las sillas plegables, tapados con un par de mantas. La calefacción del cine funcionaba tan mal como la luz y las estufas que había conseguido Escipión, que sólo calentaban un poco la sala grande.

Avispa encendió dos velas.

—¿Y bien? —preguntó y miró a Próspero llena de expectación.

—Cuando Riccio y yo salimos de la tienda de Barbarossa... —Próspero hundió la barbilla entre las mantas— me encontré con un hombre. Al principio sólo me llamó la atención que me mirara de una forma rara, pero luego me di cuenta de que me estaba siguiendo. Conseguimos escapar de él, corrimos hasta el Canal Grande y cruzamos hasta la otra orilla con un *vaporetto* para dejarlo atrás. Pero Riccio lo reconoció. Dice que es un detective. Y por lo que parece, me busca a mí. A mí y a Bo.

—¿Un detective de verdad? —Avispa sacudió la cabeza como si no acabara de creérselo—. Pensaba que sólo existían en los libros y las películas. ¿Está seguro Riccio?

Próspero asintió con la cabeza.

—Sí, pero quizá también lo buscaba a él. Sabes que no puede dejar de robar.

—No. —Próspero suspiró y miró al techo, que estaba totalmente cubierto por la oscuridad—. Me seguía a mí. La forma en que me miró... Nos encontrará mientras mi tía espera sentada en uno de los hoteles más elegantes de Venecia a que le lleve a Bo. Y a mí me meterán en algún internado y sólo podré ver a mi hermano una vez al mes y algunos días durante las vacaciones de verano y Navidad. —Se le revolvieron las tripas sólo de pensar en ello y le hicieron tanto daño que se puso los brazos sobre el estómago. Cerró los ojos como si de esa manera fuera a dejar de tener miedo, pero obviamente no funcionó.

—Venga, ¿cómo quieres que os encuentre aquí? —Avispa le pasó la mano por la espalda y lo miró con cara de preocupación—. Vamos, no te agobies.

Próspero se tapó la cara con las manos. Al fondo de la sala Riccio murmuró algo mientras soñaba. Era muy inquieto cuando dormía. Como si tuviera a alguien sentado en el pecho.

Próspero se levantó.

—No le digas nada a Bo, ¿vale? Tiene que creer que aquí estamos seguros. Pero Mosca y Escipión deben saberlo. Si no, podríais enfadaros mucho, y con razón, si este detective nos descubre...

—¡Qué dices! No nos encontrará. —Avispa se rascó la nariz—. Tenemos un buen escondite. El mejor. ¡Caray! He pillado un resfriado. ¡Por una vez, Escipión podría robar una estufa más buena en vez de pinzas para el azúcar y cucharas de plata!

—Riccio quiere teñirle el pelo a Bo y que yo me pinte la cara para que ese hombre no nos reconozca —dijo Próspero.

Avispa se rió.

—Creo que bastará si te rapo el pelo, pero lo de Bo es buena idea. Le diremos que las abuelas no le tocarán tanto la cabeza si se tiñe de negro. Lo odia.

—¿A ti te parece que nos creerá?

—Si no, Escipión tendrá que decirle que los chicos de pelo

rubio no pueden convertirse en ladrones famosos. Tu hermano intentaría volar incluso, si él se lo pidiese.

—Es verdad. —Próspero rió aunque sintió cómo le corroían los celos por dentro.

—A Escipión le gustará lo del detective. —Avispa se frotó los brazos para calentarse—. Se quedará decepcionado de que no lo esté buscando a él. Eso sí que sería un encargo divertido para un detective: averiguar dónde duerme el Señor de los Ladrones. ¿Quizá baja al amanecer por las almenas del Palacio Ducal después de haber pasado la noche en un cómodo calabozo? ¿Dormirá arriba en los *piombi*, donde sudaron tanto en el pasado los enemigos de Venecia, o abajo en los *ponti*, donde se pudrían? Ves, ahora te he hecho reír. —Avispa se levantó con cara de felicidad y despeinó a Próspero—. Mañana tendrás un nuevo corte de pelo —dijo—, y ahora no te preocupes más por ese detective.

Próspero asintió con la cabeza.

—Entonces... ¿tú no crees que... —preguntó dubitativo— que os hemos metido en un problema? ¿No crees que sería mejor que Bo y yo nos fuéramos?

—¿Estás sordo o qué? —Avispa negó con la cabeza—. ¿Cómo quieres que piense eso? A Riccio lo ha buscado la policía muchas veces. ¿Y por eso lo hemos echado? No. ¿Y qué me dices de Escipión? ¿Acaso no nos pone a todos en peligro con sus robos? —Avispa lo levantó de su asiento—. Venga, vámonos a dormir. Cielos, cómo ronca Mosca.

Próspero se cambió otra vez y se acurrucó junto a su hermano bajo las mantas. Aun así, le costó mucho dormirse.

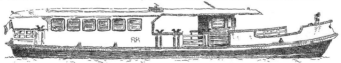

EL RECADO

A la mañana siguiente, Riccio fue a ver a Barbarossa para transmitirle la respuesta del Señor de los Ladrones. Tal y como le había mandado Escipión.

—¿Acepta? Perfecto, mi cliente se alegrará mucho —dijo el anticuario con una sonrisa de felicidad—. Pero debéis tener un poco de paciencia. No es fácil hacerle llegar un recado. Este hombre no tiene ni teléfono.

Durante los dos días siguientes Riccio fue a la tienda de Barbarossa en vano, pero al tercero ya tenía el encargo que habían estado esperando.

—Mi cliente quiere reunirse con vosotros en la basílica, la basílica de San Marcos —aclaró Barbarossa, mientras estaba delante de un espejo en su oficina y se recortaba la barba con unas tijeras diminutas—. Al *conte* le gusta hacerlo todo con mucho misterio, pero nunca se tienen problemas de negocios con él. Me ha comprado un par de piezas excelentes y siempre a muy buen precio. No le hagáis preguntas curiosas porque no lo soporta, ¿de acuerdo?

—¿El *conte*? —preguntó Riccio con gran respeto—. ¿Eso significa que es un conde de verdad?

—Naturalmente. Espero que el Señor de los Ladrones se comporte como es debido. —Barbarossa se quitó un pelo de la nariz con el semblante muy serio—. Cuando os encontréis con él veréis que no hay duda de su ascendencia noble. No me ha confiado nunca su nombre, pero supongo que es un Vallaresso. Algunos miembros de esta venerable familia no han sido bendecidos por la felicidad. La gente habla de una maldición. Pero bueno —el barbirrojo se acercó un poco más al espejo y se arrancó otro pelo rebelde—. Sea como sea, pertenecen a las viejas familias, ya sabes: a los Correr, Vendramin, Contarini, Venier, Loredan, Barbarigo y, como todo el mundo dice, controlan el destino de esta ciudad desde hace años sin que ninguno de nosotros sepa lo que ocurre. ¿No es cierto?

Riccio asintió con la cabeza sorprendido. Había oído los nombres que el barbirrojo había recitado de carrerilla y con gran devoción. Conocía los palacios y museos que se llamaban así, pero no sabía nada de las personas de quienes habían tomado su nombre.

Barbarossa dio un paso hacia atrás y se observó a sí mismo en el espejo complacido.

—Bueno, como he dicho, debéis llamarle siempre «*conte*» para que esté contento. El Señor de los Ladrones se entenderá de maravilla con él, al fin y al cabo a vuestro jefe le encanta rodearse de un velo de misterio. Algo que resulta más que aconsejable para su trabajo. ¿No crees?

Riccio volvió a asentir con la cabeza. Se moría de ganas por que el gordo regresara al asunto que lo había llevado a su tienda para volver a casa y contarles a los demás el encargo. No paraba de mover los pies de lo impaciente que estaba.

—¿Cuándo? ¿Cuándo tenemos que encontrarnos con él en la basílica? —preguntó, mientras Barbarossa se había vuelto a poner frente al espejo para depilarse las cejas.

—Mañana por la tarde, a las tres en punto. El *conte* os esperará en el primer confesionario de la izquierda. ¡Y no lleguéis tarde, por favor! Este hombre es puntualísimo.

—De acuerdo —murmuró Riccio—. A las tres en punto. —Se volvió para irse.

—¡Un momento, un momento, no tan rápido, pelo pincho! —Barbarossa le hizo señas a Riccio—. Dile también al Señor de los Ladrones que el *conte* desea encontrarse con él en persona. Como acompañante puede llevar a quien quiera, a un mono, a un elefante o a alguno de vosotros. Pero él también debe ir. El *conte* quiere hacerse una idea de él antes de confiarle más sobre el encargo. Al fin y al cabo... —puso cara de ofendido— a mí no me ha dejado que me acercara tanto nunca.

Esto no sorprendió a Riccio, pero el deseo del *conte* de ver a Escipión le aceleró el corazón.

—Esto, esto... —balbuceó— no le gustará a Esci... al Señor de los Ladrones.

—Bueno —Barbarossa se encogió de hombros—, entonces tampoco le dará el encargo. Que pases un buen día, enano.

—Igualmente —murmuró Riccio, que le sacó la lengua mientras el anticuario estaba de espaldas y emprendió el camino de vuelta a casa algo intranquilo.

VÍCTOR ESPERA

Víctor se sentó en la Plaza de San Marcos, rodeado por cien sillas y mil columnas mientras bebía un café solo con tres azucarillos, que resultaban difíciles de remover en aquella taza minúscula. Y era tan caro que prefería no pensar en ello. Llevaba más de una hora sentado en aquella silla fría y dura mirando las caras de la gente que pasaba cerca de su mesa. No se había puesto el bigote del día que tropezó con Próspero. Esta vez había renunciado a ponerse un bigote postizo, pero llevaba unas gafas con cristales sin graduación que le hacían parecer un poco tonto e inofensivo. Se miró a sí mismo satisfecho. «Perfecto —pensó—, un camuflaje perfecto: Víctor el turista. Gorra y cámara de fotos colgada sobre el pecho.» Era uno de sus disfraces favoritos. Como iba de turista, podía hacer todas las fotos que quisiera sin levantar ninguna sospecha. O mezclarse con los grupos de gente de viajes organizados que bajaban de un barco, daban una vuelta por la ciudad durante cinco horas, fotografiaban todo lo que tuviera pinta de ser antiguo y mostrase un poco de oro en la fachada.

«¡Cómo me gusta mi trabajo!», pensó y parpadeó al mirar el sol a lo lejos. Sus rayos resplandecían en los ventanales de la basílica, como si el cristal se estuviese derritiendo bajo el calor del sol. En el vértice del tejado había unos ángeles con las alas doradas que parecían subir hacia el cielo y sobre la entrada principal, entre los cientos de estrellas resplandecientes, se hallaba el león con sus alas extendidas.

Casi todos los que entraban en la Plaza de San Marcos por primera vez parecían tan perplejos como si hubiesen llegado a un lugar fabuloso que sólo habían visto en sueños. Algunos se quedaban medio hechizados, como si no quisieran irse nunca más. Otros ponían cara de niño, mientras miraban atónitos los ventanales resplandecientes y el león entre las estrellas. Sólo unos pocos se quedaban como si aquella avalancha de belleza no les conmoviera lo más mínimo y seguían paseando con cara de palo, orgullosos de que no hubiera nada en el mundo que pudiese sorprenderlos. Víctor nunca estaba seguro de si debía compadecer o temer a aquella gente.

Mientras removía su café con una cuchara que era demasiado pequeña para sus dedos, llegó un sinfín de personas a la plaza y él las examinó con paciencia, una detrás de otra. Pero las dos caras que buscaba no estaban allí. «¡Bueno! Quizá confío demasiado en mi suerte», pensó, se sonó la nariz, que ya empezaba a estar muy fría, y le pidió otro café al servicial camarero. Como mínimo, era mejor estar ahí sentado en vez de los hartones que se había dado andando en los últimos días. Había estado en las comisarías de los *carabinieri*, en los orfanatos, en los hospitales, en la estación. Había hablado con pilotos de barca y revisores de *vaporetto*, les había enseñado la fotografía de Bo y Próspero y había soportado a regañadientes

cientos de respuestas negativas. Si Próspero no hubiese chocado con él, Víctor habría tenido serias dudas de que los hermanos hubiesen llegado a Venecia.

Ya basta. Víctor sintió que la oportunidad que había perdido
le revolvía de nuevo las tripas. Sí, sí, sólo tendría que haberlo
cogido y, ¡zas!, habría atrapado al chico. Borrón y cuenta nueva. Aburrido, Víctor se puso unas gotas de café en la punta de
la nariz. El hombre que estaba sentado en la mesa de al lado
dejó bien claro que no le gustaban tales diversiones y miró a
Víctor en tono desaprobatorio por encima de su periódico. El
detective le hizo una mueca y se limpió el café de la nariz con
la manga. Basta de tonterías. Ya era hora de que se pusiera a
pensar en ganar dinero. Una de sus tortugas se había resfriado,
no paraba de estornudar, pobrecita, y los veterinarios eran
muy caros.

Una paloma se puso debajo de la mesa, una de las miles que
había en la plaza, y empezó a picotearle los cordones de los zapatos. Cuando le dio la vuelta al bolsillo de la chaqueta para
lanzarle las migas del bocadillo de su desayuno ante su pico
inquieto, se le cagó en la punta del zapato para darle las gracias. Vaya día.

Víctor suspiró profundamente y miró la hora. Faltaban poco
para las tres. «Ya es hora de que me eche al estómago algo más
que café», pensó. Tuvo que sonarse de nuevo la nariz a causa
de lo fría que la tenía. Entonces vio de repente a seis niños al
otro lado de la plaza, que estaban junto a las mesas de la cafe-
tería de enfrente. Llamaron su atención porque andaban muy
deprisa y porque el chico al que seguían los demás, como si
fuera su jefe, llevaba una máscara negra que le hacía parecer
un ave de rapiña. Se dirigían hacia la basílica. Entre ellos había

79

una chica y un niño bastante pequeño, pero no era rubio. Víctor levantó el periódico y los observó disimuladamente. El chico flaco con el pelo pincho, que seguía al jefe, le sonaba de algo, pero antes de que pudiera verlo bien desaparecieron todos de repente, tragados por un enorme grupo de turistas canadienses que llevaban mochilas de color rojo chillón. Debían de haber llenado un *vaporetto* ellos solos. «¡Apartaos a un lado, aves migratorias!», gruñó Víctor y estiró el cuello para intentar verlos, a pesar de lo corto que lo tenía. Ahí. Ahí detrás estaban de nuevo: cuatro chicos, una chica y el jefe enmascarado. También estaba el muchacho flaco que tanto le sonaba. Maldita sea otra vez, este pelo pincho... ¡Claro! Víctor se levantó. Ya había pagado sus cuatro cafés. Un detective paga siempre en cuanto le sirven, ya que no se le puede escapar un sospechoso porque el camarero no sea lo bastante rápido. Fue andando hasta la basílica y se sentó a una mesa cerca de ella sin quitar la vista de encima a los niños.

«¡Sí, es él!», pensó Víctor y se puso bien las gafas falsas. «Es el chico que estaba con Próspero. Y el...»

—¡Date la vuelta! —murmuró y observó al chico del pelo oscuro que se había quedado un poco atrás, a través del objetivo de su cámara de fotos. El cariño con que había puesto su brazo sobre el pequeño. Sí, tenía que ser él, Próspero...

—¡Mira hacia aquí! —susurró entre dientes—. ¡Mira hacia aquí, por favor, Próspero!

En la mesa que había a su derecha se volvió una mujer y lo miró con desconfianza. Víctor le sonrió avergonzado. ¿Por qué no era capaz de quitarse la costumbre de hablar consigo mismo en voz alta?

Ahí. Por fin. El chico del pelo negro se dio la vuelta.

80

—¡Maldita sea, es él! —Víctor empezó a tamborilear con los dedos sobre la mesa de lo contento que estaba—. Próspero el Feliz. Vaya, amigo, en este momento acaba de abandonarte tu suerte y Víctor la ha recogido. ¿Te has cortado el pelo? Lo siento, pero con esto no conseguirás despistarme. ¿Y qué le ocurre al pequeño al que abrazas tan fraternalmente? Tiene el pelo tan negro como si se hubiese caído en un barril de tinta.

Tinte. Claro.

El detective se puso a cantar en voz baja para sí mismo, mientras iba sacando una foto detrás de otra de la basílica, de los leones con alas y... de los dos hermanos.

Todo aquel que vive en Venecia viene una vez al día a la Plaza de San Marcos. Sólo hay que tener paciencia. Paciencia. Aguante. Suerte. Un montón de suerte. Y buena vista...

A Víctor le faltaba muy poco para empezar a ronronear como un gato satisfecho y feliz.

EL ENCUENTRO
EN EL CONFESIONARIO

—¡Ven aquí, Bo! —le ordenó Próspero—. Ya son las tres. Ven de una vez.

Pero su hermano se encontraba delante del atrio de la basílica, observando los caballos que había arriba. Siempre que iba a la Plaza de San Marcos se detenía en el mismo lugar, levantaba la cabeza y los miraba. Cuatro caballos, enormes, dorados, que corrían y relinchaban. Bo siempre se preguntaba por qué no habían bajado nunca a pesar de lo vivos que parecían.

—¡Bo! —Cansado de esperar, Próspero arrastró a su hermano entre la multitud de personas que se amontonaban a la entrada de la inmensa iglesia, ansiosas por ver los techos y paredes dorados.

—Están furiosos —dijo Bo, mientras miraba a su alrededor.

—¿Quiénes?

—Los caballos de oro.

—¿Furiosos? —Próspero frunció el entrecejo y siguió arrastrándolo—. ¿Por qué?

—Porque los han robado y arrastrado hasta aquí —murmuró el pequeño—. Me lo ha contado Avispa.

Se aferró con fuerza a la mano de su hermano cuando entraron en la basílica para no perderlo entre la muchedumbre. En las calles no tenía miedo, pero en esa plaza enorme sí. La plaza de los leones la llamaba él, sabía que tenía otro nombre, pero la había bautizado así. Durante el día los adoquines pertenecían a las palomas y a los turistas. Pero de noche, Bo estaba seguro de que cuando las palomas dormían en todos los tejados y hacía rato que la gente se había ido a dormir, la plaza pertenecía a los caballos dorados y los leones alados que se encontraban entre las estrellas.

—Ya hace mil o cien años que los han traído aquí —dijo Bo.

—¿A quiénes? —preguntó Próspero y tiró de él para pasar entre una pareja que estaba de luna miel y que se había sacado una fotografía delante de la basílica.

—¡Los caballos! —Bo volvió a mirar hacia arriba pero ya no los pudo ver—. Los veneciense s los robaron en una ciudad muy, muy lejana que conquistaron y saquearon. Avispa dice que en el pasado los veneciense s fueron muy poderosos y belicosos. Todo el oro de la basílica proviene de los botines de guerra. O de haberlo robado. Antes de que lo pusieran en las paredes y los techos.

—Basílica —le corrigió Próspero—. Y se llaman venecianos, no veneciense s.

Miró las esferas de azul y oro que llamaban la atención desde el lado norte de la plaza, junto a la torre del reloj. Eran las tres menos cinco.

Escipión y los otros ya se encontraban junto a las fuentes de leones, delante de la entrada lateral de la basílica, y los estaban esperando. El Señor de los Ladrones se había quitado la máscara y jugaba impaciente con ella.

—¡Bueno, por fin! —dijo cuando Bo se sentó a su lado en el borde de la fuente—. ¿Has ido a ver otra vez los caballos?

Bo se miró los pies. Avispa le había comprado unos zapatos nuevos. Eran un poco grandes, pero muy bonitos. Y, además, calientes.

—¡Escuchad! —Escipión les hizo un gesto a los demás con la mano para que se acercaran y bajó la voz, como si tuviera miedo de que alguna de las personas que corría por allí pudiese estar escuchándolos—. No quiero aparecer en la cita con todo un séquito detrás, por lo tanto lo haremos de la manera siguiente: cuando entre me acompañarán Próspero y Mosca, mientras tanto vosotros tres esperaréis aquí junto a la fuente.

Bo y Riccio quedaron decepcionados.

—¡Pero yo no quiero esperar aquí! —El labio inferior de Bo empezó a temblar, lo cual no podía significar nada bueno. Avispa le acarició el pelo para consolarlo, pero él apartó la cabeza.

—¡Bo tiene razón! —exclamó Riccio—. ¿Por qué no podemos entrar todos? ¿Por qué sólo Mosca y Próspero?

—Porque no somos lo bastante buenos para formar parte del séquito del Señor de los Ladrones —respondió Avispa antes de que Escipión pudiese decir algo—. Bo es demasiado pequeño, tú pareces que tengas ocho años y yo soy una niña, lo que ya me descalifica para ello. No, nosotros tres los dejaríamos en ridículo, ¿no es cierto, Señor de los Ladrones?

Escipión se mordió los labios enfurecido. Sin pronunciar una palabra, pasó con un aire de superioridad por delante de ellos y bajó los escalones de la fuente.

—Vamos —les dijo a Mosca y Próspero, pero los dos dudaron y no lo siguieron hasta que Avispa dijo:

—Venga, idos.

Riccio se quedó donde estaba, intentando reprimir las lágrimas de la decepción que sentía mientras miraba a los otros tres, pero Bo se echó a llorar tan fuerte que su hermano regresó corriendo, a pesar de la mala cara que puso Escipión.

—¡Pero si a ti no te gusta la basílica! —le susurró a Bo—. Siempre te parece que está muy oscuro, o sea que no te pongas así. Quédate aquí en la fuente, cuida de Avispa y no te alejes de aquí.

—Pero esto es un rollo —murmuró Bo y le acarició la zarpa a uno de los leones de piedra que había en la fuente.

—¡Próspero, ven de una vez! —gritó Escipión enfadado desde el portal lateral de la basílica.

—Hasta luego —dijo Próspero y entró con Mosca y el Señor de los Ladrones en la inmensa iglesia.

Bo había bautizado a la basílica como «La cueva de oro» cuando entró en ella por primera vez con su hermano. Pero los mosaicos dorados de ángeles, reyes y santos, las paredes y techos estaban adornados y resplandecían sólo a ciertas horas, cuando la luz del sol entraba por el ventanal de la iglesia. En ese momento estaba todo a oscuras y la penumbra se tragaba las imágenes, unidas por miles de perlas y piedras preciosas, que llenaban la inmensa bóveda. La claridad y el calor se habían quedado en la plaza, como si ya no hubiese más.

Recorrieron el pasillo central con bastante indecisión. Sus pasos retumbaban en el suelo de piedra. Sobre sus cabezas se extendían las cúpulas doradas, cuyo esplendor disimulaba la oscuridad. Entre las altas columnas que las soportaban, los tres chicos se sentían tan pequeños que, de modo casi instintivo, andaban pegados uno al otro. La penumbra que había a su alrededor estaba empapada de quietud, de susurros, cuchicheos y murmullos y del ruido que hacían las suelas de los zapatos al rozar la piedra fría.

—¿Dónde están los confesionarios? —murmuró Mosca y miró a su alrededor—. No he estado aquí muchas veces. No me gustan las iglesias. Me hacen sentir incómodo.

—Yo sé dónde están —dijo Escipión, que volvió a ponerse la máscara. Seguro de sí mismo, como uno de los guías de grupos de turistas que mostraban las maravillas de la basílica, iba delante de los otros dos. Los confesionarios se hallaban un poco apartados, en la nave lateral de la gran iglesia. El primero del lado izquierdo no se diferenciaba en nada de los demás, que parecían cajas de madera oscura, tapadas con cortinas de color rojo, con una puerta en el medio, a través de la cual el sacerdote se introducía en el estrecho interior. Una vez dentro se sentaba en un banco y pegaba la oreja a una pequeña ventana a través de la cual podía susurrarle sus pecados todo aquel que quisiera, para que se los quitara del alma.

Delante del pecador había también una cortina, por supuesto, que lo escondía de cualquier mirada curiosa, en el lado del confesionario. Y esta cortina fue la que apartó Escipión. Tras ponerse bien la máscara una última vez y de carraspear a causa de los nervios. El Señor de los Ladrones se esforzaba por demostrar que era la calma en persona, pero Próspero y Mosca se dieron cuenta de que le latía el corazón con tanta fuerza como a ellos, cuando entraron en el confesionario con él.

Cuando Escipión miró el banco que se escondía en la oscuridad al otro lado, dudó un instante, pero luego se arrodilló. Era la única forma de que la ventanita le quedara a la altura de los ojos para que la persona que estuviera sentada en el confesionario pudiese verlo. Próspero y Mosca se pusieron detrás como si fueran sus guardaespaldas. Escipión, de rodillas, se quitó la máscara oscura de la cara y esperó a que ocurriera algo al otro lado de la ventanita tapada por la cortina.

—Quizas aún no ha llegado. ¿Quieres que vayamos a verlo? —murmuró Mosca un poco inseguro.

Pero alguien corrió la cortina al otro lado de la ventanita. En la oscuridad que dominaba en el confesionario, brillaban dos ojos, redondos y claros, sin pupilas. Próspero se asustó y hasta que miró por segunda vez no se dio cuenta de que eran cristales de gafas en los que se reflejaba la poca luz que había.

—En una iglesia no se debería llevar máscara ni sombrero —dijo una voz áspera, que parecía la de un hombre mayor.

—En un confesionario tampoco debería hablarse sobre robos —respondió Escipión—. Y a eso hemos venido, ¿no?

A Próspero le pareció oír una leve sonrisa.

—Así que eres de verdad el Señor de los Ladrones —dijo el desconocido en voz baja—. Muy bien, no te quites la máscara si no deseas mostrar tu cara. Ya veo que eres muy joven.

Tieso como un palo, Escipión permanecía de rodillas.

—Por supuesto. Y a juzgar por su tono de voz, usted parece muy mayor. Pero para nuestros negocios la edad no tiene ninguna importancia, ¿no?

Próspero y Mosca intercambiaron una mirada rápida. Escipión no podía evitar tener el cuerpo de un niño, pero le resultaba tan fácil expresarse como un adulto, que era algo que lo llenaba de admiración.

—De ningún modo —respondió el hombre mayor en voz baja—. Deberás disculpar mi asombro a causa de tu edad. Cuando Barbarossa me habló del Señor de los Ladrones, no me imaginé que se trataría de un chico de doce o trece años. Pero no me malinterpretes: yo opino lo mismo que tú, que en este caso la edad no tiene ninguna importancia. De hecho, incluso cuando yo tenía ocho años tuve que empezar a trabajar como un adulto, a pesar de que mi cuerpo era pequeño y débil. Pero a nadie le importaba.

—En mi profesión, tener un cuerpo pequeño es de gran utilidad, *conte* —dijo Escipión—. Así debo llamarle, ¿no es cierto?

—Exacto, puedes dirigirte a mí de esta manera. —El hombre del confesionario carraspeó—. Como Barbarossa te habrá dicho, estoy buscando a alguien que pueda conseguirme algo que deseo hace años y nunca he podido encontrar. Lamentablemente, este objeto se encuentra en posesión de un desconocido. —El hombre volvió a carraspear. Las gafas se acercaron mucho a la ventanita y Próspero creyó reconocer el contorno de una cara—. Si te haces llamar el «Señor de los Ladrones», supongo que ya habrás entrado alguna vez en alguna de las casas más distinguidas de la ciudad, sin que te hayan pillado, ¿no?

—Por supuesto. —Escipión se frotó las rodillas, que le dolían—. Nunca me han cogido. Y he entrado en más de la mitad de las casas más distinguidas de la ciudad. Sin que me hayan invitado nunca.

—Muy bien. —Con sus dedos fuertes, llenos de manchas a causa de la edad, se puso bien las gafas—. Entonces estamos de acuerdo. La casa que quiero que visites se encuentra en Campo Santa Margherita, número 423, y pertenece a la *signora* Ida

Spavento. No es una casa muy ostentosa, pero al menos tiene un pequeño jardín que, como ya sabrás, en Venecia equivale a poseer un tesoro. En este confesionario te dejaré un sobre en el que encontrarás toda la información necesaria para llevar a cabo mi encargo: un plano de la Casa Spavento, un par de explicaciones sobre el objeto que debes robar, así como una foto de él.

—Perfecto —exclamó Escipión—. Me resultará muy útil y nos ahorrará trabajo a mí y a mis ayudantes. Ahora hablemos sobre el pago.

Próspero oyó cómo de nuevo reía en voz baja el hombre.

Veo que eres todo un hombre de negocios. Vuestra recompensa será de dos mil quinientos euros, que os pagaré en cuanto me entreguéis el botín.

Mosca cogió a Próspero del brazo con tanta fuerza que le hizo daño. Escipión estuvo un rato sin decir nada y cuando volvió a hablar lo hizo con una voz muy débil.

—Dos mil quinientos —repitió lentamente—. Me parece un precio justo.

—No podría pagarte más aunque quisiera —respondió el conde—. Y ya verás que lo que tienes que robar sólo tiene valor para mí, ya que no está hecho de oro ni de plata, sino de madera. Así pues, ¿trato hecho?

Escipión respiró profundamente.

—Sí —dijo—. Trato hecho. ¿Cuándo quiere que le entreguemos el botín?

—Oh, cuando tú consideres que es el mejor momento, cuanto antes mejor. Soy un hombre mayor y me gustaría ver el fin de mi larga búsqueda. No tengo otro deseo en esta vida que poder tener en mis manos lo que tienes que robar para mí.

Cuánta ansiedad transmitía con su tono de voz. «¿Qué puede ser?», pensó Próspero. ¿Qué objeto puede ser tan maravilloso como para que un hombre lo anhele tanto? De hecho no era más que un objeto que tenían que robar para ese hombre mayor. No era nada vivo. ¿Podía alguien desear con tanta fuerza algo muerto?

Escipión asintió con la cabeza mientras miraba ensimismado a través de la ventanita oscura.

—¿Cómo quiere que le comunique que he tenido éxito? —preguntó—. Barbarossa ha dicho que es usted una persona difícil de localizar.

—Es cierto —se oyó un carraspeo en la oscuridad—. Pero encontrarás todo aquello que necesitas en este confesionario en cuanto me haya ido. Cuando corra la cortina de esta ventanita, contad hasta cincuenta antes de venir a buscar lo que os haya dejado. Yo también guardo con sumo cuidado mi secreto, pero no necesito máscaras. Avisadme de que habéis tenido éxito y al día siguiente recibiréis mi respuesta en la tienda de Barbarossa, en la que os comunicaré cuándo cambiaremos el botín por la recompensa. Te diré el lugar ahora, ya que a Barbarossa le gusta abrir las cartas que no son para él, y prefiero hacer este negocio sin que esté de por medio. Recuérdalo bien: nos volveremos a encontrar en la Sacca della Misericordia, la pequeña bahía que hay al norte de la ciudad. Ya descubrirás cuál es el lugar exacto. Por si no conoces la Sacca, la encontrarás en cualquier mapa de Venecia. Te deseo suerte, Señor de los Ladrones. Hace tanto tiempo que mi corazón anhela lo que tienes que robar para mí, que está cansado de tanta ansiedad.

El *conte* corrió la cortina de la ventanita de golpe. Escipión se levantó y escuchó atentamente. Un grupo de turistas pasaba arrastrando los pies por delante del confesionario mientras un guía les comentaba en voz baja los mosaicos que tenían encima de la cabeza.

—¡Cuarenta y ocho, cuarenta y nuevo, cincucnta! —dijo Mosca cuando el grupo se alejó por fin y la voz del guía se oía a lo lejos.

Escipión lo miró con una sonrisa burlona.

—Vaya, pues sí que has contado rápido —dijo y corrió la cortina. Con gran cuidado salieron uno detrás de otro.

—Entra tú, Próspero —murmuró Escipión, mientras él y Mosca se ponían de pie frente al confesionario como si fueran cl cscudo de protección.

Próspero abrió lentamente la puerta de los sacerdotes y entró. Sobre el pequeño banco que había bajo la ventanita encontró un sobre sellado y un cesto con la tapa adornada con unas cintas. Cuando Próspero lo levantó, algo hizo un ruido dentro. Casi se le cayó del susto. Escipión y Mosca miraron con cara de sorpresa en el interior cuando salió con lo que había encontrado en el confesionario.

—¿Un cesto? ¿Qué hay dentro? —preguntó Mosca con gran recelo.

—No lo sé, pero hace ruido. —Próspero levantó con sumo cuidado la tapa, pero Mosca se la hizo bajar con cara de asustado.

—¡Espera! —murmuró—. ¿Hace ruido? Quizas hay una serpiente.

—¿Una serpicnte? —Escipión se rió—. ¿Por qué nos iba a dar el *conte* una serpiente? Todo esto es culpa de las historias que os lee Avispa todos los días. —Pegó la oreja a la tapa del cesto—. Es verdad, hace ruido. Pero también hay algo que se mueve —murmuró—. ¿Alguien ha oído hablar alguna vez de una serpiente que dé golpes?

Escipión arrugó la frente y abrió la tapa hasta que pudieron ver lo que había dentro.

—¡Maldita sea! —dijo y volvió a cerrar el cesto—. Es una paloma.

PRIMEROS CONTACTOS

«¿Para qué habrán ido a la basílica?», pensó Víctor mientras observaba cómo entraban por el portal lateral Próspero, Mosca y Escipión. Era más que improbable que quisieran ver los mosaicos. «Espero que no vayan a robar a los turistas —pensó—, ya que si no tendría que llevarlos a los *carabinieri*. Aunque probablemente eso no le importaría a Esther Hartlieb.» Demostraría que hacía bien en tener tan mala opinión sobre el hijo mayor de su hermana. Pero si atraparan al pequeño robando sería un duro golpe para ella.

El pequeño... Víctor miró disimuladamente por encima de su periódico hacia los leones de la fuente. Próspero lo había dejado bajo la protección de la niña y el del pelo pincho. Al parecer confiaba en los dos, de otra manera no habría dejado a su querido hermano con ella. La niña hablaba con Bo. Estaba claro que intentaba hacerlo sonreír, pero el pequeño parecía estar muy enfadado. Como el del pelo pincho. Miraba el agua tan serio como si quisiera ahogarse en la fuente.

«¿Qué hago ahora?», pensó. Frunció el ceño y dobló el periódico. «Podría coger al pequeño, pero antes de que pudiera sacar mi placa de detective, la gente me habría linchado por creer que soy un secuestrador de niños. No, hay demasiadas personas alrededor.» Víctor no lo admitía, pero tenía muchos motivos irracionales para no querer coger a Bo. Era cómico, pero no quería que Próspero se encontrara con que su hermano había desaparecido cuando saliera de la basílica.

Víctor negó con la cabeza y suspiró.

«No debería haber aceptado el trabajo —pensó—. Pero ¿qué voy a hacer? Cuando se juega al escondite no se puede tener compasión. Y cuando se juega al pilla pilla, aún menos. Basta ya.»

«¡Quieres cogerlos!», le dijo una vocecita en su cabeza. «Pero no aquí delante de tantos testigos, sino en algún lugar más tranquilo. Más discreto. Una cosa así hay que prepararla con mucho cuidado.»

—¡Exacto! —gruñó—. Ahora voy a averiguar un par de cosas que necesito. Como por ejemplo qué hace esta banda a la que se han unido los dos hermanos. —Se caló la gorra para taparse un poco la cara, se aseguró de que aún no había acabado el carrete de la cámara y echó a andar por la gran plaza. No se alejó demasiado, sólo lo justo para que Bo no pudiese verlo desde los leones de la fuente.

Víctor le compró una bolsa de maíz a uno de aquellos vendedores que había por todos lados, se llenó los bolsillos de la chaqueta con los granos y con los brazos extendidos y las manos llenas de comida se puso en el centro de la *piazza*.

—¡Titas, tiiitas! —empezó a decir y puso su sonrisa más inofensiva—. Venid aquí, malditas. Pero como os caguéis en mi manga...

Y se le acercaron. Naturalmente. Se levantó una bandada de palomas, una nube de plumas grises y picos amarillos. Se acercaron revoloteando y se pusieron debajo de él, sobre los hombros, los brazos, incluso en la cabeza, donde no paraban de picotearle la gorra. No era muy agradable, que digamos. Víctor tenía que admitir que le daba un poco de miedo todo lo que volara y tuviera un pico puntiagudo. Pero, si no, ¿cómo iba a llamar la atención de un niño de cinco años?

Víctor rió y se puso a arrullar y a llamar a las palomas... mientras observaba a los niños que estaban junto a la fuente.

El del pelo pincho estaba de morros, sentado un poco más lejos y miraba con cara de pocos amigos la muchedumbre. La niña estaba leyendo un libro. Y Bo se aburría.

—¡Mira aquí, pequeño! —murmuró Víctor, mientras las palomas le subían a la cabeza—. Venga, mira hacia aquí, al hombre que se comporta como un tonto y que está jugando con las palomas sólo por ti.

Bo se pasó la mano por su pelo teñido, se frotó la nariz, bostezó y, de repente, se fijó en él. Víctor, el perchero para palomas. Bo miró rápidamente a la chica, vio que seguía inmersa en la lectura de su libro y bajó de la fuente.

¡Por fin! Víctor suspiró aliviado y se llenó las manos de nuevo de maíz. Bo empezó a acercarse a él lentamente. Miró de nuevo a los otros dos, pasó entre medio de tres chicas y se quedó delante de Víctor con la cabeza inclinada.

Cuando la paloma que tenía en la cabeza estiró el cuello y empezó a picotearle en los cristales falsos de sus gafas, Bo se rió.

—*Buon giorno* —dijo Víctor y espantó al animal que tenía sobre la cabeza. No pensaba dejar que se le volviera a poner ninguna ahí.

Bo aguzó la vista e inclinó la cabeza hacia el otro lado.

—¿Hace daño?

—No, sólo las garras. Y cuando me picotean en las gafas.

El niño hablaba italiano casi tan bien como él. Quizás incluso mejor.

Víctor se encogió de hombros, las palomas se fueron volando y volvieron a ponerse ante él.

—Pero bueno —exclamó—, tampoco duele tanto. Me gusta cuando revolotean a mi alrededor. —Vaya mentira más gorda, grande y descarada acababa de decir. Pero siempre había sido muy bueno en eso. Ya de pequeño, las mentiras habían sido sus mejores aliadas—. Cuando vuelan todas a mi alrededor —dijo mientras Bo lo miraba de arriba abajo—, me imagino que yo también puedo volar, hasta los caballos dorados que hay ahí arriba.

Bo se volvió y miró las estatuas que había sobre el atrio de la basílica.

—Sí, son fantásticos, ¿verdad? Me gustaría muchísimo poder sentarme encima de uno de ellos. Avispa dice que tuvieron que cortarles la cabeza para traerlos aquí. Cuando los robaron. Y luego se las volvieron a poner.

—¿Ah, sí? —Víctor estornudó porque se le había metido una pluma en la nariz—. Yo creo que están muy bien. Pero de todas maneras son copias. Los de verdad hace tiempo que están en un museo para que la sal del aire no los estropee más. ¿Te gustan las palomas?

—No mucho —respondió Bo—. No me gusta cuando revolotean cerca de mí. Además, mi hermano dice que si las tocas te salen lombrices. —Se rió—. Se te ha cagado una en el hombro.

—¡Malditos pajarracos! —Víctor movió el brazo tan enfadado, que las palomas se fueron volando. Mientras no paraba de maldecir se limpiaba la cagada del hombro con una servilleta vieja—. ¿Tu hermano dice eso? Parece que cuida muy bien de ti.

—Sí, pero a veces se pasa un poco. —Bo miró las palomas que volaban en círculo y luego echó un vistazo rápido a los leones de la fuente, donde la niña seguía leyendo su libro y el del pelo pincho metía la mano en el agua. Se volvió tranquilo hacia Víctor—. ¿Me da un poco de comida?

—Claro. —Se metió la mano en el bolsillo y le dejó un par de granos en la mano.

Con mucho cuidado, Bo estiró la mano y encogió la cabeza asustado cuando una de las palomas se posó sobre el brazo. Pero cuando le empezó a picotear los granos de maíz se echó a reír con tanta alegría, que Víctor se olvidó por un instante de por qué estaba allí y por qué tenía comida para palomas en las manos. Pero el olor a laca que dejó una mujer joven con cara de mal humor y zapatos de tacón que pasó a su lado le recordó su trabajo.

—¿Cómo te llamas? —preguntó y se quitó una pluma gris de la chaqueta. «Quizá me equivoco», pensó. «Estas caras de niño redondas son todas iguales. Quizá no tiene el pelo teñido y es ése su color natural, quizás el pequeño sólo está con sus amigos y volverá esta tarde a casa de su madre. Habla muy bien italiano.»

—¿Yo? Me llamo Bo. ¿Y tú? —siguió riendo mientras la paloma le subía por el brazo.

—Víctor —respondió. Le entraron ganas de tirarse a sí mismo de las orejas. Diablos y centellas, ¿cómo era posible que le

97

hubiese dicho al pequeño su nombre real? ¿Es que los picotazos de las palomas le habían hecho perder la poca inteligencia que tenía?

—Bo, ¿no eres demasiado pequeño para andar solo entre tanta gente? —preguntó como quien no quiere la cosa y le echó un par de granos más en la mano—. ¿No tienen miedo tus padres de que te pierdas en medio de esta muchedumbre?

—Mi hermano está aquí —respondió mientras observaba encantado cómo se le ponía una paloma en el brazo—. Y también mis amigos. ¿De dónde eres? ¿De América? Hablas de una manera rara. Seguro que no eres de Venecia, ¿verdad?

Víctor se tocó la nariz. Sintió que una paloma le pegaba un picotazo.

—No —respondió y se quitó la gorra—. Soy de aquí y de allá. Un poco de todos lados. ¿De dónde eres tú? —Víctor miró hacia la fuente. La chica había levantado la cabeza y lo estaba buscando.

—De un lugar bastante lejano —dijo Bo—. Pero ahora vivo aquí —pronunció el «bastante» de forma algo exagerada, como si quisiera dejarle muy claro lo lejos que estaba el lugar de donde él venía—. Esta ciudad es mucho más bonita —añadió y se rió al ver las palomas que tenía en el brazo—. Hay leones con alas por todas partes y dragones y ángeles que cuidan de Venecia, según dice Próspero, y de nosotros, aunque tampoco hay mucho de lo que cuidarse, porque aquí no hay coches. Por eso se oye mejor. El agua y las palomas. Y nadie puede tener miedo de que lo atropellen.

—Sí, es cierto. —Víctor reprimió una sonrisa—. Sólo hay que ir con cuidado de no caer a un canal. —Se levantó—. ¿Ésos que hay ahí detrás de la fuente son tus amigos?

Bo asintió con la cabeza.

—Creo que esa chica te está buscando —dijo Víctor—. Avísala, si no se preocupará por ti.

—Es Avispa. —Bo le hizo una señal con la mano en la que no tenía ninguna paloma.

Al verlo, Avispa se tranquilizó y volvió a sentarse en el borde de la fuente, pero cerró el libro y no le quitó el ojo de encima.

Víctor decidió hacer de nuevo de percha para las palomas. De esa manera no levantaría sospechas.

—Yo vivo en un hotel que da justo al Canal Grande —dijo, mientras las palomas volvían a posarse sobre él—. ¿Y tú?

—En un cine. —Bo se apartó asustado porque una de las palomas quería agarrarse a su pelo.

—¿En un cine? —Víctor lo miró con incredulidad—. Qué envidia. Así podrás ver películas todo el día.

—No, Mosca dice que no hay proyector. También se llevaron la mayoría de butacas. Y las polillas han devorado la pantalla y ya no sirve para nada.

—¿Mosca? ¿También es uno de tus amigos? ¿Vives con ellos?

—Sí, vivimos todos juntos —Bo asintió con la cabeza orgulloso.

Víctor lo miró pensativamente. ¿Podía ser cierto? «¡Quizás el enano se estaba haciendo el tonto! —pensó—. Y mientras yo me dejo engañar por su cara de ángel, no hace más que contarme mentiras más grandes que una catedral. ¿Un montón de niños que viven solos? Podría ser. Pero éstos no parece que pasen mucha hambre o que duerman bajo un puente.» Bueno, a Bo le habían cosido las rodillas de los pantalones, y no con mucha maña, por cierto, y tampoco llevaba el jersey muy limpio, pero era algo normal en la mayoría de niños. En cualquier caso, parecía que alguien lo peinaba y le lavaba las orejas habitualmente. ¿Su hermano?

«Quizá me cuente algo más», pensó y bajó los brazos. Las palomas se fueron volando desilusionadas y Víctor se frotó los hombros que le dolían de tener los brazos estirados durante tanto tiempo.

—¿Tú qué opinas, Bo? —le preguntó como quien no quiere la cosa—. ¿Te apetece que tomemos un helado en ese café de ahí?

Bo lo miró con desconfianza. Sin moverse de su sitio.

—Nunca me voy con desconocidos —respondió con desprecio y dio un paso hacia atrás—. No si no está mi hermano mayor.

—¡Claro que no! —dijo Víctor rápidamente—. Es una decisión muy inteligente.

La chica de la fuente se había levantado. Señaló en su dirección y entonces Víctor vio que habían regresado los otros tres. El chico enmascarado llevaba un cesto y Próspero lo miraba a él con cara de preocupación.

«No puede reconocerme —pensó—. Es imposible. Llevaba el bigote de morsa.» Pero de repente no se sentía a gusto.

—¡Tengo que irme, Bo! —dijo a toda prisa, mientras Próspero lo observaba con desconfianza—. Me alegro de haber charlado contigo. Te sacaré una foto. Para tener un recuerdo, ¿vale?

Bo se rió y posó con una paloma en la mano. Próspero aceleró el paso cuando Víctor levantó la cámara. Casi corría.

Víctor apretó el botón, aguantó, y le sacó otra foto.

—Gracias. Me alegro de haberte conocido —dijo, y le acarició su pelo teñido de negro. Sí, era teñido, no había duda.

Próspero estaba ya a pocos pasos. Estiró el cuello y se abrió paso entre la gente sin quitarle el ojo de encima a Víctor.

—¡Sigue así y no dejes que ningún extraño te invite a un helado en el futuro! —le dijo a Bo. Luego dio un par de pasos rápidos hacia atrás, se mezcló con un grupo grande de turistas que paseaban por la plaza, hundió la cabeza y se dejó arrastrar por ellos. Ya era invisible. Sí, en aquella plaza podía hacerse invisible todo aquel que quisiera si era un poco hábil. Víctor se guardó la gorra rápidamente en el bolsillo izquierdo del pantalón, se quitó las gafas y sacó un bigote del bolsillo derecho y unas gafas de sol. Luego, sin prisa, volvió al lugar donde aún se encontraban los dos chicos rodeados por una bandada de palomas. Pasó a su lado disimuladamente, rodeado por cinco mujeres mayores y gordas.

«Esta vez no dejaré que me den esquinazo —pensó—. Ah, no. Esta vez estoy preparado.» ¿Y si Próspero lo reconocía? Qué tontería. ¿Cómo iba a reconocerlo? Tampoco era un niño prodigio. ¿Qué tipo de niño era?

Su tía tampoco lo sabía. A Esther Hartlieb sólo le interesaba el pequeño, el que tenía la carita de ángel. Seguro que a ella y a su marido les resultaba igual de fácil separar a ambos hermanos como quien separa la clara de la yema de un huevo. A través de sus gafas oscuras Víctor observó cómo Próspero le puso el brazo sobre el hombro a su hermano y le dijo algo con insistencia, luego le acarició el pelo aliviado y se lo llevó con él, mientras seguía mirando a su alrededor.

Ese demonio de chico era muy desconfiado.

«¡Cuando se sigue a alguien hay que tomar muchas precauciones, querido!», pensó Víctor mientras seguía a los dos chicos. «No puedes echarlo todo a perder de nuevo. Y diga lo que diga su tía de él, es un chico inteligente.»

Escondido detrás de un grupo de japoneses que miraban la

101

torre del reloj, Víctor se quitó la chaqueta y le dio la vuelta. Ahora era gris en vez de roja. Cuando se apartó de los japoneses, los dos hermanos ya se habían reunido con sus amigos. Los seis hablaban entre sí y luego desaparecieron por uno de los callejones que daban a la plaza.

—Manos a la obra, señor detective —murmuró Víctor—. Hay que averiguar dónde tienen la madriguera estos ratoncillos. —Prefería no pensar sobre lo que haría cuando descubriera dónde vivían. «Más adelante —pensaba—. Más adelante.»

Y luego siguió a los niños por aquel laberinto de callejones.

UN MAL PRESENTIMIENTO

—Maldita sea, Bo, ¿es que no puedes hacer lo que te dicen por una vez? —gritó Escipión cuando volvieron los dos hermanos.

—¡Hacía un montón de rato que os habíais ido! —exclamó el pequeño—. Me aburría. —Miró a su alrededor pero Víctor, el hombre de las palomas, se había esfumado.

—No le quité la vista de encima en ningún momento —dijo Avispa—. No te pongas así.

—¿Qué hay en el cesto? —Bo metió los dedos bajo la tapa, pero Próspero se los hizo quitar de inmediato.

—Una paloma mensajera. No la toques, ¿vale?

—Primero es mejor que volvamos al escondite. —Escipión se puso de espaldas a la plaza y les hizo un gesto a los otros con impaciencia para que lo siguieran—. Que no tengo todo el tiempo del mundo.

—¿Qué hay del encargo? —preguntó Bo y empezó a dar saltos detrás de él—. ¿Qué es? ¿Qué tenemos que robar?

—¡Bo, maldita sea otra vez! —Mosca le tapó la boca asustado—. Aún no lo sabemos, ¿vale?

—El *conte* nos ha dado un sobre —le dijo Próspero en voz baja—. Pero Escipión no lo quiere abrir hasta que hayamos llegado al escondite.

—Y Escipión es quien manda aquí —murmuró Riccio. Andaba junto a los otros con cara triste y las manos en los bolsillos, como si todo aquello le interesara menos que los adoquines de piedra que había bajo sus zapatos.

—¿Cómo era el *conte*? —Avispa tiró a Escipión de la cola, aunque sabía que era algo que no soportaba—. Cuéntanos algo a los que no hemos podido entrar. ¿Qué aspecto tenía? ¿Daba miedo?

Mosca se rió.

—¿Que si daba miedo? Ni idea. No lo hemos visto. ¿O pudiste verle la cara, Escipión?

El Señor de los Ladrones negó con la cabeza.

Próspero iba detrás de él, llevaba a Bo cogido de la mano con fuerza y miraba siempre hacia atrás.

—Escipión... —Próspero habló con voz temblorosa a causa de los nervios—. Tú... pensarás que estoy loco, pero... —miró a su alrededor de nuevo—. El tipo que había en la plaza, el que hablaba con Bo...

—¿Sí? —Escipión se volvió—. ¿Qué le pasa? Parecía un turista.

—Lo sé. Pero... cuando íbamos hacia la basílica, Avispa ya te ha hablado del detective que nos siguió...

Riccio frunció el ceño.

—Sí, sí. Me parece que es una historia bastante increíble...

—Pero es cierta. Ese hombre... —Próspero buscaba las palabras adecuadas mientras Escipión lo miraba con cara de incredulidad—, creo que volvía a ser él. Parecía un turista, pero cuando se iba...

—¿Qué detective? —Bo interrumpió a su hermano.

Próspero lo miró con tristeza. Llegaron a un puente y Escipión observó con frialdad a la gente que subía los escalones detrás de ellos.

—No es necesario que me mires con esa cara de incredulidad —dijo Riccio.

—A Víctor, ese cotilla, le gusta disfrazarse; quizás era él de verdad y entonces...

—El hombre de las palomas también se llamaba Víctor —le interrumpió Bo y se inclinó por la barandilla del puente.

—¿Qué? —Próspero se volvió bruscamente— . ¿Qué has dicho? —Abajo, en el agua, se mecían un par de góndolas vacías. Los remeros esperaban al pie del puente a los clientes y Bo observaba fascinado cómo le hablaban a la gente que pasaba a su lado.

—También se llamaba Víctor —repitió Bo, sin dejar de mirar a los *gondolieri*—. El hombre de las palomas. —Entonces se soltó de Próspero y bajó saltando los escalones del puente para ver cómo se alejaba una góndola de la orilla del canal.

Próspero se quedó en el puente, como si estuviera paralizado.

—Víctor el cotilla —susurró Riccio, que se puso de puntillas y echó a andar preocupado en medio del gentío que cruzaba el puente. Próspero se volvió y salió corriendo detrás de Bo, se lo llevó a rastras de las góndolas, con tanta prisa que su hermano casi se cayó, y se metió con él en el siguiente callejón.

—¡Eh, Próspero, espera! —gritó Escipión, y se puso a correr detrás de los dos. Al cabo de unos metros alcanzó a Próspero.

—¿Por qué te has echado a correr así sin sentido? —le riñó Escipión y lo cogió del brazo. Bo se soltó de la mano de su hermano y se puso junto al Señor de los Ladrones.

—¡Venid! —dijo, y metió a los dos sin decir una palabra más en la siguiente tienda de recuerdos. Mosca, Riccio y Avispa entraron detrás de ellos.

—¡Haced como si estuvieseis mirando algo! —murmuró Escipión ya que los clientes los miraban con desconfianza—. Si el tipo de la Plaza de San Marcos era de verdad el detective, no sirve de nada correr —le dijo en voz baja a Próspero—. ¡Con tanta gente es imposible darse cuenta de si os está siguiendo o no! —Se agachó delante de Bo y le puso la mano sobre los hombros—. ¿Te ha preguntado algo este tal Víctor cuando estabais en la plaza dándole de comer a las palomas?

Bo cruzó los brazos detrás de la espalda.

—Me ha preguntado cómo me llamo...

—¿Y se lo has dicho?

Bo dudó un poco y asintió con la cabeza.

Próspero gruñó y se tapó la cara con las manos.

—¿Qué más le has dicho? —susurró Avispa.

La vendedora los miraba cada vez más a menudo, pero por suerte entró un grupo de turistas que la entretuvo un rato.

—No sé nada más —murmuró Bo, mientras miraba a su hermano—. ¿Lo ha enviado Esther? —le empezó a temblar el labio inferior.

Escipión suspiró, se levantó y miró a Próspero.

—¿Qué aspecto tiene este detective? Víctor, el cotilla.

—¡Pero es él! —Próspero bajó la voz cuando se dio cuenta de que los turistas se volvían para mirarlo—. ¡Esta vez tenía un aspecto completamente distinto! No llevaba bigote, pero sí gafas

106

y casi no se le podían ver los ojos porque se había puesto una gorra. No lo he reconocido hasta que ha empezado a correr. Mueve los brazos de una manera muy rara cuando corre. Como un... bulldog.

—Hum. —Escipión palpó el sobre del *conte*, que permanecía sin abrir en el bolsillo de la chaqueta, y miró pensativo hacia fuera, a través de la ventana de la tienda—. En caso de que fuera él de verdad —murmuró— y que nos esté siguiendo, lo llevaremos directo a nuestro escondite si no lo despistamos.

Los otros se miraron entre sí. Mosca levantó el cesto del *conte* y echó un vistazo preocupado debajo de la tapa. Hacía tiempo que no oía a la paloma.

—Me parece que tiene ganas de salir —susurró Mosca—. Seguro que tiene hambre. ¿Sabéis lo que come una paloma?

—Pregúntaselo a Bo, que les ha dado de comer a estos bichos muchas veces.

Escipión volvió a tocar de nuevo el sobre que llevaba en el bolsillo. Durante un instante Próspero pensó que lo iba a abrir, pero para su sorpresa, de repente se quitó la chaqueta, la goma del pelo y le quitó a Mosca la gorra.

—Si ese hombre lo puede hacer, yo también —dijo mientras se ponía la gorra—. No es tan difícil cambiar de aspecto. —Le dio a Próspero su chaqueta—. Tú quédate aquí con Bo. Si el detective os busca de verdad, estará esperando ahí fuera en algún lugar a que salgáis de nuevo. Acercaos a la ventana tranquilamente para que se os pueda ver. Mosca, tú lleva la paloma y el sobre al escondite.

Mosca asintió con la cabeza y se guardó el sobre del *conte* en un bolsillo de los pantalones con mucho cuidado.

—Riccio, Avispa. —Escipión les hizo un gesto a ambos en dirección a la puerta—. Vamos a echar un vistazo afuera, quizá descubriremos a ese hombre. ¿Qué llevaba puesto?

Próspero pensó.

—Una chaqueta roja, pantalones claros y un jersey muy raro a cuadros. Y también llevaba una cámara de fotos colgada del cuello. Además se había puesto unas gafas muy gruesas y una gorra en la que llevaba escrito. «I Love Venice», o algo así...

—...Y su reloj. —Bo se mordía la uña del pulgar—. Tenía una luna.

Escipión frunció el ceño.

—De acuerdo. ¿Todos listos?

Avispa, Mosca y Riccio asintieron.

—Entonces, vamos.

Los cuatro salieron uno detrás de otro. Próspero y Bo los miraron con gran preocupación a través de la ventana.

—Era muy simpático —murmuró Bo.

—Uno nunca puede saber si alguien es simpático de verdad o no —dijo su hermano—. Y tampoco hay que fiarse jamás de las apariencias. ¿Cuántas veces tengo que repetírtelo?

VÍCTOR RECIBE UNA PALIZA

Víctor se encontraba a un par de metros. Para pasar desapercibido, se puso de espaldas a la tienda en la que habían entrado los dos hermanos y sus amigos. Pero no le quitaba el ojo de encima al escaparate que tenía delante, ya que veía reflejado en él la imagen de los niños.

«¿Qué estarán haciendo ahí tanto tiempo? —pensó, mientras no paraba de moverse de lo nervioso que estaba—. ¿Quieren comprarse abanicos de plástico? ¿O acaso el chico enmascarado está buscando una máscara nueva?» De repente vio salir a la chica por la puerta. Bo la había llamado Avispa. Parecía aburrida, miró las góndolas que había en el embarcadero junto al puente y se dirigió hacia ellas. Al cabo de menos de un minuto salió el chico negro de la tienda. Con una gran cesta en la mano se fue en la dirección opuesta. «Maldita sea. ¿Qué hacen? ¿Por qué se separan ahora? Da igual, los dos que más me importan aún están dentro de la tienda», pensó Víctor y se puso bien las gafas de sol. Luego salió el chico del pelo pincho. Fue saltando a la pata coja hasta la *pasticceria*, que se encontraba a un par de metros y cuyo delicioso aroma llegaba hasta la calle, y pegó la nariz al escaparate. Seguramente tenían que volver todos a su casa para hacer los deberes y merendar. La historia que le había contado Bo de que vivía con sus amigos en un cine no era más que un cuento. Mejor así. Si se iban los otros de uno en uno, sólo quedarían los dos que Víctor buscaba... porque no tenían casa.

«Vivo en un cine. Con mis amigos.» ¡Bah! Había que reconocer que el pequeño era muy bueno inventándose historias. Víctor contempló divertido la imagen de su reflejo en el escaparate. Un momento, ¿quién ha salido de la tienda? Otro chaval.

¿Quién faltaba? Ah, claro, el de la máscara. Pero antes tenía un aspecto completamente distinto, ¿no? Víctor arrugó la frente. El chico se quedó delante de la puerta de la tienda durante un instante, miró a su alrededor con cara inexpresiva y se agachó para atarse un zapato. Luego se levantó, parpadeó por culpa de la luz del sol y se acercó silbando a los *gondolieri*, que se encontraban a los pies del puente, a la caza de clientes. «*Gondola! Gondola!*», gritaban. En ese momento Víctor también prefería dar una vuelta en góndola que tener que estar ahí de pie. Los cojines eran tan blandos y el balanceo con el que avanzaba lentamente la barca era perfecto para echar una cabezadita. Sólo se oía el murmullo y el gorgoteo del agua al chocar contra las paredes del canal y los postes, y el zumbido de la vieja ciudad. Víctor suspiró y cerró los ojos durante un instante... y los abrió de nuevo asustado.

—*Scusi!* —dijo una voz detrás de él.

Se volvió.

El chico que hacía un momento estaba contemplando las góndolas se encontraba ahora justo enfrente de él. Y le sonreía. Tenía una cara pequeña y unos ojos muy oscuros, casi negros.

Víctor se quitó las gafas de sol para verlo mejor. ¿Era el chico enmascarado que andaba al frente del grupo como si fuera un pavo real?

—Disculpe, ¿podría decirme qué hora es? —preguntó el chico y observó el jersey a cuadros de Víctor.

El detective frunció la frente y miró el reloj.

—Las cuatro y media —gruñó.

El chico asintió con la cabeza.

—Gracias. Tiene un reloj muy bonito. ¿Dice también en qué fase se encuentra la luna?

El Señor de los Ladrones observó a Víctor con sus ojos negros y una sonrisa burlona. «¿Qué quiere de mí? —pensó Víctor—. ¡Éste está tramando algo!» Echó un vistazo a la tienda de recuerdos y se tranquilizó al comprobar que Próspero y Bo aún estaban detrás de la ventana y que observaban las cursilerías del escaparate con la misma devoción que si fuesen los tesoros del Palacio Ducal.

—¿Es usted inglés?

—No, esquimal, ¿es que no se nota? —respondió Víctor, que se tocó el bigote postizo para asegurarse de que se aguantaba bien.

—¿Esquimal? Vaya, qué interesante. No vienen por aquí muy a menudo —dijo el chico, que se volvió y se marchó. Mientras tanto, Víctor se quedó donde estaba, sujetándose el bigote.

—¡Maldita sea! —murmuró, se volvió rápidamente y se quitó aquella cosa horrible del labio. En el escaparate vio cómo entraba de nuevo la chica en la tienda. El del pelo pincho tampoco estaba ya delante de la *pasticceria* y el chico de los ojos negros se había esfumado. «¡No pueden haberme reconocido!

111

—pensó Víctor—. Es imposible.» Y vio desconcertado cómo salían los tres a la vez de la tienda de recuerdos. Con Próspero y Bo en medio de ellos. Ninguno de los cinco lo miró, pero se reían e iban cuchicheando algo entre ellos. Víctor tenía la incómoda sensación de que se burlaban de él. Sin prisa, se dirigieron hacia Rialto.

Víctor miró desconcertado su reflejo y los siguió, con cuidado, a una distancia prudente, pero sin llegar a perderlos nunca de vista. No tenía práctica en seguir a niños. Era una tarea desagradable, tal y como se había imaginado. Eran tan pequeños que era muy fácil perderlos de vista y además eran muy rápidos. El callejón por el que se habían metido era largo y no dieron muestras de que se fueran a meter por otro. De vez en cuando alguno de ellos miraba alrededor, pero él seguía bien escondido. Todo parecía ir muy bien, hasta que unas mujeres gordas y viejas salieron de un café, riendo y hablando, y obstruyeron la calle con sus enormes traseros de manera que no dejaban pasar a nadie. Pasó a través de ellas después de decirles un par de cosas no muy amables, estiró el cuello para ver a los niños y tropezó con la niña. La niña que estaba tan absorta en la lectura de su libro en la fuente. La niña que salió con cara aburrida de la tienda, sin que Víctor le prestara la más mínima atención. Sí. Bo había dicho que se llamaba Avispa.

Ella lo observó con cara de pocos amigos y antes de que se diera cuenta de lo que iba a hacer, se tiró encima de él, le empezó a pegar puñetazos en su jersey a cuadros y se puso a chillar a grito pelado:

—¡Suélteme, cerdo! ¡No, no quiero ir con usted! ¡No!

Víctor se quedó tan perplejo que en un primer momento se la quedó mirando, como paralizado, incapaz de reaccionar. Entonces intentó echar a correr para escaparse de ella, pero Avispa no le soltó la chaqueta y siguió golpeándolo en el pecho. La gente empezó a rodearlos, a él y a la niña que no paraba de gritar.

—¡No he hecho nada! —dijo él estupefacto—. ¡Nada, absolutamente nada! —Vio horrorizado cómo se le acercaba un perro corriendo. Mientras, los otros niños se metían por un callejón.

—¡Alto! —gritó Víctor—. ¡Deteneos, enanos mentirosos! —Intentó quitarse de encima de nuevo a la chica, pero entonces algo le golpeó con fuerza detrás de la cabeza y se tambaleó. Y, cuando menos se lo esperaba, las mujeres viejas y gordas lo habían rodeado y le estaban pegando en la cabeza rabiosamente con sus pesados bolsos. Indignado, Víctor empezó a gritarles, se tapó la cabeza con los brazos, pero la niña seguía chillando y las mujeres le pegaban, y el perro le mordió la chaqueta. Cada vez había más gente a su alrededor. «¡Me van a aplastar!», pensó Víctor, que apenas podía creer lo que le estaba ocurriendo, y sintió que alguien le arrancaba un botón de la chaqueta. «¡Me van a aplastar como a un piojo!» Pero justo cuando caía de rodillas, un *carabiniere* consiguió abrirse paso hasta él y se lo llevó a rastras. Y mientras cientos de voces gritaban para contar a qué se debía toda aquella agitación, Víctor se dio cuenta de que la niña había desaparecido.

Sin dejar ni rastro, como sus cuatro amigos.

EL SOBRE DEL *CONTE*

—¡Le hemos dado una buena lección! —dijo Avispa cuando volvieron a reunirse todos en el escondite. Tenía un buen arañazo en la mejilla y a su chaqueta de punto le faltaban dos botones, pero no paró de reírse mientras les contaba toda la historia—. Y mirad qué he cogido en medio de todo el jaleo. —Muy orgullosa de sí misma, sacó la cartera de Víctor, que llevaba bajo la chaqueta, y se la lanzó a Próspero—. No te enfades, por favor, quizás así sabremos algo más sobre este tipo.

—Gracias —murmuró Próspero y empezó a registrarla sin dudar demasiado. Había un par de facturas de una *rosticceria* de San Polo, un vale de descuento de un supermercado, una entrada para el Palacio Ducal. Lo echó todo al suelo hasta que encontró el carnet de detective de Víctor. Los miró a todos petrificado.

Avispa lo examinó por encima del hombro.

—Es de verdad —dijo—. Es un detective de los de verdad.

Próspero asintió con la cabeza. Parecía tan desesperado que Avispa no sabía adónde mirar.

—¡Venga, olvídate de él! —le dijo en voz baja. Estiró la mano y le acarició la cara. Pero parecía que Próspero no se daba cuenta. Hasta que no se le acercó Escipión no levantó la cabeza.

—¿Qué miras con esa cara tan triste? —dijo el Señor de los Ladrones y le puso la mano sobre el hombro—. Lo hemos despistado. Ahora veamos lo que hay en el sobre del *conte*, ¿vale?

Próspero asintió con la cabeza y se metió la cartera de Víctor en el bolsillo de los pantalones.

Naturalmente, fue Escipión quien abrió el sobre. Usó su abrecartas con gran solemnidad, mientras los otros estaban sentados en las butacas y lo observaban en silencio.

—¿Dónde está la paloma, Mosca? —preguntó Escipión y sacó una fotografía y una hoja de papel doblada del sobre.

—Sigue en la cesta, pero le he dado unas migas de pan —respondió—. ¡Venga, no te hagas más de rogar! Lee de una vez lo que dice el papel.

Escipión sonrió, lanzó el sobre vacío al suelo y desdobló la hoja de papel.

—La casa que tengo que visitar está en Campo Santa Margherita —dijo—. Y esto es el plano. ¿Alguien quiere verlo?

—¡Trae aquí! —dijo Avispa, y Escipión le dio la hoja de papel. Ella le echó un vistazo y se la pasó a Mosca. Mientras tanto, el Señor de los Ladrones observaba la foto que también había en el sobre. La miraba bastante desconcertado, como si no pudiese hacerse una idea de lo que estaba viendo.

—¿Qué es? —Riccio se levantó de su butaca—. ¡Venga, dínoslo de una vez!

—¡Parece un ala! —murmuró—. ¿Qué creéis que es?

Se fueron pasando la fotografía de uno a otro y todos parecían igual de desconcertados que él.

—Sí, es un ala —exclamó Próspero después de mirarla desde varios ángulos—. Y parece ser de madera, tal y como dijo el *conte*.

Escipión le quitó la foto de la mano y la miró.

—¿Dos mil quinientos euros por un ala de madera rota? —Mosca negó con la cabeza como si fuera incapaz de creérselo.

—¿Cuánto? —preguntaron Avispa y Riccio casi a la vez.

—Eso es un montón, ¿no? —dijo Bo.

Próspero asintió con la cabeza.

—Mira en el sobre, Escipión —dijo—. Quizás aún queda algo que lo aclare todo.

El Señor de los Ladrones asintió y recogió el sobre. Miró dentro y sacó una tarjeta pequeña, escrita con letra muy apretada por ambos lados.

«El ala de la fotografía —leyó— es la pareja de la que busco. Se parecen como dos gotas de agua. Ambas miden unos setenta centímetros de largo y treinta de ancho. El color blanco con el que fue pintada hace tiempo se ha desgastado y el oro con el que estaban engastadas las plumas es probable que se haya descascarillado casi por completo. En la base del ala debe haber dos espigas de metal de unos dos centímetros de diámetro.»

Escipión levantó la cabeza. Su cara revelaba su sorpresa. Estaba claro que el Señor de los Ladrones no esperaba que el objeto que debía robar para el misterioso *conte*, y que hizo que le temblara la voz de la emoción, fuera un trozo de madera.

—Quizás el *conte* posee uno de esos ángeles tallados en ma-

116

dera tan maravillosos —dijo Avispa—. Ya sabéis, de ésos que hay en las iglesias grandes. Son muy valiosos, pero sólo los que tienen las dos alas. Seguro que ha perdido la otra en algún lado.

—No sé. —Mosca movió la cabeza lleno de dudas y se acercó a Escipión para observar la foto una vez más—. ¿Qué hay al fondo? —preguntó—. Parece un caballo de madera, pero se ve muy borroso...

Escipión le dio la vuelta a la tarjeta y frunció el ceño.

—Esperad, que aún hay más. Escuchad: «Casi todas las habitaciones de la Casa Spavento se encuentran, según me han informado, en el primer piso. Es probable que también guarden ahí el ala. No he podido averiguar nada sobre su sistema de alarma, pero podría haber perros en la casa. ¡Dense prisa, amigos! Espero noticias suyas con gran impaciencia. A la paloma deben darle de comer cereales y déjenle que vuele un poco de vez en cuando por su casa. Sofía es un ser muy bueno y de confianza».

Escipión dejó caer la tarjeta, enfrascado en sus pensamientos.

—Sofía, qué nombre tan bonito —exclamó Bo y miró en la cesta.

—Sí, pero es mejor que alejes a tus gatos de ella —dijo Mosca en tono burlón—. Se la comerán igual aunque tenga un nombre muy bonito.

Bo lo miró asustado. Entonces se agachó para ver si sus gatitos estaban apostados bajo la butaca sobre la que estaba la cesta y apretó con fuerza la tapa.

—¡Un ángel de madera! —Riccio frunció la nariz y se llevó un dedo a la boca. Le dolían los dientes a menudo, pero hoy más que nunca—. ¡Qué dices! Si no los vale un ángel, menos un ala. ¿Cómo puede valer eso dos mil quinientos euros?

Avispa enarcó las cejas y se apoyó en la cortina de estrellas.

—Este asunto me da mala espina —dijo—. Tanto secretismo y que encima ande de por medio también el barbirrojo.

—No, no, Barbarossa sólo es el mensajero. —Escipión seguía observando la foto—. ¡Deberíais haber oído hablar al *conte*! —murmuró—. Se muere de ganas por tener esta ala. Y no parecía que fuera una cuestión de dinero, que sólo quisiera vender una figura muy valiosa... No. Tiene que haber algo más. ¿Aún tienes mi chaqueta, Pro?

Próspero asintió y se la lanzó. Escipión suspiró y se la puso.

—Tened, guardadlo con mucho cuidado. Mejor que lo pongáis en nuestro escondite para el dinero —dijo, y le dio la tarjeta, la foto y el plano del *conte* a Avispa—. Tengo que irme. Estaré tres días fuera de la ciudad. Hasta que vuelva, explorad los alrededores de la casa. Tenemos que saberlo todo: quién entra y sale, cuándo se queda vacía, cuándo es el mejor momento para entrar y si hay perros. Bueno, ya sabéis, lo de siempre. Comprobad que las puertas del plano se encuentran en el lugar correcto. La casa debería tener un jardín, lo cual podría ser bastante útil. Y, Próspero... —Escipión se volvió hacia él— es mejor que salgáis del escondite lo mínimo posible durante los próximos días. Es cierto que nos hemos quitado de encima al detective, pero nunca se sabe... —Escipión se puso la máscara sobre la cara.

—Escucha —dijo Riccio y se interpuso en su camino cuando se disponía a marcharse—. ¿No podríamos ayudarte en este encargo? Es decir, hacer algo más aparte de las investigaciones... participar en el robo... ¿No quieres hacer una excepción y

118

llevarnos? Nosotros, nosotros... —Riccio tartamudeaba a causa de la emoción— podríamos vigilar mientras estás dentro o ayudarte a cargar con el ala. Seguro que pesa bastante, no es como unas pinzas para el azúcar, una cadena o algo que puedas meter fácilmente en tu bolsa. ¿Qué... qué opinas?

Escipión lo había escuchado inmóvil, con la cara oculta tras la máscara. Cuando Riccio acabó y se lo quedó mirando expectante, tampoco abrió la boca. Luego se encogió de hombros y dijo:

—¡De acuerdo!

Riccio se quedó tan perplejo, que lo miró boquiabierto.

—Sí, ¿por qué no? —añadió—. ¡Cometamos el robo juntos! Me refiero, claro está, a aquellos de vosotros que queráis participar —miró a Próspero, que se quedó callado.

—¡Yo quiero participar! —exclamó Bo y se puso a dar saltos de alegría alrededor de Escipión—. Puedo escurrirme por agujeros por los que vosotros no podríais pasar y entrar en cualquier sitio haciendo menos ruido y...

—¡Basta ya, Bo! —exclamó Próspero de manera tan tajante, que su hermano se volvió hacia él asustado—. Yo no tomaré parte —dijo—. No podría hacer una cosa así. Además, tengo que cuidar de mi hermano. Lo entiendes, ¿verdad?

Escipión asintió.

—Claro —dijo, pero pareció decepcionado.

—En lo que respecta al detective —dijo Próspero en voz baja—, he encontrado una tarjeta de mi tía en su cartera. De forma que queda demostrado que nos estaba buscando a mí y a Bo. Riccio tenía razón sobre el nombre, se llama Víctor Getz y vive en San Polo.

—¡Qué dices! Vive cerca del Canal Grande —dijo Bo y miró

119

con cara de pocos amigos a su hermano—. Y pienso ir a robar esa ala. No puedes decidirlo todo siempre, no eres mi madre.

—¡No digas tonterías, Bo! —Avispa le puso una mano en el hombro por detrás—. Tu hermano tiene razón. Cometer un robo es algo peligroso. Yo tampoco sé aún si participaré. Pero ¿cómo sabes que el detective vive en un hotel junto al Canal Grande?

—Porque me lo ha dicho. ¡Vete! —le apartó la mano y respiró profundamente para no empezar a llorar—. ¡Sois todos malos, muy malos! —Mosca intentó hacerle cosquillas para que se riera, pero él le pellizcó la mano.

—¡Eh, escucha! —Su hermano se puso en cuclillas delante de él, con cara de preocupación—. Parece que vosotros dos habéis hablado mucho. ¿Le has contado alguna cosa más al detective sobre nosotros? ¿Le has hablado, por ejemplo, de nuestro escondite?

Bo se mordió el labio inferior.

—No —murmuró, sin mirarlo—. No soy tonto.

Próspero miró a los demás aliviado.

—Ven, Bo —dijo Avispa y se lo llevó con ella—. Ayúdame a hacer la pasta. Tengo hambre. —Bo la siguió con cara de malhumor, después de sacarle la lengua a los demás.

LA PISTA

A Víctor le dolió la cabeza durante tres días. Pero más, mucho más que los chichones le dolía el orgullo ¡Lo había engañado una banda de niños! Le rechinaban los dientes cada vez que pensaba en ello. Los *carabinieri* se lo llevaron a la comisaría como si fuera un criminal vulgar y corriente, lo trataron como a un secuestrador de niños, lo empujaron y lo insultaron y, cuando ya estaba a punto de explotar de la rabia que sentía y quiso enseñarles su carnet de detective, se dio cuenta de que aquellas pequeñas ratas le habían robado la cartera.

Basta. Basta de sentir compasión por ellos. Basta ya.

Mientras se enfriaba los chichones con hielo y daba calor a su tortuga resfriada con una luz roja, no hacía más que pensar en cómo podía volver a encontrar a la banda. No paraba de darle vueltas en su cabeza a todo lo que le había dicho Bo, hasta que una palabra resonó dentro de él como la campana de una iglesia.

Cine.

Vivimos en un cine.

¿Y si resultaba que era cierto? ¿Y si era algo más que una locura de un niño?

Víctor no le había contado nada a la policía sobre las extrañas explicaciones de Bo, aunque ahora ellos también buscaban a los niños, después de que se hubiera comprobado que le habían robado la cartera, que era un detective de verdad y que no se estaba haciendo pasar por uno. Pero él no quería que los policías atraparan a aquellos pequeños ladrones. «Ah, no, los cogeré yo mismo», pensó mientras estaba sentado en la alfombra y les acariciaba la cabeza a sus tortugas. «¡Van a ver que no soy tan tonto como ellos creen!»

¡Maldita sea! Una de las tortugas estornudó. Si no se equivocaba era Paula. El veterinario decía que no podía contagiar a Lando. De forma que las dos seguían compartiendo la caja de cartón, aunque ya no las dejaba en el balcón, donde hacía mucho frío de noche, sino que las ponía sobre el escritorio de su oficina. «También es mejor que no las separe —pensó—, si no quizá se morirán de soledad.»

Un cine...

¿Qué había dicho Bo? Que no tenía sillas ni proyector... Tenía que ser un cine abandonado. Claro. Un cine que estuviera cerrado y cuyo propietario lo hubiese dejado vacío porque aún no sabía qué hacer con él. No había demasiados cines en Venecia. Víctor consultó la guía telefónica, también la del año anterior, y llamó a todos los cines que encontró, incluso a los que estaban más lejos, como en Lido o Burano. En la mayoría le preguntaron si quería reservar un par de entradas, pero en uno, el Fantasía, no respondió nadie, y en otro no aparecía la dirección después del nombre. Stella se llamaba, y el número sólo aparecía en la guía del año anterior.

«¡Stella y Fantasía, ya tenemos a dos candidatos!», pensó Víctor mientras recalentaba el *risotto* del día anterior. Luego llevó la tortuga resfriada al veterinario otra vez y de vuelta a casa pasó por el cine Fantasía, donde no habían respondido a su llamada de teléfono.

Cuando llegó, estaban abriendo para la primera sesión de la tarde. No había mucha gente, sólo dos niños y una pareja de novios compraron entradas y desaparecieron en la oscura sala. Víctor se acercó hasta la taquilla y carraspeó.

—¿Quiere una entrada para las primeras filas o para el fondo? —preguntó la taquillera, que estaba masticando un chicle—. ¿Dónde quiere sentarse?

—En ningún lado —respondió Víctor—. Pero me gustaría saber si ha oído hablar alguna vez de un cine que se llama Stella.

La taquillera, que tenía los labios pintados de rojo, hizo un globo y lo dejó estallar.

—¿Stella? Está cerrado desde hace un par de meses.

A Víctor le dio un vuelco el corazón, un vuelco pequeño a causa de la emoción.

—Sí, ya me lo imaginaba —respondió a la mirada de desconcierto de la mujer con una sonrisa de alegría—. ¿Sabe la dirección...? —Puso la caja donde estaba su tortuga enferma junto a la taquilla.

La mujer hizo estallar otro globo y miró algo nerviosa la caja de cartón.

—¿Qué lleva ahí dentro?

—Una tortuga resfriada —respondió él—. Pero ya se encuentra mejor. Bueno, ¿sabe la dirección?

—¿Puedo verla? —preguntó la mujer.

Víctor suspiró y apartó la toalla con la que había tapado la caja para proteger a la tortuga del frío viento que soplaba. Paula sacó su arrugada cabeza, parpadeó y volvió a esconderse en su caparazón.

—¡Qué mona! —exclamó la taquillera y lanzó el chicle a la papelera—. No, no sé la dirección, pero podría preguntársela al *dottor* Massimo. Es el propietario de este cine y también del Stella. Él debería saber dónde está, ¿no?

—Por supuesto. —Víctor sacó su libreta—. ¿Dónde puedo encontrar al tal *dottor* Massimo?

—En Fondamenta Bollani —respondió aburrida la taquillera y bostezó—. No sé el número, pero cuando vea la casa más grande de la calle, ahí vive él. Es un hombre muy rico. Sólo tiene los cines como diversión, pero de repente ha decidido cerrar el Stella.

—Ya veo —dijo Víctor y volvió a tapar la caja de cartón de Paula con la toalla—. Bueno, entonces pasaré a hacerle una visita. Aunque ¿no tendrá su número por casualidad?

La taquillera garabateó el teléfono en un pedazo de papel y se lo dio.

—Si habla con él, dígale que se han vendido casi todas las entradas de la sesión, ¿de acuerdo? Si no, al final acabará decidiendo cerrar el Fantasía también.

Víctor miró a su alrededor ante el cine vacío.

—No sé qué película ponen. La cola llega hasta la calle —dijo y se fue en busca de una cabina de teléfono. Se le había vuelto a acabar la batería de su móvil. No debería haberse comprado un trasto de ésos.

—*Pronto* —gruñó una voz grave al otro lado de la línea cuando por fin dio con una cabina que funcionaba.

—¿Hablo con el *dottor* Massimo, el propietario del viejo cine Stella? —preguntó. Paula no paraba de moverse dentro de la caja, como si estuviese buscando una salida a la cárcel en que estaba metida.

—Sí, en efecto. ¿Le interesa el cine? Si es así, venga. Fondamenta Bollani 233. Estaré aquí una media hora más si quiere hablar de ello.

«¡Clac!», oyó Víctor. Se quedó mirando el auricular, muy sorprendido. «Pues sí que es rápido», pensó mientras intentaba salir de la cabina con su caja de cartón. Tenía media hora y la siguiente parada de *vaporetto* estaba lejos. Sólo le quedaban sus pies doloridos.

La casa del *dottor* Massimo no era sólo la más grande de Fondamenta Bollani, sino también la más bonita. Las columnas que la adornaban parecían flores que se habían convertido en piedra, las barandillas de los balcones parecían estar hechas de mármol y las rejas de hierro forjado de las ventanas de la planta baja y el portal de entrada estaban cubiertas de flores y hojas, como si no hubiese nada más fácil que trepar por el hierro.

Una chica del servicio hizo entrar a Víctor y lo condujo a través de las columnas, hasta un patio interior donde había una espectacular escalinata que subía al primer piso. La chica subió los escalones tan rápido que apenas tuvo tiempo para ver nada más. Cuando se inclinó por la barandilla para echar un último vistazo a las fuentes del patio, su guía se volvió hacia él y le dijo con impaciencia:

—El *dottor* Massimo sólo tiene diez minutos más para hablar.

—¿Qué tiene que hacer el *dottore* que es tan urgente? —Víctor no pudo evitar hacer aquella pregunta.

La muchacha lo miró con tanta incredulidad como si hubiese preguntado el color de los calzoncillos de su jefe. Y Víctor la siguió, tan rápido, que no la perdió de vista en aquel laberinto de pasillos y puertas a través del que le conducía. «Tanto jaleo para obtener una dirección —pensó—. Tendría que haber llamado otra vez.»

Al final, cuando casi no podía ni respirar y Paula ya debía de estar mareada, la chica se detuvo y llamó a una puerta que era lo bastante alta para un gigante.

—Sí, adelante —dijo la misma voz sonora que le había gruñido por teléfono. El *dottor* Massimo estaba sentado a su inmenso escritorio, en un despacho que era más grande que todo el piso de Víctor y recibió a su visitante con una mirada fría y escrutadora.

El detective carraspeó. Desentonaba mucho en aquella habitación tan lujosa, con su caja de cartón y su tortuga bajo el brazo y sus zapatos, que estaban muy gastados de tanto correr. Además, cuando entraba en una habitación que tenía un techo tan alto siempre tenía la sensación desagradable de que se encogía.

—Buenos días, *dottore* —dijo—. Víctor Getz. Hemos hablado por teléfono. Por desgracia, ha colgado tan rápido que no he tenido tiempo de contarle el motivo de mi llamada. No he venido para comprar su viejo cine, sino...

Antes de que pudiera continuar, se abrió la puerta que había detrás de él.

—Padre —dijo una voz joven—. Creo que la gata está enferma...

126

—¡Escipión! —El *dottor* Massimo enrojeció de cólera—. ¿No ves que tengo visita? ¿Cuántas veces tengo que decirte que llames antes de entrar? ¿Qué habría ocurrido si los caballeros de Roma hubieran llegado ya? ¿Cómo habría quedado yo si mi hijo interrumpe nuestra reunión por culpa de una gata que está enferma?

Víctor se volvió y vio un par de ojos negros asustados.

—Verdaderamente no está bien —murmuró el hijo del *dottor* Massimo y bajó de repente la mirada, pero Víctor ya lo había reconocido. Llevaba el pelo recogido en una pequeña trenza tensa y sus ojos no transmitían tanta confianza en sí mismo como en su último encuentro, pero era él sin ninguna duda: el chico que había ayudado a huir a Bo y Próspero; el chico que le preguntó la hora con tanta inocencia antes de que él y sus amigos lo engañaran de la manera más pérfida posible.

La vida estaba llena de sorpresas.

—Si está enferma se debe probablemente a que ha tenido crías —dijo el *dottor* Massimo en tono despectivo—. No vale la pena pagar al veterinario. Si se muere ya te compraré otra. —Sin prestar más atención a su hijo, el *dottore* volvió a dirigirse de nuevo a Víctor—. Continúe, señor...

—Getz —repitió, mientras Escipión seguía tieso como un palo detrás de él—. Tal y como le he dicho, no deseo comprar el Stella de ninguna de las maneras. —Por el rabillo del ojo vio el salto que dio Escipión al oír el nombre del cine—. Estoy escribiendo un artículo sobre los cines de la ciudad y me gustaría incluir al Stella, por eso quería pedirle permiso para visitarlo.

—Interesante —dijo el *dottore* y miró por la ventana el canal

127

que había abajo, justo en el momento en que llegaba un acua-taxi—. Discúlpeme, pero creo que acaba de llegar mi visita de Roma. Tiene mi permiso para ver el cine, por supuesto. Se encuentra en la calle del Paradiso. Escriba en su artículo que es una vergüenza para esta ciudad que una sala tan buena tenga que cerrar. Aquí sólo sobrevive aquello que les interesa a los turistas.

—¿Por qué lo ha cerrado? —preguntó Víctor.

Escipión seguía en la puerta y escuchaba aterrorizado la conversación entre Víctor y su padre.

—¡Un experto que vino del continente lo declaró en ruinas! —El *dottor* Massimo se levantó, fue hasta un armario lleno de cajones e intentó abrir uno—. ¡En ruinas! Toda la ciudad está en ruinas —exclamó con desprecio—. Me exigió que lo reformara. ¡Pero me habría costado un dineral! ¿Dónde está la llave? Mi administrador la trajo hace unos meses. —Buscó por los cajones con impaciencia—. Escipión, ven, ayúdame a buscar si aún estás aquí.

Víctor tenía la impresión de que Escipión había tomado la decisión de huir de ahí. Ya había asido el picaporte, pero cuando el *dottore* lo miró, pasó junto a Víctor con el rostro pálido y se acercó a su padre.

—*Dottore!* —La muchacha del servicio sacó la cabeza por la puerta—. Le espera su visita de Roma. ¿Recibirá al señor en la biblioteca o quiere que lo haga subir aquí?

—Bajaré a la biblioteca —respondió el *dottor* Massimo rotundamente—. Escipión, encárgate de que el señor Getz te dé un recibo por la llave. Serás capaz de hacerlo, ¿no? En el llavero hay una etiqueta con el nombre del cine.

—Ya lo sé —murmuró sin mirar a su padre.

—Envíeme una copia de su artículo en cuanto sea publicado —dijo el *dottore* mientras se iba precipitadamente.

Cuando salió de la habitación se hizo un silencio absoluto. Escipión se encontraba junto al cajón abierto y observaba a Víctor de la misma manera que el ratón observa al gato. Entonces fue corriendo hasta la puerta.

—¡Alto, detente! —gritó Víctor, que se interpuso en su camino—. ¿Adónde quieres ir? ¿A avisar a tus amigos? No es necesario. No pienso comérmelos. Ni tampoco llevarlos a la policía, a pesar de que me habéis robado la cartera. Me da igual que des cobijo en el cine viejo de tu padre a una pequeña banda de ladrones. ¡Me importa un pimiento! Lo que me interesa son los dos hermanos a los que habéis acogido: Próspero y Bo.

Escipión se lo quedó mirando sin decir nada.

—¡Eres un cotilla miserable! —le soltó. Entonces se agachó y tiró de la alfombra sobre la que estaba Víctor, con tanta fuerza que le hizo perder el equilibrio y lo tiró al suelo de espaldas. Aun así evitó que se le escapara de las manos la caja donde llevaba a su tortuga. Escipión se precipitó hacia la puerta como una gacela. Víctor se echó a un lado para cogerlo por las piernas, pero el chico saltó fácilmente por encima de él y antes de que Víctor pudiera volver a ponerse de pie ya había desaparecido.

Hecho una furia, el detective empezó a perseguirlo tan rápido como le permitían sus piernas. Pero cuando llegó junto a la barandilla, ya sin aliento, Escipión ya estaba saltando los últimos escalones.

—¡Quieto ahí, pequeña rata! —gritó Víctor. Su voz resonó con tanta fuerza por toda la casa que dos muchachas del servicio salieron corriendo al patio asustadas—. ¡Detente! —Se in-

clinó tanto por la barandilla que se mareó—. ¡Os encontraré!
¿Me has oído?

Pero Escipión sólo le hizo una mueca y salió corriendo de la
casa.

ALARMA

—A ver, en resumen —susurró Mosca y se inclinó sobre el plano que les había dado el *conte*—, hasta ahora hemos visto entrar y salir a tres personas: al ama de llaves gorda, a su marido y a la mujer rubia teñida...

—*Signora* Ida Spavento —le corrigió Riccio—. Al principio pensamos que la señora gorda era la *signora* Spavento y la rubia su hija. Pero al hombre que tiene el quiosco de periódicos de Campo Santa Margherita le gusta mucho hablar y me ha contado que la mujer es Ida Spavento y la gorda sólo se encarga de llevar la casa. Esta *signora* Spavento vive sola y, al parecer, está de viaje muy a menudo. El hombre del quiosco cree que es fotógrafa. Me ha enseñado una revista con fotos de Venecia que, en teoría, son de ella. En cualquier caso, entra y sale de la casa de manera irregular. El ama de llaves termina de trabajar entre las seis y las siete de la tarde y su marido acostumbra llegar al mediodía y nunca se queda mucho tiempo. Por suerte, porque parece un hombre capaz de zamparse a un niño para desayunar.

—Es cierto —dijo Mosca y sonrió.

—Durante el día casi siempre hay alguien en casa —añadió Riccio—, y por la noche —suspiró—, bueno, desgraciadamente, por la noche ocurre lo mismo, ya que a la *signora* Spavento sólo le gusta salir durante el día. De noche parece que no le gusta hacer nada. Pero como mínimo se va a dormir pronto. Como muy tarde, a las diez se apaga la luz de su dormitorio.

—Si de verdad es su dormitorio —dijo Avispa. No parecía estar muy entusiasmada por el informe de Riccio—. Si, si, si... Si el ala está en la planta baja, si la *signora* Spavento duerme en el segundo piso, si de verdad no hay sistema de alarma... Hay demasiados «sis» para mi gusto. ¿Y qué hay de los perros?

—Son perros falderos. —Riccio sacó el chicle por el agujero que tenía entre los dientes—. Y, además, es probable que sean del ama de llaves. Normalmente se los lleva a casa cuando se va por la noche.

—¡Normalmente! —Avispa entornó los ojos.

—Y si no —Mosca hizo un gesto de desprecio con la mano—... les damos un par de salchichas.

—¡Sabes mucho, tú! —murmuró Avispa y se puso a jugar con su trenza. Había robado alguna vez en tiendas, en paradas de *vaporetto*, en algún callejón estrecho donde había mucha gente. Pero entrar en una casa era algo distinto y por mucho que Mosca y Riccio lo considerasen como una gran aventura, sabía que los dos tenían tanto miedo como ella.

—¿Ya le habéis dado de comer a la paloma? —preguntó y se quitó una pluma de los pantalones. El escondite estaba lleno de ellas desde que el pájaro había entrado en casa. Mosca le había colgado una cesta vieja en la pared, bien arriba, para que la

132

usara como nido. La paloma se pasaba gran parte del tiempo allí y observaba a los gatitos de Bo.

—Yo le he dado de comer —dijo Bo, que jugaba a cartas con Próspero en una esquina—. Es muy buena. En cuanto estiras la mano viene volando.

—Quizá no deberíamos darle tanto de comer —exclamó Riccio—. Se caga por todos lados, incluso en mis cómics.

Mosca seguía inclinado sobre el plano, recorría con el dedo los pasillos, para asegurarse de que no se perdería cuando entrara con una linterna dentro de la casa.

—¿De dónde habrá sacado el plano el *conte*? —preguntó.

Avispa se encogió de hombros.

—¿Me puede pasar alguien la taza de los botones?

Riccio se la acercó.

—Como no te laves los pantalones —dijo Avispa mientras enhebraba una aguja—, la próxima vez te coserás tú el botón.

Riccio se miró avergonzado sus piernas desnudas.

—Sólo tengo ésos. Los otros tienen un agujero.

—¿Desde cuándo te importa eso? —dijo Mosca para burlarse de él y se levantó—. ¡Silencio! —susurró—. ¿No habéis oído el timbre?

Todos escucharon atentamente. Mosca tenía razón. Alguien había llamado al timbre de la salida de emergencia.

—¡Escipión no iba a venir hasta mañana! —dijo Avispa en voz baja.

—Y además, él siempre utiliza su entrada secreta.

—Preguntaré la contraseña —dijo Próspero y se levantó—. Bo, tú quédate aquí. —Volvió a sonar el timbre mientras Próspero recorría el pasillo oscuro que llevaba a la salida de emergencia. Después del incidente con el detective, Mosca había

133

puesto una mirilla, pero afuera ya era de noche y Próspero apenas pudo ver algo. La persona que había fuera aporreaba la puerta, mientras la lluvia seguía cayendo con fuerza.

—¿Es que no me oís? ¡Dejadme entrar! —exclamó una voz—. Dejadme entrar de una vez por todas. —A Próspero le pareció oír un sollozo.

—¿Escipión? —preguntó con incredulidad.

—Sí, maldita sea.

Próspero corrió el cerrojo de inmediato.

Escipión estaba calado hasta los huesos.

—Cierra la puerta a cal y canto. ¡Rápido! —gritó—. Venga, date prisa.

Próspero obedeció algo confundido.

—Creíamos que no ibas a venir hasta mañana —dijo—. ¿Por qué no has entrado de la misma manera que siempre?

Escipión se apoyó en la pared para recuperar el aliento.

—¡Tenéis que iros! —exclamó—. Ahora mismo. ¿Están todos?

Próspero asintió con la cabeza.

—¿Qué significa eso? —preguntó con voz ronca—. ¿Qué quiere decir que tenemos que irnos?

Pero Escipión ya corría por el pasillo oscuro y Próspero lo siguió con el corazón desbocado. Cuando el Señor de los Ladrones entró en la sala, los otros lo miraron como si fuese un desconocido.

—¿Qué te ocurre? —preguntó Mosca estupefacto—. ¿Te has caído a un canal? ¿Y por qué vas vestido con ropa tan elegante?

—¡No tengo tiempo para explicaros nada! —gritó Escipión, que soltó un gallo a causa de la emoción—. El cotilla sabe que estáis aquí. Coged lo imprescindible y nos largamos.

Los chicos lo miraron horrorizados.

—¡No me miréis así! —gritó Escipión. Nunca lo habían visto tan enfadado—. El tipo ese podría entrar por la puerta principal de un momento a otro, ¿vale? ¡Quizá podamos volver en el futuro, pero de momento tenemos que irnos!

No se movió ninguno de ellos. Riccio miraba a Escipión con la boca abierta. Mosca fruncía el ceño como si fuera incapaz de creerse lo que estaba ocurriendo y Avispa rodeaba con su brazo a Bo, que estaba muy asustado.

Próspero fue el primero en reaccionar.

—Coge tus gatitos, Bo —dijo—, y también el chubasquero. Está lloviendo a cántaros. —Fue corriendo hasta el colchón donde dormían él y su hermano y puso sus pocas pertenencias en una bolsa. Entonces los otros hicieron lo mismo.

—¿Adónde vamos a ir? —preguntó Riccio—. Ya habéis oído que está lloviendo. Y también hace mucho frío. No entiendo nada. ¿Cómo nos ha podido encontrar el detective?

—¡Cállate, Riccio! —le dijo Avispa—. Déjame pensar. —Le quitó el brazo de encima a Bo y se volvió hacia Mosca—. Ve hasta la taquilla y dinos si ves algún movimiento sospechoso delante de la entrada. Los trastos con los que hemos atrancado la puerta lo distraerán un poco, pero no durante mucho tiempo.

—Hasta que nos hayamos ido. —Mosca se guardó el plano en la cintura del pantalón y desapareció por la puerta.

—Yo cogeré el dinero que nos queda —murmuró Escipión sin mirar a nadie y salió corriendo.

Bo metió sus gatitos en una caja de cartón sin decir nada. Cuando vio que Riccio estaba tumbado en su colchón y que sollozaba, se acercó a él y le acarició la cabeza.

—¿Adónde vamos a ir? —repetía—. ¿Adónde vamos a ir, maldita sea?

Avispa no hacía más que secarse las lágrimas mientras metía sus libros preferidos en una bolsa de plástico. Pero de repente se quedó quieta.

—¡Un momento! —dijo y se volvió hacia los otros—. Se me ha ocurrido una idea loca. ¿Queréis oírla o preferís que me calle?

EN LA TRAMPA

Víctor no se habría imaginado nunca que era capaz de correr
tan rápido. Por suerte sabía dónde se encontraba la calle del
Paradiso y no tuvo que buscarla en un mapa de la ciudad, pero
Escipión le llevaba una ventaja considerable.

«Estoy seguro de que aumentará a cada metro», pensaba
Víctor mientras se apresuraba por los callejones de Venecia.
«¡Dios, lo que daría por poder correr tan rápido como cuando
era niño!» Tenía la sensación de haber cruzado como mínimo
cien puentes cuando por fin dobló por la calle en la que se encontraba el cine del *dottor* Massimo. Las piernas le temblaban
del cansancio. Ahí se encontraba el gran cartel luminoso al que
le faltaba un trozo a una «L», a pesar de lo cual aún podía leer-
se con claridad el nombre: Stella. En una vitrina había expues-
to un cartel descolorido. Alguien había dibujado un corazón en
el polvo acumulado en el cristal.

Con la respiración entrecortada, Víctor subió los dos escalones que llevaban a la puerta de entrada. Intentó ver algo a través del cristal, pero estaba tapado con cartones por el otro lado.

«Seguro que hace rato que se han ido», pensó mientras su corazón seguía acelerado. Su jefe debía de haberlos avisado. ¿Cómo podía haber llegado a conocer el hijo de un hombre tan rico como el *dottor* Massimo a aquellos otros niños? Se habría apostado su colección de barbas y bigotes postizos a que habían huido todos de casa: aquel niño delgado del pelo pincho y con los dientes mal puestos, el otro más grande y negro al que le quedaban cortos los pantalones que llevaba y la niña de la cara triste. Tenían que ser fugitivos como los dos hermanos a los que buscaba. ¿Qué tenían que ver con el hijo del *dottor* Massimo?

—¡Da igual! —gruñó Víctor. Dejó la caja de cartón donde estaba la tortuga junto a la puerta y sacó un manojo de llaves con ganzúas del bolsillo. Consiguió abrir rápidamente el candado, pero la cerradura de la puerta le dio más problemas. Y cuando por fin la abrió, se dio cuenta de que estaba atrancada con una montaña de trastos. Se puso a soltar tacos y a gritar tanto que se abrió una ventana de la casa de enfrente y sacó la cabeza un hombre mayor con cara de preocupación.

—*Buona sera!* —le dijo Víctor—. *Va tutto bene, signore. Soltanto... ehm, soltanto una revisione.*

El viejo murmuró algo incomprensible y volvió a cerrar la ventana.

«Tardaré horas en entrar», pensó Víctor, y se lanzó con todo su peso contra la puerta. Al cabo de cinco intentos se hizo daño en el hombro, pero la puerta se abrió lo bastante para que pudiera colarse por ella. Con la ayuda de la débil luz de su linterna se abrió un camino entre los trastos que habían puesto junto a la puerta, pasó por encima de sillas volcadas, cajas de verduras y mamparas rotas. Dentro estaba oscuro como boca de lobo y a Víctor casi se le paró el corazón del susto cuando chocó contra el cartel de cartón de un hombre que se encontraba junto a la taquilla llena de polvo y que le puso una ametralladora debajo de la nariz.

Murmuró otra palabrota, empujó el cartel para apartarlo y avanzó hasta la doble puerta donde tenía que encontrarse la sala de cine. La abrió con mucho cuidado y se adentró en la oscuridad. No oía nada por mucho que aguzara el oído. Tan sólo su propia respiración. Y cada vez jadeaba más a causa de lo mucho que había corrido. «¡Claro! —pensó Víctor—. Tal y como pensaba. Han huido todos.»

Dio un par de pasos en medio de la oscuridad de la sala con mucha precaución. Y entonces, le pareció oír un ruido. Muy bajo. Pensó que probablemente eran ratones y tuvo un escalofrío. Víctor no soportaba que hubiese ratones corriendo a su alrededor en la oscuridad cuando no podía verlos. Lentamente fue moviendo el haz de luz de su linterna. Hileras de asientos. Una cortina. Todo como en un cine normal. Enfocó algo nervioso las paredes. De repente algo echó a volar hacia él, de color gris, y unas alas le rozaron la cara. Pegó un grito y dejó caer la linterna, pero la recogió a oscuras y dirigió el haz de luz hacia aquella cosa que no paraba de revolotear y dar vueltas sin rumbo fijo... ¡Una paloma! Una maldita paloma. Víctor se pasó la mano por la cara, como si de aquella manera fuese a quitarse el susto del cuerpo. El pájaro pareció aliviado, se posó tranquilo sobre una cesta que estaba colgada de la pared.

«Otra sorpresa como ésta —pensó Víctor— y mi pobre corazón no lo aguanta.» Tomó aire y siguió adelante. Aquella sala tan grande y oscura era un escondite muy extraño para dos niños sin casa. Sí, no había otra explicación. El joven Escipión debía de haberlos traído aquí, al cine vacío de su padre. La cortina que había delante de la pantalla brilló cuando Víctor la iluminó. ¿Y si se habían escondido en algún lado? Dio un paso más y empujó con la punta del zapato un colchón. Detrás de las butacas había todo un campamento de colchones: mantas, almohadas, libros y cómics, así como un hornillo.

«Vaya, vaya. ¡El pequeño no se había inventado nada! —pensó—. Es tal y como me contó Bo: vive en un cine con su hermano mayor y sus amigos. Es una sesión infantil a la que no se permite la entrada a adultos.»

La luz de la linterna enfocó un oso y una liebre de peluche, una caña de pescar, una caja de herramientas, montañas de libros y una espada de plástico que sobresalía de un saco de dormir. En la pared y en los respaldos de los asientos había fotos y recortes de revistas y tebeos. Pósters. Estrellas luminosas que brillaban en la oscuridad. Pegatinas. Alguien había pintado flores en la pared, grandes y de varios colores, peces, barcos y una bandera pirata.

Estaba en una habitación de niños. Una habitación de niños enorme. «A mí me habrían dado un par de bofetadas si hubiese pintado una bandera pirata en el papel de la pared», pensó. Por un breve instante sintió el deseo de saltar sobre uno de los colchones, encender un par de velas de las que había por toda la sala y olvidarse de todo lo que le había ocurrido desde que cumplió nueve años hasta hoy. Entonces volvió a oír un ruido.

Se le erizó el pelo de la nuca.

Había alguien. Estaba seguro. Y era una persona. La sensación de la presencia de un ser humano era muy distinta a la de un animal, muy distinta a la de una paloma o un ratón.

Víctor se olvidó de los colchones y avanzó hasta las butacas. ¿Eran de verdad tan tontos como para querer jugar al escondite con él? ¿Creían que sólo porque era un adulto ya no sería capaz de jugar bien?

—¡Os vais a llevar una decepción! —gritó Víctor—. Yo era de los mejores buscando a la otra gente cuando jugaba al escondite. Siempre los cogía a todos. A pesar de mis piernas cortas. Más os valdría que os rindierais. —Su voz sonaba muy extraña en la sala de cine vacía—. ¿Qué creéis? —dijo mientras iluminaba con su linterna entre las butacas podridas—. ¿Que podéis seguir aquí eternamente? ¿Cómo sobrevivís? ¿Robando? ¿Cuánto tiempo puede durar esto? Bueno, no es asunto mío. Sólo me interesáis dos de vosotros. A los más grandes os espera un lugar en un internado y a los pequeños un hogar. Un hogar de verdad donde podréis comer hasta reventar, dormir en una cama y llevar una vida normal. A cambio sólo tendréis que soportar un poco de olor a laca.

«Diablos, ¿qué estoy diciendo? —pensó Víctor, que se quedó quieto—. Esto no suena muy tentador. Además, soy demasiado mayor para jugar al escondite en un cine, a oscuras, con un grupo de niños.»

—¡Eh, Víctor, atrápame a mí! —dijo una voz. Una voz aguda. Víctor la conocía. De repente salió un bulto en la cortina resplandeciente—. ¿Tienes una pistola? —preguntó la voz detrás de la tela bordada con estrellas, y apareció la cabeza de Bo, con el pelo teñido de negro, entre los pliegues.

—¡Claro que sí! —Víctor se metió la mano debajo de la chaqueta como si estuviera cogiendo su revólver—. ¿Quieres verla?

El pequeño salió lentamente de su escondite. ¿Dónde estaba

141

su hermano mayor? Víctor miró a la izquierda, a la derecha, hacia atrás, pero por todos lados sólo lo miraba la oscuridad con su cara negra.

—No tengo miedo —dijo Bo—. Seguro que es de mentira.

—Eso piensas... —el detective esbozó una sonrisa—. Eres muy listo. —No le quitaba la vista de encima al pequeño, pero de esta manera no podía ver las hileras de asientos que había junto a él. Y cuando se dio cuenta de que entre las butacas, a izquierda y derecha, se movía algo, ya fue demasiado tarde. Antes de que pudiera darse cuenta de lo que le sucedió, se le echaron cinco niños encima. Lo sujetaron de los pies, lo echaron al suelo como un saco de patatas y se le sentaron en la barriga. A pesar de que intentó moverse y agitarse no pudo quitárselos de encima. Se le cayó la linterna y fue rodando por el suelo, iluminando hacia todos lados. A Víctor le pareció reconocer a la chica que le echó encima a las mujeres que le pegaron en el cuello con sus bolsos. Le sujetaba el brazo derecho, el chico negro el izquierdo y otros dos, probablemente Próspero y el del pelo pincho, le agarraban las piernas. Pero sobre el pecho se le sentó otro chico que había puesto una sonrisa maliciosa en aquella cara diminuta que tenía y lo miraba en tono burlón con sus ojos oscuros y juntos. Era Escipión, que le clavó las rodillas en las costillas, como si fuese un caballo salvaje.

—¡Maldito enano! —murmuró Víctor—. Te...

No pudo continuar. Escipión le puso un trapo en la boca. Un trapo húmedo y apestoso que olía a pelo de gato mojado.

—¿Qué haces? ¿No es mejor que lo interroguemos primero? —preguntó el chico negro sorprendido—. Aún no sabemos si sólo va detrás de Próspero y Bo de verdad.

—¡Exacto! —exclamó el del pelo pincho nervioso, con la

142

punta de la lengua entre los dientes—. Deja que le preguntemos cómo nos ha encontrado, Escipión.

—No vale la pena, seguro que sólo nos contará mentiras —respondió—. Es mejor que lo atemos.

Los otros se pusieron a coger todas las cuerdas y cinturones que encontraron. Ataron a Víctor hasta que pareció un gusano de seda. Lo único que podía hacer era mover los ojos.

—No le hará daño, ¿verdad? —preguntó Bo, que lo miraba con cara de pena. De repente sonrió—. Tienes una pinta rara, Víctor —exclamó—. ¿Eres un detective de verdad?

—Sí que lo es, Bo. —Próspero apartó a su hermano, se agachó y le registró los bolsillos—. Un teléfono y... era verdad. —Sacó el revólver lentamente—. Mirad, yo pensaba que era una bola.

—Dámelo, que lo esconderé. Avispa le cogió la pistola con sumo cuidado, como si tuviera miedo de que pudiese explotarle entre las manos.

—¡Registradlo de arriba abajo! —ordenó Escipión y se levantó. Se quedó de pie al lado de su prisionero mientras lo observaba y meditaba—. ¡Bueno, señor detective —dijo en voz baja y con tono amenazador—. No se meta nunca con el Señor de los Ladrones. —Luego miró a los demás—. Venga, encerradlo en el lavabo de hombres.

VISITA NOCTURNA

Echaron una manta en el suelo para Víctor, sobre las frías baldosas. Aun así no estaba muy cómodo. Nunca lo habían atrapado y atado. ¡Una banda de niños lo había encerrado en el viejo lavabo de un cine! Y el hijo del *dottor* Massimo le puso la mordaza en la boca tan rápido que no tuvo tiempo de decirles a aquellos pequeños cabrones que fuera del cine, junto a la puerta, había una tortuga resfriada dentro de una caja de cartón.

Pasaron las horas y Víctor seguía pensando en lo mismo: «¡Tendría que haberlo sabido! Tendría que haberlo sabido en cuanto entró en mi despacho aquella mujer de la nariz puntiaguda, Esther, con su abrigo de color amarillo claro. El amarillo siempre ha sido el color de la mala suerte».

Por vigésima vez intentó en vano alcanzar sus zapatos, ya que en el tacón tenía escondidas un par de herramientas para casos de emergencia. De repente se abrió la puerta. De manera muy silenciosa, como si la persona que acababa de entrar no quisiera dejar rastro de su presencia allí. ¿Qué significaba aquello? Seguro que nada bueno. Preocupado, Víctor intentó volverse. Una linterna lo iluminó en la cara y alguien se arrodilló junto a él sobre la áspera manta. Próspero.

Víctor suspiró aliviado. No sabía por qué, puesto que Próspero lo miraba con una cara que expresaba de todo menos amabilidad. Pero como mínimo le quitó la apestosa mordaza. El detective escupió para quitarse aquel sabor asqueroso de la boca.

—¿Te ha dado permiso tu jefe, el de los ojos negros? —preguntó—. Seguro que me quería intoxicar con estos trapos tan sucios.

—Escipión no es nuestro jefe —respondió Próspero y lo ayudó a ponerse en pie.

—¿Ah, no? Pues se comporta como si lo fuera. —Víctor gimió y se apoyó contra la pared. Le dolían todos los huesos del cuerpo—. ¿No piensas desatarme las manos?

—¿Acaso se cree que soy tonto?

—No, pero seguro que no eres tan duro como pretendes hacer ver —gruñó—. Anda, sal a la calle y entra una caja de cartón que hay junto a las puertas del cine.

Próspero lo miró con desconfianza, pero fue a buscar la caja.

—No sabía que las tortugas formaran parte del equipo de investigación de un detective —exclamó al dejarla en el suelo junto a él.

—Vaya, te crees muy gracioso, ¿no? ¡Sácala de la caja! Más os vale que esté bien, porque si no os habréis metido en una buena.

—¿Acaso no lo estamos ya? —Próspero levantó con cuidado la tortuga de la arena que el detective le había puesto—. Parece un poco seca.

—A mí también —gruñó Víctor—. Necesita lechuga fresca, agua y un paseo. Venga, déjala que camine un poco por el suelo.

Próspero reprimió una sonrisa pero hizo lo que le pidió su prisionero.

—Se llama Paula y su marido está ahora más solo que la una en una caja de cartón debajo de mi escritorio, y seguro que no hace más que preocuparse. —Víctor movió los dedos de los pies, que le picaban muchísimo—. También tendréis que cuidar de él si queréis tenerme aquí enrollado como una momia.

Próspero ya no aguantaba más y sonrió. Apartó la cara, pero aun así Víctor lo vio.

—¿Alguna cosa más?

—No. —El detective intentó ponerse en una posición más cómoda, pero no lo consiguió—. Empecemos con la conversación, que para eso has venido, ¿no?

Próspero se pasó la mano por su pelo negro y escuchó. Se oyó un leve ronquido a través de la puerta.

—Es Mosca. Tendría que estar de guardia, pero duerme como un bebé.

—¿Hacer guardia? —bostezó—. ¿Adónde queréis que vaya si estoy envuelto como un gusano de seda?

Próspero se encogió de hombros. Dejó la linterna junto a él en el suelo y se miró las uñas mientras pensaba.

—Usted nos buscaba a mi hermano y a mí, ¿verdad? —preguntó sin mirarlo a la cara—. Lo ha contratado mi tía.

Víctor se encogió de hombros.

—Tu amiguita me robó la cartera. Seguro que has encontrado allí su tarjeta de visita.

Próspero asintió con la cabeza.

—¿Cómo descubrió Esther que estábamos en Venecia? —Apoyó la frente en las rodillas.

—Le costó un poco de tiempo y mucho dinero, tal y como me contó tu tío. —Víctor se sorprendió de estar mirando con compasión al chico.

—Si no hubiese chocado con usted, no nos habría encontrado nunca.

—Quizá. Tenéis un escondite muy insólito.

Próspero lo miró.

—Lo encontró Escipión, que también se ocupa de que tengamos suficiente dinero para vivir. Sin él lo pasaríamos muy mal. Antes Riccio robaba mucho, y Mosca y Avispa se conocen desde hace tiempo. Creo que antes de conocerlo no vivían muy bien. Pero no les gusta demasiado hablar de aquella época. Luego Avispa nos encontró a Bo y a mí y Escipión nos acogió. —Levantó la cabeza—. No sé por qué le cuento todo esto. Usted es detective, seguro que ya lo había descubierto, ¿no?

Pero Víctor negó con la cabeza.

—Tus amigos no me interesan en absoluto. Yo sólo tengo que preocuparme de que tu hermano y tú volváis a tener un hogar. ¿No te has dado cuenta de que Bo es demasiado pequeño para arreglárselas sin padres? ¿Qué ocurrirá si el Señor de los Ladrones, tal y como a él le gusta llamarse, os abandona algún día? ¿O si os descubre la policía? ¿Quieres que Bo acabe en un orfanato? Y en lo que a ti respecta, ¿no sería más fácil que te dedicaras a fastidiar a los profesores de algún internado en vez de jugar a ser adultos con unos niños de doce años?

Próspero se quedó petrificado.

—Me ocupo muy bien de Bo —contestó enfadado—. ¿O le

parece que no es feliz? Ganaría dinero para nosotros si me dejaran.

—Aún es demasiado pronto para eso —respondió.

Próspero hundió la cara entre los brazos.

—Ojalá ya fuera adulto —murmuró.

Víctor suspiró profundamente y apoyó la cabeza contra la pared fría.

—¿Adulto? Vaya, vaya. Por Dios, ¿quieres que te cuente un secreto? Siempre me sorprendo cuando me miro en el espejo y veo mi cara vieja. «Víctor —pienso a veces—, te has hecho muy mayor.» Cuando era pequeño también tenía ganas de ser adulto. Me hice una poción mágica con espuma de afeitar, cerveza y otras cosas que tenían un olor muy fuerte y que le gustaba tomar a mi padre. No funcionó. Jo, qué mal me sentó. Pero, si no me equivoco, creo que a tu hermano le gusta bastante ser un niño, ¿no?

—Esther se encargaría de quitárselo de la cabeza —respondió—. No sabe divertirse. Y su marido aún menos.

—En eso puede que tengas razón. Supongo que vuestra madre y su hermana no se parecían mucho, ¿verdad?

Próspero negó con la cabeza.

—Eh, ¿dónde está la tortuga? —preguntó muy preocupado, se levantó y abrió la puerta del único lavabo del cine. Iluminó la estrecha habitación con la linterna—. ¡Ven aquí! —le oyó decir en voz baja Víctor—. ¿Adónde quieres ir? Aquí no hay nada.

—Creo que Paula ya ha andado bastante por hoy —dijo Víctor cuando Próspero volvió con la tortuga en la mano—. Lo único que conseguirá es que se le enfríen los pies con estas baldosas y eso no es bueno para su resfriado.

—Es verdad —dijo Próspero, que puso de nuevo a Paula en su caja de cartón y la dejó sobre la manta junto a Víctor—. ¿También usted tiene un hermano? —preguntó.

El detective negó con la cabeza.

—No. No he tenido nunca hermanos. Pero ¿no es verdad que a veces puede ser un rollo tenerlos?

—Quizá —Próspero se encogió de hombros—. Bo y yo siempre nos hemos llevado bien. Bueno, casi siempre. Mecachis. —Se secó los ojos con la manga—. Ahora también empiezo a llorar yo.

Víctor carraspeó.

—Tu tía me dijo que habíais venido aquí porque vuestra madre os había hablado mucho de Venecia.

Próspero se sonó la nariz.

—Es verdad —dijo con la voz quebrada por la emoción—. Nos contó muchas cosas. Y todo es tal como nos había dicho ella. Al bajar del tren en la estación, de repente me entró miedo de que se lo hubiese inventado todo, las casas que se aguantaban sobre zancos, las calles de agua, los leones con alas. Pero todo era verdad. Siempre nos decía que el mundo estaba lleno de maravillas.

Víctor cerró un instante los ojos.

—Escúchame, Próspero —dijo cansado—. Quizá podría hablar con tu tía... para que os adopte a los dos...

Próspero le tapó la boca con la mano.

Había alguien al otro lado de la puerta. Y no era Mosca porque aún se oían claramente sus ronquidos.

—¡Bo! —susurró cuando apareció una cabeza con el pelo teñido de negro por la puerta—. ¿Qué haces aquí? ¡Vuelve a la cama inmediatamente!

Pero su hermano ya se había reunido con ellos.

—¿Qué haces aquí, Pro? —murmuró medio dormido—. ¿Quieres tirarlo al canal?

—¿Cómo se te ocurre algo así? —Miró a su hermano con cara de sorpresa—. ¡Venga, vuelve a la cama!

Bo cerró la puerta con mucho cuidado.

—¡Yo también podría hacer guardias como Mosca! —dijo, y casi tropezó con la caja de la tortuga, pero apartó el pie asustado.

—¿Hago las presentaciones? —dijo Víctor—. Ésta es Paula.

—Hola, Paula —murmuró el pequeño, que se sentó en el suelo entre su hermano y el prisionero. Se metió el dedo en la nariz y miró a Víctor—. Eres un buen mentiroso —dijo—. ¿De verdad nos quieres atrapar para entregarnos a Esther? No le pertenecemos.

El detective se miró la puntera de los zapatos avergonzado.

—Bueno, los niños tienen que pertenecer a alguien —murmuró.

—¿Tú perteneces a alguien?

—Eso es diferente.

—¿Porque eres adulto? —Bo miró con curiosidad la caja de la tortuga, pero Paula se había escondido en su caparazón—. Próspero cuida siempre de mí —dijo—. Y también Avispa. Y Escipión.

—Vaya, vaya, Escipión —exclamó Víctor—. ¿Aún está por aquí?

—No, no duerme nunca en el cine. —Bo negó con desdén, como si fuese algo que Víctor tuviera que saber a la fuerza—. Escipión tiene mucho que hacer. Es taaan listo. Por eso también... —se acercó a Víctor y le susurró al oído— tiene que ha-

150

cer un trabajo para el *conte*. Próspero no quiere participar, pero yo...

—¡Cierra la boca, Bo! —le interrumpió su hermano, que se levantó de un salto y lo cogió de la mano—. Eso a usted no le importa nada —le dijo al detective—. Usted mismo ha dicho que no le interesan los demás. ¿Entonces a qué vienen todas estas preguntas sobre Escipión?

—Vuestro Señor de los Ladrones... —empezó a decir.

Pero Próspero le dio la espalda.

—Venga, Bo, ya es hora de que vuelvas a dormir —dijo, y arrastró a su hermano hacia la puerta, pero el pequeño se resistió y se libró de él.

—Espera. ¡Tengo una idea! —exclamó—. ¿Por qué no lo soltamos para que le diga a Esther que por desgracia nos hemos caído de un puente y que ya no vale la pena que nos siga buscando porque nos hemos muerto? Seguro que le pagará igualmente porque no es culpa suya que nosotros seamos tan tontos como para caer de un puente. ¿No te parece una buena idea, Pro?

—¡Por el amor de Dios, Bo! —exclamó Próspero entre suspiros. Arrastró a su hermano a la fuerza hacia la puerta—. Nadie se cae a un canal. Además, tampoco podríamos dejarlo libre por mucho que nos prometiera que no nos traicionaría. No se puede confiar en gente como él.

—¿Como yo? ¡Muy amable! —exclamó el detective, pero Próspero ya había cerrado la puerta. Y volvió a quedarse solo a oscuras y con las frías baldosas que tenía a la espalda. «Qué generoso. Bueno, como mínimo me ha quitado la mordaza.» El grifo que había encima de él perdía agua. Y fuera seguía roncando Mosca durante su guardia. «¿Me creería Esther Hartlieb si le dijera que se han caído por un puente? —pensó Víctor—. Seguro que no.»

Y entonces se quedó dormido.

DESCONCIERTO

—¿Qué hacemos con el cotilla? —preguntó Riccio.

Próspero había comprado pan recién hecho para desayunar, pero ninguno comió más de un trozo. Los únicos que habían dormido bien eran Bo y Mosca, que roncó tranquilamente en su puesto de guardia hasta que fue Riccio a relevarlo. Avispa se sirvió la tercera taza de café. Durante toda la noche tuvo la misma pesadilla: una jauría de perros pequeños y gordos la perseguía por una casa desconocida y detrás de todas las puertas que abría aparecía un *carabiniere* grande, fuerte y de sonrisa maliciosa, que se parecía a Víctor, el cotilla.

—¡Apaga el cigarrillo, Riccio! —gruñó cansada—. No es bueno para Bo. ¿Cuántas veces tengo que decírtelo?

Riccio lo tiró al suelo y lo apagó de mala gana.

—¿Qué hacemos? —preguntó—. No he pegado ojo en toda la noche por culpa del tío ese que está encerrado en el lavabo.

—¿Que qué hacemos? —Mosca se encogió de hombros—. Lo dejamos libre cuando Escipión encuentre un escondite nuevo.

Dice que con el dinero del *conte* podríamos comprarnos una isla en la laguna, si quisiéramos.

—¡Yo no quiero una isla! —Riccio puso cara de asco—. Quiero quedarme aquí, en la ciudad, ¿o crees que me apetece tener que subirme todos los días a un barco que no para de balancearse? ¡Qué horror!

—Eso cuéntaselo a Escipión —exclamó Avispa con impaciencia. Miró el reloj—. Dentro de dos horas nos encontraremos con él, ¿ya lo has olvidado?

—¡A mí me gustaría tener una isla! —Mosca suspiró y se levantó—. Podríamos pescar nuestro propio pescado. Y plantar verduras...

—¿Pescado? ¡Bah! —Riccio arrugó la nariz en un gesto de menosprecio—. Por mí te lo puedes comer todo. Yo no pienso probar ningún pez de la laguna. Están envenenados con toda la basura que echan las fábricas del continente al mar.

—Sí, sí. —Mosca le hizo una mueca y se puso en pie—. Le voy a llevar un café a nuestro prisionero. ¿O es mejor que sólo le demos agua y pan mohoso?

—¡No sé por qué os molestáis tanto! —exclamó Riccio—. ¿Por qué sois tan hipócritas con él? ¡Por su culpa tenemos que buscar un escondite nuevo! Aunque éste es... —se paró— nuestro hogar. El mejor hogar que hemos tenido. ¡Y él lo ha estropeado todo! ¿Encima le vamos a dar una taza de café?

Los otros se quedaron callados sin saber qué decir. A todos les resultaba horrible pensar que tenían que dejar el cine para siempre. Riccio tenía razón, en aquel lugar se sentían a salvo, a pesar de que la sala se llenaba de sombras por la noche y de que a veces hacía tanto frío que veían su propio aliento al respirar. Pero era su escondite de las estrellas, su refugio para la lluvia, el frío y la noche. Seguro como un castillo, o como mínimo eso creían.

—Encontraremos algo nuevo —murmuró Mosca mientras echaba lo que quedaba de café en una taza para Víctor—. Igual de bueno que el de ahora. Quizás incluso mejor.

—¿Ah, sí? —Riccio miraba con cara seria la cortina bordada de estrellas—. Yo no quiero encontrar nada mejor. ¿Por qué no lo echamos al canal y ya está? ¡Sí, sería lo mejor! Seguro que luego ya no nos molestaría más.

—¡Riccio! —Avispa lo miró horrorizada.

—¡Pero es verdad! —gritó Riccio lleno de rabia. Le empezaron a correr lágrimas por las mejillas—. Por culpa de ese estúpido perderemos nuestro escondite de las estrellas. ¡No encontraremos otro como éste! Da igual las tonterías que diga Escipión sobre el dinero y una isla. ¡No son más que estupideces! Llega este detective y tenemos que recoger nuestras cosas y volver a la calle. Es una locura.

Los demás se quedaron callados. Ninguno de ellos sabía qué decir.

—Cuando llegue el invierno —dijo Mosca al final— hará mucho frío aquí dentro.

—¿Y? ¡Seguro que no tanto como afuera! —Riccio escondió la cara entre los brazos.

Los demás se miraron desconcertados.

—Venga, Riccio, no pasa nada —dijo Avispa, que se sentó junto a él y le puso un brazo sobre los hombros—. Lo importante es que sigamos juntos, ¿no? —Pero Riccio la empujó.

—¡Víctor no nos delatará! —exclamó Bo, y les puso un poco de leche en un platito a sus gatos—. Seguro que no.

—¡Venga ya! —dijo Mosca.

Próspero no había dicho nada en todo el rato, pero ahora carraspeó.

—No tenéis por qué tirarlo al canal para seguir aquí —dijo con la voz entrecortada—. Si Bo y yo desaparecemos, no tendrá motivos para seguir vigilándoos. Como os hemos metido en este problema, nos iremos. Tenemos que irnos muy, muy lejos. Ahora nuestra tía sabe que estamos en Venecia.

Bo miró a su hermano con la boca abierta. También Avispa se volvió con cara de sorpresa hacia Próspero.

—¡Tonterías! —exclamó—. No son más que tonterías. ¿Adónde quieres ir? Pertenecemos al mismo grupo. Vuestros líos son nuestros líos.

—Así se habla —dijo Mosca—. Vuestros líos son nuestros líos. ¿No es verdad, Riccio? —le pegó un codazo a su amigo, pero no respondió.

—Vosotros os quedáis aquí y Víctor, el cotilla, se quedará en el lavabo de hombres —añadió Avispa—. Lo haremos tal y como ha dicho Escipión. Entraremos en la casa de la *signora* Spavento, le robaremos el ala de madera, se la llevaremos al *conte* y nos pegaremos una buena vida con los dos mil quinientos euros en alguna de las islas que hay en la laguna, donde no nos podrá encontrar nadie. Ni siquiera este detective. Uno se acostumbra a ir en barco. O eso espero. —En el agua, Avispa se mareaba tanto como Riccio.

—Entonces tenemos que darle de comer a su tortuga macho —dijo Bo—. Para que no se muera de hambre hasta que lo dejemos libre.

—¿Su tortuga macho? —Mosca casi se atragantó con su café frío.

—Vive bajo el escritorio de Víctor —murmuró Próspero, que

se puso a jugar con uno de los abanicos de plástico de su hermano—. Su mujer está dentro de una caja de cartón, en el lavabo, con Víctor. Id con cuidado de no pisarla cuando entréis.

Mosca lo miró con incredulidad.

—¿No tengo razón? —gritó Riccio furioso—. ¿Desde cuándo hay que preocuparse de los animales domésticos de tus prisioneros? ¿Habéis visto alguna película en que los gángsters fueran a darle de comer a las tortugas o los gatos de alguien?

—¡Nosotros no somos gángsters! —le interrumpió Avispa enfadada—. Y por eso no dejaremos que se muera de hambre una tortuga inocente. Venga, llévale el café de una vez, Mosca.

LA CASA SPAVENTO

Cuando Riccio y Avispa se marcharon para encontrarse con Escipión en Campo Santa Margherita, tal y como habían acordado, Próspero fue con ellos.

Hacía más de dos días que no salía del escondite por miedo a Víctor y tenía ganas de respirar aire fresco. Mosca se quedó de buena gana con su prisionero, ya que tenía remordimientos de conciencia por haberse quedado dormido durante la noche, cuando le tocaba hacer guardia. Y Bo quería cuidar de la tortuga abandonada, probablemente porque no tenía ganas de andar hasta el lugar del encuentro.

—Bueno, entonces también puedes ocuparte de que tus gatitos no se coman la paloma —dijo Avispa antes de darle un gran beso de despedida—. Recuerda que la necesitamos.

—Ya lo sé —respondió Bo, y la paloma Sofía, que estaba sentada toda hinchada en el respaldo de una de las butacas, dejó caer una cagada de paloma sobre el asiento, como para confirmar las palabras de Avispa.

Mosca suspiró, cogió un trapo y la limpió.

Campo Santa Margherita estaba bastante lejos. Se encontraba en Dorsoduro, en la zona sur de Venecia, más allá del Canal Grande. Las casas que había a lo largo del canal quizá no eran tan lujosas y espléndidas como las de otros lugares de la ciudad, pero muchas tenían más de quinientos años. Había pequeñas tiendas, cafés, restaurantes, un mercado de pescado todas las mañanas y en medio de la plaza estaba el quiosco de prensa, cuyo propietario le había contado a Riccio tantas cosas sobre Ida Spavento. En el Campanile de Santa Margherita un dragón de piedra dominaba la zona y Riccio afirmaba que a sus pies se cazaban antes toros y osos, como en Campo San Polo, al norte de la ciudad.

La plaza, que acostumbraba estar muy animada, se encontraba casi vacía cuando llegaron los tres. Hacía un día frío y lluvioso y las sillas de los cafés estaban vacías, sólo un par de mujeres andaban con sus cochecitos de bebé entre las mesas. En los bancos que había bajo los árboles, a los que ya no les quedaba ni una hoja, estaban sentados hombres mayores que miraban con cara de mal humor al cielo. Parecía como si alguien hubiese tendido una sábana gris sobre la ciudad. Incluso las paredes enyesadas de las casas parecían sucias y sin vida y no podían esconder lo viejas que eran en este día nublado.

La casa que querían visitar de noche dentro de poco, y con cuyo plano no sólo soñaba Mosca, también parecía haber visto días mejores. No parecía en absoluto que escondiera detrás de sus paredes de color ocre un tesoro por el que alguien estuviese dispuesto a pagar dos mil quinientos euros. Sólo podían llegar al jardín de la parte trasera, oculto en el laberinto de casas, aquellos que conocieran su existencia. Había que atravesar una calle oscura, y la entrada no era más que un agujero negro entre la Casa Spavento y la de al lado.

Riccio había explorado el callejón junto con Mosca. Incluso habían escalado el muro que había detrás del jardín y visto los macizos de flores y los caminos de grava. Y hoy Riccio quería entrar de nuevo con Escipión. Pero Escipión no aparecía. Pasaba el tiempo y Riccio, Próspero y Avispa seguían esperando delante del quiosco de prensa. Los olisquearon perros, vieron a gatos que perseguían palomas rollizas y a mujeres cargadas con las bolsas de la compra que cruzaban los adoquines mojados de la plaza, pero Escipión no apareció.

—¡Qué raro! —dijo Avispa, que no paraba de dar saltos para quitarse el frío—. Nunca se había retrasado tanto cuando habíamos quedado en algún lugar.

—¿Por qué quería encontrarse aquí con vosotros? —preguntó Próspero—. ¿Quiere ver la cerradura a la luz del día?

—¡Qué va! Será la última inspección del lugar de los hechos o algo así —murmuró Riccio—. ¿Cómo lo vamos a saber? Además, durante el día también está bastante oscuro en el muro y, hasta el momento, Mosca y yo no nos hemos encontrado con nadie. ¿Os ha contado Escipión alguna vez cómo le quitó el anillo a una mujer mientras dormía en el Palazzo Falier?

—Sí, conocemos igual de bien que tú todas las historias de Escipión. —Avispa suspiró y miró a su alrededor con la frente arrugada—. Ni rastro de él. ¿Qué demonios ocurre?

—¡Eh, mirad ahí! —Riccio le cogió el brazo—. ¡Se acerca el ama de llaves de los Spavento con la compra!

Una mujer gorda, que andaba como un pato, cruzaba la plaza. En una mano llevaba las correas de tres perros y en la otra dos bolsas llenas. Los perros ladraban a todo aquel que se acercaba a su pequeño hocico y la mujer tenía que tirar continuamente de ellos.

—¡Qué casualidad! —susurró Riccio y la miró con curiosidad.

—No me gusta nada el asunto de los perros —dijo Avispa—. ¿Qué ocurrirá si están en la casa cuando entremos nosotros? Tampoco son tan pequeños.

—Bah, de éstos nos encargamos en un plis plas —Riccio dejó una revista que había estado hojeando en su sitio, se pasó la mano por el pelo y les guiñó un ojo a los dos—. Esperad aquí.

—¿Adónde vas? —preguntó Avispa preocupada—. No hagas ninguna tontería.

Pero Riccio echó a andar por la plaza silbando. Parecía mirar a todos lados, menos en la dirección del ama de llaves de la *signora* Spavento, que tenía bastantes dificultades para seguir el paso de sus perros.

—¡Sal de en medio! —gritó la mujer gorda.

Pero Riccio no le hizo caso. Cuando pasó a su lado, se puso de repente en mitad de su camino y ella no tuvo tiempo de esquivarlo. Ambos chocaron, las bolsas de la compra fueron a parar al suelo de la plaza y los perros echaron a correr ladrando detrás de las manzanas y los repollos, que rodaron por los adoquines mojados.

—Maldita sea, ¿qué se le habrá ocurrido al pelo pincho? —le susurró Avispa a Próspero. Riccio se puso a recoger los repollos, mientras la *signora* no paraba de maldecir y se agachaba para coger las manzanas.

—¿Tú estás bien de la cabeza? ¿Cómo se te ocurre meterte en mi camino de esta manera? —oyeron que gritaba la mujer.

—¡*Scusi!* —Riccio puso la mejor de sus sonrisas y enseñó su fea dentadura—. Estoy buscando la consulta del doctor Spavento, el dentista. ¿Vive en esa casa?

—¡Qué tontería! —le espetó la gorda—. Aquí no vive ningún dentista, aunque necesitarías uno urgentemente. Es la casa de la *signora* Ida Spavento, que es la única que vive ahí, y ahora sal de mi camino antes de que te tire un repollo a la cabeza.

—Lo siento de verdad, *signora.* —Riccio puso cara de arrepentido y lo hizo tan bien que incluso Próspero y Avispa, que se encontraban a tan sólo a un par de pasos de ellos, se lo creyeron—. ¿Quiere que la ayude a llevar las bolsas hasta la casa?

—¡Vaya, es todo un caballero! —La gorda se quitó un mechón de pelo de la cara y miró a Riccio con más simpatía. Pero entonces frunció el ceño—. Un momento. ¿Acaso aún quieres sacar algo de este accidente, zorro?

Riccio negó con la cabeza ofendido.

—¡No se me ocurriría nunca, *signora*!

—*Va bene,* entonces acepto tu oferta. —El ama de llaves de la *signora* Spavento le dio las bolsas a Riccio y se ató las correas de los perros alrededor de su regordeta muñeca—. Al fin y al cabo no tengo muy a menudo la suerte de tropezarme con un caballero.

Avispa y Próspero siguieron a la pareja desde una distancia segura. Y observaron cómo se volvió Riccio una vez para mostrarles su sonrisa triunfal antes de desaparecer en el interior de la casa de Ida Spavento.

Tardó bastante en salir. Se quedó de pie en la puerta de entrada como un conde, contento consigo mismo y el mundo, mientras lamía el enorme helado que había recibido como recompensa por un trabajo tan duro. Entonces cerró la puerta tras de sí y volvió con sus dos amigos.

—¡No hay ningún cerrojo en el interior! —murmuró con cara de complicidad—. Ni siquiera tiene dos cerraduras. Parece que la *signora* Spavento no tiene mucho miedo de que le entren a robar.

—¿Estaba en casa? —preguntó Próspero y miró hacia el balcón que había sobre la puerta de entrada.

—No la he visto. —Riccio dejó que Avispa tomara un poco de su helado—. Pero la cocina está en el lugar donde aparecía en el plano. He cargado con las bolsas de la gorda. Así que es probable que el dormitorio esté en la buhardilla. Ya os digo que si la *signora* Ida Spavento se va a dormir de verdad tan pronto como parece, esto será más fácil que robar velas.

—¡Bueno, no cantes victoria antes de tiempo! —murmuró Avispa, y miró preocupada las ventanas en cuyos cristales se reflejaba el cielo gris.

—¡Esperad, que aún no os he contado lo mejor! —exclamó Riccio—. En la cocina hay una puerta trasera que da al jardín. Y no estaba en el plano. Y, agarraos bien, tampoco tiene cerrojo. La *signora* Spavento es muy despreocupada, ¿no?

—Vuelves a olvidarte de los perros —le recriminó Avispa—. ¿Qué pasará si no son del ama de llaves y no les gustan tus salchichas?

—¡Qué dices! A todos los perros les encantan las salchichas, ¿no es verdad, Pro?

Próspero sólo asintió con la cabeza y miró el reloj.

—Maldita sea. Ya es casi la una —murmuró preocupado— y

Escipión aún no ha llegado. ¡Espero que no le haya pasado nada!

Esperaron media hora más. Entonces incluso Riccio estaba convencido de que el Señor de los Ladrones no aparecería. Con la cara triste, emprendieron el camino en dirección al piso de su prisionero para dar de comer a su tortuga abandonada.

—No lo entiendo —dijo Riccio cuando se encontraban delante del portal de la casa de Víctor—. ¿Qué puede haberle pasado?

—Seguro que no le ha ocurrido nada —dijo Avispa mientras subían por las escaleras empinadas que llevaban a la oficina—. A veces, cuando hemos quedado en el escondite, también ha llegado tarde. —Pero lo cierto es que estaba tan preocupada como los otros dos.

La tortuga macho de Víctor parecía muy sola. Cuando Próspero y Avispa se inclinaron sobre la caja, apenas se atrevió a sacar la cabeza del caparazón, pero en cuanto vio que le daban una hoja de lechuga alargó su cuello arrugado.

Riccio no le hizo caso a la tortuga. Le parecía ridículo preocuparse por el animal doméstico de un prisionero y se probó las barbas y bigotes postizos de Víctor delante del espejo.

—¡Eh, mira, Pro! —dijo, y se pegó el mostacho de morsa—. ¿No lo llevaba puesto cuando tropezaste con él?

—Quizá sí —respondió Próspero y miró el escritorio. Bajo el león que usaba de abrecartas había una fotografía de las dos tortugas y junto a la máquina de escribir vio varias hojas de papel llenas de garabatos y una manzana mordida.

—¿Qué tal me queda? —preguntó Riccio, y se puso una barba muy densa de un color rubio rojizo.

—Pareces un gnomo de los bosques —respondió Avispa,

que cogió un libro de la estantería en la que Víctor guardaba sus novelas de detectives que había leído mil veces, y se puso cómoda en una silla. Próspero se sentó en el sillón de Víctor y empezó a rebuscar entre los cajones del escritorio. No había más que papeles y clips, sellos de goma, unas tijeras, llaves, postales y tres bolsas de caramelos.

—¿Tiene cigarrillos por casualidad? —Riccio se puso una nariz postiza.

—No fuma, come caramelos —respondió Próspero y cerró los cajones—. ¿Habéis visto un dossier por algún lado? Tiene que tener informes sobre sus casos.

—Sólo se ha hecho detective porque le gusta disfrazarse. Seguro que no tiene informes de ningún tipo. —Riccio se pegó unas cejas espesas, se puso un sombrero sobre su pelo pincho e intentó poner cara solemne—. ¿Qué os parece? ¿Tendré esta pinta de mayor?

—Tiene que haber escrito algo en algún lado.

Justo en el momento en que Próspero descubrió los archivadores que Víctor tenía en el armario, sonó el teléfono. Avispa no levantó ni la cabeza.

—Déjalo que suene —murmuró—. No creo que sea para nosotros.

Eso hicieron. Riccio se probó todos los sombreros, barbas y pelucas y se sacó fotografías en el espejo hasta que se acabó el carrete de la cámara, mientras Próspero seguía sentado al escritorio y revisaba el archivo de Víctor de arriba abajo. Al cabo de diez minutos volvió a sonar el teléfono, justo cuando Próspero encontró una foto suya y de su hermano en una funda trasparente. La miró fijamente.

Avispa levantó la vista de su libro.

165

—¿Qué es eso?

—Sólo una foto. De Bo y de mí. Nos la hizo mi madre cuando cumplí once años.

El teléfono sonó por tercera vez. Y volvió a parar.

Próspero siguió mirando la foto. Cerró el puño sin darse cuenta.

Avispa deslizó una mano sobre el escritorio y le acarició los dedos.

—¿Qué ha escrito el cotilla sobre vosotros? —preguntó.

Próspero se metió la fotografía en la chaqueta y le pasó las anotaciones de Víctor.

—No hay mucho que leer.

—Déjamelo ver. —Avispa dejó el libro y se inclinó sobre la mesa—. Oh, parece que a él tampoco le cayó muy simpática tu tía. La llama «narizotas» y a tu tío «armario ropero». «No tienen ningún interés en el mayor —leyó—. Ya no parece un osito de peluche.» —Avispa miró a Próspero y sonrió—. Eh, eso es verdad. Este detective no es tan tonto como parece. —Volvió a sonar el teléfono—. Dios mío, no se me habría ocurrido que pudiese tener tantos clientes. —Harta de oírlo cogió el auricular—. *Pronto!* —dijo cambiando la voz—. Oficina de Víctor Getz. ¿Qué puedo hacer por usted?

Riccio se tapó la boca con la mano para que no lo oyeran reírse. Avispa apretó un botón del teléfono y la voz de Esther resonó por toda la oficina de Víctor. No hablaba muy rápido, pero su italiano era bastante bueno:

—... varios días que intento ponerme en contacto con el señor Getz. Me dijo que andaba tras la pista de los dos niños y que me enviaría una foto de ellos que les había hecho en la Plaza de San Marcos...

Avispa miró asustada a Próspero.

—No sé nada de eso —balbuceó—. Esto, hmm, podría haber sido un error. Ayer descubrió una pista nueva. Muy nueva. Ahora el señor Getz cree que los chicos quizá ya no están en Venecia. ¿Hola?

Sólo se oía silencio al otro lado de la línea.

Los tres niños no se atrevían ni a moverse.

—¡Qué interesante! —dijo Esther tajantemente—. Pero preferiría que fuera el señor Getz en persona quien me diera esta información. Haga el favor de avisarlo de inmediato para que coja el teléfono.

—Él..., él... —Avispa se puso a tartamudear y se olvidó de cambiar la voz por culpa de la emoción y los nervios— no está aquí. Yo sólo soy su secretaria. Ha tenido que irse a causa de otro caso.

—¿Quién es usted? —Por el tono de voz, parecía que Esther se estaba empezando a enfadar—. Que yo sepa, el señor Getz no tenía secretaria.

—¡Claro que la tiene! —Avispa parecía indignada de verdad—. ¿Qué se cree usted, maldita sea? Mi jefe le contará lo mismo que yo, pero ahora mismo está de viaje. Vuelva a llamar dentro de una semana.

—Ahora escúcheme usted, quienquiera que sea... —el tono de voz de Esther era cada vez más contundente—: ya le he dejado el aviso al señor Getz en el contestador, pero dígaselo de nuevo. Mi marido tiene que volver dentro de dos días a Venecia por asuntos de negocios y espero ver al señor Getz el martes en el Sandwirth. A las tres en punto. Que pase un buen día —y se cortó la comunicación.

Avispa colgó el teléfono asustada.

—Creo que no lo he hecho muy bien —murmuró.

—Tenemos que irnos —dijo Próspero y dejó el archivador que había revisado en su sitio. Avispa lo miró con cara de preocupación. Entonces fue corriendo hasta la estantería de Víctor y se metió un par de libros bajo el jersey.

—Jo, ¿no estaría bien que nos buscara alguien más simpático? —Riccio metió la lengua en el agujero que tenía entre los dientes, enfrascado en sus pensamientos—. Algún tío o abuelo simpático y que estuviera forrado, como los que aparecen en las historias que nos lee Avispa.

—Esther es rica —dijo Próspero.

—¿De verdad? —Riccio metió las barbas postizas de Víctor en su mochila. Y también la nariz—. Pues podrías preguntarle si no le gustaría llevarme a mí en vez de a Bo. No soy mucho más grande que él y tampoco exijo que sean demasiado simpáticos conmigo. Mientras no me peguen...

—No es de ésas —murmuró Próspero y revolvió una vez más los cajones—. ¿A qué foto se refería? Claro, ya sabía yo que el hombre que le daba de comer a las palomas que conoció Bo le había sacado una fotografía. Riccio, coge la cámara, quizás aún está dentro el carrete.

Riccio se la colgó al cuello y se puso de nuevo ante el espejo de Víctor.

—¡Buenos días, *signora* Esther! —dijo y se puso a reír con los labios apretados para que no se le viera el agujero que tenía entre los dientes—. ¿Quiere ser mi nueva madre? He oído que no pega a los niños y que tiene bastante dinero.

—¡Olvídalo, erizo! —dijo Avispa y lo miró por encima del hombro—. La tía de Próspero quiere a un osito de peluche, no a un erizo con los dientes torcidos. Venga, vámonos de aquí. Es mejor que nos llevemos también a la tortuga, si no tendremos que volver todos los días mientras el detective siga siendo nuestro prisionero.

—¡Quizás Escipión ha vuelto al escondite! —dijo Riccio esperanzado, mientras cerraba la puerta del piso de Víctor tras de sí.

—Quizá —dijo Próspero.

Pero ninguno de los tres parecía muy convencido.

ENFADOS Y PELEAS

Cuando llegaron al escondite, Bo les abrió la puerta.

—¿Dónde está Mosca? —preguntó Próspero—. ¡Ya te he dicho que no debes acercarte a la puerta!

—Lo he hecho porque él no tenía tiempo —respondió Bo—. Víctor le está enseñando cómo arreglar la radio. —Volvió al cine dando saltos y silbando.

La puerta del lavabo de hombres estaba abierta cuando Próspero, Avispa y Riccio entraron y oyeron reír a Mosca.

—¡No lo entiendo! —gritó Riccio y se plantó delante de la puerta abierta—. ¿Qué demonios estás haciendo ahí, Mosca? ¿No se suponía que estabas de guardia? ¿Quién te ha dicho que puedes soltarlo?

Mosca se volvió asustado. Se puso de rodillas sobre la manta junto a Víctor y le pasó un destornillador de su caja de herramientas.

—Cálmate, Riccio. Me ha dado su palabra de honor de que no huiría —dijo—. Víctor sabe un montón sobre radios y creo que la podrá arreglar.

170

—¡Me cago en la radio! —gritó Riccio—. ¡Y me cago en su palabra de honor! Tenemos que atarlo otra vez.

—Escúchame, erizo. —Víctor se puso en pie con las piernas rígidas—. Nadie se caga en mi palabra de honor, ¿vale? No sé qué harás tú, pero todo el mundo puede confiar al cien por cien en la palabra de honor de Víctor Getz.

—Exacto. —Bo se puso delante del prisionero, como si quisiera protegerlo.

—Es nuestro amigo.

—¿Amigo? —Riccio tomó aire—. ¿Es que te has vuelto loco, niño? ¡Es nuestro prisionero, nuestro enemigo!

—¡Basta ya, Riccio! —dijo Avispa—. Lo de atarlo es una tontería, bastaría con encerrarlo. Es demasiado gordo y grande para huir por la ventana del lavabo, ¿no?

Riccio no respondió. Se cruzó de brazos y puso cara de enfado.

—¡Ya veréis lo que dirá Escipión! —amenazó—. Quizás a él sí que lo escucharéis.

—Si es que aparece —dijo Próspero.

—¿Cómo? ¡Pensaba que habíais quedado con él! —Mosca se levantó sorprendido.

—Hemos esperado durante más de dos horas delante del quiosco —dijo Avispa—. Pero no ha venido.

—Vaya, vaya —murmuró Víctor, que se sentó de nuevo junto a la radio—. Vaya, vaya, vaya. Pero no os habéis olvidado de mi tortuga.

—No. La hemos traído con nosotros. —Próspero lo miró—. ¿Qué significa este «vaya, vaya, vaya»?

Víctor se encogió de hombros mientras acababa de quitar un tornillo.

—¡Venga, dínoslo! —exclamó Riccio—. ¡Si no, tu tortuga no volverá a comer nunca más!

Víctor se volvió muy lentamente y puso una cara amenazadora.

—Eres un chico encantador —gruñó—. ¿Qué sabéis sobre vuestro jefe?

Avispa abrió la boca, pero Víctor levantó una mano.

—Sí, sí, no es vuestro jefe. Ya lo entiendo. Pero ésa no era mi pregunta. Os lo vuelvo a decir: ¿qué sabéis de él?

Los chicos se miraron unos a otros.

—¿Qué tendríamos que saber de él? —Mosca se apoyó contra la pared de azulejos—. No hablamos demasiado sobre lo que era antes. Escipión se crió en un orfanato, como Riccio, nos lo contó una vez, pero a los ocho años se fugó y desde entonces se ha buscado la vida él solo. Durante una temporada cuidó de él un viejo ladrón de joyas que le enseñó todo lo que necesita saber alguien para vivir así. Cuando el viejo se murió, Escipión robó una góndola muy bonita que había en el Canal Grande, puso al viejo ladrón dentro y la dejó a merced de las olas para que fuera hasta la laguna. Y desde entonces hace lo que le da la gana.

—Y se hace llamar el Señor de los Ladrones —dijo Víctor—. Vive de robar y vosotros también.

—¡A ti te lo vamos a contar! —se burló Riccio—. ¿Y si fuera así? Nunca atraparías a Escipión ni que lo intentaras cien veces. Es el Señor de los Ladrones. Nadie puede engañarlo. ¡Barbarossa nos ha pagado doscientos euros por su último botín! Qué, ¿sorprendido?

Mosca le pegó un codazo, pero fue demasiado tarde.

—Vaya, vaya, conque Barbarossa, el viejo zorro. —Víctor

asintió con la cabeza—. También os conoce. ¿Sabéis qué? Me apuesto mis tortugas contra vuestra radio a que puedo deciros de dónde ha robado todas esas cosas Escipión.

Riccio frunció el ceño desconfiado.

—¿Y qué? Ha salido en los periódicos incluso. —Mosca volvió a pegarle otro codazo, pero Riccio estaba demasiado enfadado para darse cuenta.

—¿En los periódicos? —Víctor enarcó las cejas—. Ah, seguramente te refieres al robo del Palazzo Contarini. —Se rió—. Qué tontería. ¿Os ha contado que fue él?

—¿Qué significa eso, demonios? —Riccio cerró los puños como si fuera a echarse sobre Víctor, pero Avispa lo detuvo.

—Eso significa —respondió el detective con calma— que vuestro Escipión es un chico muy refinado y un mentiroso con muchísima imaginación, pero no es en absoluto quien vosotros creéis que es.

Riccio gritó y se desembarazó de Avispa. Próspero fue el primero en agarrarlo cuando ya le había pegado un puñetazo a Víctor en la nariz.

—¡Basta, Riccio! —gritó Próspero, y tuvo que inmovilizarlo con una llave de lucha, puesto que estaba hecho una furia—. Déjalo hablar. Y usted —le dijo al detective—, ¡basta ya de andarse con rodeos! Si no, volveré a soltarlo.

—¡Qué amenaza! —murmuró Víctor—. Bo, dame tu pañuelo. —El hermano pequeño de Próspero se lo sacó rápidamente del bolsillo—. Bueno, hablemos claro —dijo y se limpió la nariz. Como mínimo no sangraba—. ¿Cómo conocisteis a Escipión? —Sin hacer caso de las caras confusas de los niños, recogió un par de tornillos y los lanzó en la caja de herramientas de Mosca.

173

Riccio se había puesto rojo.

—Venga, cuéntaselo —dijo Mosca.

—Le robé una cosa —gruñó Riccio—. Me refiero a que lo intenté, pero me pilló. Le amenacé que tendría problemas con mi banda si no me dejaba ir y él me dijo que me dejaría libre si le presentaba a la banda.

—Entonces vivíamos en el sótano de una casa que se estaba desmoronando —explicó Mosca—, Riccio, Avispa y yo. Al otro lado de la ciudad, en Castello, es fácil encontrar un refugio porque la gente ya no quiere vivir allí. Había una humedad asquerosa, estábamos siempre enfermos y tampoco teníamos demasiado para comer...

—Dilo tranquilamente, estábamos fatal —lo interrumpió Riccio con impaciencia—. «¡No podéis vivir en un agujero de ratas como éste!», dijo Escipión, y nos trajo aquí, al escondite de las estrellas. Forzó la cerradura de la salida de emergencia y nos dijo que atrancáramos la puerta principal. Y desde entonces... nos ha ido muy bien. Hasta que has aparecido tú.

—Sí, sí, vale. Víctor el aguafiestas. —El detective miró a Próspero—. Cuando Avispa os recogió a tu hermano y a ti —le dijo—, el Señor de los Ladrones también os dio de comer.

—Y nos consiguió chaquetas y mantas. Y esto también me lo regaló Escipión. —Bo se acercó a él y le enseñó uno de sus gatitos. Víctor le acarició las orejas medio distraído hasta que empezó a ronronear y le lamió el dedo con su lengua áspera.

—¿Por qué has dicho que Escipión es un mentiroso? —preguntó Avispa.

—Ah, olvidad lo que he dicho. —Víctor le acarició a Bo su pelo teñido de negro—. Explicadme sólo una cosa más. Bo me ha contado que dentro de poco tendréis mucho dinero... Ha hablado de un trabajo... Supongo que no iréis a hacer ninguna tontería, ¿verdad?

—Maldita sea, Bo, ¿no podrías cerrar la boca por una vez? —Riccio se libró de Próspero, pero éste lo volvió a agarrar.

—Eh, Riccio, no le hables de esa manera a mi hermano, ¿entendido?

—¡Entonces vigílalo mejor! —gritó Riccio enfadado, que se quitó de encima a Próspero—. ¡Quiere contárselo todo!

—Bo, no le cuentes nada más, ¿vale? —dijo Próspero sin quitarle la vista de encima a Riccio.

Pero Bo, que era un tozudo, miró a su hermano y le susurró a Víctor al oído:

—Vamos a entrar en una casa con Escipión. Pero sólo para robar un ala de madera.

—¡Bo! —gritó Avispa.

—¿Queréis entrar a robar en una casa? —Víctor volvió a ponerse de pie—. ¿Os habéis vuelto locos? ¿Queréis acabar en un hogar infantil? —Se enfrentó a Próspero y le reprochó—. ¿Así es como cuidas de tu hermano? ¿Le enseñas a entrar en casas de desconocidos?

—¡No digas tonterías! —Próspero se puso pálido—. Bo no participará en el robo.

—¡Sí que lo haré! —exclamó el pequeño.

—¡No lo harás! —le contestó su hermano.

—¡Basta ya! —gritó Riccio y señaló a Víctor. Estaba muy furioso—. ¡Sólo él tiene la culpa! ¡Sólo él! Todo iba bien, todo estaba perfecto. Pero desde que metió las narices en nuestros asuntos no paramos de pelearnos y tenemos que encontrar un escondite nuevo.

—¡No necesitáis ningún escondite nuevo! —replicó Víctor, a

quien le subió la sangre a la cabeza de lo alterado que estaba—. ¡Maldita sea, no tengo ninguna intención de delataros! Pero las cosas podrían cambiar si planeáis un robo, ¿entendido? ¿Qué ocurrirá con el pequeño si os atrapan los *carabinieri*? ¡Un robo en una casa! ¡Eso es muy distinto a robar bolsos y cámaras de fotos!

—¡Escipión sabe cómo hacerlo! ¡El Señor de los Ladrones no roba bolsos! —gritó Riccio, que casi soltó un gallo—. ¡Así que no te atrevas a hablar mal de él, idiota arrogante!

Víctor tomó aire.

—¿Idiota arrogante? ¿Señor de los Ladrones? ¡Voy a decirte una cosa! —dio un paso hacia Riccio con semblante amenazador. Mosca y Avispa se pusieron delante de su amigo para protegerlo, pero Víctor los apartó sin pensárselo dos veces—. Vosotros os habéis dejado engañar por el idiota más grande y arrogante que jamás ha habido. Haced una pequeña excursión a Fondamenta Bollani 233. Allí descubriréis todo lo que queráis saber sobre el Señor de los Ladrones. O quizá sería mejor que dijera: lo que no queréis saber.

—¿Fondamenta Bollani? —Riccio se mordía los labios de los nervios—. ¿Qué hay ahí? ¿Una trampa?

—Tonterías. —Víctor le dio la espalda y volvió a arrodillarse junto a la radio que estaba arreglando—. Pero no os olvidéis de encerrar a vuestro prisionero antes de iros —dijo por encima del hombro—. Ahora voy a arreglar esta cosa.

EL JOVEN SEÑOR MASSIMO

Ninguno de ellos quería quedarse en el cine, ni siquiera Riccio, aunque no paró de decir durante todo el camino lo vergonzoso que le parecía ir a espiar a Escipión. Después de que Mosca encerrara a Víctor se pusieron en marcha. Y ya habían llegado a su destino. Se encontraban delante de la casa cuya dirección había dicho Víctor: Fondamenta Bollani 233.

No esperaban que fuese una casa tan señorial, lo que les intimidó bastante. Cuando miraron las ventanas ojivales se sintieron muy pequeños, miserables y apabullados. Tras alguna que otra duda, se acercaron a la entrada, sin separarse los unos de los otros.

—¡No podemos llamar al timbre! —murmuró Avispa.

—¡Pero alguien tiene que hacerlo! —susurró Mosca—. Si nos quedamos aquí no averiguaremos nada de lo que quería decir el cotilla.

Ninguno de ellos se movió.

—Lo diré de nuevo. ¡Escipión se pondrá que echará chispas de rabia cuando descubra que le estamos espiando! —dijo

Riccio, que miró la placa que había junto al portal, en la que estaba escrito «Massimo» con letras muy floridas.

—Que llame Bo —propuso Avispa—. Es el menos sospechoso. ¿No?

—No. ¡Ya lo haré yo! —Próspero apartó a su hermano, lo puso detrás de él y apretó el timbre dorado sin pensárselo demasiado. Dos veces. Oyó cómo sonó dentro de la casa. Los otros se escondieron a ambos lados del portal enrejado. Cuando apareció una chica con un delantal blanco como la nieve tras la reja de hierro, sólo se encontraba Próspero en el umbral y detrás de él Bo, que sonreía avergonzado a la chica.

—*Buona sera, signora* —dijo el mayor—. ¿Está...? —Miró el escudo de piedra—. ¿Por casualidad conoce a un chico que se llama Escipión?

La chica frunció el ceño.

—¿Qué es esto? ¿Una broma estúpida? ¿Qué queréis de él? —Miró a Próspero con mala cara, desde la cabeza hasta sus polvorientos zapatos. Sus pantalones tampoco estaban tan limpios como el delantal blanco de la chica. Y en el jersey tenía una mancha de cagada de paloma.

—Entonces... ¿Entonces es cierto? —De repente Próspero notó una sensación rara en la boca, como si le estorbara la lengua—. ¿Vive aquí? ¿Escipión?

La cara de la chica expresaba cada vez mayor rechazo.

—Creo que es mejor que vaya a avisar al *dottor* Massimo —dijo, y justo en ese instante salió Bo de detrás de la espalda de su hermano.

—Pero seguro que Escipión quiere vernos —dijo—. Teníamos que encontrarnos hoy con él.

—¿Encontraros? —La chica parecía muy desconfiada, pero

cuando Bo le sonrió, consiguió arrancarle un atisbo de sonrisa. Sin decir nada más, abrió la pesada reja. Próspero contuvo la respiración durante unos instantes, pero Bo cruzó el umbral rápido como una comadreja. Antes de seguirlo, tuvo tiempo de ver cómo Avispa le lanzaba una mirada de preocupación.

La chica los hizo pasar por un vestíbulo oscuro y adornado con columnas, hasta el patio interior de la casa. Cuando llegaron a él, Bo se fue corriendo directo hacia la escalinata que llevaba al primer piso, mas la chica lo detuvo de manera educada, pero tajante:

—Esperad aquí abajo —dijo y señaló un banco de piedra que había junto a las escaleras. Luego empezó a subir los escalones sin dirigirles una mirada más y desapareció tras la barandilla.

—¡A lo mejor es otro Escipión! —le dijo Bo a su hermano en voz baja—. O se ha colado en esta casa para poder robarla más adelante.

—A lo mejor —murmuró Próspero, que miró a su alrededor con incomodidad, mientras Bo se acercaba a la fuente que había en el centro del patio.

Diez minutos puede ser mucho tiempo cuando uno está sentado, con el corazón acelerado, esperando por algo que no entiende, por algo que, en realidad, no quiere saber. Bo no parecía muy afectado por la situación, él ya estaba contento con poder tocar las cabezas de los leones que había en la fuente y con poder meter las manos en el agua fría. Pero Próspero se sentía fatal. Engañado, traicionado. ¿Qué hacía Escipión en esa casa? ¿Quién era él?

Cuando por fin apareció en el piso de arriba, tras la barandilla, Próspero lo miró como si fuera un fantasma. Escipión le devolvió la mirada, con una cara pálida y desconocida. Entonces

179

empezó a bajar por la escalera lentamente. Bo fue corriendo hacia él.

—¿Escipión? —preguntó y se quedó a los pies de la escalinata, pero el Señor de los Ladrones no le respondió. Al llegar a los últimos escalones dudó y miró a Próspero, que no apartó la vista hasta que Escipión agachó la cabeza. Cuando volvió a levantarla para decir algo, apareció un hombre alto y flaco en el primer piso, que tenía los mismos ojos oscuros que Escipión.

—¿Qué haces aún aquí? —preguntó con aburrimiento—. ¿No tienes clases particulares hoy? —Lanzó una mirada rápida y enfadada a los dos hermanos.

—Hasta dentro de una hora no —respondió Escipión sin mirar a su padre. Tenía una voz distinta, como si no estuviera seguro de encontrar las palabras adecuadas. A Próspero también le pareció que era más pequeño, pero quizá se debía a que la casa era enorme, o a que no llevaba sus botas de tacón. Iba vestido como uno de los niños ricos que veía a veces al otro lado de las ventanas de los restaurantes caros, que se sentaban a la mesa tiesos como un palo y comían con cuchillo y tenedor sin mancharse. Bo sentía cada vez más admiración.

—¿Qué hacéis ahí? —El padre de Escipión movió la mano con impaciencia, como si fueran tres pájaros molestos que podían manchar los adoquines del suelo—. Di a tus amigos que suban a tu habitación. Ya sabes que el patio no es un sitio para jugar.

—Ellos... ya se iban —respondió Escipión con voz débil—. Sólo querían... traerme una cosa.

Pero su padre ya se había vuelto. Los chicos observaron en silencio cómo desaparecía por una puerta.

—¿Tienes padre, Escipión? —susurró Bo con incredulidad—. ¿También tienes madre?

Parecía que Escipión no sabía adónde mirar. No paraba de toquetear su elegante chaleco, de lo nervioso que estaba. Luego asintió con la cabeza.

—Sí, pero casi nunca está en casa. —Miró a Próspero a la cara un instante—. No me miréis así. Os lo puedo explicar todo. De todas maneras os lo habría dicho.

—Nos lo puedes explicar ahora —dijo Próspero, que cogió a Escipión del brazo—. Venga, los otros están esperando fuera y seguro que se están helando de frío. —Intentó llevar al Señor de los Ladrones hasta la puerta, pero Escipión se desembarazó de él y se quedó a los pies de la escalinata.

—Ese maldito cotilla me ha delatado, ¿verdad?

—Si tú no nos hubieses engañado, él no tendría que haberte delatado —respondió Próspero—. Venga, vamos.

—¡Ahora tengo clase, ya lo has oído! —le espetó tajantemente—. Os lo explicaré todo más tarde. Esta noche. Esta noche podré salir porque mi padre se va de viaje. Y sobre el robo... —bajó la voz— todo sigue tal y como habíamos dicho. Lo haremos mañana por la noche. ¿Habéis observado la casa tal y como os había pedido?

—¡Basta ya, Escipión! —le cortó Próspero—. Me apuesto a que no has robado nada en tu vida. —Vio la cara de sorpresa que puso el Señor de los Ladrones—. Seguro que todos tus botines han salido de esta casa, ¿verdad? —preguntó en voz baja—. ¿Cómo se te ocurrió aceptar el trabajo del *conte*? ¡Me juego lo que quieras a que no has entrado nunca en una casa! Cuando aparecías de manera tan misteriosa en el escondite, ¿entrabas con llave por alguna puerta que no conocemos? ¡El

Señor de los Ladrones! ¡Qué tontos hemos sido! —Próspero hizo una mueca de desprecio, pero la sensación de tristeza y desilusión lo habían dejado medio aturdido. Bo se agarró a su mano, mientras Escipión seguía sin saber adónde mirar.

—¡Ven ahora! —repitió—. Sal a ver a los otros. —Próspero se volvió, pero el Señor de los Ladrones se quedó donde estaba, como petrificado.

—No —dijo—, os lo explicaré todo más tarde. Ahora no tengo tiempo. —Se volvió y subió las escaleras tan rápido que casi se cayó. Pero no miró atrás ni una vez. Mosca, Riccio y Avispa seguían esperando junto al portal cuando aparecieron Próspero y Bo. Estaban apoyados contra el muro, tiritando de frío y con cara triste.

—¡Lo veis! —exclamó Riccio cuando los dos hermanos salieron de la casa—. ¡No era nuestro Escipión! —No podía esconder su alivio. Pero de repente puso cara de asustado—. ¡Venga, tenemos que volver al escondite rápidamente! ¿No lo entendéis? ¡Era un truco del cotilla para distraernos y que él pudiese escapar!

—Calla un momento, Riccio —dijo Avispa y miró a Próspero—. ¿Y bien?

—Víctor no nos ha engañado. Vámonos. —Y antes de que los otros pudiesen preguntar algo, echó a andar hacia el siguiente puente.

—¡Eh, espera un momento! —gritó Mosca, pero Próspero iba tan rápido que no lo alcanzaron hasta llegar a la orilla del canal. Se paró junto a la entrada de un restaurante y se apoyó contra la pared.

—¿Qué te pasa? —le preguntó Avispa preocupada cuando llegó junto a él—. ¡Pareces la muerte en persona!

Próspero cerró los ojos para que no lo vieran llorar. Notó que su hermano le acariciaba la mano suavemente con sus pequeños dedos.

—¿Es que no lo entendéis? ¡He dicho que el cotilla no nos ha engañado! —gritó—. El único que ha mentido aquí es Escipión. Vive en un palacio, Bo y yo hemos visto a su padre. Tienen ama de llaves y un patio con una fuente. ¡El Señor de los Ladrones! Fugado de un orfanato. Todos sus secretitos, todos sus discursos sobre «Yo me las apaño solo», «No necesito a ningún adulto», ¡era todo mentira! ¡Nada más que mentiras! Se ha divertido mucho con nosotros. ¡Qué emoción jugar a ser huérfano! Y cómo lo hemos adorado todos. —Próspero se secó los ojos con la manga.

—Pero los botines... —dijo Mosca tan bajito que apenas se le oyó.

—Ah, sí, los botines. —Próspero rió en tono burlón—. Seguro que se lo ha robado todo a sus padres. El Señor de los Ladrones... Es el Señor de los Mentirosos.

Riccio se quedó tan hecho polvo como si alguien le hubiese pegado una paliza.

—¿Estaba en casa? ¿Lo has visto? —preguntó.

Próspero asintió.

—Sí, estaba en casa. Pero tenía demasiado miedo para salir. —Bo metió la cabeza bajo el brazo de Avispa.

Los demás no dijeron nada. Avispa miró la Casa Massimo y cómo se reflejaba en el agua del canal. En algunas ventanas había luz, a pesar de que aún no era de noche. Hacía un día oscuro y gris.

—No es tan malo, Pro —dijo Bo, que miró con cara de preocupación a su hermano—. No es tan malo.

—Vámonos a casa —dijo Avispa.

Y eso hicieron.

Durante todo el camino de vuelta nadie pronunció una sola palabra.

UNA PALABRA DE HONOR

A Víctor no le costó demasiado forzar la cerradura de su cárcel. Mosca le había quitado la caja de herramientas antes de irse, pero siempre llevaba un poco de alambre y otras cosas útiles para casos de emergencia en la doble suela de su zapato. Ya estaba en el vestíbulo, con la caja de las tortugas bajo el brazo, cuando decidió que no podía irse sin escribir un par de frases de despedida. Como no encontró ningún papel, escribió su nota con un rotulador en la pared blanca:

Atención, ésta es la palabra de honor de Víctor y, como ya os dije, Víctor nunca rompe sus palabras de honor: no les contaré nada a los Hartlieb, a no ser que me entere de que se ha cometido algún extraño robo. Nos vemos. Seguro.

Víctor

Cuando acabó, dio un paso hacia atrás y miró lo que había escrito. «Debo de haberme vuelto loco», pensó tras releer sus propias palabras. Luego se le ocurrió que debería intentar encontrar la pistola que Próspero le había quitado o la cartera que le habían robado. Pero ¿por dónde podía buscar? ¿Entre los trastos del vestíbulo? Quizá lo sorprendería la banda y volvería a empezar todo de nuevo.

«Da igual, mejor que me vaya a casa», pensó. Le dolían todos los huesos después de dormir en el suelo. A pesar de lo cansado que estaba, tuvo que abrir de nuevo el camino para llegar a la puerta de entrada, ya que los niños la habían vuelto a atrancar. Al final consiguió salir a la calle.

Tres casas más allá, había un par de mujeres que charlaban delante de la puerta. Cuando vieron salir a Víctor del cine abandonado se quedaron calladas, pero él las saludó como si aquello fuera lo más normal del mundo, cerró la puerta tapada con cartón y emprendió el camino de vuelta a casa con sus tortugas.

EL ROBO

—¿Seguís sin creerme? —dijo Riccio cuando descubrieron el mensaje de Víctor y el lavabo vacío—. Tenemos que volver a atraparlo ahora mismo.

—¿Ah, sí? ¿Y cómo? —preguntó Mosca, que asomó la cabeza por la puerta forzada del lavabo. En la manta que habían puesto sobre las baldosas para su prisionero, estaba la radio. Montada. Fuera no quedaba ni una pieza. Entró y apretó los botones, mientras los demás seguían ante la nota de Víctor.

—Sólo nos queda creer en lo que ha escrito —dijo Avispa—. ¿O quieres buscar un escondite nuevo, Riccio?

—¿Y el robo? ¿El trato que habíamos hecho con el *conte*? ¿Quieres olvidarlo todo sólo porque lo dice este cotilla?

—No, no quiero. Pero no se enterará de eso hasta que ya lo hayamos hecho. Y para entonces ya nos habremos fugado con el dinero. A alguna parte.

—A alguna parte. —Riccio miró el mensaje de Víctor. Luego se volvió de forma brusca y desapareció por la puerta que daba a la sala.

Avispa quiso seguirlo, pero Próspero la detuvo.

—Espera —le dijo—. ¿Aún queréis robar el ala? ¿No habéis entendido nada? ¡Escipión no ha entrado nunca a robar en una casa!

—¿Quién habla de Escipión? —Avispa se cruzó de brazos—. Lo haremos sin él. Ahora más que nunca. ¿De qué vamos a vivir si el Señor de los Ladrones ya no trae más botines? Porque parece que ya no lo va a hacer. ¿No? Al *conte* le dará igual quién le dé el ala. Y cuando tengamos los dos mil quinientos euros, ya no necesitaremos a nadie más, a ningún adulto ni al Señor de los Ladrones. A lo mejor... —Avispa miró de nuevo el mensaje de despedida de Víctor— a lo mejor tendríamos que hacerlo mañana por la noche. Cuanto antes mejor. ¿Tú qué piensas? ¿No quieres participar?

—¿Y qué pasará con Bo? —Próspero la miró y negó con la cabeza—. No. Si os queréis jugar el cuello, perfecto. Os deseo suerte. Pero yo no participaré. Dentro de dos días llegará mi tía a Venecia y entonces Bo y yo ya habremos dejado la ciudad. Intentaremos subir de polizones a un barco. O a un avión... Lo que sea con tal de huir lejos de aquí. Otra gente lo ha conseguido. Salió hace un par de días en el periódico.

—Sí, y no sabes lo que me fastidia haberte leído la noticia. ¿No lo entiendes? —Avispa estaba enfadada, pero se había puesto a llorar—. ¡Es una locura aún más grande que entrar en la casa de otra persona! Pertenecemos al mismo grupo, tú y Bo y Riccio y Mosca... y yo. Somos como una familia, por eso...

—¡Eh, venid, chicos! —gritó Mosca desde el lavabo de hombres—. ¡Me parece que el cotilla ha arreglado la radio! El casete vuelve a funcionar.

Pero Avispa y Próspero no le hicieron caso.

—¡Piénsalo! —le suplicó Avispa en un tono tan triste que incluso le dolió a Próspero—. Por favor. —Luego se volvió y fue junto a Riccio.

No cenaron. Ninguno de ellos tenía hambre. Sólo Bo devoró dos platos de cereales pastosos, mientras sus gatitos ronroneaban junto a él y comían lo que le caía al suelo. Mosca no apareció en toda la noche. Cogió una caña de pescar y su radio y salió al canal, donde estaba su barca, que seguía necesitando con urgencia una mano de pintura. Riccio se metió en su saco de dormir y se tapó tanto que no se le veía ni el pelo. Y Próspero intentaba quitarse de la cabeza todos los pensamientos que no paraban de torturarlo, mientras limpiaba las cagadas de paloma de las butacas y el suelo. Sofía lo miraba. Estaba en el cesto que le habían colgado y lo observaba con la cabeza inclinada. Avispa estaba tumbada sobre su colchón y leía una de las novelas de detectives que había cogido de la estantería de Víctor, pero en algún momento se dio cuenta de que había leído la misma página tres veces, cerró el libro y se puso a ayudar a Próspero a limpiar sin decir nada. Cuando Bo empezó a tener sueño, le leyó un cuento y se quedó dormida con él entre los brazos. Riccio ya roncaba entre sus animales de peluche, pero Mosca aún no había vuelto cuando Próspero se metió bajo las mantas. Se quedó un rato pensando sobre las palabras de honor y las mentiras, sobre los padres y las tías, sobre la amistad y el hogar y los polizones. Se puso de lado y observó cómo dormían Avispa y Bo, pegados una al otro, y a Riccio, que murmuraba algo, y se sintió protegido, a pesar de las cosas horribles que habían ocurrido aquel día. Pero cuando se puso de espaldas a ellos, la oscuridad se le echó encima; le pasó sus dedos negros por los ojos hasta que se sintió tan perdido que se tapó la cabeza con la almohada.

Cuando por fin consiguió dormirse, empezó a soñar que estaba de nuevo con Bo en el tren en el que habían llegado a Venecia. Querían buscar un lugar para dormir, pero cada vez que Próspero abría la puerta de un compartimiento aparecía Esther. Entonces él echaba a correr con su hermano por el estrecho pasillo, abría más puertas y siempre les esperaba su tía, que intentaba agarrar a su hermano. Próspero oía cómo le latía el corazón y a su hermano llamarle detrás suyo, pero no podía entender lo que decía. Parecía que Bo se alejaba cada vez más, a pesar de que él lo cogía de la mano. Luego, de repente, Víctor les cerraba el paso. Y cuando Próspero se volvía y abría desesperadamente la siguiente puerta para huir del detective, descubría que no había otra cosa más que oscuridad gélida, negra como la pez y, antes de que pudiese retroceder, caía en ella. Y Bo ya no estaba a su lado.

Próspero se sobresaltó. Estaba empapado en sudor. A su alrededor había oscuridad. Oscuridad y frío. Pero no tanto como en su sueño. Cogió la linterna que siempre guardaba bajo la almohada y la encendió. El colchón de Avispa estaba vacío. No estaban ni ella ni Bo. Se levantó asustado, fue corriendo hasta el colchón de Riccio y tiró de su saco de dormir. Sólo había muñecos de peluche. Y bajo las mantas de Mosca no había más que la radio.

Habían desaparecido. Todos. Con Bo.

Próspero supo de inmediato dónde estaban. Aun así, fue en medio de la oscuridad hasta el armario donde Mosca había guardado todo lo que necesitaban para llevar a cabo el robo:

una cuerda, los planos, salchichas para los perros y betún para taparse la cara. No quedaba nada.

«¿Cómo pueden haberse llevado a Bo?», pensó desesperado mientras se vestía. ¿Cómo podía haberlo permitido Avispa?

La luna aún brillaba sobre la ciudad cuando Próspero salió del cine. Las calles estaban vacías y sobre los canales flotaba una niebla grisácea.

Próspero echó a correr. Sus pasos resonaban tanto sobre los adoquines que hasta él mismo se asustó. Tenía que alcanzar a los demás antes de que saltaran el muro, antes de que entraran en la casa. Se le empezaron a amontonar imágenes en la cabeza, imágenes de policías que cogían a su hermano, que no paraba de patalear, que se llevaban a Avispa y a Mosca y que cogían a Riccio de su pelo pincho.

El puente de la Accademia estaba resbaladizo a causa de la niebla y justo cuando estaba en mitad de él, cayó de rodillas. Pero sacó fuerzas de flaqueza y siguió corriendo por plazas vacías e iglesias negras que se alzaban hacia el cielo. Durante un instante le pareció como si hubiese viajado en el tiempo. Sin gente, la ciudad parecía muy antigua, antiquísima. Cuando llegó al Ponte dei Pugni, apenas podía respirar. Subió los escalones jadeando, se apoyó en la barandilla y miró las huellas que había en el suelo de piedra del puente. Riccio le había dicho que en aquel lugar se celebraban todos los años combates de boxeo entre los representantes de la zona este y de la zona oeste de la ciudad. Las peleas siempre acababan en el agua, que acostumbraba quedar manchada de rojo. Las huellas les servían a los luchadores para saber dónde tenían que ponerse.

191

Próspero tomó aire y siguió corriendo a pesar de que le temblaban las piernas. Cuando cruzara aquella calle llegaría a Campo Santa Margherita. La casa de Ida Spavento se encontraba en el lado derecho, casi al final de la plaza. No había luz en ninguna de las ventanas. Fue corriendo hasta la puerta principal y escuchó atentamente. Nada. Claro que no. Querían saltar el muro del jardín. Intentó respirar sin hacer ruido. Ojalá que la entrada del callejón que llevaba allí no diera tanto miedo. Tenía la sensación de que el arco de la puerta le sonreía con malicia y de que las nubes cobraban vida y le hacían muecas cuando la luna las iluminaba con su luz pálida. Entonces Próspero cerró los ojos con fuerza y siguió andando sin abrirlos, recorriendo el muro frío con los dedos.

Sólo tenía que dar un par de pasos en aquella oscuridad, negra como la pez, y volvería a hacerse más claro. El muro del jardín de la Casa Spavento se alzaba gris entre las casas que tenía al lado, y encima de él estaba sentada una figura oscura. Próspero sintió rabia y alivio a la vez cuando la vio.

Le temblaban las rodillas y le costaba respirar. Sus pasos resonaban en mitad del silencio. La figura se asustó y miró hacia abajo. Era Avispa. La reconoció a pesar de que tenía toda la cara pintada de negro.

—¿Dónde está Bo? —preguntó enfadado, y se puso las manos en los costados, que le dolían—. ¿Por qué lo habéis traído con vosotros? ¡Que venga aquí ahora mismo!

—¡Tranquilízate! —susurró ella—. ¡No lo hemos traído! Nos ha seguido. ¡Y luego nos ha amenazado con despertar a todo Campo Santa Margherita a gritos si no lo ayudábamos a saltar el muro! ¿Qué querías que hiciéramos? Ya sabes lo tozudo que puede ser.

—¿Está dentro? —Casi no podía hablar del miedo.

—¡Cógela! —Avispa le lanzó la cuerda que había comprado. Sin pensárselo dos veces, Próspero se la ató a la muñeca y empezó a escalar. El muro era alto y tenía la superficie irregular, por lo que se hizo alguna pequeña herida en las manos. Cuando por fin llegó arriba, Avispa cogió la cuerda sin decir nada y lo ayudó a bajar al jardín. Cuando llegó al suelo se le había secado la boca del miedo que tenía. Avispa le lanzó la cuerda y bajó a su lado de un salto.

Las hojas secas crujieron bajo sus pies cuando pasaron junto a los macizos de flores y las macetas vacías de camino hacia la casa. Mosca y Riccio ya habían llegado a la puerta de la cocina. A Mosca costaba verlo en la oscuridad y Riccio se había pintado la cara de negro con betún, como Avispa. Bo se escondió asustado detrás de Mosca cuando vio a su hermano.

—¡Tendría que haberte dejado con la tía Esther! —le dijo Próspero—. Maldita sea, ¿has pensado lo que estás haciendo?

Bo se mordió los labios.

—Pero es que quería venir —murmuró.

—Nosotros nos vamos ahora mismo —dijo Próspero en voz baja—. Ven. —Intentó coger a su hermano, pero éste se le escurrió entre los dedos.

—¡No, yo me quedo aquí! —gritó tan alto que Mosca le tapó la boca con la mano del susto. Riccio y Avispa miraron preocupados la ventana del primer piso, pero no se encendió la luz.

—¡Próspero, déjalo, por favor! —susurró Avispa—. Todo saldrá bien.

Mosca le quitó la mano de la boca lentamente.

—No lo vuelvas a hacer, ¿vale? —gruñó—. Casi me muero del susto.

—¿Están los perros? —preguntó Próspero.

Avispa negó con la cabeza.

—Como mínimo aún no los hemos oído —murmuró.

Riccio suspiró y se arrodilló ante la puerta de la cocina. Mosca le iluminó con su linterna.

—¡Maldita sea, la cerradura está tan oxidada que se ha atascado! —exclamó Riccio en voz baja.

—Ah, por eso no necesitan cerrojo —murmuró Mosca.

Avispa se acercó a Próspero, que estaba apoyado con la espalda contra la pared de la casa y miraba la luna.

—No tienes por qué entrar —le susurró—. Yo cuidaré de tu hermano.

—Si Bo entra, yo también —respondió él.

Riccio murmuró una oración y empujó la puerta. Mosca y él entraron los primeros, luego Bo y después Avispa. Sólo Próspero dudó un momento, pero enseguida los siguió.

Los ruidos de una casa desconocida los rodeaban. Oían el tic tac de un reloj y el zumbido de la nevera. Siguieron adelante con una mezcla de vergüenza y curiosidad.

—¡Cierra la puerta! —murmuró Mosca.

Avispa iluminó las paredes con su linterna. La cocina de Ida Spavento no tenía nada de especial. Ollas, sartenes, botes de especias, una cafetera, una mesa grande, un par de sillas...

—¿No es mejor que se quede uno de nosotros de guardia aquí? —preguntó Riccio.

—¿Para qué? —Avispa abrió la puerta que daba al pasillo y sacó la cabeza—. Es poco probable que la policía salte el muro.

¡Ve tú delante! —le susurró a Mosca, que asintió con la cabeza y cruzó la puerta.

Llegaron a un pasillo estrecho, tal y como aparecía en el plano, y al cabo de pocos metros encontraron las escaleras que conducían al piso de arriba. En la pared, junto a los escalones, había colgadas varias máscaras que tenían un aspecto inquietante a causa de la luz de las linternas. Una se parecía a la que llevaba siempre Escipión.

La escalera daba a una puerta. Mosca la abrió un poco, miró y les hizo un gesto a los otros. Avanzaron por un pasillo algo más ancho que el del piso de abajo. Dos lámparas de techo lo iluminaban débilmente. La calefacción hizo un ruido en alguna parte, pero luego volvió a quedar todo en silencio. Mosca se llevó un dedo a los labios como señal de advertencia cuando llegaron a las escaleras que llevaban al piso superior. Miraron los pequeños escalones con preocupación.

—Quizá no hay nadie —murmuró Avispa. La casa parecía desierta con todo aquel silencio y las habitaciones a oscuras. Tras las dos primeras puertas había un baño y una pequeña habitación para los trastos. Mosca lo sabía gracias al plano que les había dado el *conte*.

—Pero ahora se pone más interesante —murmuró, cuando llegaron a la tercera puerta—. Esto tendría que ser el *salotto*. Quizá la *signora* Spavento ha colgado el ala sobre el sofá. —Iba a poner la mano en el picaporte cuando alguien abrió la puerta.

Mosca retrocedió y chocó con los demás del susto que se llevó. Pero ante la puerta no se encontraba Ida Spavento, sino Escipión.

El Escipión que conocían. Llevaba puesta su máscara, las botas de tacones altos, el chaquetón negro largo y los guantes de piel oscuros.

Riccio lo miró atónito, pero la cara de Mosca no expresaba otra cosa que rabia.

—¿Qué haces aquí? —le preguntó.

—¿Qué hacéis vosotros aquí? —les preguntó él—. Me lo encargaron a mí.

—¡Cierra la boca! —Mosca le pegó un empujón en el pecho que le hizo retroceder—. ¡Mentiroso cabrón! Nos has tomado el pelo como te ha dado la gana. ¡El Señor de los Ladrones! Quizá para ti esto sea una aventura, pero nosotros necesitamos el dinero, ¿te enteras? Y por eso robaremos nosotros el ala del *conte*. Dinos, ¿está ahí?

Escipión se encogió de hombros.

Mosca lo apartó de un empujón y desapareció en la oscuridad de la habitación.

—¿Cómo has entrado? —le preguntó Riccio de mala manera.

—No ha sido muy difícil, si no, vosotros tampoco estaríais aquí —respondió en tono burlón—. Y lo vuelvo a decir. Yo le llevaré el ala al *conte*. Sólo yo. Recibiréis vuestra parte, como siempre, pero ahora largaos.

—Lárgate tú —dijo Mosca, que apareció de nuevo detrás de él—. ¡Si no, le contaremos a tu padre que su hijito se dedica a entrar en las casas de la gente por la noche! —Habló tan alto que Avispa tuvo que meterse entre los dos.

—¡Basta ya! ¿Habéis olvidado dónde estamos?

—No puedes llevarle nada al *conte*, Señor de los Ladrones —le susurró Riccio a Escipión al oído, furiosamente—. No podrás avisarlo porque nosotros tenemos la paloma.

Escipión se mordió los labios. No había pensado en el pájaro.

—Venga —susurró Mosca sin mirar a Escipión—. Sigamos

buscando. Yo me encargo de la puerta de la izquierda con Próspero; Riccio y Avispa, la de la derecha.

—¡Y cuidadito con llevarnos la contraria, Señor de los Ladrones! —añadió Riccio.

Escipión no contestó. Se los quedó mirando inmóvil. Mosca, Riccio y Avispa ya habían desaparecido tras las puertas cuando Próspero se volvió. Escipión seguía en su lugar y no se movió.

—Vete a casa —le dijo Próspero en voz baja—. Los otros están bastante enfadados contigo.

—Bastante —murmuró Bo y miró a Escipión con cara de preocupación.

—¿Y vosotros?

Como Próspero no respondió, se dio la vuelta bruscamente y subió por las escaleras.

—Mirad esto —susurró Mosca cuando Bo y Próspero aparecieron por la puerta—. En el plano ponía «Laboratorio» y yo no paraba de preguntarme a qué podía referirse. ¡Es un laboratorio fotográfico! Con todo lo necesario —iluminó la habitación con su linterna. Estaba maravillado.

—Escipión ha subido arriba —dijo Próspero.

—¿Qué? —exclamó Mosca, que se volvió asustado cuando Riccio y Avispa abrieron la puerta.

—En el comedor tampoco está el ala —susurró Avispa—. ¿Y aquí?

—Escipión ha subido arriba —dijo Mosca—. ¡Tenemos que ir tras él!

—¿Arriba? —Riccio se pasó la mano por su pelo pincho. Todos habían tenido miedo de eso: de tener que subir a la otra planta, donde dormía la propietaria de la casa sin saber lo que estaba ocurriendo.

—El ala tiene que estar arriba —exclamó Mosca—. ¡Y si no nos damos prisa, nos la cogerá el Señor de los Ladrones!

Siguieron en el laboratorio fotográfico, mirándose los unos a los otros sin saber qué hacer.

—Mosca tiene razón —dijo Avispa—. Sólo espero que la escalera no cruja tanto como la otra.

De repente se encendió la luz. Roja.

Los niños se volvieron asustados. Había alguien en la puerta, una mujer que llevaba un abrigo grueso y una escopeta de caza bajo el brazo.

—Disculpad —dijo Ida Spavento y apuntó a Riccio, seguramente porque era el que estaba más cerca—. ¿Os he invitado?

—¡Por favor! ¡Por favor, no dispare! —balbuceó Riccio, que levantó los brazos. Bo se escondió detrás de Próspero y Avispa.

—Oh, no pensaba disparar —dijo Ida Spavento—. Pero no me podéis recriminar que haya cogido la escopeta después de oír vuestros cuchicheos. Un día decido salir por fin un poco, ¿y qué me encuentro a la vuelta? ¡Una banda de pequeños ladrones que han entrado en mi casa con linternas! Podéis estar contentos de que no haya llamado a los *carabinieri*.

—¡Por favor! ¡No avise a la policía! —suplicó Avispa—. Por favor, no lo haga.

—Bueno, quizá no. No parecéis muy peligrosos. —Ida Spavento dejó la escopeta, sacó un paquete de cigarrillos del bolsillo del abrigo y se puso uno entre los labios—. ¿Queríais robarme mis cámaras de fotos? Las podéis conseguir más fácilmente en las calles.

—No, nosotros... no queríamos robar nada valioso, *signora* —dijo Avispa con voz entrecortada—. Nada, de verdad.

—¿Ah, no? ¿Entonces qué?

—El ala —balbuceó Riccio—. Y sólo es de madera. —Seguía con los brazos en alto, a pesar de que el cañón le apuntaba a los pies.

—¿El ala? —Ida Spavento dejó la escopeta en el suelo, apoyada contra la pared.

Riccio bajó los brazos y suspiró aliviado y Bo se atrevió a salir de detrás de su hermano.

Ida Spavento lo miró y frunció el ceño.

—Aún hay otro —dijo—. ¿Cuántos años tienes? ¿Cinco? ¿Seis?

—Cinco —murmuró Bo, que la miró con desconfianza.

—Cinco. *Madonna!* Sois una banda de ladrones muy jóvenes. —Ida Spavento se apoyó en el marco de la puerta y los miró a todos, uno detrás de otro—. ¿Qué hago ahora con vosotros? Entráis en mi casa, me queréis robar... ¿Qué sabéis del ala? ¿Y quién os ha contado que la tengo?

—Entonces, ¿la tiene de verdad? —Riccio la miró con los ojos abiertos como platos.

La mujer no respondió.

—¿Para qué la queréis? —repitió, y tiró la ceniza de su cigarrillo.

—Alguien nos ha encargado que la robemos —murmuró Mosca. Ida Spavento lo miró con incredulidad.

—¿Encargado? ¿Quién?

—¡No se lo podemos decir! —dijo una voz detrás suyo.

La mujer se volvió sorprendida, pero antes de que pudiera saber qué ocurría, Escipión cogió la escopeta y la apuntó con ella.

—Escipión, ¿qué haces? —exclamó Avispa, pasmada—. ¡Deja el arma donde estaba!

—¡Tengo el ala! —dijo Escipión sin dejar de apuntar—. Estaba colgada en el dormitorio. Venga, es mejor que nos vayamos.

—¿Escipión? ¿Quién hay ahí? —Ida Spavento tiró el cigarrillo al suelo y se cruzó de brazos—. Esta noche tengo la casa repleta de invitados no deseados. Llevas una máscara muy interesante, cielo; yo tengo una parecida, pero la diferencia es que no la uso para robar a la gente. Ahora baja la escopeta.

Escipión dio un paso atrás.

—Se cuentan muchas historias raras sobre esta ala —dijo Ida—. ¿No os ha dicho nada vuestro cliente?

Escipión no le hizo caso.

—¡Si no venís, me voy solo! —les dijo a los otros—. Con el ala. Y no compartiré el dinero con vosotros. —La escopeta le temblaba entre las manos.

—¿Venís o no? —gritó de nuevo.

En ese momento Ida Spavento dio un paso hacia él, cogió la escopeta por el cañón y se la quitó de un tirón.

—¡Basta ya! —exclamó la mujer—. Las cosas no funcionan así. Y ahora devuélveme el ala.

Escipión la había envuelto en una manta y la escondió en el baño al oír las voces en el pasillo.

—¡La habríamos conseguido! —murmuró Escipión con la cara triste cuando dejó el bulto a los pies de la mujer—. Si estos atontados no se hubiesen quedado petrificados. —Miró con desdén a los otros, que estaban apretujados junto a la puerta del laboratorio fotográfico. Riccio era el único que había agachado la cabeza y ponía cara de arrepentimiento. Los demás miraban a Escipión de manera desafiante.

—¡Cierra la boca de una vez! ¡Te has vuelto loco de remate! —le espetó Mosca—. ¡A quién se le ocurre entrar aquí con un arma!

—¡No habría disparado! —le gritó Escipión—. Sólo quería que consiguiéramos el dinero. Os lo habría dado todo. Tú mismo lo has dicho, lo necesitabais.

—¿El dinero? Ah, sí, claro. —Ida Spavento se agachó y desenvolvió la manta que Escipión había usado para proteger el ala—. ¿Cuánto piensa pagaros vuestro cliente, si no es mucha indiscreción, por mi ala?

—Mucho, mucho —respondió Avispa que, tras algunos titubeos, se acercó a la mujer desconocida. Tenía el ala ante sus pies. La pintura blanca se había desgastado, como el ala que aparecía en la foto que les había dado el *conte*. Pero en ésta había restos de oro por todos lados.

—Decidme su nombre. —Ida Spavento volvió a taparla con la manta, la cogió y se puso de pie. La punta del ala sobresalía un poco—. Si me decís el nombre de vuestro cliente, yo os contaré por qué quiere pagar tanto dinero por un trozo de madera.

—No sabemos su nombre —respondió Riccio.

—Se hace llamar el *conte* —dijo Mosca casi sin darse cuenta. Escipión lo miró con cara de pocos amigos—. ¿Qué miras así, Señor de los Ladrones? ¿Por qué no se lo podemos decir?

—El Señor de los Ladrones. —Ida Spavento enarcó las cejas—. ¡Oh! Debería sentirme honrada de que me hayas venido a robar, ¿no? —Miró a Escipión con expresión burlona—. Bueno, necesito un café. Supongo que no hay nadie que esté esperando todo preocupado a que volváis a casa, ¿verdad? —Miró a los niños de manera inquisitiva.

Ninguno respondió. Sólo Avispa negó con la cabeza.

—No —dijo en voz baja.

—De acuerdo, entonces hacedme compañía —dijo Ida Spavento—, y si queréis, os contaré una historia. Sobre un ala perdida y un tiovivo. A ti también —le dijo a Escipión cuando pasó a su lado—. Aunque quizás el Señor de los Ladrones tiene algo mejor que hacer.

UNA VIEJA HISTORIA

Escipión acompañó a los demás a la cocina de Ida Spavento. Pero se mantuvo apartado, apoyado en la puerta, mientras los otros se sentaban alrededor de la gran mesa. El ala se encontraba sobre el mantel. La mujer la quitó de la manta antes de hacer el café.

—Es muy bonita —dijo Avispa, y acarició con cuidado la madera—. Es el ala de un ángel, ¿no?

—¿De un ángel? Oh, no. —Ida Spavento quitó la cafetera del fuego. El café borbotaba cuando lo puso sobre la mesa—. Es el ala de un león.

—¿Un león? —Riccio la miró con incredulidad.

La mujer asintió con la cabeza.

—Claro. —Frunció el ceño y metió la mano en un bolsillo del abrigo—. ¿Dónde tengo los cigarrillos?

—¡Riccio! —Mosca le pegó un codazo a su amigo, que sacó el paquete de debajo de la chaqueta con cara de arrepentimiento. Avispa se sonrojó de pies a cabeza.

—Lo siento —murmuró Riccio—. Ha sido instintivo. No volverá a ocurrir.

—Ya, eso espero. —La mujer se guardó el paquete en el bolsillo. Luego cogió el azúcar, una taza, vasos y zumo para los niños. También puso uno para Escipión, pero no se movió de la puerta. Tan sólo se había quitado la máscara.

—¿De qué historia se trata? —preguntó Mosca y se sirvió un vaso de zumo.

—Enseguida empiezo. —Ida Spavento dejó el abrigo sobre el respaldo de la silla, bebió un sorbo de su café y cogió un cigarrillo.

—¿Puedo coger uno? —preguntó Riccio.

La mujer lo miró sorprendida.

—Claro que no. Es un hábito muy perjudicial para la salud.

—¿Y usted?

Ida suspiró.

—Intento dejarlo. Pero vayamos a la historia. —Se reclinó en la silla—. ¿Habéis oído hablar alguna vez sobre el tiovivo de las hermanas de la caridad?

Los niños negaron con la cabeza.

—El orfanato para niñas que hay al sur de la ciudad —dijo Riccio—, pertenece a unas hermanas de la caridad.

—Exacto. —Ida se echó un poco más de azúcar en el café—. Hace más de ciento cincuenta años, según cuenta la gente, un comerciante hizo un regalo valiosísimo a este orfanato. Hizo construir un tiovivo en el patio interior con cinco figuras de madera preciosas. Aún hoy se puede ver el cuadro sobre el portal del orfanato. Bajo un baldaquín de madera de muchos colores daban vueltas un unicornio, un caballito de mar, un tritón, una sirena y un león con alas. Las malas lenguas dijeron entonces que el hombre rico quería limpiar su mala conciencia con aquel regalo, porque él mismo había dejado ante la puerta del orfanato el bebé no deseado de su hija, pero otras personas lo negaban y decían que fue un hombre cariñoso que quiso compartir su riqueza con los niños pobres huérfanos. Sea como sea, al cabo de poco toda la gente de la ciudad empezó a hablar del tiovivo maravilloso, lo que resulta bastante significativo en una ciudad que posee tantas maravillas. Pero luego empezó a correr el rumor de que a causa del tiovivo empezaron a suceder cosas misteriosas tras las paredes del orfanato.

—¿Cosas misteriosas? —Riccio miró a Ida Spavento con los ojos abiertos como platos. Igual que hacía cuando Avispa les leía algún cuento...

Ida asintió con la cabeza.

—Sí. Cosas misteriosas. La gente decía que el tiovivo convertía en adultos a todos los niños que daban dos vueltas en él, y en niños a los adultos.

Nadie dijo nada durante un instante. Entonces Mosca soltó una carcajada. No se lo creía.

—¿Cómo iba a suceder algo así?

Ida se encogió de hombros.

—No lo sé. Yo sólo cuento lo que he oído.

Escipión se apartó del marco de la puerta y se sentó al borde de la mesa, junto a Próspero y Bo.

—¿Qué tiene que ver el ala con el tiovivo? —preguntó.

—A eso iba —dijo Ida y le echó un poco más de zumo a Bo—. Las hermanas y las huérfanas no pudieron disfrutar demasiado del regalo, ya que alguien lo robó. Al cabo de unas semanas. Un día las hermanas hicieron una excursión a Burano con las niñas y cuando volvieron, se encontraron con la puerta forzada y el patio vacío. El tiovivo había desaparecido. No ha vuelto a aparecer jamás. Pero los ladrones perdieron algo en su huida...

—El ala del león —murmuró Bo.

—Exacto. —Ida Spavento asintió con la cabeza—. Se quedó en el patio del orfanato y pasó desapercibida hasta que la encontró una hermana. Nadie la creyó cuando dijo que era una parte del misterioso tiovivo, pero ella la guardó y cuando murió fue a parar al desván del orfanato, que es donde la encontré yo. Muchos, muchos años más tarde.

—¿Qué hacía usted ahí arriba? —preguntó Mosca.

Ida apagó el cigarrillo.

—De pequeña jugaba en los palomares —dijo—. Son muy antiguos, de la época en que la gente enviaba sus cartas por paloma mensajera. En Venecia era un sistema muy popular. Cuando la gente rica se iba en verano a sus casas del campo, enviaban noticias a la ciudad con este sistema. Yo jugaba a imaginar que alguien me había encerrado ahí arriba y que tenía que echar a volar a mis palomas para pedir ayuda. Entonces, una vez encontré el ala entre la porquería. Una de las hermanas más viejas aún sabía de dónde se suponía que venía y me contó la historia del tiovivo. Cuando vio lo mucho que me gustó lo que me acababa de contar, me regaló el ala.

—¿Usted jugaba en el orfanato? —Escipión la miró con desconfianza—. ¿Cómo llegó hasta ahí?

Ida se echó el pelo hacia atrás.

—Viví en el orfanato —respondió—. Durante más de diez años. No fueron los más felices de mi vida, pero de vez en cuando aún voy a visitar a algunas hermanas.

Avispa miró a Ida durante un largo rato, como si le hubiese

visto la cara por primera vez. Entonces empezó a rebuscar en su chaqueta y sacó la foto que les había dado el *conte*. Se la pasó a Ida.

—¿No le parece que eso que hay detrás del ala parece la cabeza de un unicornio?

Ida Spavento se inclinó sobre la foto.

—¿De dónde la habéis sacado? ¿Os la ha dado también vuestro cliente?

Avispa asintió.

Escipión se puso delante de la ventana. Fuera seguía todo oscuro.

—¿Un niño puede convertirse en adulto si monta en el tiovivo? —preguntó.

—Después de dar dos vueltas. Es una historia rara, ¿no? —Ida dejó su taza en el fregadero—. Pero quizá vuestro cliente os la podrá contar aún mejor. Creo que él sabe dónde se encuentra el tiovivo de las hermanas de la caridad. Si no, ¿por qué os habría encargado que robaseis el ala? Es probable que no funcione mientras al león le falte la segunda ala.

—Es muy mayor —dijo Próspero—. No le queda demasiado tiempo para conseguir hacer funcionar el tiovivo.

—¿Sabe, *signora*? —Mosca acarició el ala con la mano. La madera tenía un tacto áspero—. Si esta ala pertenece de verdad al león del tiovivo, a usted no le sirve de mucho. Así que podría dárnosla, ¿no?

Ida Spavento se rió.

—¿Podría dárosla? —Abrió la puerta que daba al jardín para dejar que entrara el aire frío de la noche. Se quedó un buen rato junto al umbral, de espaldas a los niños. Entonces se volvió de repente—. ¿Y si hacemos un trato? —preguntó—. Yo os dejo el ala para que se la podáis dar al *conte* y que él os pague a vosotros, y a cambio...

—Ahora viene el inconveniente —murmuró Riccio.

—A cambio, seguimos al *conte* cuando se vaya con mi ala y a lo mejor podremos descubrir dónde está el tiovivo de las hermanas de la caridad. He dicho «nosotros» porque, obviamente, pienso acompañaros. Forma parte del trato. —Miró atentamente a sus invitados nocturnos—. Bueno, ¿qué me decís? No exijo ninguna parte de vuestra recompensa. La fotografía me da más dinero del que puedo gastar. Tan sólo me gustaría ver el tiovivo una vez. ¡Venga, decid que sí!

Pero los niños no parecían muy entusiasmados.

—¿Lo seguiremos? ¿Qué significa eso? —Riccio casi se mordió la punta de la lengua.

—No sé, el *conte* es una persona misteriosa —murmuró Mosca—. ¿Qué ocurrirá si nos descubre? Creo que se enfadaría mucho.

—Pero ¿no os da curiosidad la foto? —Ida cerró la puerta del jardín y volvió a sentarse en su silla—. ¿No queréis ver ni una sola vez el tiovivo? ¡Tiene que ser maravilloso!

—El león de la Plaza de San Marcos también es maravilloso —murmuró Mosca—. Es mejor que vaya a mirar ésos.

En ese instante Escipión se puso en pie. No le resultó fácil pasar por alto las miradas poco amables de los demás, pero lo intentó.

—Yo aceptaría la oferta —dijo—. Es justa. Nosotros conseguimos nuestro dinero y aunque el *conte* se dé cuenta de que lo estamos siguiendo, podemos correr mucho más rápido que él.

—He oído «nosotros» —gruñó Mosca—. Lo de «nosotros» se

ha acabado, chulo mentiroso. Ya no perteneces a nuestro grupo. Y nunca has pertenecido, ni siquiera cuando intentabas aparentarlo.

—¡Sí, vuelve a la lujosa casa en que vives! —gritó Riccio—. Los niños pobres y sin padres ya no tienen ganas de jugar contigo, «Escipión, el Señor de los Ladrones».

Escipión no se movió de donde estaba mientras se mordía los labios. Abrió la boca como si fuera a replicar algo, pero la cerró. Riccio y Mosca lo miraban con odio, pero Avispa no levantaba su mirada triste de los platos que había en la mesa. Bo había metido la cabeza bajo el brazo de su hermano como si quisiera esconderse de algo.

—Explicadme de qué va esto —dijo Ida Spavento, pero como no respondió nadie se fue al fregadero a lavar la cafetera.

—No pienso volver nunca —dijo Escipión de repente. Su voz sonó muy ronca—. No pienso volver nunca jamás a mi casa. Se ha acabado. No los necesito. Casi siempre están fuera, y las pocas veces que aparecen por casa me tratan como si fuese un animal que no hace otra cosa que molestar. Si este tiovivo existe de verdad, lo probaré antes que el *conte* y no me bajaré hasta que sea una cabeza más alto que mi padre y me haya salido bigote y barba. Si vosotros no queréis aceptar el trato, entonces lo haré yo solo. Encontraré el tiovivo y nadie me volverá a tratar como si fuera un perro mal adiestrado ni suspirará cuando diga algo. Nunca más.

Se hizo tal silencio después del arrebato de Escipión, que oyeron los maullidos de un gato que había en el jardín.

—Yo creo que deberíamos aceptar la oferta de la *signora* Spavento —dijo Avispa en voz baja—. Y que deberíamos dejar esta pelea hasta que le hayamos dado el ala al *conte* y tengamos nuestro dinero. Después de todo, ya tenemos bastantes problemas de momento como para que encima nos compliquemos más la vida unos a otros, ¿no? —Miró a Próspero y Bo—. Entonces, ¿hay alguien que esté en contra del trato?

Nadie dijo nada.

—Pues está decidido —dijo Avispa—. Trato hecho, *signora* Spavento.

ESCIPIÓN EL MENTIROSO

Los primeros rayos de la mañana empezaban a despuntar sobre los tejados de la ciudad cuando los niños salieron de la casa de Ida Spavento. Escipión se unió a los otros sin decir absolutamente nada, a pesar de que durante todo el camino de vuelta a casa Riccio y Mosca no le dirigieron la palabra ni una sola vez. A veces Riccio lo miraba con tanto odio que Próspero se ponía entre los dos por miedo a que ocurriera algo. Habían dejado el ala en casa de la mujer, ya que la quería llevar ella el día en que se encontraran con el *conte*. «Si es que antes no entran otros ladrones en mi casa y me la roban», dijo a modo de despedida.

Bo tenía tanto sueño que su hermano tuvo que cargárselo a la espalda la última mitad del camino, pero en cuanto llegaron al cine, cansados y con los pies doloridos, estaba totalmente despierto, por lo que le dejaron coger la paloma del *conte*.

Por suerte, el pequeño se puso bajo el cesto, se llenó la mano con grano y la estiró, tal y como Víctor le había enseñado en la Plaza de San Marcos. La paloma asomó la cabeza, lo miró de reojo y fue volando hasta su mano. Bo movió los hombros de la risa cuando el pájaro se le posó sobre la manga. Con mucho cuidado, la llevó hasta la salida de emergencia mientras ella no paraba de picotear frenéticamente los granos de comida que tenía entre los dedos.

—¡Ve hasta el canal con ella, Bo! —murmuró Mosca mientras le sujetaba la puerta abierta.

Afuera había amanecido y hacía una mañana fría. La paloma se ahuecó las plumas y miró algo confusa a su alrededor cuando Bo salió con ella a la calle. El pájaro estiró las alas en el estrecho callejón. Fueron hasta el canal, donde el viento le hinchó el plumaje, y entonces echó a volar. Subió hacia el cielo de la mañana, que era tan gris como sus plumas, y voló cada vez más rápido hasta desaparecer tras las chimeneas de la ciudad.

—¿Cuándo tendremos que ir a recoger el recado del *conte* a la tienda de Barbarossa? —preguntó Próspero, al volver los dos chicos al cine, helados de frío—. ¿El día después de haberle enviado su paloma? Entonces no puede llegar muy lejos.

—Las palomas pueden volar cientos de kilómetros al día —respondió Escipión—. Hasta la tarde tendría tiempo de llegar fácilmente a París o Londres —en cuanto Avispa lo miró con cara de incredulidad añadió—: por lo que he leído. —No lo dijo en el tono arrogante que tanto le gustaba usar antes, sino medio avergonzado, como si estuviera pidiendo disculpas casi.

—Es poco probable que el *conte* viva en París —dijo Riccio con desprecio—. Pero ahora da igual. La paloma ya ha salido y es mejor que te vayas a tu casa.

Escipión se asustó. Se volvió hacia Próspero en busca de ayuda, pero éste evitó mirarlo a la cara. Tampoco había olvidado la forma en que Escipión se había comportado cuando los otros lo estaban esperando en la puerta de la casa de sus padres. Quizás Escipión le adivinó el pensamiento, ya que miró hacia otro lado. Parecía que no sabía de quién podía esperar ayuda. Bo hizo como si no se diera cuenta de la pelea que estaban teniendo y se puso a dar de comer a sus gatitos.

Avispa mantuvo la cabeza agachada como si no quisiera ni mirar a Escipión.

—Riccio tiene razón —dijo mientras se miraba las uñas de los dedos con el ceño fruncido—. Tienes que volver a tu casa. No podemos arriesgarnos a que tu padre ponga la ciudad patas arriba porque su hijo ha desaparecido. ¿Crees que tardaría mucho en venir a su cine viejo? Y entonces tendríamos a la mitad de la policía de Venecia ante la puerta. Ya hemos tenido bastantes problemas.

El Señor de los Ladrones se quedó petrificado y Próspero vio cómo regresaba el viejo Escipión, el tozudo y soberbio que sabía defenderse contra toda aquella hostilidad.

—O sea —dijo y se cruzó de brazos—, que a Próspero y Bo no los echáis aunque por su culpa hemos tenido aquí a ese detective. ¡Pero yo... yo no puedo quedarme a pesar de que os he enseñado este escondite, a pesar de que he cuidado de vosotros y os he dado dinero y ropa caliente! Incluso traje los colchones en la barca llena de agujeros de Mosca, con la que estuve a punto de hundirme. Os he conseguido las mantas y las estufas cuando hizo frío. ¿Creéis que fue fácil robarles todas estas cosas a mis padres?

—Claro que fue fácil —exclamó Mosca con aire de desprecio—. Probablemente sospecharon del ama de llaves, del cocinero o de algún otro de vuestros miles de criados.

213

Escipión no respondió, pero se puso rojo.

—Bingo —dijo Riccio—. Has dado en el blanco.

—¿Sospecharon de otra persona? —Avispa miró al Señor de los Ladrones, asustada.

Escipión se abrochó el abrigo hasta el cuello.

—De mi niñera.

—¿Y? ¿La defendiste como mínimo?

—¿Cómo iba a hacerlo? —contestó enfadado a la mirada de sorpresa de Avispa—. ¿Para que mi padre me enviara a un internado? ¿Creéis que es mucho mejor que un orfanato? ¡No conocéis a mi padre! ¡Si robara un par de gemelos sería capaz de obligarme a andar por ahí con un cartel colgado del cuello en el que dijera: «¡Soy un pequeño ladrón asqueroso!».

—¿La han puesto en la cárcel? —Ahora Bo escuchaba, a pesar de que se había esforzado por hacer oídos sordos—. ¿En prisión?

—¿A quién? —Escipión se volvió bruscamente hacia él, aún de brazos cruzados, como si de esta manera pudiera protegerse de las miradas de reproche de los demás.

—A la chica, —Bo se mordió el labio inferior.

—¡Qué va! —Escipión se encogió de hombros—. No pudieron demostrar nada. La despidieron de inmediato, eso es todo. Si no hubiese robado las malditas pinzas para el azúcar, no se habrían dado cuenta. La mayoría de cosas las he cogido de una habitación donde no hacen más que acumular polvo. Pero cuando mi madre descubrió que faltaban sus maravillosas pinzas para el azúcar, también se dio cuenta de que habían desaparecido un par de cosas más. En fin. Ahora ya no tengo niñera. —Los demás miraron a Escipión como si le estuvieran saliendo serpientes de la cabeza.

—¡Pero tío! —exclamó Mosca.

—¡Lo hice por vosotros! —gritó Escipión—. ¿Os habéis olvidado de lo mal que os iba antes de que yo empezara a ocuparme de vosotros?

—¡Pírate! —le espetó Riccio, y le dio un empujón en el pecho, lleno de rabia—. Nos las apañaremos sin ti. No queremos tener nada que ver contigo. No tendríamos que haberte dejado entrar.

—¿Que no tendríais que haberme dejado entrar? —gritó Escipión, tan alto que Bo se tapó las orejas—. ¿Pero tú qué te crees? ¡Todo esto le pertenece a mi padre!

—¡Exacto! —respondió Riccio a grito pelado—. ¡Entonces chívate a él, eres un chulo pijo!

En aquel instante Escipión se echó sobre él. Ambos se agarraron con tanta rabia que Avispa y Próspero no consiguieron separarlos hasta que los ayudó Mosca.

Cuando Bo vio que a Riccio le sangraba la nariz y que Escipión tenía la cara llena de arañazos, rompió a llorar y los otros se asustaron tanto que se volvieron hacia él.

Avispa llegó a su lado antes que su hermano. Lo abrazó para consolarlo y le acarició el pelo. Empezaba a tener las raíces rubias otra vez.

—Vete a casa —dijo Avispa con impaciencia—. Ya te avisaremos en cuanto sepamos cuándo nos vamos a encontrar con el *conte*. Quizá sea mañana por la tarde, porque uno de nosotros irá a ver a Barbarossa después de desayunar.

—¿Qué? —Riccio le pegó un empujón a Mosca, que quería limpiarle la sangre que le corría por la nariz—. ¿Por qué quieres avisarlo?

—¡Basta ya, Riccio! —le gritó Próspero, enfadado—. Yo he

visto al padre de Escipión. Tú no te atreverías a robarle ni una cucharilla de plata. Ni tampoco a confesarle nada.

Riccio se sorbió los mocos y se puso el pañuelo bajo la nariz.

—Gracias, Pro —murmuró Escipión. Su mejilla parecía la piel de una cebra, a causa de las marcas que le había hecho Riccio con las uñas—. ¡Hasta mañana! —dijo, dudó un instante y se volvió de nuevo—. Me avisaréis, ¿verdad?

Próspero asintió con la cabeza.

Pero Escipión no estaba convencido.

—El detective... —dijo.

—Se ha escapado —respondió Mosca.

—¿Qué?

—No importa. Tenemos su palabra de honor de que no nos delatará —dijo Bo, que escapó del abrazo de Avispa—. Ahora es nuestro amigo.

Escipión miró a Bo tan sorprendido que Avispa sonrió.

—Bueno, lo de amigo quizás es un poco exagerado —dijo ella—. Ya sabes que Bo está encantado con él. Pero seguro que tampoco nos delatará.

—Bueno, si vosotros lo decís. —Escipión se encogió de hombros—. Entonces, hasta mañana.

Echó a andar lentamente entre las hileras de asientos tapizados de rojo, pasó la mano sobre los respaldos y miró de pasada la cortina bordada con estrellas. Se fue muy despacito, como si esperase que los otros le pidieran que se quedara. Pero nadie dijo nada, ni siquiera Bo, que estaba acariciando a sus gatitos.

«Tiene miedo —pensó Próspero cuando miró a Escipión—. Miedo de volver a casa.» Se acordó de su padre, de la forma en que apareció al final de la escalinata, junto a la barandilla. Y sintió pena por Escipión.

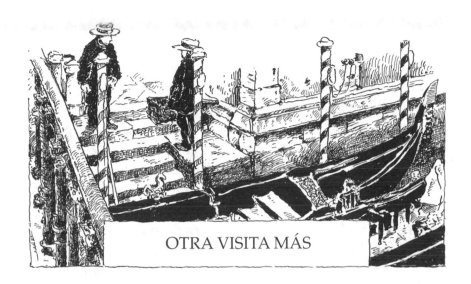

OTRA VISITA MÁS

La tienda de Barbarossa estaba vacía cuando Próspero abrió la puerta. Sonaron las campanillas y Bo se quedó fascinado debajo de la puerta mirándolas hasta que Avispa lo empujó para que acabara de entrar. Durante la noche había bajado mucho la temperatura. El viento ya no venía del mar, sino de las montañas. Era un viento seco y cortante que soplaba entre los puentes y las plazas. El invierno ya no enviaba mensajeros. Él mismo se había establecido en la ciudad de la luna y acariciaba su vieja cara con dedos gélidos y rígidos.

—¿*Signor* Barbarossa? —preguntó Avispa, y miró el cuadro que había sobre el mostrador. Ella también sabía que tenía una mirilla a través de la cual espiaba a sus clientes.

—*Sì, sì, pazienza!* —le oyeron decir malhumorado.

Barbarossa tenía los ojos inyectados en sangre cuando sacó la cabeza por la cortina de la puerta de su oficina. Se sonó escandalosamente con un pañuelo enorme.

—Ah, habéis traído al pequeño con vosotros. Vigilad que no

217

vuelva a romper algo. ¿Qué le habéis hecho a su pelo de ángel? Di buenos días, enano.

—*Buon giorno* —murmuró Bo, y le hizo una mueca escondido tras la espalda de su hermano.

—¡Ah! *Buon giorno*. Su italiano va sonando mejor poco a poco. ¡Entrad! —Barbarossa hizo un gesto brusco con la mano para que los niños pasaran a su despacho—. ¿Qué demonios hace el invierno aquí ya? ¿Es que se ha vuelto loco todo el mundo? —exclamó mientras se arrastraba hasta su escritorio—. Ya es difícil soportar esta ciudad en verano, pero el invierno de aquí puede llevar hasta el borde de su tumba al hombre más sano. ¿Pero a quién le cuento todo esto? Los niños no saben nada de cosas así. Los niños no se hielan de frío, los niños saltan en charcos y no se constipan nunca. Pueden tener la cabeza cubierta de nieve y no les molesta, mientras que para nosotros cada copo de nieve que cae nos acerca un poco más a la muerte. —Barbarossa suspiró y se dejó caer en su sillón como si fuese un hombre moribundo—. ¡Dolor de garganta, dolor de cabeza y tengo que estar todo el día sonándome los mocos! —se lamentó—. ¡Qué horror! Parezco un grifo humano. —Se ajustó un poco más la bufanda alrededor de su cuello gordo y miró a sus visitantes por encima del borde del pañuelo—. ¿No traéis ninguna mochila, ninguna bolsa? ¿Es que esta vez os cabe el botín del Señor de los Ladrones en el bolsillo de los pantalones?

Bo estiró la mano y tocó un pequeño tambor de hojalata que había sobre el escritorio de Barbarossa.

—¡Quita las manos de ahí, pequeño, que es un objeto muy valioso! —gritó el barbirrojo, y le dio a Bo un caramelo para la tos.

—No queremos vender nada —dijo Avispa—. El *conte* debería haberle dejado una carta para nosotros.

Bo había desenvuelto el caramelo y lo olió con desconfianza.

—Ah, sí, la carta del *conte*. —Barbarossa volvió a sonarse con gran escándalo y se guardó el pañuelo en el bolsillo de su chaleco, que estaba bordado con góndolas de oro—. Su hermana, la *contessa*, me la trajo ayer por la tarde. No acostumbra venir él en persona a la ciudad. —El barbirrojo se metió también un caramelo en la boca y abrió, tras un gran suspiro, el primer cajón de su mesa—. ¡Aquí tenéis! —Le acercó un sobre pequeño a Avispa con desgana, en el que no había nada escrito, ni dirección ni remitente. Pero cuando fue a cogerlo, Barbarossa lo apartó.

—Ahora que estamos entre amigos —susurró—, decidme qué habéis robado para el *conte*. El Señor de los Ladrones ha conseguido llevar a cabo el encargo de manera satisfactoria, ¿no es así?

—Podría ser. —Próspero respondió con una evasiva y le quitó el sobre de las manos a Barbarossa.

—¡Eh! ¡Eh! ¡Eh! —El barbirrojo se enfadó y se apoyó con los puños sobre la mesa. Bo casi se tragó el caramelo del susto—. ¿Nadie te ha enseñado a comportarte con respeto ante los adultos? —Un ataque de estornudos lo hizo caer de nuevo sobre su sillón.

Próspero no respondió. Sin decir nada, se metió el sobre en el bolsillo interior de su chaqueta. Pero Bo escupió el caramelo chupado en la mano y lo dejó de un golpe sobre la mesa.

—Ya te lo puedes quedar. Por gritarle a mi hermano —dijo.

Barbarossa miró sorprendido el caramelo pringoso.

Con la mayor de sus sonrisas, Avispa se inclinó sobre el escritorio.

—¿Y a usted, *signor* Barbarossa? ¿No le ha enseñado nadie cómo debe comportarse con los niños? —le preguntó.

El hombre empezó a toser con tanta fuerza que se le puso la cara más roja que la nariz.

—Ya basta. ¡Por los leones de San Marcos, os ofendéis fácilmente! —gruñó detrás de su pañuelo—. ¡No entiendo a qué viene tanto secretismo! ¿Sabéis qué? ¡Podemos jugar a las adivinanzas si no me queréis responder directamente! Empiezo yo. —Se inclinó sobre la mesa—. ¿El objeto que tanto ansía el *conte*... es de oro?

—¡No! —respondió Bo, que negó con la cabeza y puso una sonrisa de oreja a oreja—. En absoluto.

—¿En absoluto? —Barbarossa frunció el ceño—. Dejádmelo adivinar. ¿De plata?

—Se equivoca. —Bo no paraba de dar saltitos—. Inténtelo otra vez.

Pero antes de que el barbirrojo pudiese volver a hacer una pregunta, Próspero se llevó a su hermano a rastras a través de la cortina de perlas. Avispa los siguió.

—¿Cobre? —gritó Barbarossa—. No, espera, es un cuadro. ¡Una estatuilla!

Próspero abrió la puerta de la tienda.

—Venga, sal, Bo —dijo, pero su hermano siguió sin moverse.

—¡Se sigue equivocando! —gritó—. Está hecho de diamantes enooormes. Y perlas.

—¡No me digas! —Barbarossa salió a toda prisa de su despacho tras pelearse con su cortina—. ¡Descríbemelo con más detalle, pequeño!

—¡Prepárese una bolsa de agua caliente y métase en la cama,

signor Barbarossa! —dijo Avispa, que se llevó a Bo hacia fuera y se quedó boquiabierta junto a Próspero.

Una densa lluvia de copos de nieve caían del cielo gris. Nevaba tanto que Bo cerró los ojos. De repente todo era gris y blanco, como si alguien hubiese borrado los colores de la ciudad mientras ellos estaban en la tienda.

—Entonces es una cadena. ¿O un anillo? —Barbarossa sacó la cabeza por la puerta, todo emocionado—. ¿Por qué no charlamos un rato más? Os invito a un trozo de tarta, ahí en la *pasticceria*. ¿Qué me decís?

Pero los niños siguieron andando sin hacerle caso.

Sólo tenían ojos para la nieve. Los copos fríos les caían sobre la cara y el pelo. Bo se lamió uno de la nariz y estiró los brazos, como si quisiera cogerlos con la mano, mientras Avispa miraba las nubes con asombro. Hacía años que no nevaba en Venecia. La gente con la que se cruzaban parecía igual de fascinada que ellos tres. Incluso las vendedoras salían de las tiendas para mirar al cielo.

Próspero, Avispa y Bo se detuvieron en el siguiente puente, se inclinaron sobre la barandilla de piedra y observaron cómo el agua de color gris plateado devoraba los copos. La nieve cubría suavemente las casas de los alrededores, los tejados de color marrón rojizo, las barandillas negras de los balcones y las hojas de las plantas de otoño, que crecían en macetas y cubos de plástico.

Próspero notaba el frío y la humedad de la nieve que le caía en el pelo. Y de repente se acordó de otro país, que casi había olvidado, lejano, de una mano que le había quitado la nieve de la cabeza. Y ahí estaba él, entre Avispa y Bo, con la vista perdida hacia las casas que se reflejaban en el agua, y se atrevió a saborear durante un instante ese recuerdo. Algo confuso, se dio cuenta de que ya no le dolía tanto recordar. A lo mejor se lo debía a Avispa y a Bo, las dos personas más cercanas a él y en quien siempre podía confiar. Incluso la barandilla de piedra que tenía bajo los dedos le parecía de confianza, como si pudiera protegerlo del dolor.

—¿Pro? —Avispa le puso el brazo sobre el hombro y lo miró con cara de preocupación, mientras Bo seguía a su lado intentando coger copos de nieve con la lengua—. ¿Estás bien?

Próspero se quitó la nieve del pelo y asintió con la cabeza.

—Abre el sobre —dijo Avispa—. Quiero saber cuándo podré ver por fin al *conte*.

—¿Cómo sabes que vendrá él en persona? —Próspero sacó el sobre de la chaqueta. Estaba lacrado, como el del confesionario, pero el sello era raro. Como si alguien lo hubiese pintado de rojo por encima.

Avispa se lo quitó de las manos.

—¡Alguien lo ha abierto! —miró a Próspero con preocupación—. ¡Barbarossa!

—Da igual —dijo Próspero—. Por eso el *conte* le dijo a Escipión el lugar de encuentro en el confesionario. Ya sabía que el barbirrojo abriría la carta. Está claro que lo conoce muy bien.

Con mucho cuidado, Avispa abrió el sobre con su navaja. Bo la miró por encima del hombro. El mensaje del *conte* volvía a llegar en una tarjeta pequeña, pero esta vez sólo eran unas pocas palabras.

—Seguro que Barbarossa se ha llevado un buen chasco al abrir la carta —dijo Próspero, que leyó en voz alta:

en el lugar de encuentro pactado
en el agua
buscad una luz roja
en la noche del martes al miércoles, a la una

—¡Mañana por la noche! —Próspero sacudió la cabeza—. A la una. Es bastante tarde. —Volvió a guardar el sobre con el mensaje en el bolsillo y le alborotó el pelo negro teñido a su hermano—. Eso de los diamantes enormes ha sido muy bueno, Bo. ¿Habéis visto los ojos que ha puesto?

Bo sonrió y se lamió un copo de nieve que tenía en la mano.

Pero Avispa miraba con cara de preocupación sobre la barandilla del puente.

—¿En el agua? —murmuró—. ¿Qué quiere decir? ¿Es que hay que hacer la entrega a bordo de una barca?

—No es ningún problema —respondió Próspero—. La barca de Mosca es lo bastante grande para los cinco.

—Es cierto —dijo ella—. Pero aun así no me gusta. No sé nadar muy bien y Riccio se marea con sólo ver un barco. —Avispa miró angustiada el canal, que seguía devorando los copos de nieve. Una góndola se deslizó por las sombras del puente. Tres turistas que tiritaban de frío se acurrucaron en los cojines. Avispa los miró con cara seria, hasta que desaparecieron bajo el puente.

—¿No te gusta ninguna barca? —Próspero le tiró de su fina cola para burlarse de ella—. Pero si naciste aquí, creía que a todos los venecianos les gustaban las barcas.

—Pues te equivocas —respondió Avispa bruscamente y se puso de espaldas al agua—. Vamos, nos estarán esperando.

La nieve hacía que la ciudad fuese más tranquila que antes.

Avispa y Próspero andaban uno junto al otro sin decir nada, Bo saltaba como una pulga delante de ellos mientras tarareaba una canción y pensaba en sus cosas sin darse cuenta de lo que ocurría a su alrededor.

—¡No quiero que Bo venga a la entrega! —le dijo Próspero a Avispa.

—Lo entiendo —respondió ella—. Pero ¿cómo se lo vas a decir sin que nos perfore el tímpano a gritos?

—No tengo ni idea —repuso, desconcertado—. Es tozudo como una mula, sobre todo cuando yo le digo algo. ¿No podrías hablar con él?

—¿Hablar? —Avispa negó con la cabeza—. Hablar no sirve de nada. No, se me ha ocurrido una idea mejor. De esta manera también me escaquearé del viaje en barca, aunque tampoco podré ver nunca al *conte*.

EL POBRE
VÍCTOR CAE ENFERMO

Víctor estaba en cama, tapado con las mantas hasta la cabeza.

Hacía dos días que estaba así. Sólo se levantaba para ir al lavabo, para dar de comer a las tortugas o para bajar a comprarse algún pastel a la *pasticceria*. Ni tan sólo lo animó la nieve que se había acumulado en su balcón.

—Resfriado —gruñó cuando la pastelera le preguntó preocupada por su salud—. Me lo han contagiado mis tortugas.

Luego volvió a meterse bajo las mantas con los pasteles. No respondió al teléfono ni abrió la puerta cuando llamó alguien. Se dedicó a ver la televisión, observar los copos de nieve que se acumulaban en su ventana e intentaba convencerse de que estaba enfermo y que por eso no podía encontrarse con los Hartlieb en el Hotel Sandwirth.

«Imposible. No puedo hacerlo.» Era sencillo. Había borrado el mensaje que le había dejado Esther Hartlieb en el contestador.

Hojeó los periódicos en busca de noticias de robos, pero lo

único que encontró fue un artículo sobre un mozo de ascensor que robaba en un hotel de la estación de trenes. Lo cual lo alivió mucho.

Todo era muy extraño, desde que había vuelto tras su encarcelamiento. ¡Demonios! No tenía ni idea de lo que le ocurría. No paraba de pensar en los niños. De repente, la calma de su piso lo aburría. A veces se sorprendía escuchando atentamente, pero ¿qué? ¿Creía que podía ir a visitarlo toda la banda?

Suspiró, sacó las piernas de la cama y se puso a caminar en silencio por su oficina. «Algún día tendré que pasar a ver qué tal están esos ladronzuelos —pensó—. Al final me robaron mis barbas postizas.» Víctor se sentó a su escritorio y sacó un álbum de fotos del cajón de abajo. Empezó a hojearlo, con la frente arrugada y los dedos pegajosos por el pastel. Ahí estaban. Sus padres. Nunca supo qué les pasó por la cabeza. Ahora él era un adulto, pero seguía sin saberlo. Ése, el niño del cochecito, y junto a él sus padres, todos rectos, ése era él cuando cumplió su primer año. Como mínimo le habían dicho que era él. Víctor no podía acordarse de que alguna vez hubiese tenido aquel aspecto, tan rechoncho y sonrosado, con una pelusilla densa y oscura en la cabeza. Siguió pasando las páginas. Se acordaba de la cara que puso ante la cámara cuando tenía seis años. La cara que tenía a los doce años se la miró durante muchas horas ante el espejo para encontrar las espinillas. Pero aun así le resultaba desconocida, desconocida como la cara de otra persona.

Víctor dejó el álbum de fotos abierto sobre el escritorio y caminó en calcetines hasta el espejo. La nariz no le había cambiado demasiado. ¿O sí? ¿Y los ojos? Se puso de tal forma que vio su propio reflejo en las pupilas. ¿Eran siempre iguales los ojos?

226

¿Miraba Víctor de la misma manera que el niño de un año o el de seis que ya había empezado a ir a la escuela? ¿Quién se escondía en aquel cuerpo que no paraba de cambiar? ¿Cómo podía olvidar quién había sido una vez, cómo se había sentido a los dos, a los cinco, a los trece años?

Miró el reloj que había colgado en la pared, junto a la puerta del dormitorio. Las diez. ¿Qué día era hoy? Sí, tal y como se había temido. Era martes, el día en que debía encontrarse con los Hartlieb. No había logrado quedarse dormido hasta que se hubiera pasado la hora de la cita. Víctor suspiró, volvió a su habitación, miró con indecisión primero su armario y luego la tentadora cama, con lo calentita que estaba... y abrió el armario. ¿Qué le iba a contar a la nariguda de Esther y a su marido? ¿Qué quería contarles?

«No tengo ni idea», pensó mientras se cambiaba. Pero en ningún caso la verdad.

MENTIRAS INÚTILES

Víctor se retrasó. Eran casi las cuatro menos cuarto cuando llegó al elegante vestíbulo del Hotel Gabrielli Sandwirth. Había estado en ese mismo lugar hacía menos de un mes. Entonces vigilaba a alguien que se alojaba ahí. Había conocido muchos hoteles de la ciudad de la misma manera. Cuando estuvo en el Sandwirth llevaba, por lo que recordaba, una barba densa y negra y unas gafas horribles. Él mismo apenas se reconoció en el espejo, lo cual era una prueba clara de que era un disfraz excelente. Hoy llevaba su propia cara, lo que siempre le causaba la extraña sensación de ser más pequeño.

—*Buona sera* —dijo cuando llegó al mostrador de recepción.

—*Buona sera*. ¿Qué puedo hacer por usted?

—Me llamo Víctor Getz. Tengo una cita con el matrimonio Hartlieb... —Víctor sonrió como para disculparse— y lamentablemente me he retrasado. ¿Podría preguntar si los señores aún se encuentran en su habitación?

—Por supuesto. —La mujer sonrió y se puso un mechón de pelo negro detrás de la oreja—. ¿Qué le parece toda esta nieve?

—dijo mientras cogía el teléfono—. ¿Se acuerda de la última vez que nevó en Venecia?

Dejó que la palabra «nieve» se le deshiciera en los labios como si fuera un bombón. Víctor se hizo una idea tan clara de la cara que debía de tener de niña como si le hubiesen enseñado una foto suya. Sonrió mientras observaba a la recepcionista, que no paraba de mirar hacia fuera, hacia los copos de nieve, que se iban acumulando lentamente en los ventanales, como si el mundo girara a paso de tortuga.

—Hola, *signora* Hartlieb —dijo al auricular—. Ha venido a verla el *signor* Víctor Getz.

Los Hartlieb no miraban la nevada que estaba cayendo. Ante su ventana estaba San Giorgio Maggiore en la laguna, como si hubiera salido buceando del agua. La vista era tan bonita que Víctor sintió una punzada en el corazón, pero Esther y su marido estaban de espaldas a la ventana, uno junto al otro, y sólo tenían ojos para él. Ojos de odio. Víctor, incómodo, se cogió las manos por detrás de la espalda.

«¿Por qué no me habré puesto como mínimo un bigote? —pensó—. Me habría resultado mucho más fácil mentir.» Pero los niños le habían robado todas sus barbas y bigotes. Por lo tanto, ellos también tendrían la culpa si la nariguda de Esther, que era muy observadora, lo pillaba en una mentira.

—Me alegro de que haya recibido mi mensaje —dijo en un inglés perfecto. Con Víctor sólo hablaba en su lengua materna—. Después de la conversación telefónica con su antipática secretaria, tenía dudas de que todavía se encontrara en la ciudad.

—Casi nunca salgo de Venecia —respondió Víctor—. La echo mucho de menos cuando estoy lejos.

—¡¿De verdad?! —Esther arqueó sus cejas depiladas casi un centímetro.

«Asombroso —pensó Víctor—, no lo entiendo.»

—Por favor, *signor* Getz. —El señor Hartlieb era grande como un armario y casi tan pálido como los copos de nieve que caían fuera—. Infórmenos sobre sus pesquisas.

—Mis pesquisas, sí. —Víctor se balanceaba nervioso sobre la punta de los pies—. Por desgracia, el resultado de mis pesquisas es bastante claro. El pequeño, al igual que su hermano mayor, ya no está en la ciudad.

Los Hartlieb intercambiaron una mirada rápida.

—Su secretaria nos había dado a entender algo así —dijo Max Hartlieb—. Pero...

—¿Mi secretaria? —lo interrumpió Víctor y se acordó justo a tiempo de que Avispa, Próspero y Riccio habían estado en su oficina para dar de comer a la tortuga—. Ah, claro, mi secretaria. —Se encogió de hombros—. Tal y como ustedes saben, estuve persiguiendo a Bo y a su hermano. La foto que les envié lo demuestra, pero por desgracia no tuve la ocasión de atraparlos. Había demasiada gente, como ustedes comprenderán, pero descubrí que sus sobrinos se habían unido a una banda de jóvenes ladrones. Lamentablemente, uno de ellos me reconoció, ya que lo sorprendí hace mucho tiempo robándole el bolso a una mujer. Este ladronzuelo de dedos largos convenció a sus sobrinos de que en Venecia ya no estaban a salvo. Muy a mi pesar, la conclusión de mis investigaciones es que... —carraspeó. ¿Por qué se le hacía un nudo en la garganta siempre que iba a mentir?— hum, la conclusión de mis investigaciones es que, hace dos o tres días, se colaron como polizones en uno de los transbordadores que amarran aquí con regularidad. Desde su ventana tienen una buena vista al embarcadero.

Confundidos, los Hartlieb se volvieron y miraron hacia el muelle, donde se amontonaba un enjambre de turistas extranjeros en un barco de vapor.

—Pero... —Esther Hartlieb parecía tan desilusionada que casi le dio pena a Víctor— ¿Adónde va este barco, por el amor de Dios?

—A Corfú —respondió. Lo dijo con toda la sangre fría del mundo, de no ser por el nudo que se le hizo en la garganta. «¿Qué estoy haciendo? —pensó—. ¡Estoy mintiendo a mis clientes! Si fuera Pinocho me saldría la nariz por la ventana y todas las palomas de la ciudad se podrían posar sobre ella...»

—¡Corfú! —exclamó Esther y miró a su marido como si le estuviera pidiendo ayuda para que no la dejara ahogarse.

—¿Está completamente seguro? —preguntó Max Hartlieb con desconfianza.

Víctor le aguantó la mirada con la cara más inocente que fue capaz de poner. Tan sólo carraspeó. Qué suerte que no supieran lo que significaba.

—No puedo estar seguro del todo, claro —dijo—. Cuando alguien sube a un barco de polizón no aparece en la lista de pasajeros, pero les he enseñado la foto de los niños a algunos marineros cuando el barco ha vuelto hoy a puerto, y dos de ellos los han reconocido sin dudar. Pero no podían recordar qué día subieron a bordo.

Max Hartlieb abrazó a su mujer para consolarla. Ella se quedó tiesa como un maniquí y miró a Víctor. Durante un instante, tuvo el mal presentimiento de que llevaba escrita la mentira en la frente con color rojo.

—¡No puede ser! —dijo Esther Hartlieb y se apartó de su marido—. Ya le he contado que no es ninguna coincidencia que Próspero decidiera venir a Venecia. Esta ciudad le recuerda a su madre. No me creo que se haya vuelto a ir. ¿Adónde, cielo santo?

—Probablemente subió al barco porque se dio cuenta de que esta ciudad no es tan paradisíaca como en las historias de su madre —dijo el marido.

—... y porque también se dio cuenta de que ella no está aquí, a pesar de que esto parezca el Paraíso —murmuró Víctor y miró por la ventana.

—No. No. No —Esther Hartlieb sacudió con fuerza la cabeza—. No tiene sentido. Tengo el presentimiento de que está aquí. Y si Próspero sigue en la ciudad, Bo también.

Víctor se miró los zapatos. Aún quedaban restos de nieve medio derretida. ¿Qué podía decir?

—He hecho copias de la fotografía de los niños que nos envió, *signor* Getz —añadió Esther—. Nos llegó al cabo de poco de hablar por teléfono con su secretaria y he mandado imprimir carteles. La recompensa que ofrecemos es considerable. Sé que me ha desaconsejado que busque a los niños de esta manera, y admito que una recompensa atraerá a todo tipo de gentuza, pero pienso poner los carteles en todos los canales, bares, cafés y museos. Ya he dado la orden. Pienso encontrar a Bo antes de que se muera en esta miserable ciudad de una pulmonía o de tuberculosis. ¡Hay que protegerlo de su egoísta hermano!

Víctor sacudió la cabeza cansado.

—¿Es que aún no lo han entendido? —exclamó—. Han huido porque ustedes quieren separar a Bo de su hermano.

—¿Cómo se atreve a hablarnos en este tono? —dijo Esther Hartlieb asombrada—. ¿Es que de repente somos los culpables de todo?

—¡Los chicos dependen uno del otro! —gritó Víctor—. ¿No lo entienden?

—Pues le regalaremos un perro a Bo —respondió Max Hartlieb con toda calma—. Ya verá lo rápido que se olvida de su hermano.

Víctor lo miró como si aquel hombretón se hubiese quitado la camisa y le hubiera enseñado con una sonrisa en los labios que no tenía corazón en el pecho.

—Respóndame una pregunta —dijo Víctor—. ¿A usted le gustan los niños?

Max Hartlieb frunció el ceño. Detrás de él la nieve se acumulaba sobre los ángeles de San Giorgio, que parecía como si ahora tuvieran un sombrero blanco.

—¿Los niños en general? No, no mucho. Son muy nerviosos, hacen mucho ruido y siempre están sucios.

Víctor volvió a mirarse los zapatos.

—... Y además —continuó Max Hartlieb—, no tienen ni la más mínima idea de lo que es importante.

Víctor asintió.

—Bueno... —dijo lentamente— es raro que de seres tan inútiles acaben saliendo personas tan excelentes y sensatas como usted, ¿no le parece?

Entonces se volvió y se fue. Salió de la habitación y se encontró con la maravillosa vista del largo pasillo del hotel. En el ascensor, el corazón le latía desbocado sin que supiera por qué.

La recepcionista le sonrió cuando cruzó el vestíbulo. Entonces volvió a mirar afuera, donde poco a poco iba oscureciendo y no paraba de nevar.

El embarcadero que había delante del hotel estaba desierto, como si el gélido viento lo hubiese arrasado. Sólo dos personas bien abrigadas esperaban junto al agua al siguiente *vaporetto*. Al principio Víctor pensó en comprar un billete, pero luego decidió ir a pie. Necesitaba tiempo para pensar y un paseo le ayudaría a calmar un poco su alterado corazón. Como mínimo, eso esperaba. Cansado como estaba, echó a andar contra el viento, pasó por el Palacio Ducal, que estaba iluminado por unos focos de color rosa, y siguió por la Plaza de San Marcos, donde no quedaba casi nadie, ahora que se estaba poniendo el sol. Sólo las palomas seguían ahí, picoteando entre las sillas de los cafés, en busca de migas. «Tengo que avisar a los chicos —pensó Víctor, mientras el viento le llenaba la cara de cristales de hielo—. Tengo que contarles cuál es la situación: que dentro de poco encontrarán un cartel con su foto en todas las esquinas de la ciudad. ¿Y luego?» Vaya pregunta. ¿Cómo iba a saberlo? No sabía nada más. Sólo que hacía un frío tremendo. «No tengo ni sombrero —pensó Víctor—. Y el cine queda bastante lejos. Iré mañana a primera hora. A la luz del día, las malas noticias no parecen tan negativas.»

Emprendió el camino hacia su piso. Cuando se encontraba ante el portal de su casa se acordó que esa noche aún tenía que vigilar a otra persona. Suspiró y subió las escaleras. Tenía tiempo de tomarse una taza de café.

SIN BO

La Sacca della Misericordia se adentra en el laberinto de casas de Venecia, como si el mar hubiese arrancado de un mordisco un trozo de la ciudad.

Era la una menos cuarto cuando Mosca detuvo su barca en el último puente antes de llegar al golfo. Riccio saltó a la orilla y la ató a uno de los postes de madera que sobresalían del agua. Había sido un viaje largo e interminable a través de canales que Próspero no había visto nunca. Era la primera vez que estaba en la zona norte de la ciudad. Las casas eran igual de viejas que en otras partes, pero no tan lujosas como en el corazón de Venecia. Parecían estar embrujadas cuando se reflejaban en las olas, tan tranquilas y oscuras.

Estaban sólo los tres: Mosca, Riccio y él.

Avispa le había hecho leche con miel para cenar a Bo, y él se bebió dos tazas sin sospechar nada. Luego se pusieron cómodos en su colchón, ella lo abrazó y se puso a leerle su libro favorito: *El rey de Narnia*. Al tercer capítulo Bo empezó a roncar, con la cabeza apoyada sobre el pecho de Avispa.

En aquel momento, Próspero aprovechó para salir con Mosca y Riccio sin hacer ruido. Avispa intentó no parecer demasiado preocupada cuando se despidió de ellos con la mano.

—¿Habéis oído algo? —Riccio miraba fijamente en la noche.

En algunas ventanas aún había luz y se reflejaba en el agua. La nieve tenía un aspecto muy raro a la luz de la luna, parecía como azúcar en polvo sobre una ciudad de papel. Próspero miró al canal. Creyó oír una barca, pero quizá sólo lo traicionaba su impaciencia. Ida Spavento quería ir con su propia lancha y tenía que llevar a Escipión con ella.

—¡Me parece que oigo algo! —Riccio volvió a la barca con mucho cuidado. Mosca apoyó un remo contra uno de los postes de madera para que la embarcación no temblara tanto.

—¡Ya es hora de que aparezcan! —murmuró Próspero y miró su reloj—. Quién sabe cuánto esperará el *conte* si nos retrasamos.

Pero en ese instante los ruidos de los motores atravesaron la noche con gran claridad. Una lancha se acercó hacia ellos. Era mucho más ancha y pesada que la de Mosca y estaba pintada de negro como una góndola. Había un hombre enorme sentado junto al timón y, detrás de él, apenas reconocible bajo el chal que llevaba puesto sobre de la cabeza, estaba Ida Spavento junto a Escipión.

—¡Por fin! —exclamó Mosca en voz baja, cuando la lancha se detuvo junto a ellos.

—Riccio, suelta la cuerda.

El erizo lanzó una mirada de odio a Escipión y volvió a saltar a la orilla del canal.

—Perdonad, Giaco se ha perdido —dijo Ida—. Y el Señor de

los Ladrones tampoco ha sido muy puntual. —Se levantó y le dio a Próspero con cuidado un pesado fardo, en el que iba envuelta con una manta el ala del león, atada con una cinta de cuero.

—Mi padre recibió la visita de unos amigos de negocios —se justificó Escipión—. Era bastante difícil salir de la casa sin que me vieran.

—¡Tampoco habríamos perdido demasiado si no lo hubieses conseguido! —murmuró Riccio.

Próspero se sentó en la popa de la barca con el ala y la agarró con fuerza.

—¡Es mejor que esperen con su lancha ahí, donde el canal desemboca en la bahía! —le señaló Mosca a Ida—. Si siguen más adelante, el *conte* podría descubrirlos y cancelar la entrega.

Ida asintió.

—¡Sí, sí, por supuesto! —dijo en voz baja. Estaba pálida de la emoción—. Por desgracia, he tenido que dejar mi cámara en casa, porque el flash nos habría delatado, pero —sacó unos prismáticos que llevaba escondidos bajo el abrigo— esto podría sernos muy útil. Y querría haceros una sugerencia... —miró la vieja barca de madera de Mosca—. Si después del intercambio, el *conte* se dirige a la laguna, sería mejor que usáramos mi lancha.

—¿A la laguna? —Riccio se quedó boquiabierto del susto.

—¡Claro! —murmuró la mujer—. En la ciudad nunca podría esconder el tiovivo. Pero en la laguna hay muchísimas islas a las que nadie va nunca.

Próspero y Riccio se miraron. Ir de noche a la laguna... El mero hecho de pensar en ello no les gustó en absoluto.

237

Pero Mosca se encogió de hombros. Él se encontraba perfectamente en el agua, sobre todo en la oscuridad, cuando todo estaba tranquilo. Y sin gente.

—Vale —dijo—. Mi barca está bien para ir de pesca, pero no sirve para hacer persecuciones. Y quién sabe qué tipo de embarcación traerá el *conte*. En cuanto veamos que se pone rumbo a la bahía, volvemos rápidamente hacia usted y lo seguimos con su barca motora.

—De acuerdo, hagámoslo así. —Ida se sopló las manos para calentárselas—. ¡Ah, es fantástico, hacía tiempo que no cometía una locura como ésta! —suspiró—. ¡Una aventura de verdad! Lástima que haga tanto frío. —Se tapó bien con el abrigo porque se estaba quedando helada.

—¿Y qué pasa con ése? —Riccio señaló disimuladamente con la cabeza al hombre que controlaba el timón—. ¿También viene? —Mosca y él lo habían reconocido en el acto: era el marido del ama de llaves de Ida Spavento. Tenía su acostumbrada pinta de malhumorado y no había dicho ni pío. •

—¿Giaco? —la mujer enarcó las cejas—. Tiene que venir. Sabe manejar la barca mucho mejor que yo. Además, es muy discreto.

—Bueno, si usted lo dice —murmuró Riccio.

Giaco les guiñó un ojo y escupió en el canal.

—¡Basta de charlas! —Mosca cogió los remos—. Tenemos que irnos.

—Aún tiene que subir Escipión —dijo Próspero—. El *conte* negoció con él y se sorprendería si no estuviese.

Riccio se mordió los labios, pero no protestó cuando Escipión subió a bordo de la barca. El campanario de Santa Maria di Valverde dio la una cuando se pusieron a remar en dirección a la Sacca della Misericordia. Sólo se reflejaban en el agua unas cuantas luces. La lancha de Ida quedó tras ellos como una sombra, poco más que una mancha negra ante la silueta oscura de la orilla.

LA ISLA

El *conte* los esperaba.

Su embarcación estaba anclada cerca de la orilla oeste del golfo. Era un barco de vela. Las luces de situación resplandecían sobre el agua y en la popa colgaba un farol rojo bien visible.

—¡Un barco de vela! —murmuró Mosca cuando llegaron junto a él—. Ida tenía razón. Ha venido de una de las islas.

—Es probable. —Escipión se puso la máscara—. Pero el viento es favorable, así que lo podremos seguir fácilmente con la lancha.

—A la laguna. —Riccio respiró hondo—. Oh, maldita sea. Maldita sea, maldita sea.

Próspero no dijo nada. No le quitó la vista de encima a la luz roja y siguió apretando con fuerza el ala. Había dejado de soplar aquel viento gélido y la barca de Mosca se deslizaba tranquilamente sobre el mar en calma. Pero, de repente, Riccio se agarró al borde de la embarcación mirándose fijamente los zapatos, como si tuviera miedo de que pudiesen volcar si miraba, ni que fuera por un instante, el agua negra.

El *conte* se encontraba en la popa, en la parte trasera del velero, y llevaba puesto un abrigo gris y ancho. No parecía tan viejo y débil como Próspero se lo había imaginado tras su encuentro en el confesionario. Tenía el pelo blanco, pero aún parecía estar en buena forma, a juzgar por lo erguido que estaba. Detrás del *conte* había otra persona, más pequeña y delgada que él, vestida de negro de pies a cabeza y con la cara escondida tras una capucha. Cuando Mosca llegó al lado del velero, el segundo hombre le lanzó a Próspero una cuerda con un gancho, para que no se separaran las embarcaciones.

—*Salve!* —gritó el *conte* con voz ronca—. Supongo que tendréis tanto frío como yo, así que acabemos con esto de una vez. Este año el invierno ha llegado muy pronto.

—De acuerdo. Aquí tiene el ala. —Próspero le pasó a Escipión el fajo, quien a su vez se lo dio al *conte*. La pequeña barca tembló bajo los pies de Escipión, que casi tropezó, por lo que el *conte* se abalanzó rápidamente sobre el borde del velero, como si temiese que aquello que había anhelado durante tanto tiempo pudiera perderse. Pero cuando le dieron el fardo, cambió la expresión de su cara arrugada y de repente pareció la de un niño que tiene entre los brazos un regalo muy deseado.

Quitó con impaciencia todas las mantas con las que estaba envuelto.

—¡Ésta es! —le oyó susurrar Próspero. El hombre pasó la mano sobre la madera pintada muy emocionado—. Morosina, mírala. —Le hizo un gesto impaciente a su acompañante, que había estado durante todo el rato apoyado en el mástil de la barca. Cuando el *conte* lo llamó fue junto a él y se quitó la capucha. Los chicos se sorprendieron al ver que era una mujer, un poco más joven que el *conte*, con el pelo gris y recogido.

—Sí, ésta es —le oyó decir Próspero—. Dales su recompensa.

—Encárgate tú de ello —dijo el *conte*, que volvió a tapar el ala con las mantas.

Sin decir una palabra más, la mujer le dio a Escipión una bolsa vieja.

—¡Toma, cógela! —dijo—. Y utiliza el dinero para cambiar de profesión. ¿Cuántos años tienes? ¿Once, doce?

—Gracias a este dinero me convertiré en adulto —respondió Escipión, que cogió la pesada bolsa y la puso en la barca entre él y Mosca.

—¿Lo has oído, Renzo? —La mujer se apoyó en el borde del velero y miró a Escipión con una sonrisa burlona—. Quiere ser mayor. Qué diferentes son los deseos de la gente.

—La naturaleza se encargará de concedérselo dentro de poco —respondió el *conte*, que envolvió de nuevo el fardo del ala con otra lona—. Nuestros deseos son muy distintos. ¿Quieres contar el dinero, Señor de los Ladrones?

Escipión puso la bolsa sobre la falda de Mosca y la abrió.

—¡Por San Pantalón! —exclamó Mosca, que sacó un fajo de billetes y empezó a contarlos con cara de asombro. Próspero se inclinó sobre su hombro para mirar con curiosidad. Incluso Riccio se olvidó de su miedo al agua y se levantó, pero en cuanto la barca empezó a balancearse, se sentó de nuevo rápidamente—. ¡Cielos! ¿Habíais visto alguna vez tanto dinero? —preguntó.

Escipión miró uno de los billetes a la luz de su linterna, contó los fajos de la bolsa y le hizo un gesto afirmativo a Mosca, todo contento.

—Parece que es correcto —le dijo al *conte* y a su acompañante—. Ya lo contaremos en nuestro escondite.

La mujer del pelo gris hizo un gesto de despedida con la cabeza.

—*Buon ritorno!* —dijo.

El *conte* se puso junto a ella. Próspero le lanzó la cuerda con la que se habían atado al velero y el *conte* la recogió.

—*Buon ritorno* y mucha suerte en el futuro —exclamó.

Luego se dio la vuelta.

A una señal de Escipión, Próspero y Mosca cogieron los remos y a cada palada se alejaron de la barca del *conte*. La desembocadura del canal en la que Ida esperaba parecía estar muy lejos, tremendamente lejos, y detrás de ellos Próspero vio a pesar de la oscuridad que el *conte* dirigía su velero hacia el lugar donde la Sacca della Misericordia se unía con la laguna.

Escipión tenía razón, el viento les era favorable. Soplaba una brisa débil y cuando llegaron a la lancha de Ida aún podían ver la vela del *conte*. Ataron rápidamente la barca de Mosca al puente y subieron a la otra embarcación más grande.

—Venga, contadme, ¿ha salido todo bien? —preguntó Ida con impaciencia cuando los cuatro subieron a bordo—. Sólo he podido ver que tiene un velero, porque estabais demasiado lejos.

—Ha ido todo perfecto. Nosotros tenemos el dinero y el *conte* el ala —dijo Escipión, que puso la bolsa con el botín entre sus piernas—. Había una mujer con él. Y tenía usted razón, se dirige hacia la laguna.

—Ya me lo imaginaba. —Ida le hizo una señal a Giaco, que tenía ya el motor encendido y puso rumbo hacia el golfo.

—Lamentablemente ha apagado la luz roja —gritó Mosca para que le oyeran a pesar del ruido del motor—, pero por suerte es un barco muy fácil de reconocer.

Giaco murmuró algo incomprensible y mantuvo la dirección, como si no hubiera nada tan fácil como seguir a otra embarcación bajo la luz de la luna.

—¿Habéis contado el dinero? —preguntó Ida.

—Más o menos —contestó Escipión—. Hay muchísimo.

—¿Puedo usar los prismáticos? —pidió Mosca.

Ida se los pasó y se tapó la cabeza con el chal.

—¿Los ves? —preguntó ella.

—Sí. Avanzan muy lentamente delante de nosotros, pero están a punto de llegar al golfo.

—¡No te acerques demasiado, Giaco! —dijo ella.

Pero el hombre negó con la cabeza.

—No se preocupe, *signora* —murmuró.

Dejaron la ciudad tras de sí. Cada vez que Próspero miraba atrás, le parecía que era como un tesoro perdido que brillaba en la oscuridad. Pero en un momento dado desapareció todo el resplandor y quedaron rodeados por la noche y el agua. El ruido del motor rompía el silencio, pero de vez en cuando les llegaban ruidos de otras embarcaciones que pasaban a su lado. No eran los únicos que estaban en la laguna, aunque se lo pareciera. Continuamente aparecían luces en la oscuridad, rojas, verdes y blancas; luces de posición como las que tenía la lancha de Ida.

Aunque el *conte* hubiera visto su barca, ¿cómo iba a saber que lo estaban siguiendo? Al fin y al cabo, ya había pagado al Señor de los Ladrones.

Próspero miró algo nervioso el agua, un mar de tinta que en

algún lugar, apenas visible, se fundía con la oscuridad del cielo. Bo y él no habían estado nunca ahí, a pesar de que los demás chicos les habían hablado mucho de la laguna, de todas las islas que había sobre el agua llana, de los pequeños cañizales junto a pueblos y fortalezas en ruinas abandonadas desde hacía mucho. Tiempo atrás había huertos de frutas y verduras para abastecer la ciudad. O monasterios y hospitales adonde se llevaba a los enfermos. Lejos, sobre el agua negra.

Con mucho cuidado, Giaco el silencioso condujo la lancha por el bricole, a través de los postes de madera que sobresalían del agua por todos lados y que indicaban el camino entre el agua poco profunda con sus marcas blancas.

—¡Ahí está San Michele! —murmuró Mosca.

Lentamente se acercaron al muro de la isla, en la que muchos siglos atrás se enterraba a los muertos de Venecia. Cuando la isla cementerio volvió a desaparecer en la oscuridad, el velero del *conte* cambió de rumbo hacia el noreste. Dejaron atrás Murano, la isla de cristal, y siguieron hacia adelante, mar adentro en aquel laberinto de islas cubiertas de hierba.

—¿Ya hemos pasado la isla a la que llevaban a los enfermos de peste? —preguntó Riccio con preocupación cuando pasaron junto a la silueta de una casa medio derruida. Conocía Venecia mejor que nadie, pero ahí, en medio de las islas, estaba tan perdido como Próspero.

—Hace rato —murmuró Próspero, que pensaba que la barca que tenían delante iba a seguir navegando eternamente, para siempre jamás. Ojalá Bo estuviera dormido cuando volviese a casa, ya que de lo contrario significaría que Avispa había pasado una mala noche. Su hermano era capaz de armar un escándalo de mil demonios si se enteraba de que los otros habían ido a encontrarse con el *conte* y Avispa lo había hecho dormir con un poco de leche caliente y un cuento.

—Te refieres a San Lazzaro. —Ida Spavento lanzó una colilla encendida por la borda—. No, esa isla se encuentra al otro lado de la ciudad, pero no es tan tétrica como dice la gente. *Madonna*, si fueran ciertas todas las historias de fantasmas de la laguna...

—¿Historias de fantasmas? —Riccio se sopló las manos para calentarlas—. ¿Cuáles?

Mosca rió, pero su risa sonó forzada. Todos conocían esas historias, porque Avispa se las había contado docenas de veces. En su escondite, bien acurrucados bajo sus mantas, era divertido asustarse unos a otros, pero ahí fuera, en mar abierto, en mitad de la noche, era muy distinto.

—Déjame ver, Mosca. —Riccio cogió los prismáticos para pensar en otra cosa—. ¿Hasta dónde quiere ir ese hombre? Como siga así, llegaremos a Burano y nos quedaremos más tiesos que un pollo congelado.

Y siguieron y siguieron en medio de la oscuridad. Todos notaban que empezaban a tener sueño a pesar del frío. De repente, Riccio soltó un silbido entre dientes. Se arrodilló para ver mejor.

—¡Creo que han aminorado la marcha! —murmuró con emoción—. ¡Se dirigen hacia aquella isla! No tengo ni idea de cuál es. ¿Usted la conoce, *signora*?

Ida Spavento le cogió los prismáticos y miró hacia el velero. Próspero se apoyó sobre su hombro y vio dos luces en la orilla, un muro alto y más lejos, detrás de unas ramas negras, la silueta de una casa.

—¡*Madonna*, creo que sé qué isla es! —la voz de Ida transmitió cierto miedo—. ¡Giaco, no te acerques! Apaga el motor y las luces de posición.

Cuando el motor enmudeció, les rodeó un silencio repentino, que a Próspero le pareció como un animal invisible, que acechaba en la oscuridad. Oía el ruido que hacía el agua de la laguna al chocar contra la lancha, la respiración de Mosca, que estaba a su lado, mientras a lo lejos resonaban unas voces sobre el agua.

—¡Sí que lo es! —murmuró Ida—. La Isola Segreta, la Isla Secreta. Corren muchas historias inquietantes sobre ella. En el pasado, los Vallaresso, una de las familias más antiguas de la ciudad, tenían una casa ahí, pero de eso hace ya mucho. Pensaba que la familia se había mudado hacía tiempo y que la casa se había desmoronado. Pero estaba equivocada por completo.

—¿Isola Segreta? —Mosca miró las luces de la isla—. Es la isla a la que no se acerca nadie.

—Es verdad, no resulta fácil encontrar a un barquero que lo haga —respondió Ida, sin quitarse los prismáticos de los ojos—. Se dice que está embrujada y que han ocurrido cosas terribles... ¿Ahí se supone que está el tiovivo? ¿El tiovivo de las hermanas de la caridad?

—¡Escuchad! —susurró Riccio.

Se oyeron unos ladridos fuertes y amenazadores.

—¡Debe de haber muchos perros! —murmuró Mosca—. Y muy grandes.

—¿No le basta, *signora*? —preguntó Riccio con voz aguda a causa del miedo—. Ya hemos seguido al *conte* hasta esta maldita isla. Cuando hicimos el trato no hablamos de nada más, así que dígale a su silencioso amigo que nos lleve de vuelta a casa.

Pero Ida no respondió. Siguió observando la isla a través de sus prismáticos.

—Están desembarcando —dijo en voz baja—. Ajá, con que ese aspecto tiene el *conte*. Según vuestra descripción me lo imaginaba mayor. Y la que está junto a él... —bajó aún más el tono— tiene que ser la mujer a la que se refería Escipión. ¿Quién pueden ser esos dos? ¿Aún viven los Vallaresso en la isla?

Mosca, Próspero y Escipión miraban hacia la Isola Segreta con la misma atención que Ida. Sólo Riccio estaba sentado con cara de mal humor junto a la bolsa del dinero, con la vista fija en la ancha espalda de Giaco, como si de esa manera pudiera calmar su miedo.

—Hay un embarcadero —murmuró Escipión— y unas escaleras de piedra que suben por la orilla, hasta una puerta en el muro.

—¿Y quién hay ahí? —Mosca se agarró asustado al brazo de Próspero—. ¡Hay dos personas más!

—Son estatuas —lo tranquilizó Ida—. Ángeles de piedra. Ahora abren la puerta. Oh, los perros son muy grandes.

Los chicos podían verlo todo sin prismáticos: eran unos dogos blancos enormes, grandes como terneros. De repente, como si hubieran presentido algo raro, los ladridos se dirigieron hacia el agua y empezaron a ladrar tan fuerte y con tanta furia, que incluso Ida se asustó y dejó caer los prismáticos. Próspero los cogió, pero se le resbalaron y acabaron en el agua.

El ruido cortó el silencio como una navaja.

Horrorizado, Riccio se tapó las orejas con las manos, como si de esa manera pudiera evitar lo ocurrido, mientras los otros se arrodillaban en la barca asustados. Parecía que al único a quien no trastornaba todo aquello era a Giaco. Seguía impasible tras el timón.

—Nos han oído, *signora* —dijo como si nada—. Están mirando en nuestra dirección

—Es verdad —murmuró Escipión, y miró por encima del borde de la lancha—. ¡Menuda mala suerte!

—¡Lo siento mucho! —susurró Ida—. ¡Oh, Dios mío! ¡Baja la cabeza, tú también, Giaco! ¡Creo que la mujer tiene un arma!

—¡Lo que faltaba! —exclamó Mosca, que se tapó la cabeza con su chaqueta.

—¡Claro, a ti no te verán! —exclamó Riccio, y se arrodilló en el suelo con la bolsa del dinero—. ¡Pero el resto de nosotros brillamos como la luna en la oscuridad! ¡Yo ya he dicho que era una idea descabellada! ¡Ya he dicho que tendríamos que haber dado media vuelta!

—¡Riccio, cierra la boca! —le cortó Escipión.

Los perros de la isla ladraban cada vez más nerviosos. Entre los ladridos se mezcló la voz de una mujer enfadada y entonces... se oyó un disparo. Próspero se agachó y tiró de Escipión hacia abajo, cuando vio el fogonazo. Riccio empezó a llorar.

—¡Giaco! —gritó Ida—. ¡Da la vuelta! ¡De inmediato!

Sin decir una palabra el hombre encendió el motor.

—¿Y qué pasa con el tiovivo? —Escipión quiso levantarse, pero Próspero volvió a tirarlo al suelo.

—¡El tiovivo no puede devolverle la vida a un muerto! —gritó Ida—. ¡Dale gas, Giaco! ¡Y tú, Señor de los Ladrones, baja la cabeza!

El ruido del motor retumbaba en sus oídos y el agua les salpicaba cuando Giaco dejó atrás la Isola Segreta. Cada vez se hacía más pequeña, hasta que se la tragó la noche.

Ida y los chicos se sentaron apretados unos contra otros, con caras de desilusión y miedo, pero aliviados de haber salido sin un rasguño.

—¡Ha faltado poco! —dijo Ida, y se echó el chal sobre las orejas—. Siento haberos convencido para meteros en esta locura. ¡Giaco! —gritó enfadada—. ¿Por qué no has tratado de disuadirme?

—Porque es imposible disuadirla de algo así, *signora* —respondió el hombre sin volverse.

—Bueno, ahora da igual —dijo Mosca—. Lo principal es que tenemos el dinero.

—¡Exacto! —murmuró Riccio, aunque seguía sin levantar la vista del suelo, de lo asustado que estaba.

Sin embargo Escipión miraba enfadado el rastro de espuma que dejaba tras de sí la barca.

—Venga, olvídalo —dijo Próspero con una palmadita—. A mí también me habría gustado ver el tiovivo.

—¡Está ahí! —dijo Escipión y miró a Próspero—. Estoy seguro.

—Bueno, me da igual —dijo Riccio—. Ahora tendríamos que contar nuestro dinero.

Como Escipión y Próspero no dieron muestras de que fueran a ayudar, él y Mosca se pusieron manos a la obra, mientras Ida estaba sentada a su lado, enfrascada en sus pensamientos, echando una colilla tras otra a la laguna. Cuando se reflejaron en el agua las primeras luces de la ciudad, Riccio y Mosca aún estaban contando.

Al llegar a la Sacca della Misericordia, cerraron la bolsa.

—Parece que todo está bien —dijo Mosca—. Más o menos. Es fácil perder la cuenta con tantos billetes.

250

Ida asintió y miró la bolsa con cara de preocupación.

—¿Tenéis algún sitio donde dejarla? Es mucho dinero.

Mosca miró a Escipión desconcertado, y éste se encogió de hombros.

—Escondedlo donde guardáis el dinero de Barbarossa. Es un sitio seguro.

—De acuerdo. —Ida suspiró—. Entonces os dejaré junto a vuestra barca. Supongo que tendréis un lugar calentito para dormir. Saluda al pequeño y a la chica de mi parte, Próspero. Yo... —quería decir algo más, pero Riccio la interrumpió, precipitadamente, como si las palabras le quemaran en la boca.

—Escipión va a otra parte. Quizá lo pueda llevar.

Próspero agachó la cabeza, Mosca jugaba con las hebillas de la bolsa del dinero y evitó mirar a Escipión.

—Ah, por supuesto. —Ida se volvió hacia él—. Se ha acabado la tregua. ¿Quieres que te lleve hasta el puente de la Accademia, donde te he recogido, Señor de los Ladrones?

Escipión negó con la cabeza.

—Fondamenta Bollani —dijo en voz baja—. ¿Le va bien?

«Ya no pertenecemos al mismo grupo», pensó Próspero. Intentó acordarse de su rabia, de la sorpresa al descubrir que Escipión les había mentido. Pero sólo veía su mirada pálida, los labios apretados con los que intentaba reprimir las lágrimas. Escipión estaba sentado tieso como un palo, con los hombros tensos, como temeroso de desmoronarse si tomaba aire una vez más. O si miraba a uno de sus amigos.

Parecía que Ida también se daba cuenta del gran esfuerzo que estaba haciendo.

—¡Muy bien, Giaco, primero a la barca y luego hacia Fondamenta Bollani! —dijo Ida rápidamente.

Cuando llegaron al canal donde se encontraba la barca de Mosca, empezó a nevar de nuevo, pero muy poco, sólo caían unos cuantos copos sobre el agua. A Ida le entró uno en el ojo y parpadeó.

—Ya me he quedado sin ala —dijo, y miró hacia las casas que había a orillas del canal—. Probablemente me pasaré toda la noche mirando el techo de mi habitación, preguntándome si ya la habrán puesto en la espalda de un león. O quién era ese *conte* misterioso y la mujer del pelo gris. —Se tapó bien con el abrigo porque estaba tiritando de frío—. En una cama calentita se puede pensar tranquilamente sin ningún peligro.

La barca de Mosca se balanceaba plácidamente en el lugar donde la habían dejado. Un gato se había acurrucado bajo el banco del timón, pero saltó a la orilla asustado cuando se acercó la lancha.

—*Buona notte!* —dijo Ida antes de que Próspero, Riccio y Mosca saltaran a su barca—. Venid a visitarme de vez en cuando, pero no esperéis hasta ser adultos y que ya no os pueda reconocer. Y si alguna vez necesitáis ayuda, ya sé que ahora sois ricos, pero nunca se sabe, pensad en mí.

Los chicos la miraron con timidez.

—¡Gracias! —murmuró Mosca y se puso la bolsa del *conte* bajo el brazo—. Es muy amable. Mucho...

—No volveremos a entrar a robar en la Casa Spavento. Seguro que no —añadió Riccio, lo que le valió un codazo de Mosca.

Ambos estaban a bordo de la barca cuando Próspero se volvió hacia Escipión. El Señor de los Ladrones estaba sentado y miraba hacia las casas oscuras.

—Puedes pasar a buscar tu parte cuando quieras, Escipión —dijo Próspero.

Durante un instante pensó que no le respondería, pero luego se volvió.

—Eso haré —dijo y lo miró—. Saluda a Avispa y Bo de mi parte. —Luego volvió a darle la espalda rápidamente.

SÓLO UNA NOTA

—¡Brrr, qué frío hace! —exclamó Riccio en voz baja cuando por fin llegaron a la salida de emergencia del cine. Buscó a tientas el cordel que había junto a la puerta, pero se detuvo—. Eh, mirad, la puerta no está cerrada

La abrió con un pie y gran cautela.

—Seguramente Avispa tenía miedo de no estar despierta cuando sonase el timbre —dijo Mosca.

Los demás asintieron, pero de repente notaron algo extraño mientras recorrían el pasillo a oscuras.

Dentro de la sala había tanto silencio que oyeron corretear a los gatos de Bo.

—¿Qué ocurre? —susurró Mosca mientras avanzaban junto a las hileras de butacas—. Avispa se ha olvidado de apagar las velas. ¿Os acordáis de cómo se enfadó cuando me pasó a mí una vez?

—Seguro que no se atrevió a levantarse porque sabía que Bo le montaría un escándalo si se despertaba —dijo Riccio en voz baja.

Se acercó sin hacer ruido al colchón de Avispa mientras se

reía para sí. Estaba a la izquierda, junto a la pared, rodeado por las montañas de libros que había leído una y mil veces. Parecía un castillo con sus murallas. Riccio asomó la cabeza por encima del montón de libros y se volvió aterrorizado.

—No están.

—¿Qué significa eso? —Próspero notó que el corazón le empezó a latir a toda velocidad. Pasó por encima de los libros de Avispa para llegar al colchón que compartía con su hermano: sólo había las almohadas aplastadas y las mantas. Ni rastro de Bo, que tampoco estaba en la cama de Mosca ni de Riccio.

—¡Quieren jugar al escondite con nosotros! —dijo Mosca—. ¡Eh, Avispa, Bo! —gritó—. Venga, salid. No tenemos ganas de buscaros. ¡No os podéis ni imaginar el frío que hacía fuera! Sólo nos apetece meternos bajo las mantas.

—¡Eso! —exclamó Riccio—. Pero antes tenéis que ver la montaña de dinero que hemos traído. ¡Es una pasada!

No hubo ninguna respuesta. Ni risas, ni ruidos. Ni siquiera se movían los gatos. Próspero pensó en la puerta abierta. Tenía una sensación de ahogo.

De repente Riccio se arrodilló junto al colchón de Avispa.

—Aquí hay una nota. Es la letra de Avispa.

Próspero le arrancó el trozo de papel de las manos.

Mosca lo miró por encima del hombro todo preocupado.

—Lee en voz alta. ¿Qué dice?

—¡Es difícil de descifrar! Debe de haberla escrito con mucha prisa —Próspero sacudió la cabeza confundido. Veía borroso—. «Hay alguien delante de la entrada principal —leyó entrecortadamente—. Quizás es la policía. Saldremos por el camino de huida. Venid al punto de encuentro para casos de emergencia. Avispa».

—¡Esto me da mala espina! —dijo Mosca.

Próspero se quedó mirando la nota.

—¡Maldita sea! ¡Lo sabía! ¿Por qué no me habéis escuchado? —Riccio tiró las montañas de libros, una detrás de la otra—. ¿Cómo se os ocurrió confiar en ese cotilla? ¡Su palabra de honor! Nos ha traicionado. ¡Ya veis lo que entiende él por palabra de honor!

Próspero levantó la cabeza. No se lo podía creer, pero no había otra explicación. Riccio tenía razón. Sólo Víctor podía haber dicho dónde estaba el escondite. Sin decir nada, se metió la nota de Avispa en el bolsillo del pantalón y empezó a revolver como un loco entre sus almohadas.

—¿Qué buscas? —preguntó Mosca. No le respondió. Pero cuando se puso de pie llevaba una pistola en la mano, la pistola que él mismo había cogido de la bolsa del detective.

—¡Guarda eso, Pro! —Mosca le cortó el paso—. ¿Qué piensas hacer? ¿Cargarte al detective? No sabemos si nos ha denunciado él.

—¿Quién, si no? —Próspero se guardó la pistola en la chaqueta y apartó a Mosca—. Me voy a su casa. Cuando le ponga su propia pistola debajo de la nariz seguro que me dice si ha sido él o no.

—¡No digas tonterías! —Mosca intentó detenerlo—. Primero vamos al punto de encuentro.

—¿Dónde está? —Próspero temblaba. Tenía la sensación de que en cualquier momento se le doblarían las piernas.

—Claro, Bo y tú no sabéis nada de eso. Lo escogió Avispa: es el *Cagalibri*, el Cagalibros, que está en Campo Morosini.

Próspero asintió.

—¡Bueno, entonces vamos! ¿A qué esperáis?

—¿Y qué hacemos con el dinero? —Riccio miró a los otros dos como un conejo asustado—. Y nuestras cosas, que ya no están seguras aquí.

—Sólo nos llevaremos el dinero —respondió Mosca tajante.

—Lo demás podemos recogerlo más tarde. Aunque tampoco hay nada de mucho valor. Y al final, quizá sea todo una falsa alarma.

Mosca se guardó el dinero que les quedaba de la última venta a Barbarossa y Riccio cogió la bolsa del *conte*. Miraron una vez más a su alrededor, como si no estuvieran seguros de que fueran a volver. Luego apagaron las velas y se pusieron en marcha.

Fueron corriendo durante casi todo el trayecto hasta Campo Morosini. Ya empezaban a abrir las primeras tiendas, a pesar de que el cielo aún estaba oscuro. Las gabarras, unos barcos pequeños, pasaban por debajo de los puentes para traer alimentos a la ciudad, mientras los barcos de la basura se llevaban los desechos del día anterior. Venecia empezaba a despertarse, pero los tres chicos apenas se daban cuenta de ello. Mientras corrían por las calles oscuras se imaginaban las miles de cosas que podían haberles sucedido a Bo y a Avispa y cuanto más se acercaban a Campo Morosini, más horribles eran sus pensamientos. Llegaron al lugar de encuentro con la lengua fuera. Se trataba de un monumento de un hombre con un montón de libros detrás. Era Niccolò Tommaseo, pero en la ciudad todo el mundo lo llamaba el *Cagalibri*, el Cagalibros.

Ni Avispa ni Bo estaban ahí. A pesar de que los tres miraron con detenimiento a su alrededor, no cambió nada.

Sin decir una palabra, Próspero se volvió y echó a correr.

—¡Pro! —gritó Mosca, mientras Riccio se cogía los costados de lo que le dolían—. La oficina del detective está lejos. ¿Piensas ir corriendo?

Pero no volvió la cabeza.

—¡Venga! —le dijo Mosca a Riccio, que no paraba de jadear—. Tenemos que seguirlo, si no, hará una tontería.

PADRE E HIJO

Escipión le había pedido a Ida que lo dejara a dos puentes de la casa de su padre. Quería caminar por la orilla nevada del canal y sentir el viento gélido que le daba la sensación de ser libre y fuerte. No podía pensar sólo en los otros. O en la casa grande, que lo convertía en una persona dócil y pequeña. Escipión hizo un dibujo con el tacón en la fina capa de nieve, luego se agachó y pintó una ala con el dedo, al borde del canal. Cuando levantó la cabeza vio el barco de policía. Estaba a sólo un par de metros de la casa de sus padres.

Se puso en pie asustado. Los pensamientos se le amontonaban en la cabeza. ¿Podía tener algo que ver con el *conte*? Suerte que no tenía la bolsa del dinero.

—¡Bah, es imposible! —murmuró, y le costó meter la llave en la cerradura a causa de los nervios—. Seguro que están en casa del *signor* Veronese. En cuanto se le caga una paloma en el tejado le salta la alarma.

Abrió la puerta intentando hacer el mínimo ruido y se alegró de que su padre no hubiese corrido el cerrojo. Entre las columnas había una luz encendida, como siempre. No había ningún movimiento en el patio. Avanzó a hurtadillas hasta las escaleras conteniendo la respiración. Era un maestro en ello. Pero esta vez sus molestias fueron inútiles.

Ya había puesto un pie en el primer escalón cuando le llegaron unas voces de arriba. Levantó la cabeza, consciente de su culpabilidad y se quedó de piedra: dos *carabinieri* bajaban por la escalinata con Avispa. Parecía tan pequeña y muy poca cosa entre aquellos dos hombres con uniformes azules, que se reían de algún chiste que les había contado su padre.

Su padre.

Estaba arriba de todo. Cuando vio a Escipión frunció el ceño. La sonrisa de satisfacción consigo mismo desapareció y se transformó en la típica expresión que ponía siempre que miraba a su hijo: de impaciencia, de descontento, de sorpresa desagradable.

—¡Señores! —exclamó con la voz que tanto le gustaba imitar a Escipión, porque su tono era más imponente que la suya propia—. Como ven, el problema se ha resuelto. Mi hijo ha decidido volver a casa, aunque sea a una hora bastante intempestiva. Muchas gracias por sus molestias, pero esto demuestra que no tiene nada que ver con estos niños que se habían refugiado en el Stella.

Escipión se mordió los labios y miró a Avispa, que había reducido el paso cuando lo vio.

—¿Conoces a este chico? —preguntó uno de los policías. Tenía un bigote delgado y oscuro—. Venga, responde. —Pero Avispa sólo negó con la cabeza.

—¿Adónde la van a llevar? —preguntó Escipión. Se asustó del tono de su propia voz, de lo estridente y aguda que era.

El policía del bigote se rió, mientras el otro cogía a Avispa del brazo.

—Oh, ¿piensas que tienes que protegerla? Te crees todo un caballero. Tranquilo, no se la hemos robado a nadie. Es una insolente que no nos quiere decir su nombre. Sólo hemos venido aquí porque se nos ocurrió que quizá tu padre podría averiguar algo sobre tu huida gracias a ella.

—El ama de llaves, Escipión, me ha venido a buscar a mi fiesta presa de los nervios —exclamó el *dottor* Massimo desde arriba—. Resulta que no te ha encontrado en tu cama a media noche y poco tiempo después de mi regreso llama la policía para informarme de que en el Stella, el cine que había cerrado, habían capturado a un grupo de niños huérfanos. Les he explicado a los señores que tu desaparición no guardaba ninguna relación con este hecho. ¿Qué capricho infantil te ha hecho salir de casa en mitad de la noche? ¿Has salido corriendo detrás de algún gato sin amo?

Escipión no respondió. Estaba sumido en un mar de dudas e intentaba dejar de mirar a Avispa. Parecía tan triste, tan perdida. No se parecía en nada a la chica con la que se había enfadado tanto.

—Quería ver la nieve —murmuró.

—¡Ah, sí, la nieve vuelve locos a los niños! —dijo el *carabiniere* del bigote, y le guiñó el ojo a Escipión mientras el otro agarraba a Avispa para bajar las escaleras.

—¡Suélteme, que puedo andar yo sola! —le gritó Avispa. Saltó al llegar al último escalón y se acercó a Escipión al pasar a su lado, con la cabeza agachada—. ¡Bo está con su tía! —murmuró.

—Eh, eh, no vayas tan rápido, ¿vale? —gritó el policía del que se había escapado cogiéndola por el cuello.

—¡*Buona notte, dottor* Massimo! —dijeron los *carabinieri* antes de desaparecer entre las columnas. Avispa no se volvió.

261

Tras algunas dudas, Escipión subió las escaleras. Oyó cómo se cerraba la puerta de la entrada.

Su padre lo miró sin decir nada.

«¿Quién se ha chivado del escondite? —pensó Escipión—. ¿Qué les ha pasado a los otros? ¿Qué les ha pasado a Próspero, Mosca y Riccio? ¿Por qué está Bo con su tía?»

—Venga, dime de dónde vienes de verdad. —Su padre lo miró de arriba abajo. A Escipión le pareció que podía oírle los pensamientos. Seguro que se estaba preguntando otra vez qué tenía que ver con aquel ser al que llamaba hijo: no era tan grande, ni tan inteligente, interesante, previsible, sensato y, mucho menos aún, era capaz de controlar sus emociones como él.

—Ya te lo he dicho —respondió Escipión—. He salido a ver la nieve. Además, he perseguido a un gato. El mío está mejor, ya vuelve a comer.

—Bueno, por suerte no he llamado al veterinario. —El *dottor* Massimo frunció el ceño—. Esto de salir en mitad de la noche traerá consecuencias, por supuesto —dijo con un tono de voz completamente tranquilo. Nunca gritaba, ni siquiera cuando se enfadaba mucho—. El ama de llaves cerrará con llave la puerta de tu habitación durante las próximas noches. Como mínimo, mientras esta estúpida nieve te haga comportar de manera más infantil aún de lo habitual. ¿Entendido?

Escipión no respondió.

—Dios, cómo odio esta cara de tozudo que pones. Si supieras lo estúpido que pareces. —Se volvió bruscamente—. Tengo que pensar en algo para ese cine —dijo cuando se iba—. Vaya pinta tenían esos niños, increíble; seguro que eran pequeños ladrones. Eso supone la policía. ¿Por qué no me contó nada el periodista, ése que estuvo aquí hace poco? ¿Cómo se llamaba? Getz o algo así.

—¿Qué quieres decir con «vaya pinta»? —Escipión tragó—. La niña tenía buen aspecto. ¿Y si los niños no tenían casa, por qué no podían vivir en el cine? Está vacío.

—Dios, hay que ver la de cosas absurdas que se os ocurren. Está vacío, ¿y qué? ¿Crees que por esto tendría que dejar que todos los vagabundos de la ciudad se escondieran en él?

—¿Pero qué será de ellos, ahora? —Escipión notó que empezaba a entrar en calor. Y luego de repente sintió frío. Mucho frío—. Has visto a la chica. ¿Qué va a ser de ella? ¿No has pensado en eso?

—No. —Su padre lo miró sorprendido. Qué grande era—. ¿Por qué te pones así por lo que le vaya a ocurrir a la niña? Sólo te había visto mostrar tanto interés por tus gatos. ¿Es que quizá la conoces?

—No. —Escipión se dio cuenta de que cada vez levantaba más la voz. No podía evitarlo—. ¡No, maldita sea! —gritó—. ¿Tengo que conocerla para que me dé pena? ¿No puedes ayudarla? Pensaba que eras un hombre conocidísimo en la ciudad.

—Vete a la cama, Escipión —respondió su padre y escondió un bostezo tras su pequeña mano—. Por el amor de Dios, me habéis echado a perder toda la noche.

—¡Por favor! —balbuceó Escipión. Los ojos se le empezaron a llenar de lágrimas y por mucho que se las secara con toda su rabia no paraban de brotarle más—. Por favor, padre, a lo mejor conoces a alguien que podría quedarse con esta chica, no ha hecho nada, está sola...

—Vete a la cama, Escipión —lo interrumpió su padre—. Cielos, creo que has estado mirando la luna demasiado rato. Y seguramente lo próximo que harás será empezar a vivir según lo que te diga tu horóscopo, tal y como hace tu madre.

—¡Esto no tiene nada que ver con la luna! —gritó Escipión—. ¡No me escuchas! ¡No sabes quién soy! ¡No tienes ni idea!

Pero su padre entró en su dormitorio y cerró la puerta tras de sí.

Y Escipión se quedó donde estaba, llorando.

VÍCTOR RECIBE VISITA

Víctor había pasado una noche horrible. El hombre al que había tenido que vigilar estuvo yendo de bar en bar hasta las dos de la madrugada. Luego entró en una casa y lo estuvo esperando fuera hasta el amanecer, de pie todo el rato. Y no paró de nevar ni un momento. Tenía la sensación de estar hecho de hielo de los pies a las rodillas. De hielo crujiente y chirriante.

—Lo primero que haré será meterme en la bañera —murmuró, mientras cruzaba el puente que estaba cerca de su casa—. Con el agua tan caliente que hasta podría hacer té.

Entre bostezos, buscó la llave en el bolsillo del abrigo. Quizá debería cambiar de trabajo. Los camareros de los cafés de la Plaza de San Marcos también andaban tanto como él, pero como mínimo a medianoche podían irse a casa. O vigilante de museo, ¿por qué no se hacía vigilante de museo? Ahí aún cerraban antes. Víctor bostezó de nuevo. No paraba de hacerlo. Tenía tanto sueño que no vio a las tres personas que le esperaban ante la puerta de casa hasta que se le echaron encima. Parecían muy asustados, aunque uno de ellos le metió una pistola en el agujero de la nariz, su propia pistola, tal y como comprobó.

—Eh, eh, eh, ¿qué es esto? —dijo en tono conciliador mientras los tres lo arrastraban hasta la puerta.

—¡Abre, Víctor! —le ordenó Próspero sin quitar la pistola. Pero Víctor apartó el cañón antes de sacar la llave de su casa del bolsillo.

—¿Me podríais explicar amablemente a qué viene toda esta farsa? —gruñó mientras abría la puerta—. Si se trata de un nuevo juego de niños, debo deciros que soy demasiado mayor para encontrarlo divertido.

—Bo y Avispa han desaparecido —dijo Próspero. Estaba pálido de la rabia que sentía, pero a la vez parecía como si le estuviera suplicando a Víctor con los ojos que todo aquello no fuera verdad, que no había delatado a Bo y Avispa, que no les había mentido y engañado.

—Os di mi palabra de honor, ¿ya lo habéis olvidado? —gritó Víctor, que ya había perdido la paciencia, y le quitó la pistola de su fría mano—. Yo no le he dicho nada a nadie, ¿de acuerdo? ¿Es que ya no os dais cuenta de en quién podéis confiar y en quién no? Venga, entrad, si no nos vamos a convertir en una atracción para turistas.

Los tres empezaron a subir las escaleras con cara de arrepentimiento.

—Yo ya sabía que no podías haber sido tú —dijo Mosca cuando el detective los metió en su piso a empujones—. Pero Próspero...

—Próspero es incapaz de pensar con claridad —Víctor acabó la frase—. Es comprensible si su hermano ha desaparecido.

266

Pero ahora contadme cómo puede haber ocurrido. ¿Estaban los dos solos?

Se sentaron en la diminuta cocina. Víctor se hizo un café y les puso unas aceitunas a los chicos mientras le contaban todo lo ocurrido desde que él huyó del cine. Los niños rechazaron amablemente después de olerla el aguardiente que les ofreció para que entraran en calor.

—¡Tenéis mucha suerte de que os conozca! —dijo Víctor cuando acabaron con su informe—. Si no, no me creería ni una sola palabra de esta historia tan loca. Entráis en casa de una desconocida, llegáis a un acuerdo con la persona a la que queríais robar para vender su botín y navegáis hacia la laguna en mitad de la noche para encontrar un tiovivo. Dios mío, me alegro de que no tengáis que contarles esto a los *carabinieri*. ¡Me gustaría decirle a esta *signora* Spavento lo que pienso de ella! Mira que hacer que unos niños la acompañen, en mitad de la noche, a la Isola Segreta...

—No sabíamos que el *conte* vivía precisamente en la maldita isla —murmuró Mosca tímidamente.

—Da igual. —Víctor frunció el ceño y se frotó los ojos, que le picaban por falta de sueño—. ¿Qué hay en la bolsa? ¿Vuestra recompensa como ladrones?

Mosca asintió.

—Enséñale el dinero —dijo Próspero—. No nos robará.

Tras dudar un instante, Mosca puso la mochila sobre la mesa de la cocina. Cuando la abrió, Víctor soltó un silbido.

—¿Y habéis recorrido la ciudad con eso encima? —gruñó y cogió uno de los fajos de billetes—. Tenéis muchas agallas.

Sacó un billete del fajo, lo observó de cerca y luego lo miró a contraluz.

—¡Un momento! —dijo—. Alguien os ha engañado. Es dinero falso.

Los niños se miraron entre sí con estupefacción.

—¿Dinero falso? —Riccio le quitó el billete a Víctor de la mano y lo miró preocupado—. No veo nada. Me... Me parece que está bien.

—No lo está —respondió Víctor, que rebuscó en la bolsa de nuevo y sacó otro fajo—. Todos falsos —manifestó—. Y no están muy bien hechos. Lo siento por vosotros. —Suspiró y dejó el dinero en la mochila. Los tres niños se miraban unos a otros completamente abatidos.

—Todo esto para nada —murmuró Riccio—. El robo, el viaje a la laguna. Casi nos pegan un tiro. ¿Y para qué? Para acabar con un montón de dinero falso. ¡Maldita sea! —exclamó y, preso de la ira, tiró la bolsa de la mesa. Los fajos de billetes se desparramaron por el suelo.

—¡Y Avispa y Bo también han desaparecido! —Mosca se tapó la cara con las manos.

—Exacto. —Víctor recogió el dinero del suelo y volvió a meterlo en la bolsa—. Primero tendríamos que pensar en ellos. ¿Dónde se han metido Bo y la chica? —Suspiró, se levantó y fue a su oficina. Los tres chicos lo siguieron, pálidos como fantasmas.

—Tu contestador parpadea —dijo Mosca cuando se encontraba de pie ante el escritorio.

—Algún día lo lanzaré por el balcón —gruñó Víctor y apretó el botón para escuchar los mensajes.

Próspero reconoció la voz en cuanto salió de los pequeños altavoces. Habría reconocido la voz de Esther aunque de repente se dedicara a dar el horario de salida de los trenes en la estación de Venecia.

—*Signor* Getz, soy Esther Hartlieb. Su trabajo se ha acabado esta noche. Gracias a las indicaciones de una vieja mujer, que ha visto nuestros carteles, por fin hemos podido encontrar a mi sobrino. Al parecer, hacía varias semanas que vivía escondido en un cine, junto con una chica que no nos ha querido confesar su nombre. La policía cuidará de ella. En lo que respecta a Bo, aún está un poco trastornado y algo delgado. Hasta el momento no ha querido decir nada sobre el paradero de su hermano. Quién sabe, quizás está tan furioso con él como yo. La cuestión de sus honorarios podemos aclararla en los próximos días, ya que nos quedaremos en el Sandwirth hasta principios de la semana que viene. Por favor, avísenos de su visita. Hasta la vista.

Próspero se quedó inmóvil, como petrificado.

Víctor no sabía qué hacer. Le habría gustado mucho decir algo, cualquier cosa que hubiera podido animar un poco a los chicos, pero no se le ocurrió nada. Ni una palabra.

—¿Qué vieja? —preguntó Riccio con voz lastimera—. Maldita sea, ¿quién puede haber sido?

—Ayer, la tía de Próspero mandó colgar carteles por toda la ciudad —dijo el detective—. Con una foto de Próspero y Bo. —Por si acaso no les dijo quién la había hecho—. Al parecer también ofrecía una buena recompensa. ¿No habéis visto ninguno?

Los chicos negaron con la cabeza, atónitos.

—Por lo visto, la vieja sí —continuó Víctor—. Quizá vive cerca del cine y os ha visto entrar o salir alguna vez. Quizá pensaba que estaba haciendo una buena obra si avisaba a la tía de los pobres chicos.

Próspero se quedó donde estaba mientras miraba por el balcón. Ya era de día, pero el cielo estaba gris y cubierto de nubes.

—Esther no volverá a soltar a Bo nunca más —murmuró Próspero—. Nunca más. —Miró al detective, completamente desesperado—. ¿Dónde está el Sandwirth?

Víctor no estaba seguro de si debía decírselo, pero Mosca lo libró de tener que tomar la decisión.

—En la Riva degli Schiavoni —respondió—. Pero ¿qué vas a hacer ahí? Es mejor que vengas con nosotros al escondite. Tenemos que recoger nuestras cosas antes de que vuelva a aparecer la policía. Mientras tanto, Víctor puede averiguar adónde han llevado a Avispa los *carabinieri*, ¿no? —miró a Víctor.

El detective asintió.

—Claro, sólo tengo que hacer un par de llamadas. Pero decidme su nombre verdadero.

Riccio puso cara de desconcierto.

—No lo sabemos.

—En dos de sus libros había un nombre —dijo Próspero con voz apagada—. Caterina Grimani. Pero ¿nos sirve de algo? Seguro que la han llevado a un orfanato y no conseguiréis sacarla de ahí jamás. Se ha ido, como Bo.

—Próspero... —Víctor se levantó y se apoyó en su escritorio—. Venga, que esto no es el fin del mundo...

—Sí que lo es —dijo Próspero y abrió la puerta—. Ahora tengo que estar solo.

—¡Espera! —Riccio le gritó en vano—. Podríamos llevar nuestros trastos a casa de Ida Spavento. Nos ha ofrecido su ayuda, ¿recuerdas? Bueno, seguro que no contaba con que apareciéramos de nuevo hoy, pero podemos intentarlo.

—Intentadlo —dijo Próspero—. Me da todo igual —y cerró la puerta del piso de Víctor tras de sí.

270

Riccio y Mosca se volvieron hacia él en busca de ayuda.

—¿Y ahora qué? —preguntó Riccio.

Pero Víctor sólo negó con la cabeza y se quedó mirando el contestador.

EL REFUGIO

El ama de llaves de Ida abrió cuando Riccio llamó al timbre de la puerta. Apenas se le veía el pelo pincho detrás de la enorme caja de cartón que cargaba.

—¿No te conozco? —dijo la mujer. Y se puso bien las gafas con desconfianza.

—Sí. —Riccio le dedicó la mejor de sus sonrisas—. Pero ahora no quiero hablar con usted, sino con Ida Spavento.

—Vaya, vaya. —El ama de llaves cruzó los brazos sobre sus enormes pechos—. Se dice «*signora* Spavento», gamberro. ¿Y qué quieres de ella, si puedo preguntar?

—Ahora tengo yo curiosidad —murmuró Víctor, que estaba detrás de Riccio y llevaba una caja de cartón aún más grande.

Todos los efectos personales de los niños cupieron en tres cajas de cartón. La tercera la llevaba Mosca. Formaban un trío de lo más curioso. Víctor tenía miedo de que la mujer de la bata de flores fuera a cerrarles la puerta ante sus narices. Y los gatitos de Bo asomaban la cabeza por los bolsillos del abrigo del detective.

272

—Dígale que Riccio y Mosca están aquí, ella ya sabe quiénes somos —dijo Riccio.

—Riccio y Mosca son dos. —La mujer gorda miraba a Víctor—. Y ése, ¿es tu padre?

—¿Él? ¡Qué va! —Riccio se rió—. Es...

—... su tío —Víctor acabó la frase—. ¿Y ahora sería tan amable de avisar a la *signora* Spavento antes de que esta caja me caiga en los pies? No pesa poco, que digamos.

El ama de llaves le lanzó una mirada tan seria que Víctor se sintió como un niño pequeño. Pero al final la mujer se fue. Cuando volvió no dijo ni una palabra y les hizo un gesto con la cabeza para que entraran.

Víctor sentía curiosidad por conocer a Ida Spavento.

—Está un poco loca —le había contado Riccio—. Y fuma como un carretero, pero no me quiso dar ni un cigarrillo. Aun así es muy simpática.

Víctor no estaba tan seguro. Ir a la laguna, de noche, y con tres chicos para seguir a un hombre misterioso que le había enviado a esos pequeños ladrones... A Víctor no le parecía muy simpático. Loco sí. Pero ¿simpático? No.

Sin embargo, cuando vio a Ida, arrodillada sobre la alfombra de la sala de estar, con un jersey unas cuantas tallas más grandes que la suya, le gustó. A pesar de que él no quería.

Ida estaba inclinada sobre una fila de fotos que había puesto en el suelo, las cambiaba de lugar, las quitaba, apartaba una.

—¡Vaya sorpresa! —dijo cuando entraron los chicos con Víctor—. No esperaba tener visita vuestra tan pronto. ¿Qué hay en las cajas y de dónde habéis sacado a un tío de repente? —Recogió las fotos y se puso en pie.

«Por Dios —pensó Víctor—, lleva pendientes de góndolas.»

273

—Tenemos problemas, Ida —dijo Mosca y dejó su caja en el suelo. Riccio suspiró e hizo lo mismo.

—¿Están aquí los perros de la mujer gorda? —preguntó—. Víctor lleva los gatitos de Bo en el abrigo.

—¿Te refieres a los perros de Lucía? No, están cerrados en el jardín porque se han comido mis pralinés. —Ida frunció el cejo y miró a los niños con preocupación—. ¿Qué problemas tenéis? ¿Qué os ha ocurrido?

—¡Alguien ha llamado a la policía y les ha dicho dónde nos escondíamos! —dijo Mosca. A Riccio empezó a temblarle el labio inferior.

—¡Y los *carabinieri* se han llevado a Avispa y Bo! —añadió—. Próspero está hecho polvo porque...

—Un momento. —Ida dejó las fotos sobre una pequeña mesa—. Aún no estoy del todo despierta esta mañana. A ver si lo he entendido bien: teníais un escondite y lo ha descubierto la policía. ¿Os buscaban por vuestros robos?

—¡No! —gritó Mosca—. Sólo por Bo. Porque su tía lo estaba buscando. Pero Bo no quiere separarse de Próspero. Por eso huyeron los dos. Y los escondimos con nosotros. Hasta ayer por la noche todo iba bien, pero entonces alguien se chivó de donde estábamos y a Bo lo ha atrapado su tía y Próspero está desesperado y a Avispa la han llevado al orfanato de las hermanas de la caridad, y...

—... y el *conte* nos ha endosado dinero falso —dijo Riccio. Metió la mano en el bolsillo de su abrigo y le dio a Ida un fajo de billetes—. Todo falso.

Ida se dejó caer en un sillón.

—¡Santo cielo! —murmuró.

En ese momento Víctor fue incapaz de contenerse más.

—Estos niños ya tienen bastantes problemas, *signora* Spa-vento —le espetó—. ¡Y usted tiene la culpa de que encima los hayan aumentado! ¡Claro, tuvo que convencerlos para que participaran en esta aventura espeluznante! Una excursión nocturna a la Isola Segreta...

—¡Cállate, Víctor! —susurró Mosca.

Ida se puso roja bajo su pelo rubio teñido.

—¿Se lo habéis contado todo a vuestro tío? —preguntó aún más enfadada—. Pensaba que éramos amigos...

—¡No es nuestro tío! —aclaró Riccio—. Víctor es un detec-tive y quería venir a toda costa. Además, nos ha ayudado a traer nuestras cosas para que no tengamos problemas y ha averiguado que los *carabinieri* han llevado a Avispa con las her-manas.

—Avispa. Es la chica que estaba con vosotros, ¿no? —Ida ju-gueteaba con sus pendientes—. Lo de Bo y su tía no acabo de entenderlo muy bien, pero es mejor que me lo contéis cuando esté algo despierta. En lo que se refiere a Avispa... habría que poder hacer algo.

Ida se puso en pie y cogió uno de los gatitos que estaban en el abrigo de Víctor. Con mucho cuidado, se lo puso en el hombro.

—He tenido un mal presentimiento desde que estuvimos en la isla —dijo—. No he podido pegar ojo en toda la noche. ¿Y qué hay de Escipión?

—Aún no sabe nada de lo ocurrido —respondió Mosca.

—En este momento tampoco serviría de mucho. —Ida se volvió hacia Víctor—. Bueno. ¿Qué hacemos? —Se lo quedó mirando como si estuviera esperando una respuesta suya.

El detective se quedó de piedra, pero no evitó su mirada.

—¿Qué, «nosotros»? —balbuceó—. No podemos hacer nada

en absoluto. Como mucho, evitar que Próspero se tire a la laguna. Al final, las cosas no pueden salir bien cuando un grupo de niños pretende apañárselas solos.

—¡En un orfanato tampoco se las apañan demasiado bien! —Ida frunció el ceño y puso mala cara—. Los niños necesitan ayuda, ¿o cree usted que todo este lío se va a solucionar solo, *signor*...?

—Es Víctor —dijo Riccio—. Aunque también puede llamarlo *signor* Getz.

El detective lo fulminó con la mirada.

—¡Tendría que haberos hecho quedar cuando aparecisteis en mitad de la noche! —dijo Ida. El gatito de Bo jugaba con sus pendientes de góndola—. Pero pensaba que os las arreglaríais bien. ¡Qué tontería, lo que ocurre es que me gusta creer en los cuentos! Intentaré corregirlo. Lucía os dará algo de comer y luego podéis subir vuestras cosas arriba. Aún queda una habitación vacía bajo el tejado. ¿Qué vamos a hacer con Próspero y el pequeño? ¿Podemos hacer algo?

—A Bo no podemos ni acercarnos —respondió Víctor con rostro inexpresivo—. Es imposible. Su tía tiene la custodia. Y a su hermano mayor no deberíamos quitarle el ojo de encima; estaba muy desesperado cuando lo vimos la última vez. Riccio, ¿crees que serías capaz de dar con él aunque no se encuentre ante el Gabrielli Sandwirth?

Riccio asintió.

—Lo encontraré —dijo—. Y luego lo traeré aquí.

—Bien. Eso está mejor. Mosca —se volvió hacia él—, no sé por qué os habéis peleado con Escipión, pero creo que deberías llamarle y contarle lo que ha ocurrido esta noche. Y que os habéis refugiado aquí. ¿Lo harás?

276

Mosca asintió, aunque no estaba muy entusiasmado.

—¿Le cuento lo del dinero falso? —preguntó.

Ida se encogió de hombros.

—Tarde o temprano tendrá que saberlo, ¿no? En cuanto a nosotros —golpeó con un dedo en el pecho al detective—, ¿qué tal si vamos a buscar a esa pobre chica al orfanato, Víctor o *signor* Getz, lo que usted prefiera?

—Con Víctor basta —gruñó él—. ¿Pero por qué cree que va a ser tan fácil?

Ida dejó el gatito en el suelo y le sonrió.

—Oh, tengo mis contactos —dijo—. Y no tiene que acompañarme si no quiere. Aunque, en este tipo de asuntos, dos adultos siempre causan mejor impresión que uno.

Víctor se miró los zapatos, ya que la situación le resultaba algo incómoda. Las alfombras de Ida no estaban tan gastadas como las suyas y eran mucho, mucho más bonitas.

—Hace un tiempo tuve ciertos problemas con las hermanas de la caridad —murmuró—. Buscaba a un ladrón que se disfrazaba de monja y, por desgracia, cogí a una hermana de verdad. Desde entonces no les apetece demasiado hablar conmigo. Aunque hace un par de años conseguí recuperar su estatua más bonita de la Virgen María.

Mosca y Riccio se pegaron con el codo el uno al otro y sonrieron, pero Ida se limitó a mirar a Víctor con la cabeza muy inclinada.

—Podríamos disfrazarnos —propuso—. Ahora mismo tiene toda la pinta de ser un detective, pero esto se puede cambiar fácilmente. Tengo un armario lleno de ropa que uso como vestuario para mis fotografías. Naturalmente también hay trajes, incluso algunos del siglo XIX.

—Preferiría de nuestro siglo —murmuró Víctor.

Ida sonrió.

—¡También tengo bigotes postizos! Toda una colección.

—¿Ah, sí? —Víctor lanzó una mirada a Riccio—. A mí me robaron los míos hace poco, pero por suerte los he vuelto a encontrar hoy.

Riccio se puso rojo y miró por la ventana.

El detective siguió a Ida hasta una habitación pequeña de la planta baja en la que no había nada más que dos armarios enormes. «Es asombroso —pensó mientras buscaba un traje— que tenga bigotes postizos.»

EL ORFANATO

Avispa estaba sentada en la cama que le habían asignado, contemplaba las paredes que tenía a su alrededor, frías y blancas, y cerró por milésima vez los ojos para ver otra habitación: una cortina llena de estrellas. Un colchón rodeado de montañas de libros, que le contaban al oído historias por la noche. Recordaba las voces, las de Mosca y Riccio, siempre un poco emocionado, la de Escipión, la de Próspero y la voz de Bo, más aguda aún que la suya. Cogió el edredón blanco y frío y se imaginó que cogía la mano pequeña y redonda de Bo. Qué caliente...

No es que en el orfanato hiciera más frío que en el cine abandonado, probablemente hacía mucho más calor, pero Avispa estaba congelada. Hasta los huesos, hasta el corazón. ¿Estaría Bo mejor con su tía? ¿Y qué debía de ocurrirles a los demás?

Notó que le hacían ruido las tripas. No había comido nada desde que los *carabinieri* la habían llevado ahí. No había probado el desayuno que le ofrecieron las hermanas, ni la comida. En el orfanato la servían muy temprano. Los otros niños aún

279

estaban en el comedor. El ruido llegaba hasta los dormitorios. Los espaguetis de Mosca olían mucho mejor, a pesar de que siempre echaba demasiada sal en el agua y la salsa se le quemaba a menudo.

Se levantó y se acercó a la ventana, desde donde se veía el patio interior. Un par de palomas andaban picoteando entre las piedras. Ellas podían marcharse volando, así de fácil. Vio entrar a dos adultos por la puerta principal: una mujer con sombrero negro y un hombre con barba. La monja que gritaba tanto al hablar los condujo al edificio principal. ¿Habían ido a adoptar a un niño? Seguro que querían uno pequeño, probablemente un bebé. Sólo los pequeños tenían alguna oportunidad de conseguir unos padres nuevos. Los otros sólo podían esperar a convertirse en adultos, año tras año. Días, semanas, meses. Uno se hacía mayor muy lentamente. Los gatitos de Bo crecían más en una semana que Avispa en todo el último año. Años, meses, semanas, días.

Avispa pegó la mejilla contra el cristal frío y miró hacia la otra ala del orfanato, donde había otro niño que también tenía la nariz pegada contra la ventana. No había dicho su nombre, aunque las hermanas no habían parado de preguntárselo. No quería quedarse ahí, pero tampoco quería irse a casa. Cuando alguien no tenía padres, como Riccio, podía imaginarse lo maravillosos que habían sido. Pero ¿qué hacía uno cuando tenía padres y resultaba que no eran maravillosos? No, no les diría su nombre. Nunca.

Se abrió la puerta. Avispa se volvió asustada. La había cerrado cuando los otros niños bajaron al comedor. La monja de la voz chillona asomó la cabeza.

—¿Caterina?

Se sobresaltó. ¿Cómo sabía su nombre?

—¡Ajá! Parece que éste es tu nombre de verdad. ¡Bueno, acompáñame, por favor, quiero que veas a alguien!

—¿A quién? —preguntó. No sabía si debía alegrarse o tener miedo.

—¿Por qué no nos has dicho quién es tu madrina? —le riñó la monja mientras recorrían los pasillos desolados—. Es una señora muy famosa. Seguro que sabes todas las cosas maravillosas que ha hecho por el orfanato.

¿Famosa? ¿Madrina? No entendía nada. ¿Tenía madrina? La hermana parecía estar muy emocionada ya que no paraba de tocarse las gafas, que tenían unos cristales de culo de botella que le hacían los ojos muy grandes.

—¡Vamos, Caterina, ven! —la monja empujó a Avispa con impaciencia—. ¿Cuánto más voy a tener que esperarte?

¿Quién?, quería preguntar Avispa. ¿Qué pasa aquí? Pero se tragó las palabras en cuanto vio a Ida. Le costó reconocerla a causa del sombrero que llevaba. ¿Y quién era el hombre que estaba junto a ella?

—¡Creo que tenía razón, *signora* Spavento! —exclamó la hermana desde lejos—. Nuestra chica sin nombre se llama Caterina. Es su ahijada, ¿no?

De repente Avispa se sintió tremendamente aliviada. Quería correr hacia Ida, echársele al cuello, esconderse bajo su abrigo y no volver a salir nunca más. Pero tenía miedo de echarlo todo a perder. Así que se limitó a esbozar una pequeña sonrisa y se acercó tímidamente a ella y a su desconocido acompañante.

—Sí, es ella. *Cara!* —Ida abrió los brazos y la abrazó con tanta fuerza que la hizo entrar en calor de inmediato.

—Hola, Avispa —murmuró el hombre desconocido que estaba junto a ella. La niña lo miró boquiabierta y lo reconoció: Víctor, el cotilla, con una barba nueva. Víctor, el amigo de Bo. Y el de ella.

—Es mi abogado, *cara* —le explicó Ida después de soltarla.

—*Buon giorno* —murmuró Avispa y le sonrió.

—¿Por qué te tomas las peleas de tus padres tan a pecho, *cara*? —preguntó Ida y lanzó un suspiro muy profundo, como si ya hubiese hablado con ella muchas veces sobre los tontos de sus padres—. Ya se ha escapado tres veces por culpa de las eternas discusiones —le aclaró a la monja, que los observaba a los tres conmovida—. Su madre, una prima mía, se ha casado por desgracia con un hombre insoportable, pero se va a divorciar de él. Hasta que ello ocurra, la niña se quedará conmigo, si no, volverá a escaparse en cuanto pueda y quién sabe dónde la encontrará la policía. La última vez se escondió en Burano, ¡¿se lo imagina?!

Avispa escuchaba embelesada las mentiras de Ida y le cogió la mano, como si no quisiera volver a soltársela jamás. Sonaba todo tan real, que por un instante incluso Avispa creyó que eran sus padres de verdad, que se peleaban constantemente, mientras sus niños se tapaban las orejas con las manos.

A la monja de la voz chillona empezaron a caerle las lágrimas de la emoción. Se le empañaron los cristales de las gafas y cuando se las quitó para limpiárselas Avispa vio que tenía unos ojos pequeños, rodeados de arrugas, muy distintos de lo que le habían parecido cuando la miró a través de los gruesos cristales.

—¿Puedo llevarme a Caterina ahora? —preguntó Ida, como si fuera la cosa más natural del mundo.

—Por supuesto, *signora* Spavento —respondió la hermana, y

volvió a ponerse las gafas—. Nos sentimos tan felices de poder ayudarla de nuevo, después de todos los generosos donativos que ha realizado para nuestro orfanato. Y las fotografías que ha hecho de los niños... Le digo que todos las guardan como si fueran un tesoro.

—Ah, me alegro. —Ida evitó avergonzada la mirada curiosa de Avispa—. Por favor, salude a las hermanas Ángela y Lucía de mi parte, dele también las gracias a la madre superiora y envíeme a casa los papeles que tenga que firmar.

—¡Por supuesto! —La hermana corrió a la puerta y se la abrió—. Que pase un buen día, usted también, señor abogado.

—¡Gracias! —murmuró Víctor, que salió dando grandes zancadas.

Avispa tenía el corazón desbocado cuando cruzaron el patio interior. Cientos de ventanas miraban a los adoquines grises, ventanas sin adornos y austeras. Sólo en la planta baja había colgadas estrellas de Navidad. Arriba, seguía estando el niño con la cara pegada al cristal, tal y como había hecho Avispa.

—Cuántas ventanas —murmuró Víctor—. Cuántas ventanas y cuántos niños.

—Sí, y sin nadie que los coja en brazos y que se alegre todos los días por ellos —dijo Ida—. Qué pena.

—*ArrivederLa, signora Spavento*! —exclamó la hermana, que fue hasta la caseta del portero para abrirles la portalada.

—¡Cielo santo! —murmuró Víctor al cruzarla—. ¡La tratan como si tuviera una aureola! ¿Y por qué es tan grande esta puerta? Uno podría pensar que fue construida para que pasara por ella una manada de elefantes, y no para niños.

Avispa le soltó la mano. De repente tenía mucha prisa. Fue corriendo hasta el borde del canal, a cuya orilla se encontraba el orfanato, escupió en el agua oscura, miró los barcos que se dirigían al Canal Grande y respiró hondo. Durante un instante se quedó así, con los pulmones llenos del aire frío y húmedo.

Luego exhaló el aire, lentamente, y con él desapareció todo el miedo y la desesperación que la habían embargado desde que los *carabinieri* se la habían llevado. Pero de repente se acordó de Bo.

Se volvió hacia Ida y Víctor con cara de preocupación.

—¿Qué le ha pasado a Bo? —preguntó—. ¿Y a los demás?

Víctor se quitó la barba falsa de la barbilla.

—Mosca y Riccio están en casa de Ida —dijo—. Pero Bo sigue con su tía.

Avispa bajó la cabeza y le dio una patada a una colilla de cigarro, que acabó en el canal.

—¿Y Próspero?

—Lo está buscando Riccio —respondió Víctor—. Venga, no pongas esa cara. Seguro que lo encuentra.

PRÓSPERO

Riccio encontró a Próspero ante el Gabrielli Sandwirth. Parecía estar como congelado, en medio del ancho paseo, sin mirar a la gente que pasaba a su lado. En la Riva degli Schiavoni siempre había una multitud de personas, incluso en un día gélido como ése, ya que ahí se encontraba uno de los hoteles más bonitos de la ciudad. No paraban de llegar barcos al embarcadero, era un ir y venir continuo. Próspero oía cómo el viento arrastraba a las embarcaciones hacia el muelle, el ruido sordo que hacían al chocar contra la madera, oía reír y hablar a la gente que pasaba junto a él, en multitud de idiomas, pero no se movía de donde estaba, con el cuello subido a causa del frío gélido mientras miraba las ventanas del Sandwirth. Cuando Riccio le puso la mano sobre el hombro, se volvió asustado.

—¡Eh, Pro, por fin te encuentro! —dijo su amigo, aliviado—. Llevo buscándote la mitad del día. Ya había pasado por aquí un par de veces, pero no estabas.

—Lo siento —murmuró Próspero, y se volvió otra vez—. Los he seguido todo el día —dijo—, sin que se hayan dado cuenta. Alguna vez Bo ha estado a punto de descubrirme, pero me he agachado rápidamente. Tenía miedo de que perdiera los nervios si me veía. Es algo que mi tío no soporta. —Se apartó el pelo de la frente—. Los he seguido por todos lados. Le han comprado ropa nueva para que se cambie, incluso una pajarita, pero Bo la ha tirado a una papelera cuando no miraban. No lo reconocerías. Tenía un aspecto muy diferente con el jersey que le dio Escipión. Le quedaba tan grande... También lo han arrastrado hasta el peluquero y ya no queda ni rastro del tinte negro que le pusimos. Luego han ido con él de café en café, pero no ha probado nada, le daba igual lo que le trajeran. Se ha pasado todo el rato ahí sentado, con la mirada perdida. Creo que una vez me vio al otro lado del cristal e intentó salir corriendo, pero mi tío lo agarró como si fuera un perro pequeño y lo obligó a sentarse ante una copa de helado enorme que no quería ni probar.

—¿Por qué no se la comió? —Riccio no podía imaginar que nada ni nadie le quitaran el apetito ante una copa de helado enorme.

Próspero sonrió, pero volvió a poner cara seria.

—Ahora están ahí dentro. —Señaló hacia las ventanas iluminadas—. Una vez me he atrevido a entrar y preguntarle al portero en qué habitación estaba Esther, pero el tipo sólo me ha dicho que los Hartlieb no querían hablar. Con nadie.

Los dos chicos se quedaron un instante uno junto al otro, mirando hacia las ventanas. Eran bonitas, bien iluminadas, con cortinas relucientes. ¿Detrás de cuál estaba Bo?

—¡Vamos! —dijo Riccio, luego, y miró a un hombre que sujetaba su cámara fotográfica sin prestarle demasiada atención—. No puedes quedarte aquí hasta la noche. ¿No quieres saber dónde estamos ahora? Víctor nos ha ayudado a empaquetar nuestros trastos y luego los hemos llevado a Campo Santa Margherita. Mosca no paró de refunfuñar durante todo el trayecto y de decir que yo había tenido una idea descabellada, pero ¿sabes qué? ¡Ida nos ha acogido sin pensárselo dos veces! Incluso tenemos una habitación propia, bajo el tejado. No pudimos llevar los colchones, pero ella tiene dos camas y las hemos juntado. Es un poco estrecho para todos nosotros, pero mejor eso que tener que dormir fuera. ¡Venga, qué dices! ¿No es fantástico? Vamos, dentro de poco pondrán la comida. ¡Por cierto, el ama de llaves sí que sabe cocinar! —Cogió a Próspero del brazo, pero éste negó con la cabeza.

—¡No! —dijo y se soltó—. Me quedo aquí.

Riccio dejó escapar un profundo suspiro y miró al cielo, como pidiendo ayuda.

—¡Pro! —le rogó—. ¿Qué crees que hará el portero cuando te vea en mitad de la noche delante del hotel? Llamará a los *carabinieri*. ¿Y qué les contarás a ellos? ¿Que tu tía ha secuestrado a tu hermano?

Próspero no respondió.

—Vete, Riccio —dijo sin apartar los ojos de las ventanas del hotel—. Todo se ha acabado. Ya no tenemos escondite, Avispa ha desaparecido y Bo está con Esther.

—¡Avispa no ha desaparecido! —gritó Riccio tan fuerte que la gente se volvió para mirarlos. Bajó la voz rápidamente—. ¡No ha desaparecido! —murmuró—. ¡Ida y el cotilla la han ido a buscar al orfanato donde la habían metido!

—¿Ida y Víctor? —Próspero lo miró como si no pudiera creerlo.

—Sí, ¿y sabes qué? Se han divertido mucho. Tendrías que haberlos visto cómo salieron, cogidos del brazo como si estuvieran casados. —Riccio se rió para sí—. El cotilla se comportó como un caballero de verdad, le abrió la puerta y le sostuvo el abrigo para que se lo pusiera. Pero los cigarrillos no se los enciende, es lo único de lo que discute con ella.

—¿Pero cómo lo han conseguido?

Riccio comprobó con satisfacción que Próspero se había olvidado durante un instante del hotel.

—Resulta que los *carabinieri* llevaron a Avispa al orfanato de las hermanas de la caridad, el mismo en el que había estado Ida —le contó en voz baja—. Se ve que les dona dinero muy a menudo, les regala juguetes, cosas así... Víctor dice que las monjas la trataron como si fuera la Virgen María y que se han creído todo lo que les ha dicho. Lo único que tuvo que hacer él fue quedarse a su lado y hacerse el importante.

—Eso es muy buena noticia. —Próspero volvió a mirar hacia las ventanas—. Saluda a Avispa de mi parte. ¿Está bien?

—¡No hagas eso! —Riccio se puso delante de él para que tuviera que mirarlo a la cara—. Porque se ha preocupado mucho por ti. También por Bo, pero es poco probable que a él le dé por saltar a la laguna.

—¿Creía que iba a hacer eso? —Próspero le pegó un empujón de lo enfadado que se había puesto—. Vaya tontería. Me da miedo el agua.

—Vale, fantástico, ¡cuéntaselo a ella misma en persona, por favor! —Riccio juntó las manos y se las puso delante de la cara para suplicarle—. Sólo la he visto un momento cuando he pasado por casa al mediodía para coger algo de comer. Esto de buscarte da mucha hambre, ¿sabías? Pero Avispa casi no me ha dejado ni probar un bocado. —Cambió el tono de voz—. «¡Vete de una vez, Riccio!» —dijo con voz afectada—. «Tienes que irte, Riccio. Busca a Próspero. ¡Por favor! ¡Quizá se ha tirado a un canal!» Incluso quería venir, pero Ida ha dicho que era mejor que se quedara unos días en casa, para que no acabara otra vez en el orfanato. Para mí ha sido mejor así, porque me estaba volviendo loco, no callaba. Además, yo sabía que aparecerías por aquí tarde o temprano.

Riccio descubrió una sonrisa en la cara de Próspero. Muy pequeña, pero ahí estaba.

—Bueno —dijo—. Ya he hablado bastante. Mañana puedes volver aquí, bien temprano, pero ahora es mejor que vengas.

Próspero no respondió pero se dejó arrastrar por su amigo. Pasaron junto a todos los puestos de recuerdos que había a lo largo de la Riva degli Schiavoni. Muchos vendedores empezaban a desmontar su tienda a aquella hora, pero aún se podía comprar en algunas: los abanicos de plástico que tanto le gustaban a Bo, con un encaje negro y el puente de Rialto dibujado, collares de coral, góndolas de plástico doradas, guías de la ciudad, caballitos de mar disecados.

Próspero siguió a Riccio entre el gentío, pero de vez en cuando se detenía y volvía la cabeza para mirar al Gabrielli Sandwirth. Cuando Riccio se dio cuenta, le puso un brazo sobre los hombros para consolarlo. Pero tuvo que estirarse un poco, ya que su amigo le sacaba una cabeza.

—Vamos. Si Ida y Víctor han conseguido recuperar a Avispa —dijo—, seguro que podrán hacer lo mismo con Bo. ¡Ya lo verás!

—A principios de la semana que viene vuelven a casa —dijo Próspero—. ¿Y entonces qué?

—Aún falta mucho —respondió Riccio, que se subió el cuello de la chaqueta ya que empezaba a hacer frío—. Además, Bo no está ni en la cárcel ni en un orfanato. Tío, que es el Sand-wirth. Es un hotel superlujoso.

Próspero asintió. Se sentía muy vacío. Vacío como las conchas que había en las cestas, ante los puestos callejeros. Parecían muy bonitas, pero tenían un agujero diminuto en sus relucientes conchas que delataba a veces que alguien les había chupado la vida.

—Espera, Pro —Riccio se detuvo.

El cielo cambiaba de color al reflejarse sobre la laguna. Era más oscuro, a pesar de que sólo eran las cuatro. Una pareja de turistas miraba fascinada desde el muelle la puesta de sol y cómo teñía de color oro el agua sucia.

—¡Qué oportunidad! —le murmuró Riccio a Próspero—. No se enterarán cuando les robe los zapatos. Sólo necesito dos segundos. Tú mira las conchas hasta que vuelva.

Riccio se volvió y puso una cara de santo que decía «tan-sólo-soy-un-chico-flaco-y-parezco-una-mosquita-muerta», pero Próspero lo agarró del brazo.

—Déjalo, Riccio —dijo enfadado—, ¿o crees que Ida Spavento te dejará dormir en su casa cuando los *carabinieri* te pillen robando?

—¡No lo entiendes! —exclamó ofendido, e intentó soltarse—. No quiero perder la práctica.

Pero Próspero no lo soltó y Riccio siguió andando después de lanzar un suspiro, mientras los turistas admiraban la puesta de sol, sin tener que pagar nada por aquel maravilloso espectáculo.

TODO PERDIDO

Esa noche hubo una fiesta en casa de Ida. Durante toda la tarde, Lucía, el ama de llaves, no había parado de cocinar, asar y hornear; hizo nata montada y un montón de pasteles diminutos y preparó ravioli con su salsa. Varios olores atrajeron a Víctor a la cocina, pero en cuanto intentaba picar algo recibía un golpe en los dedos con el cucharón de madera. Próspero y Avispa pusieron la mesa del comedor juntos, mientras Mosca y Riccio subían y bajaban de un piso a otro, seguidos por los perros de Lucía, que no paraban de ladrar.

Los dos estaban tan alegres y felices, que parecía que se les había pasado el enfado de la estafa del *conte*.

—Aún lo podemos gastar —respondió Riccio cuando Víctor le preguntó qué había pensado hacer con todo el dinero. Entonces el detective le riñó y le exigió que le diera la bolsa, pero el del pelo pincho sonrió, negó con la cabeza y dijo que él y Mosca la habían escondido. En un lugar seguro. Ni siquiera Avispa y Próspero sabían dónde, pero parecía que tampoco les interesaba demasiado.

Víctor decidió no volver a pensar en ello, se sentó en el sofá del *salotto* de Ida, cogió algún praliné e intentó convencerse a sí mismo de que debía volver a casa. Para dar de comer a sus tortugas y ganar algo de dinero. Pero cada vez que suspiraba y se levantaba para irse, Ida le llevaba una copa de grappa o un *caffè* o le pedía que pusiera palillos en la mesa. Y Víctor se quedaba.

Mientras afuera oscurecía y la noche tomaba posesión de nuevo de su ciudad, Ida iluminaba su casa, como si compitiera con la pálida luz de la luna. Era imposible contar todas las velas que había encendido. En la araña de cristal sólo había encendidas dos bombillas, pero hacían brillar la lámpara de una manera tan maravillosa que Avispa no podía dejar de mirarla.

—¡Pellízcame! —le dijo a Próspero, cuando acabaron de poner los platos, los cubiertos y suficientes vasos para todos en aquella mesa grande y oscura—. No puede ser real.

Próspero obedeció. La pellizcó suavemente en el brazo.

—¡Es real! —exclamó ella, y se puso a reír y a bailar a su alrededor.

Pero a pesar de su alegría fue incapaz de borrarle la expresión de tristeza de la cara a Próspero. Todos lo habían intentado a su manera, Riccio con bromas y Mosca, que le enseñó todas las cosas raras que se escondían tras las puertas oscuras de la casa. Nada sirvió, ni las zalamerías de Ida ni que Víctor le asegurara que aún se podía hacer algo por Bo. Bo no estaba con él. Y Próspero sentía como si le faltara un brazo o una pierna. Le sabía muy mal estropearles a los demás su felicidad con su cara triste, se dio cuenta de que Riccio empezaba a evitarlo y que Mosca huía de él cuando lo veía. Sólo Avispa seguía a su lado. Pero cuando intentaba mostrar compasión y le cogía el brazo, él se apartaba rápidamente, ponía bien los cuchillos de la mesa o se acercaba a una ventana para mirar afuera.

A la hora de la cena, Riccio y Mosca hacían tanto el tonto que Víctor se enfadó y dijo que estarían más tranquilos con un grupo de monos a la mesa. Pero Próspero no abrió la boca.

Mientras los otros jugaban a cartas con Ida y el detective, él se fue arriba. Ida había puesto dos colchones de aire más para que no estuvieran tan estrechos en las dos camas que Riccio había juntado. Avispa ya había arrimado uno contra la pared y puso todos sus libros alrededor. Mosca y Riccio no se habían atrevido a dejar ni uno en el cine. Próspero puso el segundo colchón de aire bajo la ventana, a través de la cual se podía ver el canal que pasaba junto al jardín de Ida. Las mantas del ropero de Lucía olían a lavanda. Próspero se tapó hasta arriba, pero fue incapaz de dormir.

Cuando los demás subieron a la cama a las once y Víctor se fue a casa para alimentar a sus tortugas hambrientas, llevado por su mala conciencia, Próspero aún no dormía. Pero simuló lo contrario. Estaba de cara a la pared y esperó a que los demás se durmieran.

En cuanto Riccio empezó a murmurar en sueños, Mosca a roncar bajo sus mantas y Avispa se quedó dormida entre sus libros con una sonrisa en la boca, Próspero se levantó. Las tablas de madera gastadas del suelo crujieron bajo sus pies, pero no despertó a ninguno de los otros. Nunca se habían sentido tan seguros en su vida como en casa de Ida.

Mientras bajaba por las escaleras casi tropezó del cansancio, pero ¿cómo iba a poder dormir? Lo había perdido todo. Ya habían pasado los buenos tiempos. Otra vez. Este pensamiento le venía a la cabeza cada vez que intentaba olvidarlo. Bajó por la escalera hasta la planta baja sin hacer ruido. Las máscaras lo miraban en la oscuridad, pero esta vez no le dieron miedo.

Lucía cerraba con llave la puerta de la cocina desde que Ida le había contado cómo entraron los niños en la casa de noche y engrasó y pulió la cerradura oxidada. Las bisagras de la puerta chirriaron cuando la abrió y salió al jardín oscuro.

Estaba todo blanco, cubierto con una capa de escarcha. De noche, todas las piedras de la ciudad pertenecían al invierno. Parecía que el frío llegaba hasta las estrellas. Al final del jardín de Ida, junto al canal, había una portezuela en el muro, a un par de palmos sobre el agua. Próspero oyó cómo golpeaban las olas contra la pared cuando abrió la puerta. La lancha de Ida se balanceaba bien amarrada entre dos postes de madera, pintados, como los que había por todos lados en la ciudad de la luna. El dibujo y los colores de la punta, demostraban a quién pertenecía el embarcadero. Próspero subió a la parte trasera con cuidado, se sentó en el banco y miró a la luna.

«¿Qué hago? —pensó—. Di algo. ¿Qué hago?»

Pero la luna no le dio respuesta alguna.

En casi todas las historias que les había contado la madre de Próspero, aparecía la luna. Era siempre un aliado poderoso que podía convertir los sueños en realidad y que abría puertas cuando uno quería pasar de este mundo a otro. Aquí, en su propia ciudad, la luna era una mujer, la bella luna. A Bo le había gustado mucho. Pero ahora no podía devolverle a su hermano.

Próspero se sentó en la lancha de Ida y empezó a gotearle la nariz. Había creído que ésa sería su ciudad, sólo la suya y la de Bo. Había creído, cuando huyeron de casa, que sería muy distinto a cualquier otro lugar y que estarían a salvo de Esther. Su tía no era de allí. Esther odiaba Venecia, era una intrusa. ¿Por qué no le picaban las palomas a ella? ¿Por qué no le mordían los dragones de mármol en la nuca? ¿Por qué no le rugían los leones alados para que se fueran? No podían protegerlo como él creía.

Los leones le parecieron maravillosos cuando los vio en persona la primera vez, no a través de los ojos de su madre, sino con los suyos. Vio cómo se alzaban entre las estrellas en lo alto de sus columnas, acarició con sus dedos la piedra helada y se imaginó cómo protegían una ciudad tan maravillosa como Venecia. Y cómo lo protegían a él. Cuando bajó con Bo las escaleras de los Gigantes, dentro del patio del Palacio Ducal, y se puso entre las enormes estatuas, se sintió tan seguro como un rey en su reino, protegido por leones y dragones y por el agua que lo rodeaba. Esther odiaba el agua, le daba miedo incluso subirse a un barco. Y de repente había llegado y se había llevado a Bo. Y Próspero ya no era un rey, tan sólo un don nadie, demasiado pequeño, demasiado débil, un mendigo en su ciudad, expulsado de su palacio y al que le habían robado a su hermano.

Próspero se secó las lágrimas de la cara con las mangas. Cuando oyó acercarse una barca de motor, se agachó y esperó que pasara de largo. Pero no se fue. El ruido del motor paró, pero Próspero oyó gruñir a alguien, que lanzó luego algo contra la lancha de Ida. Miró por encima del borde de la barca, asustado.

Escipión se quitó su máscara oscura y sonrió tan aliviado, que por un momento Próspero olvidó por qué tenía los ojos llenos de lágrimas.

295

—Mira tú por dónde —dijo el Señor de los Ladrones—. ¡Qué suerte! ¿Sabías que he venido aquí a recogerte?

—¿A recogerme? ¿Para ir adónde? —Próspero se puso en pie algo sorprendido—. ¿De dónde has sacado esa barca? —Era muy bonita, de madera oscura y tenía adornos de oro.

—Es de mi padre —respondió Escipión, que pasó la mano por la madera, como si estuviera acariciando a un caballo en el costado—. Es su mayor orgullo. La he tomado prestada y acabo de hacerle el primer arañazo.

—¿Cómo sabías que estamos aquí? —preguntó Próspero, que se inclinó sobre el lado de la lancha de Ida, pero no descubrió ningún arañazo.

—Me llamó Mosca —Escipión miró la luna—. Me contó que el *conte* nos ha engañado. Y que Bo está con tu tía. ¿Es cierto?

Próspero asintió y se pasó el dorso de la mano por los ojos. No quería que Escipión se diera cuenta de que había llorado.

—Lo siento —dijo Escipión con voz débil—. Fue una tontería dejarlos a él y a Avispa solos, ¿verdad?

Próspero no respondió, aunque había tenido el mismo pensamiento cien veces como mínimo.

—Pro, escucha —Escipión carraspeó—. Vuelvo a ir a la Isola Segreta. ¿Quieres venir? —Próspero lo miró asombrado.

—¡El *conte* nos ha engañado! —Escipión bajó la voz como si fuera a oírlo alguien—. Nos ha timado. O me da el dinero, esta vez de verdad, o me deja montar en el tiovivo. ¡Seguro que está en la isla!

Próspero negó con la cabeza.

—No creerás en la historia, ¿verdad? Olvídate de ella y olvida también el dinero, nos han timado. Mala suerte. ¿De qué sirve darle vueltas al asunto? Los otros lo han dado por perdido.

Riccio ya está pensando en cómo colarle el dinero falso a la gente. Pero nadie volvería a la maldita isla, ni por toda una bolsa llena de dinero de verdad.

Escipión lo miraba y jugaba con la goma de su máscara.

—Yo iría —dijo—. Contigo. Porque quiero montar en el tiovivo y si el *conte* no me deja, entonces traeré el ala de vuelta. Ven, Próspero, ¿sí? ¿Qué más puedes perder ahora que Bo ya no está?

Próspero se miraba las manos. Eran manos de niño. Pensó en el desprecio con que lo miró el portero del Gabrielli Sandwirth, y en su tío, que era grande como un armario, en cómo andaba junto a Bo, con la mano puesta sobre sus pequeños hombros, en actitud posesiva. Y de repente Próspero deseó que Escipión tuviera razón. Que en aquella desagradable isla los esperara algo que les permitiera convertirse de pequeños en adultos, de débiles en fuertes. Y este deseo se extendió por su corazón vacío. Sin decir una palabra más saltó a la barca de Escipión.

LA ISOLA SEGRETA

Era una noche oscura. La luna estaba tapada gran parte del tiempo por las nubes. Aunque Escipión le había robado a su padre un mapa marítimo, gracias al cual se orientaron, en dos ocasiones se salieron de la ruta. En la primera, volvieron al curso correcto al ver la isla cementerio. Y la segunda vez supieron que se habían desviado demasiado hacia el oeste cuando apareció Murano en mitad de la noche. Entonces, cuando ya estaban tan congelados que apenas se notaban los dedos, apareció el muro de la Isola Segreta, de color gris pálido, iluminado por la luz de la linterna. Los ángeles de piedra los miraban como si los hubieran estado esperando.

Escipión apagó el motor. La barca del *conte* se mecía con la vela arriada junto al embarcadero y Próspero oyó ladrar a los perros.

—¿Ahora qué? —le susurró a Escipión—. ¿Qué piensas hacer con los dogos?

—¿Crees que estoy tan loco como para escalar por el portal? —respondió en voz baja—. Intentaremos entrar por la parte trasera.

Próspero creyó que era un plan inteligente, pero no dijo nada. Probablemente no les quedaba otra opción si querían entrar en la isla.

El ladrido de los perros se apagó cuando dejaron tras de sí la luz de los faroles. Escipión condujo la barca a lo largo de la orilla, en busca de algún escondrijo en el muro. En algunos sitios sobresalía directamente en el agua, en otros se levantaba sobre las cañas y el barro, pero parecía que rodeaba toda la isla. Al final, a Escipión se le acabó la paciencia.

—¡Ya basta! ¡Escalaremos! —murmuró, apagó el motor y echó el ancla al agua.

—¿Y cómo llegaremos a la orilla? —Próspero miraba con preocupación hacia la oscuridad. Aún había unos cuantos metros de agua entre la barca y la isla—. ¿Quieres nadar?

—No digas tonterías. Ayúdame. —Escipión abrió una trampilla bajo el timón y sacó dos remos y un bote neumático. Próspero se quedó sorprendido de lo mucho que podía pesar un poco de goma y aire, cuando ayudó a Escipión a tirar el bote por la borda.

Veían su propio aliento mientras remaban hacia la isla. Escondieron el bote neumático entre las cañas que crecían a los pies del muro. De cerca aún parecía más alto. Próspero echó la cabeza hacia atrás, miró arriba y se preguntó si los perros sólo vigilaban el portal.

Cuando se encontraban uno junto al otro sobre la irregular cornisa, respiraban con dificultad y tenían todas las manos peladas. Pero lo habían conseguido. Ante ellos tenían un jardín, un jardín enorme y abandonado. Los arbustos, setos y caminos, todo estaba blanco a causa de la escarcha.

—¿Lo ves en algún lado? —preguntó Escipión.

Próspero lo negó con la cabeza. No, no veía ningún tiovivo, sólo una casa grande, que se alzaba oscura entre los árboles.

Escalar el muro fue casi más difícil que bajarlo. Los chicos aterrizaron sobre unas zarzas espesas y cuando habían conseguido salir de ellas, no sabían en qué dirección seguir.

—El tiovivo tiene que estar detrás de la casa —susurró Escipión—, si no lo habríamos visto desde arriba.

—Es verdad —contestó Próspero y miró a su alrededor.

El suelo crujía al caminar entre los arbustos y vieron algo pequeño y oscuro sobre el camino. Próspero descubrió un rastro en la nieve fina, huellas de pájaros y de unas patas. Unas patas bastante grandes.

—¡Venga, lo intentaremos por ese camino de ahí! —susurró Escipión, y echó a andar.

Había figuras de piedra cubiertas de moho entre los arbustos, algunas quedaban casi tapadas del todo por las ramas y sólo sobresalían los brazos o la cabeza. Una vez Próspero creyó oír pasos detrás suyo, pero cuando se volvió salió volando un pájaro de un seto. No tardaron mucho en perderse. Al cabo de poco ya no sabía en qué dirección quedaba la barca o la casa que habían visto desde el muro.

—¡Maldita sea! ¿Quieres pasar delante, Pro? —preguntó Escipión cuando descubrieron sus propias huellas sobre la nieve en un cruce. Pero Próspero no respondió.

Había vuelto a oír algo. Pero esta vez no era un pájaro al que habían asustado. Sonaba como un jadeo, breve y agudo, y luego oyeron un gruñido en la oscuridad, grave, profundo y tan amenazador que a Próspero se le olvidó respirar. Se volvió lentamente y ahí estaban, a pocos pasos de ellos, como si hubieran salido de la nieve. Dos dogos enormes y blancos. Oyó que Escipión empezaba a respirar más rápidamente.

—¡No te muevas, Escipión! —susurró—. Si salimos corriendo nos perseguirán.

—¿También muerden cuando alguien tiembla? —preguntó.

Los perros seguían gruñendo. Se acercaron con la cabeza agachada, y el pelo corto y pálido de la nuca de punta, enseñando los dientes. «Mis piernas están a punto de echar a correr —pensó Próspero—. Empezarán a correr sin que pueda evitarlo.» Cerró los ojos desesperado.

—¡Bimba! ¡Bella! *Basta!* —gritó una voz detrás de ellos.

De repente los perros dejaron de gruñir y pasaron junto a Próspero y Escipión. Los dos se volvieron y parpadearon al ver la luz de una linterna. Una chica, de unos ocho o nueve años, estaba detrás de ellos en el camino, y apenas podían verla, ya que iba vestida con ropa oscura. Los dogos le llegaban a la altura de los hombros. Eran tan grandes que podría montar a caballo sobre ellos.

—¡Vaya, vaya! —exclamó—. Por suerte me gusta salir a pasear a la luz de la luna. ¿Qué buscáis aquí? —Los perros pusieron las orejas tiesas cuando levantó la voz—. ¿No sabéis lo que le ocurre a la gente que entra sin permiso en la Isola Segreta?

Escipión y Próspero se miraron mutuamente.

—Queremos ver al *conte* —respondió Escipión, como si fuera de lo más normal entrar en el jardín de una persona desconocida en mitad de la noche. Quizá sonó muy valiente porque Próspero y él eran más grandes que la chica. Pero a Próspero le parecía que los dogos compensaban la situación de sobra. Estaban de pie junto a ella y parecía como si fueran a destrozar a todo aquel que se acercara a su dueña.

—Al *conte*. Ya veo. ¿Y siempre hacéis vuestras visitas después de medianoche? —La niña iluminó a Escipión a la cara—. Al *conte* no le gusta recibir a nadie que no haya invitado. Y mucho menos que entren a escondidas en su isla.

Entonces iluminó a Próspero con la linterna. Parpadeó avergonzado bajo la luz deslumbrante.

—¡Habíamos hecho un acuerdo con el *conte*! —gritó Escipión—. Pero nos ha engañado. Y sólo le perdonaremos si nos deja montar en el tiovivo. En el tiovivo de las hermanas de la caridad.

—¿Un tiovivo? —la niña puso cara de más enfadada aún—. No sé de qué habláis.

—¡Sabemos que está aquí! ¡Enséñanoslo! —Escipión dio un paso hacia delante, pero los dogos enseñaron los dientes y volvió junto a Próspero inmediatamente—. Si el *conte* nos deja montar en él, no llamaremos a la policía.

—¡Qué generoso! —La chica los miró con cara burlona—. ¿Por qué crees que os dejará volver? Estáis en la Isola Segreta. Ya conocéis las historias. Aquel que entra en esta isla, no vuelve nunca. ¡Vamos! —Señaló de mala manera el camino que estaba a la izquierda y que desaparecía entre los arbustos—. Por ahí. Y no intentéis huir. Mis perros son más rápidos que vosotros, creedme.

Ambos dudaron un instante.

—¡Haced lo que os digo! —gritó enfadada—. ¡Si no, os convertiréis en comida para perros!

—¿Nos vas a llevar ante el *conte*? —preguntó Escipión—. ¡Dínoslo!

Pero la chica no respondió, sino que dio una orden en voz baja a los perros que, sin un ladrido, empezaron a andar hacia Próspero y Escipión.

302

—Venga, vamos —dijo Próspero, y cogió a su amigo del brazo, que se dejó llevar, si bien con un poco de resistencia.

Los perros se quedaron tan cerca de los chicos que notaban su aliento caliente en la nuca. De vez en cuando Escipión miraba a su alrededor, como si pensara que valía la pena intentar tirarse a los arbustos, pero Próspero no le soltaba la manga.

—Atrapados por una niña —gruñó Escipión—. Me alegro de que no estén aquí Mosca y Riccio.

—Si nos lleva hasta el *conte* de verdad —susurró Próspero—, es mejor que no le amenaces con la policía. Quién sabe qué podría hacer con nosotros, ¿vale?

Escipión sólo asintió y miró con rostro serio a los perros.

Al cabo de poco supieron adónde los llevaba la chica. Entre los árboles apareció la casa que Próspero había visto desde el muro. Era enorme, mucho más que la del padre de Escipión. Incluso a la luz de la luna, que hace que las cosas parezcan más bonitas, parecía deshabitada y abandonada. La pintura de las paredes se desconchaba, los postigos de las oscuras ventanas estaban rotos y el tejado tenía tantos agujeros que entraba por él la luz de la luna. Ante la barandilla se inclinaban unos ángeles, pero el aire del mar había corroído sus caras de piedra hasta dejarlos irreconocibles, como el escudo que había sobre el portal.

—¡Oh, por ahí no, hacia arriba! —dijo la niña cuando Escipión se dirigía hacia las escaleras—. Seguro que el *conte* no quiere hablar ahora con vosotros. Podéis pasar el resto de la noche en el antiguo establo. Ahí está —señaló de mal humor un edificio bajito que había junto a la casa, pero Escipión no se movió de donde estaba.

303

—¡No! —dijo, y se cruzó de brazos—. Sólo porque tienes a esos dos caballos a tu lado te crees que puedes darnos órdenes. Pero yo quiero hablar con el *conte* ya. Ahora mismo.

La niña chasqueó la lengua y los dogos empujaron con el morro a Próspero y Escipión por la barriga. Asustados, retrocedieron hasta el primer escalón.

—Esta noche no vais a hablar con nadie más —dijo la niña tajantemente—. Como mucho, con las ratas del establo. El *conte* duerme y mañana temprano decidirá qué hacemos con vosotros. Y deberíais estar contentos de no acabar ahora mismo en la laguna.

Escipión se mordió los labios con rabia, pero los perros empezaron a gruñir de nuevo y Próspero tiró de él rápidamente.

—¡Haz lo que dice, Escipión! —susurró, mientras se dirigían hacia el establo, que parecía estar tan abandonado como la casa—. Tenemos toda la noche para pensar en cómo vamos a salir de aquí, pero no lo conseguiremos si nos convertimos en comida para perros. Además, tampoco puedes subir en el tiovivo ya.

—Sí, sí, vale —Escipión lanzó una mirada llena de odio a la niña.

—¡Entren ustedes, caballeros! —dijo, y abrió la puerta del establo. Dentro estaba oscuro como boca de lobo y se les vino encima una vaharada de mal olor tan fuerte que Escipión hizo una mueca de asco.

—¿Ahí dentro? —exclamó—. ¿Nos quieres matar?

—¿Queréis que os deje a los perros para que os hagan compañía? —dijo la niña mientras metía su mano entre los dientes de los dogos.

—Vamos, Escipión —dijo Próspero, y lo arrastró hacia el oscuro establo. Un par de ratas huyeron rápidamente cuando la niña las iluminó con la linterna.

—Por ahí detrás tiene que haber algún saco viejo. Para una noche, ya tenéis bastante. Las ratas no tienen mucha hambre, ya tienen bastante para comer aquí, así que no os molestarán mucho. No intentéis buscar un camino de huida. No hay ninguno y, además, voy a dejar a los perros delante del establo. *Buona notte!*

Luego cerró la puerta. Próspero oyó cómo echaba el cerrojo. Estaba tan oscuro dentro del establo que no podía ver ni sus manos. Sólo entraba la luz de la luna a través de una rendija de la puerta.

—¡Pro! —susurró Escipión a su lado—. ¿Te asustan las ratas? Yo me cago de miedo sólo de pensar en ellas.

—Me he acostumbrado porque en el cine siempre había alguna —respondió Próspero, y aguzó las orejas en la oscuridad. Oyó cómo hablaba la niña con los perros, en voz baja, con una voz casi cariñosa.

—¡Vaya consuelo! —murmuró Escipión, y se llevó tal susto al pensar que había algo detrás suyo que hacía ruido, que tiró a Próspero.

Oyeron cómo se alejaban los pasos de la niña y cómo se ponían cómodos los perros delante del establo. Cuando sus ojos se acostumbraron a la oscuridad, buscaron los sacos de los que había hablado la niña, pero cuando una rata le pasó a Escipión por encima del pie, decidieron que era mejor no dormir en el suelo. Encontraron dos barriles de madera, se sentaron sobre ellos y apoyaron la espalda contra la fría pared.

—¡Tiene que dejarnos montar en él! —dijo Escipión en mitad del silencio—. Porque nos ha engañado.

—Hmm —gruñó Próspero.

Intentó no pensar en lo que podía hacer con ellos el *conte*. Y de repente se puso a pensar en Bo de nuevo. Por primera vez, desde que había saltado a la barca de Escipión. Se preguntó si volvería a ver alguna vez a su hermano pequeño. Fue una noche interminable y los pensamientos de Próspero y Escipión eran más negros que la oscuridad de ese establo apestoso.

UNA LLAMADA EN MITAD
DE LA NOCHE

Era más de medianoche cuando Víctor oyó sonar el teléfono. Se puso la manta sobre la cabeza, pero sonó y sonó hasta que el detective salió de la cama calentita refunfuñando y fue hasta la oficina, donde tropezó con la caja de las tortugas en medio de la oscuridad.

—¿Quién demonios es? —gruñó tras coger el auricular, mientras se frotaba el dedo del pie que le dolía, donde se había dado el golpe.

—¡Ha vuelto a escaparse! —A Esther Hartlieb le costaba tanto respirar, que al principio no la entendía—. ¡Pero le digo una cosa, esta vez no nos lo llevamos de vuelta a casa con nosotros! No. Ese pequeño demonio ha tirado el mantel del restaurante más elegante de la ciudad y nos ha echado toda la pasta por encima. Y mientras estábamos sentados, ¡se ha ido corriendo! —Víctor oyó cómo sollozaba la mujer—. ¡Mi marido siempre había dicho que este niño no nos convenía, que era como mi hermana, pero como tenía una cara de angelito! ¡Nos han echado del hotel porque ha gritado tanto que le gente ha creído que le estábamos pegando! ¿Se lo imagina? Al principio no decía

307

nada y luego le ha dado un ataque de rabia, sólo porque he intentado ponerle calcetines limpios. ¡Ha mordido a mi marido! Ha hecho agujeros en las cortinas con su navaja, ha echado café por el balcón... —Se detuvo un instante para tomar aire—. Mi marido y yo volvemos el lunes a casa, tal y como estaba planeado. Si la policía atrapa a mi sobrino, ordéneles en nuestro nombre que lo lleven al orfanato. Creo que hay uno bueno en esta ciudad. ¿Me ha oído, *signor* Getz? *Signor* Getz...

Víctor estaba haciendo marcas sobre la mesa con el abrecartas.

—¿Cuánto tiempo hace que el chico anda solo por la ciudad? —preguntó—. ¿Cuándo se ha escapado?

—Hace unas horas. Es que primero tuvimos que pagar los desperfectos del restaurante y luego encontrar un hotel nuevo. Con todo el equipaje a cuestas. Los más decentes estaban todos llenos y al final hemos acabado en un hotel primitivo, junto al puente de Rialto.

Unas horas. Víctor se pasó la mano por su cara cansada y miró hacia fuera. Una noche negra y gélida acechaba la ciudad y devoraba al pequeño.

—¿Han informado a la policía? —preguntó Víctor—. ¿Está buscando alguien a Bo, su marido, por ejemplo?

—¿A qué se refiere? —chilló Esther—. ¿Cree que uno de nosotros va a salir a recorrer estas calles oscuras? ¿Después de lo que nos ha hecho esta noche? No. Se nos ha acabado la paciencia, no quiero volver a oír jamás su nombre. Yo...

Víctor colgó el teléfono. Así de sencillo. ¡Hacía unas horas! Se vistió medio dormido.

Cuando abrió la puerta de su casa sintió una ráfaga de viento tan frío que le secó las lágrimas de los ojos. «Bueno, siempre es mejor esto a que llueva a cántaros», pensó Víctor, que se caló bien el sombrero y echó a caminar. Durante el último invierno, subió tanto el nivel del agua en la ciudad que podría haber arrastrado a un chico como Bo. La laguna inundaba cada vez más a menudo Venecia, mientras que en el pasado ocurría como mucho cada cinco años. Pero Víctor no quería pensar en ello en aquel momento. Ya se encontraba lo bastante triste.

Los pies le pesaban como el plomo por culpa del cansancio mientras recorría las calles poco iluminadas, sobre unas piedras que parecían de plata debido a la fina capa de hielo que las cubría. Bo sólo había podido ir a esconderse a un lugar. No sabía que Próspero y sus amigos se habían refugiado en casa de Ida Spavento. Víctor se sorbió los mocos y se secó la nariz helada con la manga. No sabía nada, el pobre.

El escondite de los chicos estaba bastante lejos del piso de Víctor. Cuando por fin llegó al cine estaba helado hasta los huesos. «Tengo que comprarme un abrigo que dé más calor», pensó mientras buscaba la ganzúa adecuada. Por suerte, el *dottor* Massimo no había cambiado la cerradura aún. El vestíbulo seguía lleno de trastos también, como si no hubiera ocurrido nada desde la noche en que los niños lo atraparon. Pero cuando entró en la oscura sala de cine, oyó a alguien que lloraba.

—¿Bo? Bo, soy yo. Víctor. Sal. ¿O quieres jugar al escondite de nuevo?

—¡No pienso volver! —dijo una voz llorosa en medio de la oscuridad—. No me lo creo. Sólo quiero estar con Próspero.

—No tienes que volver. —Víctor enfocó las hileras de asientos con su linterna, hasta que encontró una cabellera rubia. Bo se agachó entre las butacas, como si estuviera buscando algo.

—¡Han desaparecido, Víctor! —sollozó—. Han desaparecido.

—¿Quiénes? —Víctor se acercó a Bo, que volvió su cara llena de lágrimas hacia él.

—Mis gatos —se sorbió los mocos—. Y Avispa.

—Nadie ha desaparecido —murmuró Víctor, que cogió al pequeño en brazos y le secó las lágrimas de los mofletes—. Están todos en casa de Ida Spavento: Avispa, Próspero, Riccio, Mosca y tus gatos. —Se sentó en una butaca y puso a Bo en su falda—. He oído algunas cosas sobre ti, querido —dijo—. Manteles rasgados, gritos, huidas. ¿Sabes que han echado a tu tía y a tu tío de su lujoso hotel por tu culpa?

—¿De verdad? —Bo se sorbió los mocos y apoyó la cara sobre el abrigo de Víctor—. Estaba tan enfadado —murmuró—. Esther no me quería decir dónde estaba Próspero.

—Vaya, vaya. —Víctor le puso un pañuelo entre sus dedos sucios—. Toma. Suénate la nariz. Próspero está bien. Está en una cama blandita y sueña con su hermano.

—Quería peinarme con raya —murmuró Bo, y se pasó la mano por su pelo alborotado como si quisiera asegurarse de que los esfuerzos de Esther no habían servido de nada—. Y no podía saltar en la cama. Y quería tirar el jersey que me regaló Avispa. Y no veas cómo me riñó por una manchita como ésta... —Bo señaló el tamaño con los dedos—. Y no paraba de limpiarme la cara. Y de decir cosas malas sobre Próspero.

—¡Hay que ver! —Víctor movió la cabeza para mostrar compasión.

Bo se frotó los ojos y bostezó.

—Tengo frío —murmuró—. ¿Me llevas con Próspero, Víctor?

El detective asintió.

—Sí, ahora mismo —dijo. Pero cuando iba a levantar a Bo, éste se agachó.

—¡Hay alguien ahí! —susurró.

Víctor se volvió.

En la puerta del vestíbulo había un hombre que iluminó la sala con una linterna grande.

—¿Qué hace usted aquí? —dijo con voz áspera cuando lo enfocó.

Víctor se levantó y puso un brazo sobre el hombro del pequeño.

—Ah, se le ha escapado su gato —dijo impasible, como si fuera la cosa más normal del mundo estar en un cine cerrado en mitad de la noche—. Pensaba que había entrado aquí, por la salida de emergencia. El cine ya no funciona, ¿verdad?

—No, pero el *dottor* Massimo, el propietario, me ha pedido que le echara un vistazo desde que cogieron aquí a dos niños huérfanos. El que está detrás de usted... —el hombre movió la linterna— es un niño.

—¡Muy agudo! —Víctor acarició el pelo húmedo de Bo—. Pero tiene padres. Es mi hijo. Como le he dicho, sólo buscaba a su gato. —Víctor miró a su alrededor—. Es un cine bonito. ¿Por qué está cerrado?

El hombre se encogió de hombros.

—Después de todos los problemas que ha habido, el *dottor* Massimo quiere convertirlo en un supermercado. Y ahora váyanse. Aquí no hay gatos, y si los hubiera, hace tiempo que estarían muertos. He echado veneno para ratas.

—¡Ahora mismo nos vamos! —Víctor empujó a Bo para ir hacia la salida de emergencia, pero el niño se quedó donde estaba. Al final también había oído lo que había dicho el hombre: el escondite de las estrellas se iba a convertir en un supermercado.

—La cortina —dijo de repente—. Mira, Víctor, la han arrancado.

La tela estaba sobre el suelo, toda sucia y arrugada.

—¿Qué piensan hacer con la cortina? —preguntó Víctor al vigilante, que ya se dirigía hacia el vestíbulo y se volvió de mala gana.

—¡Escúcheme, es tarde! —gritó—. Hagan el favor de marcharse y si quieren la cortina, llévensela.

—¿Ah, sí? ¿Y cómo vamos a hacerlo? —murmuró Víctor—. Vaya idiota.

Entonces sacó la navaja que llevaba en el bolsillo del abrigo y cortó un trozo grande de la tela bordada.

—Toma —dijo, y se lo puso a Bo en la mano—. Para que tengas un pequeño recuerdo.

—¿Escipión también está en casa de Ida? —preguntó cuando salían por la puerta de emergencia.

—No —respondió el detective, que lo envolvió en la manta que había traído por si acaso y lo cogió en brazos—. Ha regresado a su casa. Creo que tus amigos no quieren volver a hablar con él.

—Pero su padre es horrible —murmuró Bo a pesar de que ya no podía aguantar los ojos abiertos—. Tú eres mucho más simpático.

Se cogió al cuello de Víctor y apoyó la cara contra su hombro. Cuando llegaron al puente de la Accademia ya dormía profundamente. Y Víctor lo llevó a través de las calles tranquilas y vacías hasta la casa de Ida Spavento.

A SALVO

La propia Ida le abrió la puerta a Víctor, vestida con una bata de color rojo chillón y los ojos medio cerrados a causa del cansancio. Detrás de ella, con cara asustada, estaban Avispa, Mosca y Riccio, que los miraban como si hubieran estado esperando a otra persona.

—¿Qué pasa aquí? —murmuró cuando consiguió abrirse paso entre ellos con Bo en brazos.

—¡Es Bo! —exclamó Avispa muy alto. Víctor miró preocupado al pequeño, que sólo murmuró algo incomprensible medio dormido y volvió a caer en un sueño aún más profundo, envuelto en su manta calentita.

—Sí, es Bo —gruñó Víctor— y pesa bastante, así que ¿seríais tan amables de salir de mi camino para que pueda dejarlo en algún lado?

Los chicos se apartaron rápidamente e Ida acompañó a Víctor. Subieron las escaleras hasta la habitación en que había metido a los niños. El detective suspiró y dejó al pequeño junto con la manta en una de las camas, lo tapó con un edredón hasta la barbilla y salió con Ida de la habitación. Ante la puerta los esperaban Mosca, Riccio y Avispa con los ojos abiertos de par en par. Entonces Víctor se dio cuenta de que faltaba alguien.

—¿Dónde está Próspero? —preguntó.

—Por eso estamos todos despiertos a estas horas —respondió Ida en voz baja—. Caterina me ha despertado hace una hora porque no estaba en su cama.

Avispa asintió. Tenía la cara más pálida de lo normal

—¡Lo hemos buscado por todos lados! —susurró—. Por la casa, el patio, incluso hemos ido hasta el Campo. Pero no está en ningún lado.

Avispa miró al detective esperanzada, como si pudiera traer a Próspero por arte de magia, tal y como había hecho con su hermano.

—Vamos, es mejor que no nos quedemos delante de la puerta hablando —dijo Ida en voz baja—. El pequeño no debe saber que su hermano ha desaparecido. Y creo que Víctor tiene que contarnos bastantes cosas.

En el *salotto* hacía frío. De noche, Ida sólo ponía la calefacción en las habitaciones, pero Víctor encendió la chimenea y cuando se sentaron todos delante de ella, unos junto a otros y bien apretados, entraron en calor enseguida. Los gatitos de Bo bajaron del armario y se pusieron a ronronear alrededor de sus piernas, cuando notaron el calor. Entonces Víctor les contó cómo lo había despertado Esther y dónde encontró a Bo. Le costó concentrarse en su historia, ya que no hacía otra cosa que pensar en Próspero. ¿Dónde se había metido?

—¿Qué significa que no quiere que se lo devuelvan? —La voz de Ida lo sacó de sus pensamientos bruscamente—. ¿Qué se cree esta Esther? ¿Que el chico es como un zapato que se lo puede probar y tirarlo si no le gusta? —Buscó un paquete de cigarrillos por los bolsillos de su bata, enfadada.

—Toma, Ida —dijo Riccio, avergonzado, y le dio un paquete de tabaco aplastado—. Sólo he cogido uno, de verdad.

La mujer suspiró y le quitó los cigarrillos de las manos.

—¡No sé qué se cree esta Esther Hartlieb! —gruñó Víctor y se frotó los ojos—. Sólo sé que yo tenía ganas de ver la cara que iba a poner Próspero cuando le trajera a su hermano pequeño. ¡Pero en lugar de eso, vengo aquí y él ha desaparecido! ¡Maldita sea!

Miró a los tres niños enfadado.

—¿No podríais haberlo vigilado un poco? Todos os habéis dado cuenta de lo desesperado que se sentía.

—¿Qué significa eso? —gritó Mosca indignado—. ¿Que tendríamos que haberlo atado a la cama?

Avispa empezó a sollozar. Las lágrimas le caían por el camisón que le había regalado Ida y que le venía bastante grande.

—Basta ya —dijo Ida, y la abrazó—. ¿Qué hacemos? ¿Dónde podemos buscarlo? ¿Tiene alguien una idea?

—¡A lo mejor ha vuelto al Sandwirth! —dijo Mosca.

—Y no sospecha que su tía ya no está ahí —gruñó Víctor—. Voy a llamar al portero de noche para preguntarle si hay algún chico delante de la puerta del hotel.

El detective suspiró, sacó su móvil del bolsillo del abrigo y marcó el número del Gabrielli Sandwirth. Al portero de noche le faltaba poco para acabar su turno, pero aun así le hizo el favor y miró por la ventana. No había ningún chico en el paseo desierto de la Riva degli Schiavoni. Víctor guardó el teléfono con cara de confusión.

—Necesito dormir un poco —dijo, y se levantó—. Sólo una

o dos horas para que pueda pensar de nuevo. Un hermano está aquí, el otro anda por ahí —se lamentó y se frotó la frente—, vaya nochecita. Tengo la sensación de que estas cosas sólo me ocurren a mí. ¿Queda alguna cama vacía en la casa?

—Puedo ofrecerte el colchón de aire de Próspero —respondió Ida. Víctor aceptó la oferta.

Todos estaban muertos de cansancio, pero tardaron en dormirse mientras las pesadillas los esperaban bajo las almohadas. Sólo Bo dormía tranquilamente como un ángel, como si todas sus preocupaciones hubieran llegado a su fin aquella noche.

EL *CONTE*

Próspero y Escipión se despertaron cuando alguien abrió la puerta del establo. La luz del sol les dio en la cara. Al principio no sabían dónde se encontraban, pero la chica que estaba bajo el umbral hizo que lo recordaran rápidamente.

—*Buon giorno*, señores —dijo, y sujetó a los dogos, para evitar que entraran en el establo—. Me habría gustado dejaros aquí un rato más, pero mi hermano insiste en veros.

—¿Hermano? —le susurró Escipión a Próspero, cuando salieron del establo. A la luz del día, la casa parecía estar en mucho peor estado que por la noche.

La chica les hizo un gesto con impaciencia para que subieran las escaleras. Pasaron junto a los ángeles de la cara irreconocible, hasta que llegaron a las columnas que había junto a la puerta de entrada. Cuando la chica la abrió notaron un aire frío que olía a moho. Los dogos pasaron junto a ella y desaparecieron en el interior de la casa.

El recibidor era tan alto que Próspero se mareaba. Levantó la cabeza y miró hacia el techo, que estaba cubierto de pinturas. Estaban todas manchadas de hollín, habían perdido el color, pero aun así se podía ver lo bonitas que habían sido en el pasado. Había animales haciendo cabriolas, ángeles con las alas abiertas que volaban sobre un cielo azul de verano.

—¡Venga, seguid! —dijo la chica—. Ayer teníais mucha prisa. ¡Por ahí!

Señaló una puerta abierta al final del pasillo. Los perros corrían delante, con tantas ganas, que resbalaban sobre el suelo de piedra. Escipión y Próspero los siguieron no muy seguros de sí mismos. Caminaron sobre unicornios y sirenas, cuadros hechos de piedras diminutas y de colores, cubiertas de suciedad. Sus pasos resonaban tanto que a Próspero le parecía que los ángeles se iban a lanzar enfadados sobre ellos.

La habitación en la que se habían colado los perros estaba oscura, a pesar de la luz que entraba por una ventana pequeña. En una chimenea, en forma de boca de león, ardía una hoguera. Delante de ella se habían sentado los dogos, con algunos juguetes entre las patas. Esparcidos por toda la habitación había: bolos, pelotas, espadas, caballos de madera, un montón de muñecos de todos los tamaños y formas, tirados sin cuidado, a los que les habían arrancado los brazos y las piernas, ejércitos de soldados de hojalata, trenes de vapor, barcos de vela con marineros tallados en la barandilla y, en medio de todo esto, se encontraba un niño sentado. Con cara de aburrimiento puso a un soldado sobre un caballo diminuto.

—Aquí están, Renzo —dijo la chica, y empujó a Próspero y Escipión por la puerta—. Huelen a caca de paloma, pero, como ves, no se los han comido las ratas.

El chico levantó la cabeza. Tenía el pelo negro y muy corto y su ropa parecía más pasada de moda que la chaqueta de Escipión.

—¡El Señor de los Ladrones! —exclamó—. De verdad. Tenías razón, hermanita. —Lanzó el soldado que tenía en la mano al suelo de manera desconsiderada, se puso en pie y se acercó a Escipión y Próspero.

—Tú también estabas en la basílica, ¿no? —le preguntó al hermano de Bo—. Perdonad que Morosina os haya encerrado toda la noche en el establo, pero no está bien entrar en una isla privada en mitad de la noche. Siento lo del dinero falso, fue idea de Barbarossa; de otra manera no habría podido pagaros. Seguro que ya os habéis dado cuenta —señaló la pintura que se caía a trozos de las paredes— de que no soy muy rico, a pesar de que vivo en este palacio.

—¡Renzo! —dijo Morosina con impaciencia—. Di qué vamos a hacer con ellos.

El chico apartó un muñeco de una patada.

—¡Fíjate en lo sorprendidos que nos miran! —le dijo a Morosina—. ¿Os preguntáis cómo sé todo esto? ¿Os habéis olvidado del encuentro en el confesionario? ¿O de nuestra cita en la Sacca della Misericordia?

Próspero retrocedió. Oyó que Escipión respiraba hondo.

—¡Funciona! —susurró Escipión, que miraba con incredulidad a los dos chicos desconocidos—. Tú eres el *conte*.

Renzo sonrió e hizo una reverencia.

—A su servicio, Señor de los Ladrones —dijo—. Gracias por vuestra ayuda. Sin el ala de león tan sólo sería un tiovivo, pero ahora...

—Pregúntales quién les contó la historia del tiovivo —lo interrumpió su hermana, que estaba apoyada en la pared y con los brazos cruzados—. ¡Desembuchad! ¿Fue Barbarossa? Siempre le dije a Renzo que no podíamos confiar en ese gordo barbirrojo.

—¡No! —Los chicos se miraron mutuamente confusos—. No, Barbarossa no tiene nada que ver con que nosotros estemos aquí. Fue Ida Spavento quien nos contó la historia del tiovivo, la propietaria del ala, pero es una larga historia...

—¿Sabe que estáis aquí? —preguntó Morosina bruscamente—. ¿Sabe alguien que estáis aquí?

Escipión iba a responder, pero se le adelantó Próspero.

—Sí —dijo—. Nuestros amigos y un detective lo saben. Y si no volvemos, vendrán a buscarnos.

Morosina miró a su hermano muy enfadada.

—¿Lo has oído? —dijo—. ¿Qué hacemos ahora? ¿Por qué has hablado con ellos? ¿Cómo puedes haberles contado nuestro secreto? Podríamos habernos inventado cualquier cosa...

Renzo se agachó y cogió una máscara que estaba entre los soldados de juguete.

—Me han conseguido el ala —dijo—. Y no les he pagado. Por eso les permitiré montar en el tiovivo. —Miró primero a Próspero y luego a Escipión.

—Al principio va lento —dijo en voz baja—. Y apenas se nota nada. Luego empieza a ir más y más rápido. Casi me bajo demasiado tarde, pero así... —se miró a sí mismo— quería quedar. He recuperado lo que me robaron. Todos los años. Mientras los niños de los Vallaresso jugaban con todo esto —señaló los caballos de madera y los soldados de juguete—, Morosina y yo teníamos que limpiar la porquería de los palos del palomar. Arrancamos la mala hierba, les quitamos el moho de la cara a los ángeles del jardín, fregamos el suelo, pulimos los picaportes. Nos levantábamos antes que los señores y nos íbamos a la cama cuando hacía rato que todos dormían. Pero los Vallaresso ya han desaparecido y Morosina y yo aún estamos aquí. Y debo decir que me aburre jugar con todas estas cosas. Qué locura, ¿verdad?

El chico se rió y le dio una patada a una locomotora de vapor.

—Te haces llamar *conte* —dijo Escipión—, pero no eres un Vallaresso.

—No, no lo es —respondió Morosina por su hermano—. Pero tú —lo miró de pies a cabeza—, parece que también vienes de una familia rica, ¿verdad? Me he dado cuenta por la forma como hablas, como andas. ¿También tienes a una chica que es poco mayor que tú y que te recoge tus pantalones sucios cuando los tiras al suelo de cualquier manera, te limpia las botas y te hace la cama? No tienes derecho a montar en el tiovivo. ¿A qué has venido aquí? ¡No podemos darte dinero porque no tenemos!

—Es verdad, tengo a alguien que recoge mis cosas —dijo sin levantar la cabeza—. Y por las mañanas siempre encuentro preparada la ropa que me tengo que poner. Lo odio. Mis padres me tratan como si fuera demasiado tonto para abrocharme los pantalones. «Escipión, lávate las manos si has tocado el gato; Escipión, no pises el charco; por el amor de Dios, no seas tan torpe; Escipión, cierra la boca; no entiendes nada de esto; eres un enano estúpido, un inútil y un don nadie.» —Miró a Morosina—. En la escuela nos leyeron la historia de Peter Pan, ¿la conoces? Es un tonto, como tú y tu hermano. ¡A quién se le ocurre convertirse en niño de nuevo para que os puedan empujar y reírse de vosotros! Sí, yo también quiero montar en el tiovivo, sólo he venido a vuestra isla para eso, pero quiero ir en la otra dirección. ¡Quiero convertirme en adulto, adulto, adulto!

Escipión pataleó con tanta fuerza que rompió uno de los pequeños soldados.

—¡Lo siento! —murmuró, y se quedó mirando el juguete roto, como si hubiera hecho algo horrible.

Renzo se agachó y echó los trozos al fuego. Luego miró a Escipión mientras le daba vueltas a la cabeza. En la chimenea chisporroteó un tronco y muchas chispas fueron a parar a las baldosas, entre los juguetes.

—Os enseñaré el tiovivo —dijo Renzo—. Y si queréis, podréis montar en él.

EL TIOVIVO

Próspero notó que Escipión temblaba de lo impaciente que estaba, mientras seguían a Renzo a través de la portalada, hacia fuera. Él mismo no sabía si estaba nervioso. Todo le parecía muy extraño e irreal desde que habían llegado a la isla. Tenía la sensación de estar soñando. Y no sabía si se trataba de un sueño o de una pesadilla.

Morosina no los acompañó. Se quedó arriba entre las columnas y los vio marchar con los perros a su lado.

Renzo fue con los dos hasta una pérgola que había detrás de la casa, de cuyos puntales de madera colgaban hojas de otoño congeladas. El camino llevaba a un pequeño laberinto, en cuyos caminos sinuosos debieron de pasar el rato los Vallaresso en el pasado. Ahora los setos estaban sin cuidar y el laberinto se había convertido casi en una especie de jungla inmensa impenetrable. Aun así Renzo dudó poco mientras guiaba a Próspero y Escipión. Pero de repente se detuvo para escuchar.

—¿Qué pasa? —preguntó Escipión.

Se oyó el tañido de una campana transportado por el aire

frío. Parecía que la estaban haciendo sonar de manera repetida e impaciente.

—Es la campana de la puerta —dijo Renzo—. ¿Quién puede ser? Barbarossa no quería venir hasta mañana. —Parecía preocupado.

—¿Barbarossa? —Próspero lo miró sorprendido.

Renzo asintió.

—Ya os he dicho que fue idea suya pagaros con dinero falso. También se ocupó él de conseguirlo. Pero, naturalmente, el barbirrojo cobra por estos servicios. Mañana quería pasar a buscar su recompensa. El juguete antiguo. Hacía tiempo que le tenía echado el ojo.

—¡Qué cabrón! —murmuró Próspero—. Entonces sabía desde el principio que íbamos a recibir dinero falso.

—¡No le deis tanta importancia! Barbarossa engaña a todo el mundo —dijo Renzo, y escuchó de nuevo, pero la campana enmudeció. Sólo ladraban los perros—. Probablemente es un barco de turistas —murmuró—. Morosina siempre cuenta historias horribles sobre la isla cuando está en la ciudad y aun así, de vez en cuando siempre se acerca algún barco. Pero los dogos sólo tienen que asustar a los más curiosos.

Próspero y Escipión se miraron mutuamente. No se lo podían imaginar.

—Hace tiempo que hago negocios con el barbirrojo —contó Renzo, mientras se abría paso entre la maleza—. Es el único anticuario que no hace muchas preguntas. Y es el único al que Morosina y yo hemos dejado venir a la isla. Cree que trata con el *conte* Vallaresso de verdad, que es muy pobre, y de vez en cuando le compra algo de los tesoros familiares. Hace tiempo que mi hermana y yo vivimos de lo que dejaron los

Vallaresso. Pero cuando venga mañana para recoger el juguete nadie le abrirá la puerta. El *conte* ha desaparecido para siempre.

—Barbarossa siempre hizo como si no supiera lo que íbamos a robar para el *conte* —dijo Próspero.

—Yo no se lo he contado —respondió Renzo.

—¿Sabe que existe el tiovivo? —preguntó Escipión.

Renzo rió.

—No, Dios no lo quiera, el barbirrojo sería la última persona a quien se lo enseñaría. Sería capaz de vender entradas a quinientos euros cada una para que la gente lo viera. No, no lo ha descubierto nunca. Porque por suerte —Renzo desenredó un par de zarzas— está muy, muy bien escondido.

Pasó entre dos arbustos y desapareció. Próspero y Escipión se arañaron la cara con unas zarzas mientras lo seguían, pero de repente se encontraban en un claro, rodeados de arbustos y árboles, que tenían las ramas enredadas, como si quisieran esconder lo que tenían ante sí, que estaba cubierto de musgo.

El tiovivo era tal y como Ida lo había descrito. Quizá Próspero se lo había imaginado algo más espléndido y con más colorido. La madera se había descolorido y desgastado a causa del viento, la lluvia y la sal del aire, pero el tiempo no había conseguido dañar la gracia de las figuras.

Las cinco estaban ahí: el unicornio, la sirena, el tritón, el caballo de mar y el león, con ambas alas extendidas, como si nunca le hubiera faltado una. Estaban sujetos con un palo, bajo un baldaquín de madera, para que pareciera que flotaban. El tritón llevaba un tridente en el puño de madera. La sirena miraba con ojos verde pálido a lo lejos, como si soñara con el agua y el mar lejano. Y el caballo era tan bonito con su cola de pez, que al verlo uno casi olvidaba que también había caballos con patas.

—¿Ha estado siempre aquí? —preguntó Escipión, que se acercó al tiovivo para mirarlo atentamente y acarició la melena del león.

—Desde que tengo uso de razón —respondió Renzo—. Morosina y yo éramos muy pequeños cuando nuestra madre vino a la isla, porque los Vallaresso buscaban a una cocinera. Nadie nos habló del tiovivo, se guardaba con gran secreto, pero aun así lo descubrimos. Por aquel entonces ya estaba aquí tras el laberinto y a veces venía a ver cómo montaban en él los niños ricos. Me escondía tras los arbustos con Morosina y soñábamos con poder subirnos en él ni que fuera una vez. Hasta que nos descubrían y nos mandaban de vuelta a trabajar. Pasaron los años, y nuestra infancia también, nuestra madre se murió, nos hicimos mayores, los Vallaresso perdieron su fortuna y se marcharon de la isla y Morosina y yo nos fuimos a buscar trabajo a la ciudad. Entonces, un día oí en un bar la historia del tiovivo de las hermanas de la caridad. Inmediatamente supe que tenía que ser el que había en la isla. De repente entendí por qué los Vallaresso lo habían mantenido en secreto. No pude quitarme la historia de la cabeza, soñaba con encontrar la verdadera ala del león, con poder despertar la magia del tiovivo y montarme en él con mi hermana. Morosina se rió de mí, pero me acompañó cuando decidí volver a la isla. El tiovivo seguía en su lugar y decidí buscar el ala. No me preguntéis cuántos años me ha costado descubrir dónde estaba. —Renzo subió al tiovivo y se inclinó sobre el unicornio—. Ha valido la pena —dijo, y le acarició la espalda—. Vosotros conseguisteis el ala y Morosina y yo montamos en el tiovivo.

—¿Da igual en qué figura se monta? —Escipión subió a la plataforma y se montó sobre la espalda del león.

—No. —Durante un momento Renzo se quedó tan inclinado como el viejo que había sido—. A mí me correspondía el león. Tú y tu amigo tenéis que montaros en uno de los seres de agua.

—¡Venga, Pro! —dijo Escipión, y le hizo un gesto para que subiera—. Escoge una figura. ¿Cuál quieres, el caballo de mar o el tritón? —Próspero dudó y se acercó un poco. Oía ladrar a los perros a lo lejos.

También Renzo los había oído, pero frunció el ceño y se acercó al borde de la plataforma.

—Subid —le dijo a Escipión—. Creo que tengo que volver a la casa para ver a Morosina...

Escipión ya había bajado de la espalda del león y había montado en el caballo de mar.

—¿A qué esperas, Próspero? —le dijo impaciente al ver que aún no se había subido a la plataforma.

Pero Próspero no se movió. No podía. Simplemente no podía. Se imaginó que era mayor, que entraba en el Gabrielli Sandwirth, que apartaba a un lado a Esther y a su tío y se iba con Bo de la mano. Pero de repente no podía subir al tiovivo.

—¿Has cambiado de idea? —preguntó Renzo, que lo miraba con nerviosismo.

Próspero no respondió. Miró el unicornio, el tritón con su cara gris pálido y el león, el león alado.

—Monta tú primero, Escipión —le dijo.

La sorpresa le cayó como un jarro de agua fría.

—Como quieras —dijo, y se volvió hacia Renzo—. Ya lo has oído. En marcha.

—¡Vale, vale, cuánta prisa tienes! —Renzo se sacó un fardo

de debajo de su capa antigua y lo lanzó a Escipión—. Si no quieres romperte los pantalones es mejor que te cambies antes. Es ropa vieja mía o, mejor dicho, del *conte*.

Escipión bajó de mala gana del caballo de mar. Cuando se hubo puesto la ropa de Renzo, Próspero tuvo que contener las risas.

—¡No te rías! —gruñó Escipión, y le lanzó sus cosas. Luego se subió las mangas, que le venían grandísimas, se arremangó los pantalones a la altura de la rodilla y montó de nuevo en el caballo de mar—. ¡Los zapatos me saldrán volando! —se quejó.

—Mientras no te caigas tú... —Renzo se acercó a él y puso la mano sobre la espalda del caballo de mar—. Agárrate fuerte. Con un pequeño empujón se pondrá en marcha e irá cada vez más rápido hasta que saltes de él. Aún estás a tiempo de cambiar de opinión.

Escipión se abrochó la chaqueta, que también le venía grande.

—También tengo que saltar —dijo—. No es que piense hacerlo, pero... ¿se puede volver atrás?

Renzo se encogió de hombros.

—Como ves, no lo he probado.

Escipión asintió y miró a Próspero, que había dado un par de pasos hacia atrás. Las sombras de los árboles casi se lo habían tragado.

—¡Sube también, Pro!

Le suplicó de manera tan insistente que Próspero no sabía adónde mirar. Aun así negó con la cabeza.

—¡Bueno, tú mismo! —Escipión se sentó tieso como un palo. Las mangas de la chaqueta le tapaban las manos—. ¡En marcha! —gritó—. ¡Y juro que no saltaré hasta que tenga que afeitarme!

Renzo empujó el caballo de mar.

El tiovivo se puso en marcha lentamente. La vieja madera crujió y chirrió. Renzo fue junto a Próspero.

—¡Yujuuu! —le oyó gritar Próspero a Escipión. Vio cómo se inclinaba sobre el caballo con cola de pez. Las figuras giraban cada vez más rápido, como si el tiempo las empujara con una mano invisible. Próspero se mareó al intentar seguir a su amigo con la vista. Lo oyó reír y de repente notó que crecía en su interior una extraña sensación de felicidad. El corazón le latía alegremente mientras las figuras giraban ante él, con una alegría que hacía mucho que no sentía. Cerró los ojos y se sintió como si se hubiera transformado en el león alado. Estiró las alas y echó a volar. Alto. Más alto.

La voz de Renzo lo hizo volver a la tierra.

—¡Salta! —le oyó decir.

Abrió los ojos asustado. El tiovivo daba vueltas más despacio. Volvió a ver el tritón, con el tridente en la mano, la sirena y el león, pasó el unicornio, muy lentamente... y llegó el caballo de mar. El tiovivo se detuvo y no había nadie montado en él.

—¿Escipión? —gritó Próspero, echando a correr alrededor de aquel artefacto.

Renzo lo siguió.

El otro lado estaba a oscuras. Era un lugar donde crecían unos árboles altos, perennes, cuyas ramas tapaban el claro. Se movían agitadamente por el viento. Bajo su sombra se movió algo. Se levantó una persona, alta y delgada. Próspero se quedó petrificado.

—Ha faltado poco —dijo una voz desconocida. Próspero retrocedió sin querer.

—No me mires así. —El desconocido sonrió. Bueno, no le resultaba tan desconocido. Parecía el padre de Escipión, pero de joven. Sólo la risa era distinta, muy distinta. Escipión estiró los brazos. ¡Qué largos eran! Y abrazó con fuerza a Próspero.

—¡Ha funcionado, Pro! —exclamó—. Mira. Mírame. —Lo soltó y se pasó la mano por la barbilla—. ¡Tengo barba! Es increíble. ¿Quieres tocarla?

Se puso a dar vueltas sobre sí mismo, riendo y con los brazos estirados. Cogió a Renzo, que protestó, y lo levantó por los aires.

—¡Fuerte como Hércules! —exclamó, y volvió a dejarlo en el suelo. Luego se palpó la cara, se tocó la nariz, las cejas—. ¡Ojalá tuviera un espejo! —dijo—. ¿Qué aspecto tengo, Pro? ¿Muy diferente?

Como tu padre, quiso decir, pero se tragó las palabras.

—Pareces mayor —respondió Renzo en su lugar.

—¡Mayor! —murmuró Escipión y se miró las manos—. Sí, mayor. ¿Tú qué opinas, Pro, soy más grande que mi padre? Un poco más, ¿no? —Miró a su alrededor en busca de algo—. Por aquí tiene que haber una fuente o un estanque en el que pueda ver mi reflejo.

—En casa hay un espejo —respondió Renzo, que se echó a reír—. Vamos, tengo que volver. —Pero se quedó quieto en mitad del claro. Oyó un ruido en medio de los arbustos, como si un animal grande anduviera entre la maleza.

—¿Adónde me llevas, pequeña bestia? —oyeron exclamar a una voz—. Tengo más espinas clavadas que un cactus.

—Éste es el camino. ¡Ya hemos llegado! —respondió Morosina. Renzo miró asustado a Próspero y Escipión. Quiso echar a correr en la dirección de donde venían las voces, pero Escipión lo agarró y se escondió con ellos detrás del tiovivo.

—¡Agachaos! —les susurró a Próspero y Renzo, y se agazapó con ellos tras la plataforma.

—¡Se arrepentirá de esto! —exclamó Morosina con su voz aguda—. No tiene derecho a venir a husmear aquí. Cuando se entere el *conte*...

—¡Qué me importa el *conte*! —dijo una voz en tono burlón, que le resultó familiar a Próspero—. Hoy no está aquí. Me lo dijo él mismo. ¡No, estás tú sola, quienquiera que seas! ¿Por qué crees que Ernesto Barbarossa ha venido de visita a esta maldita isla precisamente hoy?

Renzo se asustó.

—¡Barbarossa! —murmuró.

Intentó saltar, pero Escipión lo agarró con fuerza. Los tres asomaron la cabeza con cuidado y miraron por encima del borde de la plataforma.

—¿Crees que he escalado el maldito muro para nada? —dijo el anticuario con la respiración entrecortada—. Quiero saber a qué viene todo este secretismo. ¡Y como no lo averigüe, puedo ser muy desagradable!

Las ramas crujieron de nuevo y acto seguido apareció Barbarossa en el claro, jadeando. Detrás de sí llevaba a Morosina cogida de la trenza, como si fuera la cadena de un perro.

—Demonios, ¿qué es esto? —exclamó el barbirrojo cuando vio el tiovivo—. ¿Te estás burlando de mí? Estoy buscando algo con diamantes, con diamantes enormes y perlas. Sabía que me ibas a tomar el pelo. ¡Ahora volvamos a la casa y cuidadito con no enseñarme lo que busco!

—¡Próspero! —susurró Escipión en voz tan baja que su amigo apenas lo oyó—. ¿Me parezco a mi padre? Dime.

Próspero dudó y asintió con la cabeza.

331

—Bien. Muy bien. —Se alisó la chaqueta y suavemente se lamió los labios como un gato que espera expectante a su presa—. Esperad aquí —susurró—. Creo que esto va a ser muy divertido.

Pasó agachado junto a Renzo y Próspero, los miró otra vez y se puso en pie.

Era un par de centímetros más alto que su padre. Sacó la barbilla, tal y como le gustaba hacer al *dottor* Massimo, y se dirigió hacia Barbarossa.

El anticuario lo miró boquiabierto sin soltar la trenza de Morosina.

—*Dottore...* ¡*Dottor* Massimo! —exclamó sorprendido—. ¿Qué... qué hace usted aquí?

—Eso quería preguntarle yo, *signor* Barbarossa —respondió Escipión. Próspero se quedó sorprendido al oír lo bien que podía imitar el tono despectivo de su padre—. Y por el amor de Dios, ¿qué le está haciendo a la *contessa*?

Barbarossa soltó la trenza de Morosina tan asustado como si se hubiera quemado.

—¿*Contessa*? ¿Vallaresso?

—Por supuesto, la *contessa* viene a visitar a su abuelo a menudo. ¿No es cierto, Morosina? —Escipión le sonrió—. ¿Pero qué le trae a esta isla, *signor* Barbarossa? ¿Negocios?

—¿Cómo? Sí, sí —el anticuario asintió pasmado—. Negocios—. Se quedó mucho más perplejo al darse cuenta de que la niña miraba a Escipión igual de sorprendida que él.

—Bueno. A mí me ha hecho venir el *conte* para examinar este tiovivo. —Escipión le dio la espalda a Barbarossa y se rascó el lóbulo de la oreja, tal y como tenía por costumbre hacer su padre—. Es posible que la ciudad quiera comprarlo, pero me temo que se encuentra en un estado lamentable. Supongo que lo reconocerá, ¿no es así?

—¿Reconocer? —Barbarossa se puso junto a él desconcertado y lo miró—. ¡Por supuesto! El unicornio, la sirena, el león, el tritón —se dio un golpe en la frente, como si quisiera que su cabeza pensara más rápido— y ahí está el caballo de mar. ¡El tiovivo de las hermanas de la caridad! ¡Increíble! —Bajó la voz y lanzó una mirada de complicidad a Escipión—. ¿Qué hay de la historia? ¿Las historias que cuentan sobre él?

Escipión se encogió de hombros.

—¿Quiere probarlo? —preguntó con una sonrisa que no se parecía en nada a la del *dottor* Massimo, pero Barbarossa no se dio cuenta.

—¿Sabe cómo se pone en movimiento? —preguntó, y subió a la plataforma lentamente, observándolo todo.

—Oh, tengo dos ayudantes —dijo Escipión—. Están escondidos por ahí, seguro que quieren escaquearse del trabajo. —Hizo una seña a Próspero y Renzo para que salieran de detrás del tiovivo—. Salid de ahí, vosotros dos. El *signor* Barbarossa quiere montar en él.

El anticuario aguzó los ojos cuando vio a Próspero.

—¿Qué hace éste aquí? —gruñó, mirándolo con desconfianza—. Conozco a este chico. Trabaja para...

—Ahora trabajo para el *dottor* Massimo —lo interrumpió Próspero, que se puso al lado de Escipión. Morosina fue corriendo junto a su hermano y le susurró algo al oído. Renzo se puso pálido.

—¡Les ha dado carne envenenada a los perros! —gritó, y se subió a la plataforma, pero Barbarossa lo hizo bajar de un empujón.

—¿Y qué? ¡Sobrevivirán! ¿Tenía que dejar que me devoraran esas bestias? ¡Ya me habían dado más de un susto de muerte!

—¡Ve a darles bejuquillo! —le dijo Renzo a Morosina sin quitarle la vista de encima al barbirrojo—. Queda un poco en el establo.

Morosina se fue corriendo. Barbarossa la miró con cara de satisfacción.

—Esos monstruos se lo merecían, créame, *dottore* —le dijo a Escipión—. ¿Sabe si hay que sentarse en alguna figura en especial?

—¡Siéntate en el león, barbirrojo! —dijo Renzo, y miró al anticuario con hostilidad—. Es el único que aguantará tu peso.

Barbarossa lo miró con desprecio, pero se montó en el león. Cuando dejó caer su gordo cuerpo, crujió la madera como si el león hubiese cobrado vida.

—¡Fabuloso! —exclamo alegremente Barbarossa, y miró a los otros como si fuera un rey montado en su corcel de batalla—. Por mí, puede empezar el viaje de prueba.

Escipión asintió y puso las manos en los hombros de Renzo y Próspero.

—Ya sabéis lo que tenéis que hacer. Dadle al *signor* Barbarossa el viaje que se ha ganado.

—¡Pero sólo una vuelta! —Barbarossa se inclinó hacia delante todo nervioso y se agarró con sus dedos gordos al palo—. Nunca se sabe. Quizá la historia es cierta y no quiero —señaló con desdén a Renzo— convertirme en un renacuajo como él. Pero un par de años —rió y se pasó la mano por la calva—, ¿a quién no le gustaría quitárselos de encima, verdad, *dottore*?

Escipión respondió con una sonrisa.

—¡Renzo, Próspero, un empujón bien fuerte para el *signor* Barbarossa! —ordenó.

Los dos chicos se dirigieron hacia el tiovivo. Renzo se apoyó en la espalda del tritón y Próspero en el unicornio.

—¡Agárrate fuerte, barbirrojo! —gritó Renzo—. ¡Vas a dar el viaje de tu vida!

El tiovivo se puso en marcha con tanta fuerza que pareció que el unicornio saltaba sobre la nuca del león. Barbarossa se agarró asustado al palo.

—¡Cuidado! ¡No tan fuerte! —gritó, pero el tiovivo giraba cada vez más rápido—. ¡Basta! —chilló—. ¡Basta! ¡Me mareo!

Pero las figuras giraban en círculos, una vuelta y luego otra.

—¡Maldito tiovivo del demonio! —gritó—. A Próspero le pareció que su voz sonaba cada vez más aguda.

—¡Salta, barbirrojo! —le gritó Renzo—. ¡Salta si te atreves!

Pero Barbarossa no saltó. Chillaba, maldecía, sacudía el palo, le daba patadas al león, como si de esa manera pudiera detener el frenético viaje. Y de repente ocurrió.

En su desesperada lucha por detenerlo, Barbarossa dio una patada al ala del león. Escipión, Renzo, Próspero, los tres oyeron cómo se rompió el ala de madera. Hizo un ruido horrible, casi como si se hubiera roto algo vivo.

—¡No! —oyó gritar Próspero a Renzo, pero ya no se podía hacer nada.

El ala salió volando por el aire, pegó en el pecho verde del tritón y fue a parar con estrépito sobre la plataforma de madera. Salió volando de ahí, le dio a Próspero en el brazo con tanta fuerza que gritó, y desapareció entre los arbustos.

El tiovivo dio una última vuelta lentamente. Se empezaron a ver otra vez las figuras. Y dejaron de moverse.

—*Madonna*! —oyó Próspero que se quejaba una voz—. ¿Qué ha sido eso? ¡Maldito viaje del demonio!

De la espalda del león alado, bajó un niño al que le temblaban las piernas. Gimiendo, se tambaleó hasta el borde de la plataforma de madera, tropezó con las perneras de su pantalón y se miró sorprendido los dedos: unos dedos cortos y gordos, con unas uñas rosadas.

DOS VUELTAS DE MÁS

—¡Lo ha roto! —gritó Renzo. Saltó a la plataforma, apartó al pequeño Barbarossa a un lado con tanta fuerza que casi lo tiró y se inclinó sobre el león. El ala de Ida seguía en su lugar, pero de la derecha sólo quedaba un trozo. Miró desesperado a Próspero y Escipión. Luego, como si de repente se hubiera dado cuenta de quién era el culpable de aquella desgracia, se abalanzó sobre Barbarossa, que seguía mirándose los dedos como si no acabara de creérselo.

—¡Maldito estúpido! —Renzo y le pegó un empujón en el pecho que lo hizo retroceder y tropezar con el caballo de mar—. ¡Entras sin permiso en mi isla, envenenas a mis perros, amenazas a mi hermana y ahora has destrozado aquello a lo que he dedicado la mitad de mi vida!

—¡No se ha detenido! —gritó Barbarossa, y se tapó la cabeza con el brazo, pero Renzo le golpeó cegado por la rabia hasta que Próspero subió a la plataforma y lo sujetó con una mano. El otro brazo aún le dolía del golpe del ala. Renzo bajó los puños sin oponer resistencia y miró el león mutilado.

Escipión también se había quedado como petrificado. Tras algunos titubeos, como si tuviera miedo de lo que podía encontrar, se acercó a los arbustos adonde había ido a parar el ala y la cogió entre las ramas.

—¡Encargaremos que nos hagan una nueva, Renzo! —dijo mientras acariciaba la madera astillada.

Renzo le dio una patada al león y apoyó la cara contra la melena de madera.

—No —dijo—. ¿Por qué creéis que hacía tanto tiempo que buscaba la segunda ala? El *conte* Vallaresso mandó hacer más de treinta después de que los ladrones la perdieran. Pero sin la de verdad, no es más que un tiovivo.

—¡No digas tonterías, las otras figuras están bien! —gritó Barbarossa—. ¿A qué vienen estas caras largas? —Estaba descalzo porque se le habían caído los zapatos y los calcetines durante su viaje fantástico y las mangas del abrigo le llegaban hasta el suelo. Era más pequeño que Bo.

Como nadie le respondió, se quitó el abrigo de los hombros, los pantalones que le venían tan grandes y se acercó a trompicones hasta el tritón. Cuando se dio cuenta de que era incapaz de montar en él, lo intentó con el caballo de mar. Pero de repente las figuras eran enormes, demasiado altas para un niño pequeño y gordo que siempre había sido un poco torpe.

—Ahórrate el esfuerzo, Barbarossa —dijo Próspero, y se sentó al borde de la plataforma—. Ya has oído lo que ha dicho Renzo. No funcionará nunca más.

—¡Imposible! —le gritó Barbarossa—. ¡Empujad otra vez! *¡Dottor* Massimo! —Corrió hasta el borde de la plataforma y se puso a saltar sobre sí mismo del frío que tenía—. ¡Por favor, *dottore*! ¡Acabe con estas travesuras de niños de una vez! ¡Míreme. Soy un hombre importante, toda la ciudad me conoce. ¡Hombres de todo el mundo vienen a mi tienda! ¿Quiere que me acerque a ellos con esta forma absurda que tengo ahora?

Escipión seguía mirando el ala astillada.

—Ah, déjame en paz, Barbarossa —dijo sin levantar la cabeza—. No entiendes nada. ¿A qué venías aquí? Lo has estropeado todo.

—¡Pero *dottore*! —gritó el anticuario.

—¡No soy el *dottor* Massimo! —le espetó Escipión—. Soy el Señor de los Ladrones. —Cansado, dejó el ala rota sobre la plataforma del tiovivo—. Y ahora también soy un adulto. Pero en cierto sentido has echado a perder toda mi alegría. Maldita sea, tengo que reflexionar.

Barbarossa miró a Escipión como si se le hubiera aparecido el diablo en persona.

—¿El Señor de los Ladrones? —susurró—. ¿El Señor de los Ladrones es el honorable *dottor* Massimo? Vaya sorpresa. —Puso un tono de voz amenazador, algo que no surte demasiado efecto cuando lo hace un niño de cinco años—: ¡Ponlo en marcha! —Cerró los puños—. ¡Ahora mismo! Si no, le contaré a la policía quiénes sois.

Escipión se rió al oírlo.

—¡Oh, sí, hazlo! Cuéntales que el *dottor* Massimo es el Señor de los Ladrones. Es una pena que ahora no seas más que un renacuajo y que no te creerán.

Barbarossa se quedó sin habla. Desamparado, lleno de rabia, con los puños aún cerrados, mirándose los pies fríos y desnudos.

—Serás caradura, ¿cómo te atreves a hacer chantaje a alguien? —le preguntó Renzo—. Ahora voy a ir a ver a mis perros. Y como les hayas hecho daño igual que a mi tiovivo, desearás no haber venido nunca a la Isola Segreta. ¿Entendido?

—Tú... —Barbarossa se volvió asombrado hacia él—. Te atreves a amenazarme, mocoso...

—¡Soy el *conte*, Barbarossa! —lo interrumpió él tajantemente—. Y como nadie te ha invitado a venir a mi isla, desde este instante eres mi prisionero.

Saltó del tiovivo y miró a Próspero y Escipión.

—¿Lo vigiláis? Tengo que ir a ver qué tal están los perros y Morosina.

Próspero asintió. Seguía sujetándose el brazo.

—¿Qué te pasa? —le preguntó Escipión, preocupado, cuando vio la cara de dolor que ponía.

Pero Próspero sólo negó con la cabeza.

—Me ha dado el ala, pero no es nada.

—Morosina te mirará el brazo —dijo Renzo—. Traed al pelirrojo a casa. —Entonces desapareció entre los arbustos.

Barbarossa lo miró asombrado.

—¡Será arrogante e impertinente...! —exclamó, y puso sus cortos brazos en jarra—. Es el *conte*. ¿Y qué? Tampoco me gustaba cuando era viejo y tenía el pelo gris. Su isla. Bah. Volveré a casa y hablaré con el mejor carpintero de la ciudad. Conseguirá que este tiovivo del demonio vuelva a funcionar de nuevo.

—No harás nada. —Escipión se puso delante de él. A pesar de que Barbarossa seguía sobre la plataforma, era más alto que él—. ¿Aún están vivos tus padres? —le preguntó.

Barbarossa se encogió de hombros. Tiritaba de frío porque no tenía puesto el abrigo.

—No. ¿A qué demonios viene esta pregunta?

Próspero y Escipión se miraron mutuamente.

—Entonces, tendremos que proponerle a Renzo la posibilidad de llevarlo al orfanato de las hermanas de la caridad —dijo Próspero.

—¿Qué? —Barbarossa retrocedió horrorizado—. ¡No os atreveréis! ¡No os atreveréis!

Escipión saltó al tiovivo y cogió al mocoso, que no paraba de patalear entre las figuras.

—El tiovivo no volverá a girar nunca más, barbilampiño. Ahora que no tienes barba ya no te podemos llamar «barbirrojo» —dijo el Señor de los Ladrones—. Tú lo has roto y por eso no puedes volver solo a la ciudad. Nunca se sabe qué desgracia te podría ocurrir. Ya has oído lo que ha dicho Renzo: ahora eres su prisionero. Y no me gustaría, si quieres que sea sincero, estar en tu pellejo, porque les has dado motivos de sobra a él y a su hermana para que estén enfadados contigo.

Barbarossa le dio patadas, puñetazos, pero Escipión se lo echó sobre el hombro como si fuera un saco para llevarlo de vuelta a casa.

Nunca habrían conseguido salir solos del laberinto, pero las huellas de Renzo les indicaron el camino que debían seguir. Mientras Barbarossa no paraba de maldecir, de escupir y de pegarle puñetazos en la espalda, Escipión no dijo nada. De vez en cuando miraba hacia el cielo o a los árboles y los observaba como si fueran nuevos y raros, igual que su nuevo cuerpo de adulto. Era como si no oyera los gritos de Barbarossa, como si estuviera sordo. Daba unos pasos tan largos que a Próspero le costaba bastante seguirlo.

Cuando llegaron a la casa, Escipión se volvió a Próspero, dejó a Barbarossa, que no había parado de gritar, en el suelo, y dijo:

—Se ha encogido todo, Pro. De repente el mundo es muy pequeño. Es casi como si yo no cupiera en él.

Se agachó junto a Barbarossa.

—Seguro que tú lo ves de una manera muy distinta, barbilampiño, ¿no? —le preguntó en tono burlón—. ¿Qué tal se ve todo desde ahí abajo?

Barbarossa no le hizo caso. Miraba a su alrededor con cara de mal humor, como si fuera un animal enjaulado que busca un lugar por donde huir. Se resistió con fuerza a que Escipión lo hiciera subir por las escaleras.

—¡Suéltame! —gritó. Se le había puesto la cara roja de lo enfadado que estaba—. ¡Este chico... el *conte*, me matará! ¡Tenéis que dejarme huir, al fin y al cabo somos socios! ¡Os daré dinero, mi barca está en la puerta, podéis decir que me he escapado!

—¿Dinero? Tenemos una bolsa llena de dinero falso —respondió Próspero—. Que nos diste tú.

Durante un instante Barbarossa se quedó mudo.

—¿Qué dinero falso? No sé nada de dinero falso —dijo, pero evitó mirar a ambos.

—Oh, sí que lo sabes —dijo Escipión, y subió las escaleras. Barbarossa lo siguió de mala gana. Y se quedó tieso cuando apareció Renzo arriba, entre las columnas.

—¡Ah! ¡Mirad lo furioso que está! —susurró y se aferró al brazo de Próspero—. Tenéis que protegerme de él.

En ese instante aparecieron los dogos detrás de Renzo. Tenían los ojos tristes, pero se aguantaban en pie. Morosina estaba entre ellos y miró a Barbarossa mordiéndose los labios.

—¡Has tenido suerte, envenenador miserable! —gritó Renzo, y bajó lentamente los escalones.

—Sí, están vivos —dijo cuando vio la mirada de alivio del anticuario—. Creo que aún podrían tomar un aperitivo. Morosina ha propuesto que como castigo eches una carrera con ellos, a ver quién corre más, y que la meta sea tu barca, por ejemplo...

Barbarossa se puso pálido.

Renzo se detuvo dos escalones por encima de él y lo miró desde arriba.

—Yo tengo otra propuesta —dijo—. Naturalmente, tienes que pagar por todo lo que has hecho, pero no con tu vida ni de la manera con que le hemos pagado nosotros al Señor de los Ladrones.

—¿Entonces, cómo? —Barbarossa lo miró con recelo.

—Gracias a ti, Morosina y yo no podemos deshacer lo que hemos empezado —dijo Renzo—. Igual que el Señor de los Ladrones o tú mismo. Te he vendido casi todo lo que había de valor en esta isla, sólo queda el juguete viejo. Y mi hermana y yo estamos solos. Por eso te dejaré libre si me das el dinero que tienes en tu tienda, pero no el de la caja registradora, sino el de la caja fuerte.

Barbarossa retrocedió tan asombrado que casi cayó por las escaleras. Próspero lo agarró por la cintura del pantalón, pero el anticuario le pegó un manotazo en cuanto recuperó el equilibrio.

—¿Te has vuelto loco? —le espetó a Renzo—. ¿Y de qué voy a vivir luego? Apenas me llega la cabeza al mostrador. ¿Tengo la culpa de que se haya roto esta ala podrida?

—¿Que si tienes la culpa? —Escipión suspiró, se agachó y miró a Barbarossa con una sonrisa burlona en la cara—. ¿Acaso tienes la culpa de haber entrado en esta isla con un paquete de carne envenenada y de haber arrastrado a Morosina de los pelos?

Barbarossa abrió la boca, pero Renzo no le dejó decir nada.

—Iremos juntos a la ciudad —dijo— y me darás el dinero. A cambio no me vengaré de ti, ni por lo del tiovivo, ni por lo de los perros, ni tampoco por lo que le has hecho a mi hermana. Y créeme que podríamos hacerlo. Podríamos avisar a los *carabinieri* y decirles que hemos encontrado a un niño huérfano, que se imagina que es Ernesto Barbarossa, o pedirles a Escipión y Próspero que te llevaran al orfanato de las hermanas de la caridad. Depende de ti. Puedes pagar tu rescate.

Barbarossa se acarició la barbilla y dejó caer la mano, enfadado, cuando se dio cuenta de que estaba medio desnudo y no tenía barba.

—Chantaje —gruñó.

—Llámalo como quieras —respondió Renzo—. A mí también se me ocurren un par de palabras poco delicadas para lo que has hecho en mi isla.

Barbarossa lo miró tan enfadado que Próspero se rió.

—Yo aceptaría la oferta, barbilampiño —dijo—. Si no, Morosina te dará de comer a los dogos.

Barbarossa cerró sus pequeños puños de impotencia.

—De acuerdo, acepto —dijo, y miró a los perros, que estaban en el primer escalón—. Pero es y será un chantaje.

EL CASTIGO DE BARBAROSSA

Volvieron a Venecia a primera hora de la tarde. El cielo estaba cubierto de unos nubarrones tan negros que Próspero creyó por un momento que estaba anocheciendo.

Había perdido el sentido del tiempo. Tenía la sensación de que hacía meses que Escipión y él habían partido de noche hacia la Isola Segreta, como si fuera un turista que volvía de países muy, muy lejanos. Cuando llegaron al Canal Grande con el barco del padre de Escipión empezó a llover. El viento les mojó la cara con las gotas frías y parecía que los palacios de la orilla estaban llorando.

—¿Cuánto tiempo voy a tener que quedarme en este agujero? —Próspero oyó cómo se quejaba Barbarossa.

Escipión lo había encerrado en el camarote, para asegurarse de que no maquinara ningún plan malvado. Renzo los siguió con la barca de Barbarossa, una chalana con la que el barbirrojo pretendía huir de la isla. A pesar de que lo negaba tajantemente. Morosina se había quedado en la Isola Segreta para cuidar de los perros. Movieron tanto la cola cuando Renzo se despidió de ellos, que subió a la barca de Barbarossa todo preocupado.

—¿Cómo volverás luego a la isla? —le preguntó Escipión cuando amarraron las barcas en un muelle algo apartado.

—Oh, tomaré prestada la del signor Barbarossa durante unos días —respondió Renzo—. Es mucho más práctica que mi velero y, además, la próxima vez no me dará ninguna sorpresa.

Barbarossa murmuró algo muy desagradable y empezó a andar con cara de malhumor. Escipión le había prestado su ropa de niño, pero aun así le iba demasiado grande. Se le salía un zapato a cada dos pasos, la gente se volvía al verlo y se reía de él cuando intentaba poner cara de dignidad.

La estatura de Escipión también atrajo miradas curiosas. Renzo le había regalado una capa oscura que él mismo había llevado; parecía salido de un cuadro antiguo. Próspero andaba avergonzado a su lado, echaba de menos la cara familiar de Escipión. Con la máscara no le habría resultado tan extraño. De vez en cuando su amigo le sonreía, quizá notaba la timidez de Próspero y quería ayudarlo, pero no lo consiguió del todo.

La lluvia caía cada vez con más fuerza sobre los adoquines y cuando por fin llegaron a la tienda de Barbarossa, apenas se veía un alma en la calle.

Con el rostro serio, el anticuario abrió la puerta y encendió la luz. Dejó colgado el cartel de «Chiuso» que había al otro lado de la puerta y la cerró por precaución cuando habían entrado todos.

—Tenéis que dejarme un tercio —se quejó mientras los conducía a su oficina—. ¡Como mínimo! ¿De qué voy a vivir si no? ¿Queréis que me muera de hambre?

Pequeño como era ahora, le resultó más fácil encontrar un camino en la tienda llena de objetos, pero a pesar de su nueva estatura, Barbarossa intentaba darse los mismos aires de importancia que antes. Era algo tan raro que Escipión lo imitó a sus espaldas.

—¿A qué vienen todas esas risitas? —preguntó Barbarossa cuando oyó reír a Próspero y Renzo. Puso cara de ofendido y desapareció tras la cortina de perlas de su oficina. Los demás lo siguieron.

—¡Fuera de aquí! —gritó Barbarossa—. ¡Os daré el dinero, pero no quiero que veáis la combinación de la caja fuerte!

—Cerraremos los ojos —dijo Próspero, y puso una silla bajo el póster del museo de la Accademia que estaba colgado tras el escritorio del anticuario.

—¡Habéis espiado! —gruñó Barbarossa, mientras se subía a la silla con grandes esfuerzos—. Tú y tu amigo del pelo pincho. ¿Desde cuándo sabéis que la caja fuerte está detrás del póster?

Próspero se encogió de hombros.

—No lo sabíamos —respondió—. Pero Riccio lo ha sospechado siempre.

—¡Banda de granujas! —exclamó Barbarossa, y descolgó el póster de la pared con sumo cuidado—. Robar a un pobre niño. ¡Diantre! Pero cuando vuelva a recuperar un tamaño decente...

—Eso no ocurrirá hasta dentro de muchos años —lo interrumpió Renzo, impaciente—. ¡Acaba de una vez! Tengo que ir a buscar un veterinario, seguro que te acuerdas del motivo... Cuando pienso en ello, aún has tenido suerte.

Barbarossa miró la caja fuerte.

—¡Me he olvidado de la combinación! —dijo, pero Renzo lo miró con tan mala cara que la recordó.

—¿Esto es todo? —exclamó Renzo cuando el anticuario le dio dos fajos de billetes—. ¿Tanto quejarse por esto? No nos llega ni para pagar al veterinario. —Sin decir una palabra más se volvió y regresó a la tienda.

—¿Qué piensa hacer? —Barbarossa saltó de la silla y salió corriendo tras él—. Tienes tu dinero. No toques nada, ¿de acuerdo?

Renzo estaba en mitad de la tienda, debajo del candelabro de flores de cristal de varios colores, y miró a su alrededor.

—¿Vosotros qué cogeríais? —preguntó—. ¿Cómo me puede compensar después de haberme roto el ala del león?

Escipión abrió una vitrina y sacó algo.

—¿Qué te parece esto? —preguntó, y le puso en la mano las pinzas para el azúcar que él mismo había robado de la casa de su padre.

Barbarossa adoptó un aire indignado.

—¡Te las he pagado, Señor de los Ladrones! —gritó con el tono agudo de un niño—. Pregúntaselo a tu representante. Os di más que suficiente.

Escipión se acercó todo enfadado al anticuario, que le llegaba a la altura de la cintura.

—La cantidad que pone en la etiqueta, es casi diez veces más de lo que le pagaste a Próspero —dijo—. Durante mucho tiempo hemos jugado con tus reglas, pero ahora te toca jugar un rato con las nuestras.

—¡No pienso hacerlo! —Furioso, Barbarossa puso los brazos en jarra, pero Escipión se limitó a darle la espalda y a mirar los objetos que había en las vitrinas.

Renzo se guardó los dos fajos de billetes de la caja fuerte en la chaqueta, las pinzas para el azúcar en un bolsillo del pantalón, y se volvió.

—Te deseo suerte, Señor de los Ladrones —dijo, y abrió la puerta de la tienda. La lluvia le mojó la cara—. Si nos quieres visitar otra vez, toca la campana de la puerta. Si estoy en casa, te abriré.

—Y cada vez que pase por la Basílica San Marco pensaré en el *conte* —dijo Escipión.

Renzo asintió.

—¡Barbarossa! —dijo antes de salir a la calle—. Es mejor que en el futuro no te acerques a la Isola Segreta. Nuestros perros no olvidarán nunca tu olor.

El anticuario lo miró con desprecio.

—¿Y qué? Esas bestias no van a vivir para siempre —le oyó murmurar Próspero, pero Renzo ya se había vuelto y estaba en la calle. Llovía como si el cielo le hubiese prometido al mar que inundaría la ciudad.

Escipión se acercó a la ventana y miró a Renzo hasta que se metió por una calle, entre dos casas.

—Pro, es mejor que vuelvas a casa de Ida Spavento —dijo sin volverse—. Yo te llevo, ¿de acuerdo?

—Claro. Puedes dormir en nuestra habitación, como mínimo esta noche —dijo Próspero, pero Escipión negó con la cabeza.

—No —respondió mientras seguía mirando la lluvia— Esta noche tengo que estar solo. Aún me queda un poco de dinero, alquilaré una habitación de hotel, con un gran espejo para irme acostumbrando a mi cara nueva. Quizá le pida a Mosca que me dé un poco del dinero falso. Para casos de emergencia. ¿En qué hotel está tu tía?

—En el Gabrielli Sandwirth —respondió Próspero, y pensó que quizá sería mejor que fuese primero allí.

—Vamos a casa de Ida, seguro que los otros están preocupados por ti porque no saben dónde te has metido —dijo Escipión como si le hubiese leído la mente.

—¿Y qué pasa conmigo? —Barbarossa se puso entre los dos.

Próspero y Escipión se habían olvidado del barbirrojo. Parecía tan pequeño entre todas las cosas valiosas y sin valor que había acumulado. El mostrador le llegaba a la altura de los hombros.

—Podéis dormir en mi piso —dijo—. Es muy, muy grande y está justo encima de la tienda.

—No, gracias —respondió Escipión, y se puso bien la capa sobre los hombros—. Venga, Pro, vámonos.

—¡Un momento, no os vayáis tan rápido! ¡Esperad! —El anticuario los adelantó y les cerró el paso—. ¡Iré con vosotros! —dijo—. No pienso quedarme aquí y ya está. Mañana lo veré todo de otra forma, pero ahora... —Miró preocupado afuera a través del cristal mojado—. Dentro de poco será oscuro, o sea, ya está todo horriblemente oscuro, parece que la lluvia quiere tragarse la ciudad y no llego a la nevera ni a mi cafetera. *Basta!* —Apartó la mano de Escipión cuando iba a coger el picaporte—. Voy con vosotros. Sólo hasta mañana, como he dicho.

Los dos amigos se miraron uno al otro sin saber qué hacer. Al final, Próspero se encogió de hombros.

—Puede dormir en la cama de Bo —dijo—. Si sólo es una noche, no creo que a Ida le importe.

Una expresión de alivio se dibujó en la cara redonda, pero sin barba, de Barbarossa.

—¡Vuelvo ahora! —dijo, y cogió un enorme paraguas. Los tres se resguardaron del agua bajo él y emprendieron el largo camino que había hasta Campo Santa Margherita.

Escipión dejó el barco de su padre donde lo había amarrado. Dos días más tarde, llamó la atención de la policía marítima e informaron al *dottor* Massimo de que el barco, cuyo robo había denunciado, había aparecido. Sin embargo, no tenían ninguna pista del hijo del *dottore*, de quien también había denunciado su desaparición.

INVITADOS DESCONOCIDOS

Escipión estaba en lo cierto, los demás estaban preocupados por Próspero, muy preocupados.

Todos se acordaban de la cara de desesperación que tenía la última vez que cenaron juntos. Y de que Avispa no pudo consolarlo. Cuando estaba Bo delante disimulaban lo preocupados que estaban y Avispa intentaba convencerlo de que era mejor que se quedara con Lucía y los gatos, en vez de salir a buscar a su hermano. Pero el pequeño negaba siempre con la cabeza, se aferraba a la mano de Víctor y lo acompañaba a todas partes.

Al principio lo intentaron en el Sandwirth, luego preguntaron a los *carabinieri*, en los hospitales y orfanatos. Giaco fue con la lancha por todos los canales y enseñó la foto de Próspero a todos los *gondolieri* mientras Mosca y Riccio preguntaron en los *vaporetti* por él. Pero cuando llegó la lluvia y el cielo oscureció, como si el sol mismo hubiese ido a buscar un lugar seco para resguardarse, seguían sin tener ni una pista sobre Próspero.

Ida y Avispa fueron las primeras en volver a casa, ya no sabían por dónde seguir buscando. En Campo Santa Margherita encontraron a Víctor, con Bo cargado a la espalda, dormido y calado hasta los huesos. Ida sólo necesitó mirar al detective a la cara para darse cuenta de que había tenido tan poco éxito como ellos.

—¿Dónde puede haberse metido ese niño? —suspiró mientras abría la puerta de la casa—. Lucía ha vuelto a ir al cine, estará a punto de llegar.

Avispa estaba tan cansada que apoyó la cabeza contra la espalda de Ida.

—Quizá se ha colado en un barco —murmuró— y hace tiempo que está muy, muy lejos...

Pero Víctor negó con la cabeza.

—No lo creo —dijo—. Voy a poner a Bo en la cama, comeré algo, tomaré un vaso del Oporto de Ida y luego iré a ver al *dottor* Massimo. Quizás Escipión sabe algo de él. He llamado cientos de veces, pero nadie coge el teléfono.

Ida abrió la puerta de un empujón.

—Sí, podría ser una posibilidad —dijo, y se quedó bajo el umbral.

—¿Qué ocurre? —preguntó Víctor. Y también lo oyó. Unas voces resonaban en la cocina, en el piso de abajo.

—¿Giaco? —preguntó Víctor, pero Ida negó con la cabeza.

—Se ha ido a Murano.

—Podría ir a espiar —susurró Avispa.

—¡No, no lo permitiré! —murmuró Víctor, y dejó a Bo con mucho cuidado en un sillón junto a la puerta de la casa—. Vosotras dos quedaos aquí con Bo, mientras yo voy a ver quiénes son nuestros visitantes. Si hay problemas —le dio a Ida su móvil—, llamad a la policía.

353

Pero Ida se lo dio a Avispa.

—Yo voy contigo —dijo en voz baja—. Al fin y al cabo, están sentados en mi cocina.

Víctor suspiró, pero no intentó hacerla cambiar de opinión. Avispa los miró a los dos preocupada cuando empezaron a bajar por el pasillo oscuro.

La puerta de la cocina estaba abierta y en la gran mesa, en la que Lucía extendía su masa para la pasta, había sentados dos chicos y un hombre alto que, para sorpresa de Víctor, se parecía al honorable *dottor* Massimo, pero en joven. El más pequeño de los dos niños tenía la misma edad que Bo, más o menos, y unos rizos pelirrojos. Intentó coger la botella de Oporto medio vacía que había entre los tres, pero el otro niño se la quitó. Estaba sentado de espaldas a la puerta. Cuando volvió la cabeza hacia un lado, Ida dejó escapar un suspiro de alivio, que hizo que aquel niño se volviera hacia ellos dos, asustado.

—¡Maldita sea, Próspero! —exclamó Víctor—. ¿Tienes idea de cuánto tiempo hace que te estamos buscando?

—Hola, Víctor. —Próspero echó su silla hacia atrás y puso cara de arrepentimiento. Llevaba el brazo izquierdo en cabestrillo.

Los otros dos dejaron rápidamente sus vasos sobre la mesa, como si fueran dos niños a los que habían pillado haciendo algo malo. El hombre joven intentó esconder el suyo bajo la mesa y se echó el vino de Oporto sobre sus pantalones oscuros.

—¿Cómo habéis entrado aquí? —le preguntó Ida a Próspero, sin quitarles el ojo de encima a sus compañeros.

—Lucía me dijo dónde guardaba su llave de repuesto —respondió Próspero, avergonzado.

—Vaya, vaya, entonces decides traer aún a más gente a la casa de Ida. —Víctor miró con desconfianza al hombre joven—. Me

354

apuesto a que usted se apellida Massimo —gruñó—. ¿Y qué hay del enano? ¿Es que no había suficientes niños ya en la casa?

El pequeño pelirrojo se puso en pie rápidamente, miró a Víctor de la cabeza a sus zapatos desgastados y balbuceó:

—¿Enano? Soy Ernesto Barbarossa, soy un hombre muy importante de esta ciudad. ¡Pero qué diantres! ¿Quién es usted, si se me permite preguntar?

Víctor se quedó boquiabierto, pero antes de que pudiera decir algo, el hombre joven hizo sentar al niño en su silla.

—Cállate, Barbarino —dijo—. Si no sabes comportarte, ya sabes dónde está la puerta. Éste es Víctor, un amigo nuestro. Y la que está junto a él es Ida Spavento. Esta casa es suya y está claro que has bebido demasiado Oporto, que también es suyo.

Víctor e Ida se miraron asombrados.

—Perdonad por haber traído al barbirrojo —farfulló Próspero—. Y siento también que se haya bebido tu Oporto, Ida, pero no quería quedarse solo en su tienda. Es sólo por esta noche...

—¿En su tienda? —preguntó Víctor—. Maldita sea, Próspero, ¿puedes contarnos de una vez por todas qué es lo que ha ocurrido?

—Hemos dado nuestra palabra de honor de que no hablaríamos de ello —respondió mientras se ponía bien el pañuelo que le aguantaba el brazo.

—Sí, claro, lo sentimos mucho, Víctor —dijo el hombre joven. El detective no recordaba haber visto sonreír nunca a un adulto de manera tan impertinente—. Pero quizá tienes ganas de adivinar a quién tienes delante de ti. Lo de mi apellido no ha estado mal.

Víctor se ahorró la respuesta. Alguien le tiró de la manga y

355

cuando miró por encima del hombro, Avispa estaba detrás de él.

—¿Qué pasa aquí? —preguntó en voz baja, e intentó mirar en la cocina. Cuando vio a Próspero pasó rápidamente entre Víctor e Ida. No se molestó en mirar al niño de los rizos pelirrojos ni al hombre desconocido que estaba apoyado en la mesa de Ida. Sólo se fijaba en el brazo dañado de Próspero.

—¿Dónde estabas? —le preguntó con una mezcla de enfado y alivio—. ¿Dónde demonios te habías metido? ¿Sabes lo preocupados que estábamos? Desapareces en mitad de la noche... —se le llenaron los ojos de lágrimas.

Próspero abrió la boca para decir algo, pero Avispa no le dejó hablar.

—Hemos buscado por toda la ciudad. ¡Mosca y Riccio aún no han vuelto! —gritó—. Lucía y Giaco tampoco. ¡Y Bo se ha pegado unos hartones de llorar que ni te cuento! Víctor no lo ha podido consolar ni una sola vez...

—¿Bo? —Próspero se había mostrado avergonzado, pero ahora la miraba con incredulidad, como si no hubiera oído bien—. ¿Bo? —balbuceó—. Bo está con Esther.

—¡No está con ella! —exclamó Avispa—. ¿Pero cómo quieres saberlo si desapareciste? ¿Qué te ha pasado en el brazo?

Próspero no respondió. Se quedó mirando a Víctor.

—Sí, no pongas esa cara. Tu hermanito se escapó de Esther —dijo el detective—. Antes de huir se portó tan mal que tu tía ya no lo considera un ángel. No quiere volver a verlo nunca, nunca más. Éstas fueron sus propias palabras. Ni a él ni a ti. Me dijo que os buscara un buen orfanato italiano en caso de que aparecierais de nuevo. Pero no quiere tener nada que ver con vosotros.

Próspero sacudió la cabeza.

—¡Imposible! —susurró.

—Encontré a tu hermano en el cine —dijo Víctor—. Pensaba que cuando volviera aquí te me echarías encima de la alegría. Pero no estabas.

Próspero volvió a sacudir la cabeza, como si no pudiera creer lo que le estaba contando Víctor.

—¿Has oído, Escipión? —susurró.

—Esto sí que es un buen motivo para hacer una fiesta —dijo el joven *signor* Massimo, y le puso un brazo a Próspero sobre los hombros—. Quizá deberíamos gastarnos uno de nuestros fajos de dinero falso.

—¿Quién demonios es, Próspero? —gruñó Víctor.

—Escipión, ¿quién va a ser? ¡Y ahora dime dónde está Bo, por favor!

Pero el detective se había quedado sin habla. Abría la boca y la volvía a cerrar, pero no pronunciaba ninguna palabra. Entonces Ida cogió a Próspero de la mano.

—Ven —le dijo, y lo llevó al piso de arriba.

Bo seguía durmiendo en el sillón en que lo había dejado Víctor. Se había acurrucado como uno de sus gatitos, bajo el jersey con que lo había tapado Avispa. Tenía el pelo mojado a causa de la lluvia y los ojos rojos de tanto llorar. Próspero se inclinó sobre él y lo tapó hasta la nariz.

—Sí, Bo ha solucionado el problema —dijo Ida en voz baja—, mientras su hermano se iba a la Isola Segreta.

Próspero la miró con cara de sorpresa.

—No puedo contar nada —dijo—. Es el secreto de otra persona. Y...

—... la Isola Segreta guardará su secreto —Ida acabó la frase por él y se sentó en el brazo del sillón—. Sea como sea, mi ala ha vuelto al lugar que le corresponde. Bo se alegrará de que no hayas montado en aquello de lo que no podemos hablar.

—Sí. Yo también lo creo. —Próspero se levantó—. ¿Qué le hizo a Esther?

—Han echado a tu tía del hotel —respondió Ida—. Y recuerdo algo sobre un incidente con un plato de pasta y salsa de tomate.

Próspero sonrió.

—Era muy bonito, tal y como tú nos contaste —dijo de repente—. Pero se ha roto por culpa de Barbarossa y creo que no volverá a funcionar nunca más.

Ida calló. Se inclinó sobre Bo mientras pensaba y le acarició un mechón de pelo húmedo.

—Deberías despertar a tu hermano pequeño —dijo—. Y luego le echaré un vistazo al brazo.

—Ah, no es nada grave —respondió Próspero—. Pero, a lo mejor, conoces a algún veterinario que se atreva a ir a la Isola Segreta para ver a dos perros.

—Claro —respondió Ida, y volvió a la cocina.

Y Próspero despertó a Bo.

UNA IDEA LOCA

Aquella noche Avispa puso diez platos en la mesa del comedor. Cuando Ida le dijo a Lucía que el niño pelirrojo y el hombre joven también se quedarían a comer, el ama de llaves sacudió la cabeza y murmuró que tantas bocas acabarían comiéndosele hasta los platos y la cubertería. Pero luego desapareció en la cocina y preparó grandes cantidades de pasta. Cuando trajo las fuentes de comida recién hecha se sentaron casi todos a la mesa. Sólo faltaban Ida y Barbarossa.

Próspero se dio cuenta de que Mosca, Riccio y Avispa miraban disimuladamente a Escipión que, con sus largas piernas, se había sentado al final de la gran mesa. Probablemente buscaban algún rasgo familiar, pero no lo encontraron. De vez en cuando Escipión se pasaba la mano por el pelo, tal y como hacía antes, y seguía levantando las cejas de la misma manera, pero incluso a Próspero le resultaba un extraño. Parecía que él también lo notaba a pesar de que sonreía cuando se daba cuenta de la mirada insegura de sus amigos.

—Bueno, *signor* Massimo, ¿cuándo piensas pasar por casa de

359

tus padres? —preguntó Víctor, después de que Lucía se sentara a la mesa con un gran suspiro—. ¿Hoy?

—¿Por qué iba a hacerlo? —respondió Escipión, y pasó los dedos sobre los dientes del cuchillo—. No me habrán echado demasiado de menos. Como mucho, iré para ver cómo están mis gatos.

—Pero tienes que contarles lo que ha ocurrido —dijo Víctor, y volvió a servirse más pasta, a pesar de que Lucía frunció el ceño para mostrar su desacuerdo—. Da igual lo que opines de tu padre, no puedes dejarlo vivir eternamente con la preocupación de que su hijo haya caído en un canal o sido secuestrado.

Escipión se puso a jugar con el cuchillo sobre el mantel y no respondió.

—¡Si él no quiere, Víctor! —dijo Bo—. Además, ahora ya es un adulto.

Escipión le sonrió.

—Adulto. ¿Y qué?

Al detective le entraron ganas de decir lo que pensaba de Escipión, cuando de repente se abrió la puerta y entró Ida. Llevaba a Barbarossa de la mano, que miró al techo con cara de mal humor cuando todos se volvieron hacia él.

—A partir de ahora mismo, vuestro amigo no puede moverse por mi casa solo —dijo Ida enfadada—. ¡Ha entrado en mi laboratorio, me ha revuelto los cajones y se ha comido mis pralinés!

Barbarossa se puso rojo como un tomate.

—¡Tenía hambre! —le dijo a Ida—. Le compraré unos mejores en cuanto vuelva a tener un poco de dinero. ¿Cuántas veces tengo que decir que perdí mi cartera en la maldita isla? Mañana, en cuanto abran los bancos, iré a sacar dinero, le pagaré los pralinés y me vestiré como es debido. Para un hombre como yo es una vergüenza ir... —señaló con desprecio el jersey que le había prestado Bo— con esta ropa de niño.

—Bueno, fantástico. —Ida lo sentó bruscamente en la única silla que quedaba vacía, entre Riccio y Bo, y ella se sentó en un taburete junto a Víctor.

—Creo que les has pedido a Próspero y a Escipión que te trajeran aquí, ¿no? —le preguntó Avispa—. Entonces compórtate como es debido, ¿vale?

—Este enano no roba sólo pralinés —dijo Lucía, furiosa—. Lo he pescado con nuestras últimas cucharas de plata. Y también se ha metido una cámara fotográfica bajo la chaqueta.

Riccio se rió y Próspero lo sorprendió lanzándole una mirada de admiración. Pero Bo se levantó con su plato y se sentó en la alfombra de Ida, lejos de la mesa.

—No quiero sentarme a su lado —dijo—, si no me robará mi pasta. —Barbarossa le lanzó una oliva, lo que le valió una bofetada de Avispa.

—¡Basta ya! —gritó Víctor—. ¿Qué está pasando aquí? No dejéis que el enano os vuelva a todos locos.

Lucía suspiró profundamente y se levantó.

—*Signora*, me voy a casa —dijo, y dobló su servilleta—. Quizá debería encerrar al pequeño en el cuarto de la limpieza si tiene que pasar aquí la noche.

—Otra de las tuyas, Barbarino —dijo Escipión cuando Lucía cerró la puerta tras de sí—, y dormirás detrás del mostrador de tu tienda. Seguro que es muy cómodo. Fuera, están las calles a oscuras, la lluvia bate contra las ventanas y a nuestro querido Barbarino, solo como la una, le castañearán de miedo toda la noche los dientes.

Barbarossa se mordió los labios y miró su plato. Avispa,

Mosca, Riccio, Próspero, todos lo observaban con mala cara. Ida cuchicheaba con Víctor y no lo miraba.

—Quizá deberíamos poner un anuncio para ti, Barbarino. —Escipión se reclinó en su silla y estiró sus largos brazos—. «Mocoso insoportable, de cuatro o cinco años, busca madre». ¿O piensas apañártelas tú solo? No creo que Ida esté dispuesta a hacer de madre sustituta para ti.

—No, en absoluto —dijo la fotógrafa, que se comió una oliva—. Pero podría conseguir una cama en el orfanato de las hermanas de la caridad para un hombre tan importante.

—¡No, gracias! —Barbarossa arrugó la nariz—. No se moleste. Y si me viera forzado a buscarme una madre, no escogería a una mujer que regala la cubertería de plata a niños huérfanos y que va siempre despeinada.

Ida respiró hondo.

—¡Parece que sabes muy bien lo que quieres, barbilampiño! —gruñó Víctor—. De momento apenas te llegan los ojos a la altura del mostrador. ¡Pero no te preocupes, las monjas del orfanato siempre van peinadas de manera impecable!

Riccio se rió hasta que Barbarossa le arreó una patada tan fuerte en la tibia que le hizo saltar las lágrimas.

—Me las arreglaré —respondió el barbirrojo—. En el banco tengo dinero de sobra.

—¿Ah, sí? —Víctor sonrió y miró a Ida—. ¿Y crees que el banco le dará el dinero de Ernesto Barbarossa a un niño de cinco años?

Barbarossa se sirvió otro vaso de vino con cara seria.

—Cuando vuelva a ser grande —murmuró, y lanzó una mirada amenazadora a Escipión y Próspero—, me vengaré de los que no me impidieron subir al maldito tiovivo. Me...

—¡Cierra la boca, Barbarino! —le interrumpió Próspero—. ¡Has dado tu palabra de honor, al igual que nosotros, de que no hablarías del tema! Además, conozco dos perros que están esperando a que vayas de visita por su isla otra vez.

—Bah, no le escuches, Pro —dijo Escipión, y cruzó sus largas piernas—. No le interesa a nadie lo que pueda decir este renacuajo. Nadie le hará caso por muchas historias que cuente.

Los demás levantaron la cabeza. Durante un rato nadie dijo nada, como si estuvieran esperando a que les contaran algo sobre la experiencia secreta que habían vivido Próspero y Escipión. Pero los dos chicos se miraron y callaron.

—Bueno, Barbarino —dijo Riccio, y le dio una palmada en el hombro a Barbarossa—. Bienvenido al reino de los enanos.

—¡Quita la mano de ahí! —gruñó el anticuario—. ¿Qué te has creído? No te tomes muchas confianzas, mocoso. ¿Y tú? —Barbarossa se dirigió a Bo, que seguía en la alfombra—. ¿Por qué me miras así todo el rato?

Bo no respondió. Estaba tumbado boca abajo, con la barbilla apoyada en las manos, y observaba a Barbarossa como si fuera un animal raro que hubiera salido de un canal y hubiese entrado en casa de Ida.

—Por la forma en que habla, le gustaría a Esther, ¿no crees, Pro? —dijo Bo—. Habla de manera más distinguida que Escipión, pero es más pequeño que yo. Seguramente las palabrotas no le gustarían tanto.

—¿Pequeño? ¡No soy más pequeño, pedo de alfombra! —gruñó Barbarossa—. Vivimos en mundos distintos, ¿entendido? Yo soy culto, he estudiado y tú no has ido ni a la guardería.

Aburrido, Bo se puso boca arriba.

—Tampoco se mancha cuando come —añadió—. Creo que eso es lo que más le gustaría a Esther, ¿verdad, Pro?

Próspero dejó el tenedor y miró a Barbarossa.

—Es verdad —dijo—. No tiene ni una mancha. Esto la dejaría boquiabierta. Y mira con qué cuidado se ha cepillado el pelo. ¿O has sido tú, Ida?

La fotógrafa negó con la cabeza.

—Ya lo has oído, no me peino ni a mí misma. ¿Y tú qué dices, Víctor? ¿Has peinado al pelirrojo?

—Inocente —murmuró el detective.

—¿Quién es la Esther de la que hablan estos dos tontos? —Barbarossa se volvió hacia Riccio.

—La tía de Próspero y Bo —respondió con la boca llena—. Antes estaba loca por el pequeño, pero ahora no quiere saber nada de él.

—Qué decisión tan inteligente. —Barbarossa se acarició sus rizos gruesos. Parecía que su nueva melena le compensaba la falta de barba.

Escipión lo miró pensativamente.

—¿Sabéis qué? Se me ha ocurrido una idea loca —dijo lentamente—. Aún no lo tengo todo muy claro, pero es genial...

—¿Genial? —Barbarossa intentó coger de nuevo la botella de vino, pero Víctor se la quitó y la puso junto a su plato.

El anticuario lo miró con mala cara.

—Señor de los Ladrones —gruñó en dirección a Escipión—, no se te pueden ocurrir ideas geniales, ¡porque no eres más que una mala copia de tu padre!

Escipión se levantó como si le hubiera mordido algo.

—Dilo otra vez, pigmeo...

Avispa y Próspero impidieron que se abalanzara sobre el anticuario, no sin gran esfuerzo.

—¡No dejes que esa rata te provoque, Escipión! —le susurró Avispa al oído, mientras Barbarossa se observaba las uñas rosadas, con una sonrisa de satisfacción.

Escipión se sentó de nuevo en la silla.

—De acuerdo —murmuró sin quitarle los ojos de encima al anticuario—. Me controlaré. Y le enviaré una postal al *signor* Barbarossa al orfanato, ya que ahí es donde acabará sin duda, si no se muere de hambre miserablemente en su tienda. Sí, eso es lo que les ocurre a los más pobres, pero a mí me da igual. No malgastaré una idea más en ello, y menos aún una idea genial. —Se levantó con cara de aburrimiento, se acercó a la ventana y miró hacia la noche.

Riccio y Mosca se pegaron con el codo mutuamente. Y Próspero no pudo disimular una sonrisa. Sí, Escipión seguía siendo Escipión, aún le gustaba hacer mucho teatro.

Y Barbarossa picó el cebo.

—De acuerdo, de acuerdo —dijo refunfuñando—. ¿Qué idea genial se te ha ocurrido? Venga, dínoslo, Señor de los Ladrones. Ahora resultará que es más delicado que una flor de cristal.

Pero Escipión seguía de espaldas. Como si estuviera solo, permanecía de pie ante la ventana y observaba Campo Santa Margherita, que estaba oscuro.

—¡Dilo de una vez, demonios! —gritó Barbarossa mientras los demás empezaban a reírse. Pero Escipión ni se movió.

El anticuario se bebió las últimas gotas de vino que le quedaban en el vaso y lo puso con tanta fuerza sobre la mesa que se rompió.

—¿Quieres que me ponga de rodillas?

—La tía de Próspero y Bo —dijo Escipión sin volverse— está buscando a un niño pequeño y mono que tenga buenos modales en la mesa y se comporte como un adulto. Y tú necesitas un refugio, una casa para los próximos años, a alguien que te haga la comida y duerma en la habitación de al lado cuando se haga oscuro...

Barbarossa enarcó las cejas.

—¿Tiene dinero? —preguntó, y se apartó un rizo de la frente.

—Oh, sí —respondió Escipión—. ¿No es cierto, Pro?

El hermano de Bo asintió.

—Es una idea completamente loca, Escipión —dijo—. Que no funcionará nunca.

¿Y AHORA QUÉ?

Barbarossa se negó a dormir con los otros niños en una habitación y escogió el sofá del *salotto*. Ida se lo permitió, pero lo cerró con llave sin que él se diera cuenta. Luego acompañó a Víctor a la puerta y se fue a dormir.

Hacía rato que Escipión se había ido. Mosca le dio un poco del dinero que les quedaba de los negocios que habían hecho con Barbarossa y desapareció en la noche. No dijo adónde pensaba ir.

—Como antes —dijo Avispa cuando lo vio marchar desde el balcón de Ida.

La noche se tragó a Escipión y ellos se quedaron con su promesa de que volvería a verlos pronto. Y con una extraña sensación de tristeza que los unió aún más. Cada uno sabía en qué pensaban los otros: en una cortina llena de estrellas, en una puerta de un callejón estrecho, en unos colchones sobre el suelo y en unas butacas roídas por los ratones. Y en el oro y la plata que salía de la bolsa del Señor de los Ladrones. Lo habían perdido todo.

—Venga, es mejor que entremos —dijo Avispa—. Está empezando a llover otra vez.

Subieron a la habitación. En una de las paredes colgaron un trozo de la cortina que Víctor había cortado. Ida les había puesto una alfombra en el suelo frío y decoró las paredes con aquello que habían podido salvar del cine. Pero más de una foto, más de un cuadro, seguía en el escondite de las estrellas, sobre sus colchones vacíos. Así como todos sus dibujos y garabatos, que no se los habían podido llevar.

Estaban cansados y se metieron bajo las mantas, pero ninguno de ellos pudo dormir, ni siquiera Bo, a quien normalmente se le cerraban los ojos nada más poner la cabeza sobre la almohada.

—Qué pasada si Barbarossa pudiera irse a vivir con vuestra tía —dijo Mosca en medio de la oscuridad—. Pero ¿ahora qué haremos? Ahora que ya han vuelto Bo y Próspero. ¿Alguien tiene una idea?

—No —gruñó Riccio desde su almohada—. Nunca volveremos a encontrar nada tan bueno como el escondite de las estrellas. Y menos aún con una bolsa llena de dinero falso. Además, tampoco nos queda mucho del otro dinero. A lo mejor podríamos encontrar algo en Castello. Ahí hay muchas casas vacías.

—¿Por qué? —Bo se levantó tan bruscamente que destapó a su hermano—. Yo no quiero un escondite nuevo. Quiero quedarme aquí. ¡Con Ida!

—¡Qué dices, Bo! —Avispa encendió la lámpara que la fotógrafa le había puesto junto a la cama para que pudiera leer de noche.

—Escuchad al enano. —Riccio se rió de él. Apoyó la espalda

contra la pared y envolvió su cuerpo delgado con las mantas—. ¿Ya sabe Ida el honor tan grande que le has concedido? Mañana iré a echar un vistazo a Castello. ¿Qué os parece a vosotros?

Mosca asintió.

—Yo estoy a favor —murmuró, y miró por la ventana, como si estuviera en Babia.

Avispa cogió uno de los libros que había tomado prestados de la estantería de Ida y empezó a hojearlo enfrascada en sus pensamientos.

—¡Pues yo me quedo aquí! —repitió Bo, y se cruzó de brazos, como hacía siempre que se empecinaba en algo—. ¡Ya lo creo!

—Ahora a dormir —dijo Próspero, que lo hizo acostarse de nuevo y lo tapó—. Ya hablaremos mañana de ello.

—¡Podemos hablar durante cien y mil años! —exclamó, y se destapó—. Yo me quedo aquí. A mis gatos también les gusta este lugar porque pueden pelearse con los perros de Lucía y Víctor puede venir a buscarme a mí y a Ida para ir a comer helados y Lucía me hace unos espaguetis buenísimos y...

—¿Y qué? —lo interrumpió Riccio—. Lo siguiente que te dirán es que tienes que ir a la escuela y cuándo tienes que dormir, cuándo comer y que debes lavarte más a menudo. ¡No, gracias! Tío, hasta el momento nos las hemos apañado muy bien solos, yo no pienso dejar que me digan que soy demasiado pequeño para fumar o que tengo las uñas muy sucias. No, señores, no podrán con Riccio.

Los otros se quedaron callados durante un rato. Luego Mosca dijo con tono tranquilo:

—Tío, eso sí que ha sido un discurso, Riccio.

Avispa dejó su libro, fue descalza hasta la ventana y miró afuera.

—A mí también me gustaría quedarme aquí —dijo tan bajito que los otros casi no la entendieron—. Es mejor que todo lo que me había imaginado.

—Estás loca —exclamó Riccio, y se metió debajo de la manta, bostezando—. Le preguntaré a Escipión qué planes tiene. Si es que vuelve. A lo mejor se le ha ocurrido otra idea genial.

—¿Tienes idea de lo que estará haciendo ahora, Pro? —preguntó Mosca.

Avispa volvió a su cama y apagó la luz.

—Más o menos —respondió Próspero, y miró hacia el techo oscuro. Intentó imaginarse a Escipión: lo veía andando por las calles, mirando su reflejo en los escaparates oscuros de las tiendas, bajo la luz de las farolas, mientras observaba lo larga que se había hecho su sombra. Quizás entraría en uno de los bares donde los adultos se sentaban hasta la madrugada. Y luego, cuando se hubiera cansado de andar, alquilaría la habitación de hotel de la que había hablado, con un gran espejo, y se afeitaría la cara, desconocida, por primera vez.

—¿Crees que estará bien? —preguntó Bo, que apoyó la cabeza sobre el pecho de su hermano.

—Estoy seguro —respondió Próspero—. Sí, creo que estará bien.

EL CEBO

Cuando Víctor llegó a la mañana siguiente a la Casa Spavento, llevó el periódico en cuya portada aparecía la foto de Escipión. Casi todos los diarios de la ciudad la habían puesto, junto con un llamamiento de la policía a todos los venecianos para que ayudaran al *dottor* Massimo a buscar a su hijo desaparecido.

Ida se encontraba en su laboratorio revelando unas fotos que había hecho de los leones de piedra de la ciudad. Estaban colgadas en todas las paredes, leones sentados, caminando, rugiendo, con el morro puntiagudo y redondo, y con o sin alas. Leyó el anuncio del *dottor* Massimo y suspiró.

—¿Sabes dónde está Escipión? —le preguntó a Avispa, que la observaba atentamente mientras revelaba las fotos.

La niña negó con la cabeza.

—Nadie sabe nada. Ni Próspero.

—Alguien tendría que avisar al *dottore* —gruñó Víctor—. Aunque el Señor de los Ladrones ya no tenga el mismo aspecto.

Ida asintió.

—Sí, yo pienso lo mismo. Vuelvo ahora —le dijo a Avispa, y fue con Víctor al *salotto*, donde Barbarossa se desperezaba aburrido en el sofá y hojeaba un libro sobre los tesoros artístico de Venecia.

—No he tocado nada —dijo malhumorado cuando Ida entró con Víctor. Había despertado a gritos a toda la casa al amanecer y se dio cuenta de que Ida lo había encerrado en el *salotto*.

—Tampoco te lo recomiendo, ricitos rojos —gruñó Víctor.

Ida se sentó al escritorio y escribió algo en una tarjeta, que le pasó a Víctor cuando acabó.

—«¡Estimado *dottor* Massimo! —leyó—. Quiero informarle de que su hijo Escipión se encuentra bien. Sin embargo, de momento no desea volver a casa y me temo que no prevé hacerlo en el futuro. Goza de una salud estupenda, tiene sitio donde dormir y tampoco le falta de nada. Siento no poder proporcionarle más información. Atentamente. Una amiga de su hijo.»

—¿Podrías echar la tarjeta en el buzón de los Massimo? —preguntó Ida—. Se lo mandaría a Giaco, pero desde que Próspero me contó que le vendió el plano de mi casa al *conte* ya no confío en él.

—Por supuesto —dijo Víctor, y se guardó la tarjeta—. ¿Puedo hacer alguna cosa más?

—¿Qué hay de la tía?

Barbarossa bajó del sofá. Se puso delante de Ida con los brazos en cruz y se la quedó mirando.

—Ya son más de las diez. Propongo que la llamen para que venga aquí y pueda verme.

Víctor tenía una respuesta poco amable en la punta de la lengua, cuando Avispa sacó la cabeza por la puerta.

—He colgado las fotos para que se sequen, Ida —dijo—. ¿Quieres que haga algo más?

—Sí. Podrías avisar a Próspero y Bo —respondió Ida, y miró enfadada a Barbarossa—. Voy a llamar a su tía. Quizá les gustaría estar delante.

Próspero y Bo jugaban a fútbol con Riccio y Mosca en el Campo. Cuando salió Avispa y les contó que Ida quería probar si la idea loca de Escipión funcionaba, entraron todos corriendo en la casa.

Ida ya estaba junto al teléfono cuando llegaron. Se sentaron rápidamente en la alfombra, Avispa y Próspero junto a Bo, para taparle la boca si le entraban ganas de reírse. Barbarossa estaba sentado en el mejor sillón de la sala, como si fuera un rey a punto de presenciar un espectáculo representado por una banda de actores indignos de él.

—No entiendo por qué te tomas tantas molestias por ese renacuajo —le susurró el detective a la fotógrafa—. Míralo cómo está sentado ahí...

—Por eso me tomo todas estas molestias: para que no tengan que aguantarlo las hermanas de la caridad —le respondió ella—. Además, esto podría ayudar a los dos hermanos. Creo que a Próspero aún le preocupa que su tía pueda cambiar de opinión. Es mejor que le demos... —sonrió a Barbarossa, que los observaba con desconfianza— al barbilampiño.

—Si tú lo crees —gruñó Víctor—. Puedes hablar en italiano con ella.

—Mejor —dijo Ida, que cogió el teléfono y marcó el número del hotel al que se habían trasladado los Hartlieb. A Víctor no le había costado demasiado averiguar dónde se hospedaban.

—*Buongiorno!* —dijo Ida con voz segura cuando el portero

respondió—. Soy la hermana Ida, de la orden de las hermanas de la caridad. ¿Podría hablar con la señora Esther Hartlieb?

Pasó un rato hasta que oyó la voz de Esther.

—Ah, bueno días, *signora* Hartlieb —dijo Ida—. ¿Le ha dicho el recepcionista quién soy? De acuerdo. Se trata de lo siguiente, *signora*. Ayer por la noche, la policía nos trajo a dos chicos al orfanato. Una de nuestras hermanas se dio cuenta enseguida de que uno de ellos era su sobrino, del que hay tantos carteles por toda la ciudad. —Ida hizo una pausa y escuchó—. Vaya. ¿De verdad? No, qué desagradable. Sí, claro. ¿Cómo? ¿Eso significa que ya no quiere a los chicos? —Volvió a escuchar.

Bo se comía las uñas de lo nervioso que estaba, hasta que Avispa le apartó la mano.

—Sí, ¿entonces no es la tutora de los dos? —preguntó la fotógrafa—. Ya lo entiendo. Sí, los niños me han contado algo parecido. Es triste, *signora*, muy triste. Naturalmente nos ocuparemos de sus sobrinos, es nuestro deber, pero en estas circunstancias tenemos que pedirle que se acerque a realizar las formalidades necesarias... Sí, es imprescindible, *signora*.

Ida puso una cara seria, como si Esther la pudiera ver al otro lado de la línea.

—Sí, es fundamental. Dígame, ¿cuándo se van?... Qué pronto. Bueno, entonces les haré un hueco para mañana por la tarde. Un momento, que consulto mi agenda. —Ida pasó las páginas del periódico que tenía a su lado, junto al sofá—. ¿Me oye, *signora*? —dijo al auricular—. Alrededor de las tres me iría bien... No, hay que hacerlo. Me encontrará en nuestra otra sede, Casa Spavento, Campo Santa Margherita 423. Pregunte por la hermana Ida. Sí. Muchas gracias, *signora* Hartlieb. *ArrivederLa*.

Ida colgó el teléfono y lanzó un hondo suspiro.

—Fabuloso —dijo Víctor—. Yo no lo habría hecho mejor.

—Y no me he reído —dijo Bo, que se quitó la mano de Avispa.

—¿Va a venir de verdad? —Próspero miró a Ida con incredulidad.

La fotógrafa asintió.

—¡Increíble! —Barbarossa apartó a uno de los gatos de Bo, que había intentado sentarse en su regazo—. Hay gente que se lo cree todo.

Ida se encogió de hombros y cogió un cigarrillo.

—He lanzado el cebo —dijo—. Ahora depende de ti que la *signora* Hartlieb se lo trague.

Barbarossa se pasó la mano por sus densos rizos. Tenía una expresión de satisfacción en la cara.

—Eso no debería suponer ningún problema.

—Yo no quiero estar aquí cuando venga Esther —murmuró Bo, que se frotó la nariz. Estaba intranquilo.

Próspero se puso de pie y fue hasta la ventana.

Yo tampoco —dijo.

—¿Por qué no? —preguntó Víctor, y se acercó a él. Señaló afuera—. ¿Veis ese café de ahí? Propongo que mañana vayáis todos allí y que os toméis un par de copas de helado, mientras la *signora* Hartlieb conversa con la hermana Ida. Os daré dinero para que no paguéis con el falso.

—¡Espero que representes bien tu papel, Barbarino! —gruñó Mosca—. Así por fin te perderemos de vista.

—¡Barbilampiño, Barbarino, no tolero que os dirijáis a mí con unos nombres tan tontos! —les espetó Barbarossa, a quien le costó un gran esfuerzo bajar del sillón a la alfombra—. Espero que esta tía tenga tanto dinero como habéis dicho. Como sea una mentira, le contaré lo que habéis tramado.

—En cualquier caso, Esther siempre va muy bien peinada —le replicó Próspero para mofarse de él.

—¡Muy gracioso! —Barbarossa se quitó un pelo de gato de los pantalones con cara de asco. Se los había prestado Bo—. ¿Y qué pasa si es una tacaña? Entonces su dinero no me servirá de nada. Tampoco quiero que me envíe a la escuela. ¡Ernesto Barbarossa no se sentará entre un rebaño de mocosos incapaces de distinguir la «a» de la «b»! ¿Qué pasará si Esther no lo entiende?

—Entonces —dijo Avispa, y se le acercó con una sonrisa de oreja a oreja—, seguro que habrá una cama para ti en el orfanato de las Hermanas de la Misericordia.

—Podríais preguntárselo —dijo Ida—. Quería pediros a Próspero y a ti que fuerais allí a recoger algo.

—¿Recoger? ¿Qué? —preguntó Barbarossa desconfiado.

Pero Ida se puso un dedo sobre los labios.

—Es un secreto —dijo—. Pero lo sabrás dentro de poco, Barbarino.

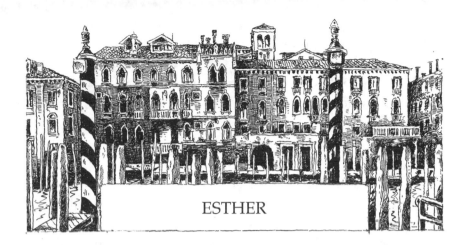

ESTHER

Esther llegó sola. Pasó por delante del café donde estaba sentado Próspero con los otros sin sospechar quién la observaba desde una de las ventanas. Poco antes de que las manecillas del reloj de la cocina de Ida marcaran las tres, Víctor hizo salir a todos de casa, menos a Barbarossa.

—¿Qué pasa? —preguntó Avispa cuando se dio cuenta de cómo miraba Próspero hacia fuera.

—Ha venido de verdad —respondió él, sin quitarle ojo de encima a Esther.

—¿Tu tía? —Avispa se inclinó sobre su hombro con curiosidad—. ¿Es ella? —Próspero asintió.

—¿Quién? —preguntó Bo, con la boca llena de helado. Había pedido una copa enorme, la misma que Riccio, sólo que éste ya estaba devorando la segunda.

—Nadie —murmuró Próspero, y observó cómo su tía entraba en casa de Ida. Llevaba botas de agua altas y la lluvia caía sobre su paraguas.

—Me la imaginaba muy diferente —le susurró Avispa a Próspero—. Más grande... Y más seria.

—Eh, ¿no te gusta el helado, Pro? —le preguntó Riccio y se lamió un poco de chocolate que tenía en la nariz—. ¿Quieres que me lo coma?

—Déjalo en paz —le dijo Avispa.

Cuando Esther llamó a la puerta de casa de Ida, le abrió una monja con cara de mal humor, que no le dijo nada y le hizo un gesto para que la siguiera. Ida le tuvo que suplicar a Lucía durante casi una hora para que se pusiera la ropa de monja, pero ahora tenía un aspecto muy impresionante. Con paso decidido condujo a su invitada a la habitación que normalmente era el cuarto de la limpieza y la despensa. La mesa de planchar, las botellas de agua y los paquetes de harina habían desaparecido y en su lugar había un escritorio que Víctor había bajado del desván, después de soltar muchas palabrotas, un par de sillas sencillas y un candelabro grande. Las blancas paredes sólo estaban adornadas con un cuadro de la Virgen con su hijo, que acostumbraba estar en la cocina.

—*Signora* Hartlieb, supongo —dijo Ida, y se levantó al otro lado del escritorio cuando Lucía hizo entrar a Esther.

Junto a Ida se encontraba Víctor, sin barba, sin disfraz, sólo Víctor, tal y como Esther lo conocía. En cambio, la fotógrafa llevaba, al igual que Lucía, el hábito oscuro de las hermanas de la caridad.

—Decidle a la *signora* Spavento que tiene que devolverme las cosas antes de que oscurezca —le había dicho a Próspero la monja que le dio la ropa a través del portal del orfanato. Parecía sentirse muy culpable, como si estuviera cometiendo un delito. ¿Pero qué no harían por la amable y generosa *signora* Spavento?

—Siéntese, por favor, *signora* Hartlieb —dijo Ida, cuando entró Esther y miró con cara seria la silla antigua—. ¿No ha podido venir su marido?

—No, tenía trabajo que hacer y estaba muy ocupado. Al final nos vamos pasado mañana.

Víctor observó cómo se sentó Esther, cómo se puso la falda sobre las rodillas y miró la habitación blanca. Cuando se dio cuenta de que la estaba mirando, él asintió con la cabeza.

—Ya conoce al *signor* Getz —dijo Ida, y volvió a sentarse tras la mesa—. Le he pedido que venga después de que la policía me ha contado que ustedes le confiaron la búsqueda de sus sobrinos. Además, es un buen amigo del convento.

Esther miró al detective como si no estuviera segura de si su presencia era buena o mala para ella. Luego se volvió de nuevo hacia Ida.

—¿Por qué me ha hecho venir? —preguntó mientras se alisaba la falda.

—Es más que evidente, *signora* —respondió Ida con indulgencia—. Tenemos que cuidar de muchos niños y disponemos de poco dinero, muy poco. Cuando sabemos, como en el caso de sus sobrinos, que existen parientes...

—¡No estoy en disposición de ocuparme de los dos! —la interrumpió Esther bruscamente—. Yo quería, pero sólo el pequeño. —Estaba nerviosa y se toco el lóbulo de la oreja—. Seguro que el *signor* Getz ya le ha contado lo que hemos tenido que sufrir por su culpa. Quizá Bo también las ha engañado con su carita de ángel, pero yo ya estoy curada de espanto. Es tozudo, caprichoso y un insolente. Menudo pájaro. En resumidas palabras... —tomó aire profundamente—, lo siento, pero ni por amor a mi hermana fallecida estoy dispuesta a quedármelo, y en nuestra familia tampoco hay nadie que pueda adoptar a uno o los dos chicos. O sea, que si pudiera acoger a los dos... Al fin y al cabo, ellos querían venir a esta ciudad como fuera. La familia pondrá a disposición de su orfanato el poco dinero que dejó su madre.

Ida asintió con la cabeza. Suspiró profundamente y juntó las manos sobre el escritorio.

—Es una pena, *signora* Hartlieb —dijo, y miró hacia la puerta.

Víctor también lo había oído. En el pasillo se oían unos pasos que se acercaban, todo según lo planeado. Entonces llamaron a la puerta. Esther Hartlieb volvió la cabeza.

—¿Sí, adelante? —gritó Ida.

Se abrió la puerta y Lucía hizo entrar en el cuarto a Barbarossa.

—¡El nuevo ha vuelto a causar problemas, hermana! —exclamó ella, y miró al pelirrojo, como si estuviera ante una araña peluda u otro animal inquietante.

—Yo me encargo de él —respondió Ida. Lucía salió del cuarto con cara de mal humor.

Barbarossa se quedó ante la puerta, como si estuviera desorientado. Cuando vio la mirada curiosa de Esther, le sonrió con desánimo.

—Disculpe, *signora* Hartlieb —dijo Ida—. Pero este chico acaba de llegar y tiene muchos problemas con los otros. ¿Te han vuelto a hacer enfadar, Ernesto?

Barbarossa asintió y miró disimuladamente a Esther. Entonces empezó a sollozar, primero muy bajito y luego cada vez más fuerte.

—¿Sería tan amable de dejarme un pañuelo, madre Ida? —dijo al tiempo que se sorbía los mocos—. Me han vuelto a quitar mis libros.

—¡Oh, no! —Ida rebuscó en su hábito, pero Esther fue más rápida. Con una sonrisa tímida le dio a Barbarossa su pañuelo bordado.

—*Grazie, signora* —murmuró él, y se secó las lágrimas de las largas pestañas.

Víctor miró disimuladamente a Esther y comprobó que apenas levantaba la vista del pequeño pelirrojo.

—Ve con la hermana Caterina, Ernesto —le indicó Ida a Barbarossa—, y dile que les mande a los otros niños que te devuelvan tus libros y que los castigue a su habitación.

Barbarossa se sonó de manera educada en el pañuelo de Esther y asintió. Se dirigió hacia la puerta con indecisión.

—¿Madre Ida? —murmuró cuando ya tenía la mano en el pomo de la puerta—. ¿Podría decirme cuándo iremos a visitar el museo de la Accademia? Me gustaría ver de nuevo los cuadros de Tiziano.

«¡Dios mío! —pensó Víctor—. ¡Quizá se está pasando un poco!» Pero la mirada embelesada de Esther le abrió los ojos. Sin duda, Barbarossa sabía lo que se hacía.

—¿Tiziano? —preguntó Esther, y le sonrió al pequeño—. ¿Te gusta la pintura de Tiziano?

Barbarossa asintió.

—A mí también me gusta mucho —dijo Esther. De repente hablaba de manera distinta, con voz muy suave. No se parecía en nada a la que Víctor había oído hasta entonces.

—Tiziano es mi pintor favorito.

—¿Ah, sí, *signora*? —Barbarossa se apartó los rizos rojos de

381

la cara—. Entonces, seguramente habrá visitado ya su tumba en la iglesia de Santa Maria Gloriosa dei Frari, ¿no? Mi favorito es el cuadro en el que él se pintó a sí mismo: cómo implora a la Virgen que la peste no le afecte a él ni a su querido hijo. ¿Lo ha visto?

Esther negó con la cabeza.

—Su hijo acabó muriendo de peste —añadió Barbarossa—. Y Tiziano también. Por cierto, usted, *signora*, se parece un poco a la Virgen del cuadro. Me gustaría enseñárselo alguna vez.

«¡Por todos los leones alados! —pensó Víctor—. Ahora le ha dado por las sensiblerías a este adulador.» Sin embargo, si no recordaba mal, la Virgen del cuadro tenía una cara bastante severa y quizá se parecía de verdad un poco a Esther Hartlieb. Sea como fuera, el cumplido consiguió su objetivo.

Esther se puso roja como un tomate, la nariguda de Esther. Se sentó en el borde de la silla y se miraba la punta de los zapatos. Entonces se volvió de repente hacia Ida.

—¿Sería posible? —balbuceó—. Es decir, usted ya sabe que mi marido y yo sólo vamos a estar en la ciudad hasta pasado mañana, ¿pero sería posible que pudiera ir con el niño...?

—Ernesto —la interrumpió Ida con una sonrisa fría—. Se llama Ernesto.

—Ernesto —Esther repitió el nombre, como si estuviera chupando un caramelo de miel—. Sé que se trata de una petición poco habitual, pero... ¿sería posible que pudiera llevar a Ernesto a una pequeña excursión? Me gustaría que me enseñara la iglesia de Santa Maria Gloriosa dei Frari, podríamos comer un helado o montar en barca, y lo traería de vuelta esta misma noche.

La hermana Ida enarcó las cejas. A Víctor le pareció que su cara de sorpresa fue muy creíble.

382

—Ciertamente, se trata de una petición muy poco habitual —dijo Ida, y miró a Barbarossa, que seguía de pie poniendo la cara más inocente del mundo, con las manos detrás de la espalda, como hacían los niños bien educados. Además, se había cepillado el pelo hasta conseguir que le brillara—. ¿Qué te parece la oferta de la *signora* Hartlieb, Ernesto? —preguntó Ida—. ¿Te apetece hacer una excursión con ella? Ya sabes que nosotros no la haremos hasta dentro de una semana.

«Tan sólo di "sí", barbilampiño —pensó Víctor, que no le quitaba la vista de encima—. Piensa en las camas duras del orfanato.» Barbarossa miró a Víctor como si hubiera leído sus pensamientos. Luego miró a Esther. Ni un perro habría sabido poner una mirada de ingenuidad mejor.

—¡Sería maravilloso hacer esta excursión, *signora*! —exclamó, y le brindó a Esther una sonrisa tan empalagosa como el pudin de Lucía.

—Es usted una persona encantadora, *signora* Hartlieb —dijo Ida, e hizo sonar la pequeña campana de plata que tenía ante sí, en la mesa—. Hasta el momento, Ernesto no lo ha pasado muy bien aquí. En lo que respecta a sus sobrinos —añadió cuando Lucía entró de nuevo—, me apena tener que decirle que no quieren verla. ¿Desea que le pida a la hermana Lucía que los vaya a buscar?

La sonrisa que tenía Esther en la cara desapareció de inmediato.

—No, no —respondió rápidamente—. Los vendré a visitar más adelante, cuando vuelva de visita por la ciudad.

—Como usted quiera —dijo Ida, y miró a Lucía, que esperaba en la puerta—. Por favor, ayude a Ernesto a que se prepare para salir, hermana. La *signora* Hartlieb lo ha invitado a una excursión.

—Qué amable de su parte —murmuró Lucía mientras cogía a Barbarossa de la mano—. Quiere que le lave rápidamente el cuello y las orejas, ¿no es así?

—Ya me las he lavado —dijo Barbarossa, y por un instante su voz no pareció tan amable ni tan tímida. Pero Esther no se dio cuenta. Estaba ensimismada en sus cosas, sentada en la silla dura, delante del escritorio de Ida y miraba el cuadro de la Virgen. Víctor habría dado tres de sus barbas postizas para poder leerle el pensamiento.

—¿Tiene padres el niño? —preguntó Esther cuando Lucía ya se había ido con Barbarossa.

Ida dejó escapar un profundo suspiro y negó con la cabeza.

—No. Ernesto es el hijo de un anticuario adinerado que desapareció la semana pasada en circunstancias misteriosas. La policía cree que tuvo un accidente marítimo en la laguna, durante una cacería nocturna. El niño está con nosotros desde entonces. La madre dejó al padre hace años y no está preparada para hacerse cargo del niño. Sorprendente, ¿verdad? Es un chico tan encantador.

—Sin duda. —Esther miró hacia la puerta, como si Barbarossa aún estuviera ahí—. Es tan distinto a... a mis sobrinos.

—El parentesco no es garantía de amor —dijo Víctor—. A pesar de que nos guste creerlo.

—¡Cierto, cierto! —Esther esbozó una sonrisa triste—. Escuche, a mí me encantaría tener un niño, pero... —miró al techo, donde la pintura estaba en tan mal estado, que parecía que fuera a caer de un momento a otro sobre su peinado tan elegante— no he encontrado a ninguno al que le gustara tenerme como madre. Ya ve lo que ha ocurrido con mis sobrinos. Me parece que los dos me consideran una especie de bruja. —Volvió a mirar al techo—. No, probablemente me toman por una persona muy aburrida —murmuró, y esbozó de nuevo una sonrisa triste—. Yo desearía que hubiera en algún lugar un niño apropiado para mí.

Víctor e Ida intercambiaron una mirada de complicidad.

Esther trajo a Barbarossa pronto esa noche. Próspero y Bo observaron desde la ventana del *salotto* cómo cruzaban la plaza uno junto al otro: Barbarossa lamía un helado enorme sin mancharse. A Bo le habría gustado saber cómo se lo acababa. Esther iba cargada de bolsas, pero con la mano izquierda cogía a Barbarossa y tenía una sonrisa de felicidad en los labios.

—¡Mirad cómo se lo come con los ojos! —Riccio se inclinó sobre el hombro de Bo—. Y me apuesto lo que queráis a que todos esos paquetes son para él. ¿No os arrepentís de haberla asustado tanto y que ahora no os quiera adoptar?

Bo negó enérgicamente con la cabeza, pero Próspero pensaba en otra persona que se había parecido mucho a Esther. Estaba muy alegre cuando Víctor lo sacó de sus pensamientos.

—¿No te parece que hacen una buena pareja? —le murmuró a Próspero al oído—. Como si hubieran sido hechos el uno para el otro, ¿no?

Próspero asintió.

—Venga. No pongas esa cara de preocupación durante un rato —dijo Víctor, y le dio una palmadita en la espalda—. Dentro de dos días, vuestra tía volverá a casa. Y Bo no estará sentado a su lado en el avión.

—No me lo creeré hasta que el avión haya despegado —murmuró Próspero. Y mientras miraba cómo Esther le limpiaba de helado la boca a Barbarossa, se preguntó por centésima vez dónde estaba escondido Escipión. Le habría gustado contarle que su idea loca parecía haber funcionado.

TODO SE SOLUCIONA, ¿NO?

Esther Hartlieb no volvió a casa al cabo de dos días. Su marido subió solo al avión, mientras ella visitaba el Palacio Ducal con Barbarossa. Al día siguiente fue a buscar a Ernesto de nuevo, para ir a ver a los vidrieros de Murano, pero antes volvieron a ir de compras y cuando Barbarossa volvió por la noche a la Casa Spavento, llevaba la ropa más cara para un niño de su edad que se podía comprar en Venecia.

Andaba por el *salotto* como si fuera un pequeño pavo real, mientras los otros estaban sentados en la alfombra, jugando a cartas con Ida.

—No entiendo cómo podéis ser tan burros —les dijo a Próspero y Bo, que seguían llevando su ropa vieja, aunque Lucía la había lavado a fondo—. El Destino os regala a una tía como ésta y vosotros huís de ella como si os estuviera persiguiendo el diablo en persona. Tenéis un cerebro del tamaño de un huevo.

—Y tú, Ernesto —le replicó Ida—, en lugar de corazón debes de tener un monedero.

Barbarossa se encogió de hombros aburrido y empezó a rebuscar en la chaqueta que le había comprado Esther.

—Hablando de monederos —dijo, sacando uno lleno del bolsillo—. Me gustaría pedir a alguno de los aquí presentes, que durante los próximos meses pasen a echar un vistazo por mi tienda. A cambio de cierta cantidad de dinero, por supuesto. Para ver cómo andan las cosas, limpiar un poco, bueno, ya sabéis. Además, hay que encontrar urgentemente a una vendedora que domine su profesión y no meta la mano constantemente en la caja. Será difícil, pero confío plenamente en vosotros.

Todos lo miraron sorprendidos.

—¿Es que ahora nos tomas por tus criados? —preguntó Riccio de mala manera—. ¿Por qué no lo haces tú?

Barbarossa torció la boca y puso un gesto de desdén.

—Porque, para que lo sepas, estúpido pelo pincho, mañana voy a subir en un avión con la *signora* Hartlieb —le replicó— y a partir de entonces viviré en el extranjero. Esta noche, mi futura tutora llamará a la hermana Ida para pedirle el permiso de adopción. También ha llamado a un abogado que se encargará de solucionar todos los problemas legales. Mis futuros padres no saben nada de mi tienda, y así deben seguir las cosas. Intentaré abrir una cuenta bancaria para que me podáis enviar los ingresos. En el futuro no tengo pensado vivir de la paga que me den mis padres adoptivos.

Riccio se quedó tan sorprendido que dejó caer sus cartas. Mosca no dejó escapar la ocasión y se las miró rápidamente.

—Felicidades, Barbarino —dijo Avispa—. Te espera una gran vida, ¿no?

Barbarossa se encogió de hombros y dijo con desprecio:

—Bueno —miró el *salotto* de Ida como si se estuviera bur-

lando de él—, seguro que será más cómoda que la vuestra.
—Luego dio media vuelta y se fue. Bo le sacó la lengua cuando estaba de espaldas. Los demás miraban pensativos sus cartas.

—Ida —dijo Mosca—, Riccio y yo también queremos irnos. Al final de la semana o así. Riccio ha encontrado un almacén abandonado en Castello. Enfrente del agua. También tiene muelle para mi barca.

Ida jugueteaba con sus pendientes. Hoy eran unos peces diminutos de oro, con los ojos de cristal rojo.

—¿Cómo os las vais a apañar? —preguntó—. La vida en Venecia es cara. El Señor de los Ladrones ha crecido y ya no se preocupará por vosotros. ¿Queréis empezar a robar otra vez?

Riccio jugaba con sus cartas, como si no hubiera oído la pregunta de Ida, pero Mosca negó con la cabeza.

—Qué va. Para las primeras semanas nos queda bastante dinero del último negocio que hicimos con Barbarossa. Si no es falso también.

Ida asintió y miró a los otros tres: Próspero, Bo y Avispa, uno detrás de otro.

—¿Y vosotros qué pensáis hacer? —preguntó—. No me vais a dejar todos a la vez, ¿verdad? ¿Quién se va a comer todo lo que hemos comprado? ¿Quién se peleará con los perros de Lucía, quién leerá mis libros, quién jugará conmigo a las cartas?

Avispa se echó a reír, pero Bo se levantó y se sentó al lado de Ida.

—Nos quedaremos contigo —dijo, y le puso uno de sus gatitos en el regazo—. Avispa ha dicho que le gustaría muchísimo vivir aquí.

—¡Bo! —Avispa se puso roja de vergüenza.

Pero Ida lanzó un profundo suspiro.

—Bueno, qué alivio —dijo. Luego se inclinó hacia Bo y le susurró al oído—: ¿Y qué piensa tu hermano mayor?

Próspero los miró a los dos avergonzado.

—También quiere quedarse aquí —murmuró Bo—. Pero no se atreve a preguntártelo.

Próspero se quejó y se tapó la cara con las manos.

—Bueno, menos mal que tiene un hermano que hace este tipo de preguntas —dijo Ida. Ordenó sus cartas y las cogió de manera que Bo no pudiera verlas—. Ida y Avispa, Próspero y Bo. ¡Esto hace cuatro! —dijo—. Un buen número, sobre todo para jugar a cartas. Pero creo que tendríamos que explicarle otra vez a Bo que no puede inventarse reglas todo el rato.

Al día siguiente, Barbarossa subió al avión con Esther Hartlieb, tal y como había anunciado. Naturalmente, Ida dio su consentimiento para la adopción y lo demás lo solucionó el abogado de la tía de Próspero y Bo.

Durante el viaje al aeropuerto en el acuataxi, Barbarossa no dijo nada y, cuando vio desaparecer Venecia en el horizonte, suspiró. Pero cuando Esther le preguntó preocupada qué le ocurría, él negó con la cabeza y dijo que no le sentaba muy bien ir en barco. Sí, así se despidió Barbarossa de Venecia, pero en el fondo de su codicioso corazón se prometió que volvería. En algún momento de su flamante vida nueva.

Dos días y dos noches más tarde, cuando el sol se escondía tras los tejados de la ciudad, Riccio y Mosca ponían las pocas pertenencias que habían salvado del escondite de las estrellas en su barca. Se despidieron de Próspero, Bo y Avispa, de Ida y de Lucía, que les dio dos bolsas de plástico llenas de comida, y empezaron a remar en dirección a Castello, la zona más pobre de Venecia, tras prometerles que los avisarían en cuanto hubieran encontrado un alojamiento fijo.

Los otros tres los echaron de menos, sobre todo Bo lloró mucho, pero Avispa lo consoló diciéndole que, al fin y al cabo, Riccio y Mosca se quedaban en la ciudad. Y Víctor fue a dar de comer a las palomas de la Plaza de San Marcos con él para distraerlo. Ida le enseñó a Avispa la escuela a la que irían ella y Próspero cuando llegara la primavera. Y Próspero miraba todas las noches por la ventana antes de irse a dormir, preguntándose qué estaría haciendo Escipión.

Pero no fue él, sino Víctor, el primero que volvió a ver al Señor de los Ladrones. Una noche, cuando el detective regresaba a su casa después de vigilar a una persona, se acercó a la tienda de Barbarossa para colgar en la puerta un cartel que había escrito Ida:

«Se busca vendedor o vendedora, a ser posible con experiencia. Interesados escriban a: Ida Spavento, Campo Santa Margherita 423».

El celo se le quedó pegado en la uña del pulgar y Víctor soltó un taco en voz baja cuando, de repente, apareció una persona alta a su lado.

—Hola, Víctor —dijo el desconocido—. ¿Qué tal te va? ¿Y a los demás?

El detective lo miró sorprendido.

—Por Dios, Escipión, ¿tienes que acercarte sin hacer ruido? —exclamó—. Has aparecido aquí como si fueras un fantasma que sale de la oscuridad. Casi no te reconozco con el sombrero.

Escipión ya no llevaba la capa del *conte*, sino un abrigo oscuro.

—Sí, el sombrero fue lo primero que me compré —dijo, y se

391

lo quitó—. Si no lo llevo puesto, me saludan tres veces al día como «*Dottor* Massimo».

—Ida le ha enviado una tarjeta a tu padre. —Víctor intentó colgar el cartel en la puerta de nuevo. Esta vez lo consiguió—. Le ha dicho que te va bien y que de momento no quieres volver a casa. ¿Has visto el anuncio del periódico?

Escipión asintió con la cabeza.

—Sí, sí —murmuró—. Tener un hijo así es muy pesado. Ahora él también ha desaparecido. Ayer estuve en casa. Fui a buscar mi gato. Pero por suerte no me vio nadie.

Los dos se quedaron callados durante un rato, de pie, mirando la luna. Luego dijo el detective:

—Tu idea... ya sabes, la de Barbarossa, ha funcionado.

—¿De verdad? —Escipión volvió a ponerse el sombrero y se tapó la cara con él—. Bueno, sabía que era genial. ¿Qué tal les va a los otros? ¿Aún están en casa de Ida?

—Próspero, Avispa y Bo sí. Mosca y Riccio se han ido a vivir a un almacén abandonado de Castello. ¿Pero cómo te van a ti las cosas?

Miró a Escipión con curiosidad. El Señor de los Ladrones no parecía muy feliz, por lo poco que podía ver Víctor en la oscuridad. Más bien un poco cansado.

—Si no tienes nada mejor que hacer —dijo el detective cuando vio que Escipión no respondía—, acómpañame un poco más y de camino me cuentas lo que has hecho hasta ahora. Hace demasiado frío para estar aquí parados y me muero de ganas de llegar a casa, porque he estado todo el día de pie y tengo un hambre que no me aguanto.

Escipión se encogió de hombros.

—No tenía ningún plan especial —respondió—. Y la habitación de hotel que he alquilado no es tan agradable como para echarla de menos.

Así que se pusieron los dos en marcha hacia el piso de Víctor. Caminaron un rato uno junto al otro en silencio. En la calle que había entre la Plaza de San Marcos y el Canal Grande aún había bastante gente, porque el aire no era tan frío como el de la noche anterior y el cielo estaba lleno de estrellas.

Escipión no rompió su silencio hasta que llegaron al puente de Rialto.

—En realidad, no he hecho nada en especial —dijo mientras subían los escalones.

Miles de luces se reflejaban en el agua, las luces de los restaurantes de la orilla, las luces de las góndolas, de los *vaporetti*, que se balanceaban bien iluminados por todo el canal. La luz relucía en el agua negra, era transportada por las olas entre las barcas y batía contra la orilla de piedra. Era una luz nadadora y resultaba difícil apartar la vista de ella. Víctor se inclinó sobre la barandilla. Escipión escupió al canal.

—¿Qué hacen los adultos todo el día, Víctor? —preguntó.

—Trabajar. Comer, comprar, pagar facturas, llamar por teléfono, leer el periódico, beber café, dormir.

Escipión suspiró.

—No es muy emocionante —dijo, y apoyó los brazos en la barandilla.

—Pse —murmuró Víctor. No se le ocurrió otra cosa.

Siguieron andando lentamente, bajaron el puente y regresaron al laberinto de callejones en el que todos los turistas se pierden como mínimo una vez.

—Ya se me ocurrirá otra cosa —dijo Escipión. Por su tono de voz, supo que seguía siendo tan tozudo como siempre—. Alguna locura, llena de aventuras. Quizá debería ir al aeropuerto y subirme en cualquier avión, o puedo hacerme buscador de tesoros, una vez leí sobre ello. También podría aprender a bucear...

Víctor sonrió y Escipión se dio cuenta.

—Te estás riendo de mí —dijo enfadado.

—¡Qué va! —respondió Víctor. Buscador de tesoros, buceador, él nunca había querido ser nada de eso.

—¡Tienes que admitir que a ti también te gustan las aventuras! —dijo Escipión—. Al fin y al cabo, eres detective.

Víctor no dijo nada. Le dolían los pies, estaba cansado y preferiría estar sentado en el sofá de casa de Ida. ¿Por qué demonios no lo hacía? En vez de ello andaba dando vueltas por la ciudad de noche.

—Deberías pasar a ver a tus viejos amigos —dijo mientras cruzaban el puente que se veía desde su balcón—. ¿O te molesta que ahora sean dos cabezas más pequeños que tú? Creo que se preguntan muy a menudo dónde estás.

—Lo haré, lo haré —dijo Escipión con un tono despreocupado, como si tuviera la cabeza en otro lugar. De repente se detuvo en seco—. ¡Víctor! Creo que se me ha vuelto a ocurrir una idea genial.

—¡Jesús! —murmuró Víctor mientras se dirigía cansado hacia la puerta de su casa—. Me lo cuentas mañana, ¿vale? Podrías venir a desayunar a casa de Ida. También estaré yo, voy casi todos los días.

—¡No, no! —Escipión negó con la cabeza tajantemente—. Te lo cuento ahora.

Respiró profundamente y, por un instante, se pareció de nuevo al chico que había sido hasta hace poco.

—Ten cuidado. Ya no eres tan joven...

—¿Qué significa eso? —Víctor se volvió hacia él enfadado—. Si con eso quieres decir que ya no soy un niño metido en el cuerpo de un adulto, entonces tienes razón...

—¡No, tonterías! —Escipión negó con la cabeza—. Pero ya hace muchos años que trabajas de detective. ¿No te duelen los pies cuando sigues a alguien durante muchas horas? Acuérdate de lo cansado que era seguirnos...

Víctor lo miró con recelo.

—No quiero ni pensar en ello —gruñó, y abrió la puerta.

—Sí, sí, vale. —Escipión entró detrás de él—. Pero imagínate... —Subió las escaleras tan rápido que el detective empezó a jadear mientras intentaba seguirlo—. Imagínate que todas las palizas que te das, cuando sigues a alguien de noche, todo lo que hace que te duelan los pies, imagínate que lo hiciera otra persona. Alguien... —Escipión se detuvo ante la puerta del piso de Víctor y estiró los brazos—. ¡Alguien como yo!

—¿Qué? —El detective se quedó delante de él sin poder casi ni respirar—. ¿A qué te refieres? ¿Quieres trabajar para mí?

—Claro. ¿No es una idea fantástica? —Escipión señaló el cartel de Víctor, que necesitaba que le pasaran un paño con urgencia—. Getz seguiría yendo en primer lugar, pero debajo podrías poner mi nombre...

Víctor intentó responderle, pero de repente se abrió la puerta de su vecina. La vieja signora Grimani sacó la cabeza.

—*Signor* Getz —susurró, y miró de reojo a Escipión—, me alegro de encontrarlo. ¿Sería tan amable de comprarme el pan mañana temprano cuando vaya a la panadería? Ya sabe que me cuesta mucho subir las escaleras cuando hay tanta humedad.

—Por supuesto, *signora* Grimani —respondió el detective, y

limpió el letrero con la manga de la chaqueta—. ¿Quiere que le traiga algo más?

—¡No, no! —la *signora* Grimani negó con la cabeza y miró a Escipión de la manera en que se mira a alguien cuyo nombre se ha olvidado.

—¡*Dottor* Massimo! —exclamó de repente, y se agarró al pica-porte—. He visto su fotografía en el periódico y también una vez en la televisión. Siento mucho lo de su hijo. ¿Ha aparecido ya?

—Por desgracia no, *signora* —respondió Escipión con el rostro serio—. Por eso estoy aquí. El *signor* Getz me ayudará a buscarlo.

—¡Ah, qué bien! *Benissimo*! ¡El *signor* Víctor es el mejor de-tective de la ciudad! ¡Ya lo verá! —La *signora* Grimani miró sonriendo a Víctor, como si le hubieran salido un par de alas de ángel blancas como la nieve.

—*Buonanotte, signora Grimani*! —gruñó Víctor, y metió a Es-cipión en su piso antes de que hiciera correr más rumores.

—¡Fantástico! —gritó mientras se peleaba consigo mismo para quitarse el abrigo—. Ahora toda Venecia sabrá que Víctor Getz está buscando al hijo del *dottor* Massimo. ¿En qué demo-nios pensabas?

—Sólo ha sido una idea. —Escipión colgó su sombrero en el perchero de Víctor y miró a su alrededor—. Un poco estrecho —comentó.

—Bueno, no todo el mundo tiene fuentes y techos que son casi tan altos como el Palacio Ducal —exclamó—. Pero a mí y a mis tortugas bien nos llega.

—Tus tortugas, ah, sí. —Escipión paseó por la oficina de Víc-tor y se sentó en una de las sillas para los clientes. El detective fue a la cocina a buscar lechuga para las tortugas.

—¿No te has preguntado cómo he aparecido de repente en la tienda de Barbarossa? —le preguntó el Señor de los Ladrones—. Has pasado a mi lado en el puente de la Accademia, pero como ibas pensando en tus cosas no me has visto. Así que he decidido seguirte. Esto demuestra que sería un detective de primera.

—Esto no demuestra nada —gruñó Víctor, y se sentó junto a la caja de las tortugas—. Esto sólo demuestra que crees que el trabajo de detective es extraordinario y emocionante. Pero la mayoría de veces es aburrido.

Víctor le echó la lechuga a Lando y Paula y se levantó.

—Además, no puedo pagarte demasiado.

—Da igual. No necesito mucho.

—Te aburrirás.

—Ya lo veremos.

El detective suspiró y se dejó caer en la silla de su escritorio.

—No pondré tu nombre en mi letrero.

Escipión se encogió de hombros.

—De todas maneras necesito uno nuevo. ¿O crees que voy a seguir paseándome por Venecia como Escipión Massimo?

—Bueno, entonces ésta es la última condición. —Víctor cogió un caramelo del cajón de su escritorio y se lo metió en la boca—: Tienes que escribirle a tu padre.

Escipión se puso serio.

—¿Para qué quieres que le escriba?

Víctor se encogió de hombros.

—Para decirle que estás bien. Que quieres irte a América. Que quizá volverás dentro de diez años. Ya se te ocurrirá algo.

—¡Maldita sea! —murmuró Escipión—. De acuerdo, lo haré. Si me enseñas a ser un detective.

Víctor suspiró y se puso las manos detrás de la cabeza.

—¿No preferirías encargarte de la tienda de Barbarossa? —preguntó esperanzado—. Ida y yo estamos buscando a alguien. Te quedarías con la mitad de los ingresos. La otra tendrías que enviársela al barbilampiño a su nuevo hogar. Así lo acordamos con él.

Pero Escipión arrugó la nariz.

—¿Pasarme todo el día en una tienda vendiendo los trastos de Barbarossa? No, gracias. Me gusta mucho más mi idea. Me convertiré en detective, en un detective famoso, y tú me ayudarás.

¿Qué podía decir Víctor?

—De acuerdo, entonces empezarás mañana temprano. Y yo iré a desayunar a casa de Ida.

Y LUEGO...

Medio año más tarde, Víctor puso el nombre de Escipión en su letrero, aunque con una letra más pequeña que el suyo.

Próspero no le preguntó ni una sola vez a Escipión si se arrepentía de haber montado en el tiovivo, pero quizá su nuevo nombre, el que había escogido y aparecía en el cartel de Víctor, era la respuesta: Escipión Fortunato, el Afortunado.

Escribía una carta a su padre de vez en cuando, tal y como había acordado con Víctor. El *signor* Massimo no sospechó jamás que su hijo vivía sólo a un par de calles de él, en un piso que era poco más grande que su despacho, y en el que era mucho más feliz de lo que había sido nunca en Casa Massimo. También iba a visitar a Riccio y Mosca a su escondite de Castello. La mayoría de veces les daba algo de dinero, aunque parecía que se las arreglaban muy bien. Nunca le dijeron cuánto dinero falso les quedaba. «Al fin y al cabo, ahora eres detective», le dijo Riccio. Mosca había encontrado trabajo con un pescador de la laguna, pero Riccio... Escipión suponía que se dedicaba a robar de nuevo.

A Avispa, Próspero y Bo los veía más a menudo. Como mínimo iba con Víctor a visitarlos a ellos y a Ida dos veces a la semana.

Una noche, al otoño siguiente, Escipión y Próspero decidieron regresar a la Isola Segreta. Ida les dejó su lancha y esta vez no se perdieron en la laguna. La isla estaba igual. Los ángeles seguían en el muro, pero no había ninguna barca en el embarcadero, y cuando Próspero y Escipión saltaron el portal, no ladró ningún perro. Buscaron a Renzo y Morosina por la casa y los establos. Parecía que incluso las palomas se habían ido y cuando por fin consiguieron atravesar el laberinto y llegaron al claro, sólo encontraron un león de piedra pequeño, que las hojas del otoño habían tapado casi por completo.

Próspero y Escipión nunca averiguaron si Renzo y su hermana desaparecieron en la noche en que Barbarossa rompió el tiovivo. Durante el año siguiente se preguntaron si Renzo había encontrado una manera de arreglar el tiovivo, si el león, el tritón, la sirena, el caballo con escamas y el unicornio volvían al girar en algún lugar...

¿Algo más? Ah, sí. Barbarossa...

Durante un tiempo, Esther lo tuvo por el niño más maravilloso que jamás había conocido. Hasta que un día lo pilló metiéndose sus pendientes más valiosos en los bolsillos del pantalón y descubrió en su cuarto una colección de cosas muy caras y que habían desaparecido de manera misteriosa. A causa de esto, y después de mucho llorar, lo envió a un internado de lujo en el que Ernesto se convirtió en la pesadilla de sus compañeros y todos sus profesores. Se contaban cosas muy

malas sobre él: que obligaba a los otros niños a hacerle los deberes y a limpiarle los zapatos, que los incitaba a robar y que se
había dado un nombre con el que deberían dirigirse a él: Ernesto Barbarossa se hacía llamar el «Señor de los Ladrones».

UN PAR DE EXPLICACIONES...

Accademia	Academia; nombre del museo de arte más famoso de Venecia. El puente de la Accademia, hecho de madera, es uno de los dos que cruza el Canal Grande
angelo	ángel
arrivederci	adiós
arrivederLa	hasta la vista
avanti	entre, adelante
basílica	iglesia con una nave central muy grande
benissimo	muy bien, fantástico
bricola	postes de colores clavados en el agua, que marcan los límites de la laguna de Venecia; (pl.) *bricole*
buongiorno	buenos días
buonritorno	buen viaje de vuelta
buonanotte	buenas noches
buonasera	buenas tardes
caballo de mar	figura mitológica, véase ilustración en la página 31
calle	calle, en Venecia también puede ser canal
campo	todas las plazas de Venecia se llaman «campo», sólo la Plaza de San Marcos se llama «Piazza San Marco»
Canal Grande	el principal canal de Venecia
canale	canal
cara	mi cielo, mi corazón (expresión de afecto)
carabiniere	agente de policía
carabinieri	cuerpo de policía
Castello	castillo; nombre de un barrio de Venecia
chiuso	cerrado
conte, contessa	conde, condesa
Dorsoduro	barrio de Venecia
dottore	doctor; cuando va seguido de un nombre se dice «dottor»
fondamenta	cimientos de la orilla de un canal
gondoliere	gondolero; (pl.) *gondolieri*
grazie	gracias
isola	isla
león	el emblema de Venecia es un león con alas que se puede encontrar en varios sitios de la ciudad y de la región. El león de San Marcos sostiene entre sus patas delanteras un libro abierto con la frase «*Pax tibi Marce, Evangelista meus*», que significa: «Paz a ti, Marco, evangelista mío»

Palacio Ducal	sede del gobierno de la República de Venecia
palazzo	palacio; (pl.) *palazzi*
pasticceria	pastelería
pazienza	paciencia
piazza	plaza; la Piazza San Marco es la plaza más grande y más bonita de Venecia
piombi	famosas celdas de plomo, que se usaban como prisión
ponte	puente; (pl.) *ponti*
Ponte dei Pugni	Puente de los Puños
pronto	listo, preparado; expresión de saludo que se usa al descolgar el teléfono
Rialto	orilla izquierda del Canal Grande, en el barrio de San Polo; el puente de Rialto es uno de los monumentos característicos de Venecia
riccio	erizo (pronunciación *richio*)
«Ricordi di Venezia»	«Recuerdos de Venecia»
rosticceria	restaurante asador
sacca	golfo formado hacia el interior de la ciudad
salotto	sala de estar
salve	lat.: «saludos»; forma común de saludo en italiano
San Marco	también es un barrio de Venecia
San Polo	aquí, barrio de Venecia
scusi	disculpe
signor, signora	señor, señora; (pl.) *signori, signore*. Pero *signore* es también la forma común cuando no va seguido por un apellido
signore	(ver *signor, signora*)
Torre del Reloj	*Torre dell'Orologio*; edificio del siglo XV situado en la Plaza de San Marcos. Uno de los leones de San Marcos más bonitos está empotrado en su pared, sobre un fondo azul, con estrellas doradas. La torre está coronada por los dos «moros», que golpean la campana con sus martillos a las horas en punto
«Un vero angelo!»	«¡Parece un ángel de verdad!» (p. 17)
va bene	está bien, de acuerdo
vaporetto	autobús acuático; método de transporte habitual en Venecia; (pl.) *vaporetti*
«Va tutto bene, signore. Soltanto una revisione»	«No hay ningún problema, señor. Tan sólo se trata de una revisión» (p. 136)
vietato l'ingresso	prohibida la entrada (p. 24)

403

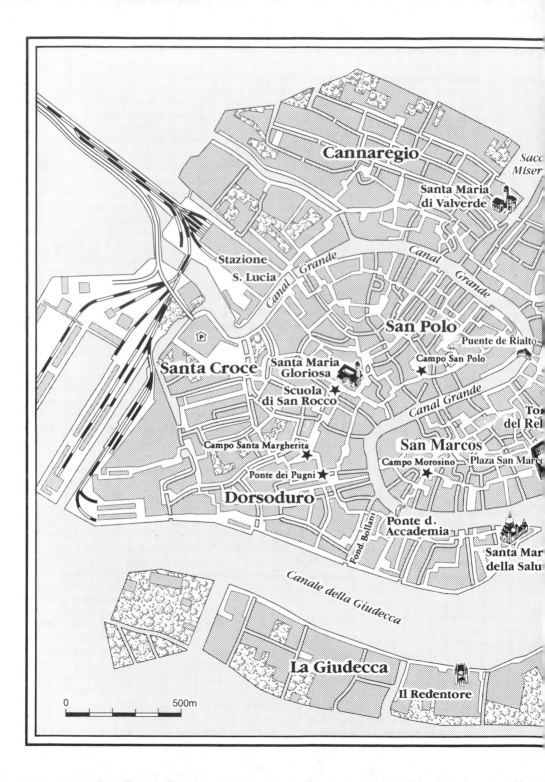

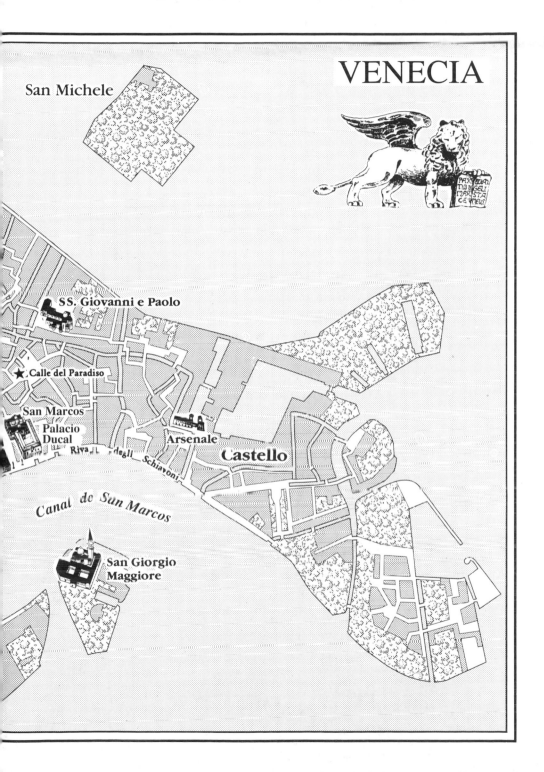

VENECIA

San Michele

SS. Giovanni e Paolo

★ Calle del Paradiso

San Marcos

Palacio
Ducal

Arsenale

Riva degli Schiavoni

Castello

Canal de San Marcos

San Giorgio
Maggiore

ÍNDICE